Eine Rose
für den Ritter

Connie Mason

Eine Rose für den Ritter

Deutsch von Katja Thomsen

Weltbild

Originaltitel: *The Dragon Lord*
Originalverlag: Leisure Books, New York

Besuchen Sie uns im Internet:
www.weltbild.de

Die Autorin

Connie Mason, amerikanische Bestsellerautorin, entdeckte schon früh ihre Leidenschaft fürs Lesen. Ihren großen Traum, selbst einen Roman zu schreiben, erfüllte sie sich 1984. Seitdem hat sie mehr als 30 historische Romane geschrieben. Im Jahr 1990 wurde sie von der Zeitschrift *Romantic Times* zur Erzählerin des Jahres gewählt. Connie Mason lebt mit ihrem Mann in Clermont, Florida. Sie hat drei Kinder und neun Enkel.

Weltbild Taschenbuch

Prolog

London, Oktober 1214

»Weiter, Dragon. O Gott, ja. Hör nicht auf.«

Dominic Dragon of Pendragon blickte auf seine bildschöne, dunkelhaarige Geliebte hinunter und bewegte sich heftiger zwischen ihren wohlgerundeten, milchweißen Schenkeln. Er stützte sich auf die Ellenbogen und betrachtete ihr Gesicht, während sie lustvoll aufstöhnte und selbstvergessen den Kopf hin und her warf.

Als Dominic vor zwei Jahren von den Kreuzzügen zurückgekehrt war, hatte er die junge Witwe zu seiner Geliebten gemacht. Lady Veronica war schön, kultiviert und leidenschaftlich, und Dominic hegte keinen Zweifel daran, dass sie seine künftige Gemahlin würde. Auf dem vierten Kreuzzug hatte Dominic die Ritter der Pendragons zum Sieg über die Sarazenen geführt, und seine Taten hatten ihm viel Lob und Ansehen bei Hofe eingetragen. Man nannte ihn Dragon Lord, den Herrn der Drachen, ob seines Mutes und seiner unerschütterlichen Entschlossenheit, jeden Feind zu bezwingen. Ferner war Dominic zum Liebling der höfischen Gesellschaft aufgestiegen und galt als König Johns bevorzugter Recke.

Dominic vergaß alles um sich herum, als ihm Veronica die Beine um die Mitte schlang und sich ihm feurig entgegenstreckte, um ihn noch tiefer in sich zu spüren. Mit einem kräftigen Stoß tat er, wonach sie verlangte; seine Männlichkeit war groß und hart, doch sie nahm ihn ganz in sich auf und flehte ihn an, ihr mehr zu geben.

»Du bist unglaublich, mein starker Dragon«, flüsterte Veronica sehnsüchtig. »Es ist beinahe so weit. Nur noch ein wenig … ahhh …« In äußerster Verzückung schrie sie seinen Namen, zog dann seinen Kopf zu sich hinunter und küsste ihn leidenschaftlich.

Abermals drang Dominic tief in sie und spürte, wie sein Körper von einer Welle der Lust erfasst wurde. Er legte den Kopf in den Nacken und schrie laut auf, während er sich aus Veronicas feuchter Wärme zurückzog und seinen Samen auf die makellos weißen Laken verströmte. Er hätte es vorgezogen, den Gipfel der Lust in der Vereinigung zu erreichen, doch in der langen, illustren Geschichte der Pendragons hatte es noch nie einen Bastard gegeben, und Dominic beabsichtigte nicht, der Erste zu sein, der den untadeligen Ruf seiner Familie befleckte.

Schwer atmend ließ sich Dominic neben Veronica auf die Laken sinken. Er wünschte, die Nacht in ihrem weichen Bett und ihrer Umarmung verbringen zu können, anstatt nach Westminster aufbrechen zu müssen, um König John einen Besuch abzustatten.

»Sosehr es mich auch betrübt, meine Liebste, ich muss dich verlassen«, sagte er und schwang die Beine aus dem Bett.

Veronica legte ihm ihre zarte Hand auf die Brust und presste ihn wieder in die Kissen. »Musst du wirklich?« Sie verzog den Mund zu einem liebreizenden Schmollen, während sie sich über Dominic beugte, sodass ihre vollen Brüste verführerisch sein Gesicht streiften. »Kannst du nicht noch ein wenig bei mir bleiben?« Veronica warf einen verstohlenen Blick auf seine Männlichkeit und strich dann sanft mit dem Finger über die samtige Spitze. »Wie ich sehe, erwacht der Drache bereits wieder zum Leben.«

Dominic vermochte der Versuchung nicht zu widerstehen und küsste Veronicas aufgerichtete Brustspitzen, bevor er seine Geliebte sanft von sich schob.

»Der König hat mich in den Palast nach Westminster rufen lassen. Ich habe mich bereits verspätet.«

»Was will denn John Lackland von dir? Und wie lange werden sich die Barone seiner Willkür noch beugen?«

Dominic verließ das Lager und hob seine Kleider auf. Die lange, aufgeworfene Narbe, eine Erinnerung an eine beinahe tödliche Verletzung, zeichnete sich deutlich auf der Haut seines Oberschenkels ab; sie verlief von der Hüfte bis zum Knie. Dominic wandte sich ein wenig von Veronica ab, um ihr einen erfreulicheren Anblick zu bieten. Er spürte, dass sie ihn betrachtete, bemühte sich jedoch nach Kräften, ihren hungrigen, beinahe katzengleichen Blick nicht zur Kenntnis zu nehmen. Keinesfalls würde er sich von ihr ins Bett zurücklocken lassen.

Veronica räkelte sich genüsslich und betrachtete voller Zufriedenheit Dominics nackten Körper. Zwar missfiel ihr die Narbe, doch darüber hinaus war er so vollkommen, dass es ihr gelang, über diesen Makel hinwegzusehen. Dominic erfreute sich einer ausgesprochen wohlgeformten Gestalt. Seine Schultern und die breite Brust waren gestählt von den Schwert- und Lanzenkämpfen auf dem Turnierplatz, und an seinem flachen Bauch zeichneten sich deutlich kräftige Muskeln ab. Als Dominic sich die Beinkleider anlegte, ließ Veronica den Blick bewundernd über seine Hüften und Schenkel wandern.

Sie seufzte sehnsüchtig, als er sich den knielangen Waffenrock über den Kopf zog, und betrachtete dann sein Gesicht. Das feste, markante Kinn zeugte von Dominics starrköpfiger Natur. Seine hohen Wangenknochen, die kräftige, gerade Nase und die sinnlichen Lippen waren überaus reizvolle Attribute, die jedoch von seinen dunklen Augen noch übertroffen wurden. Dominics Blick wirkte so einschüchternd und durchdringend, dass er jeden Menschen mühelos zu durchschauen schien.

»Zwar vermag ich nicht für Lacklands andere Barone zu sprechen, doch ich glaube, dass des Königs Grausamkeit und ungerechte Gesetze längst unerträglich geworden sind«, sagte Dominic. »Den Unmut seiner Barone erregte er bereits, als König Phillips Armee ihn aus Frankreich vertrieb, sodass er große Teile der Normandie verlor. Es geht das Gerücht, dass er es war, der

Prinz Arthur, seinen Neffen, ermordete. Schließlich wurde Arthur von vielen als der wahre Erbe des Throns betrachtet.«

Veronica streckte sich verführerisch im Bett aus. »Was der König tut, ist mir gleich. Wirst du heute Nacht zu mir zurückkehren?«

Dominic zögerte. »Das glaube ich kaum. Wer weiß, was er von mir will und wie lange er mich aufhalten wird. Sollte es spät werden, wird er mich sicher auffordern, die Nacht im Palast zu verbringen.«

»Schade«, seufzte Veronica. »Dann morgen Abend?«

»Möglicherweise.« Dominic wurde nachdenklich. »Es könnte dem König gefallen, in die Normandie zurückzukehren, um die verlorenen Gebiete zurückzuerobern. Dann wird er seine Ritter versammeln, damit sie ihn begleiten.«

Veronica schnaubte verächtlich. »Es grenzt an ein Wunder, dass Lacklands einflussreiche Barone ihn nicht längst zur Abdankung gezwungen haben. Warum dienst du ihm noch immer?«

»Ich bin sein Vasall. Es ist meine Pflicht, dem König zu dienen, wo und wann er mich braucht.« Dominic legte sein Schwert an und beugte sich über das Bett. »Gib mir einen Abschiedskuss, Liebste.«

Sobald er Veronica verließ, wandelte sich Dominics Erscheinung augenblicklich. Alle Liebenswürdigkeit fiel von ihm ab, als sich die Tür hinter ihm schloss, und er wurde zu dem düsteren, gefährlichen Recken, dessen Name seine Feinde erzittern und seine Freunde respektvoll schweigen ließ.

Vor Veronicas Haus wartete Raj, ein hünenhafter Araber, der sich Dominic angeschlossen hatte, nachdem dieser ihn aus der sarazenischen Sklaverei befreit hatte. Als Dominic vom Kreuzzug zurückgekehrt war, hatte Raj ihn nach England begleitet – als sein Knappe, treuer Freund und Beschützer.

»Wohin, Herr?«, fragte Raj und hielt die Zügel von Dominics tänzelndem Streitross, während dieser aufstieg.

»Nach Westminster, Raj. Ich verspäte mich.«

Auch Raj saß auf, entrollte die Standarte des Drachen und ritt dann schweigend neben Dominic durch die Straßen Londons. Sie passierten die Kathedrale St. Paul's und überquerten die Themse über eine neu errichtete Steinbrücke. Dann ritten sie durch schmale gepflasterte Straßen, in denen es von Straßenhändlern und Taschendieben wimmelte. Die Stadt und ihre Bevölkerung sind gewachsen, dachte Dominic, als sie an den Docks vorbeikamen, an denen Waren aus aller Herren Länder abgeladen wurden. Schon bald würde sich London mit einem Teil seines Reichtums von der Krone freikaufen und einen eigenen Bürgermeister benennen.

Dominic und Raj näherten sich Ludgate, dem Südwesttor der Stadt, und reihten sich in die Menschenmenge ein, die London vor Toresschluss verlassen wollte. Plötzlich hielten die Menschen inne. Dominic zügelte sein Pferd und ließ seinen Blick in die Richtung wandern, in die einige Leute zeigten. Als er des grausigen Anblicks gewahr wurde, verzog er das Gesicht. Offenbar ein weiteres Beispiel für König Johns Schreckensherrschaft, vermutete er, als er den Kopf eines Mannes betrachtete, der auf eine Pfahlspitze auf der Stadtmauer gespießt war. Da er um des Königs Vorliebe für Folterqualen wusste, konnte sich Dominic ungefähr vorstellen, was dieser Mann vor seinem Tode erlitten hatte.

»Kanntet Ihr ihn?«, fragte Raj.

»Er kommt mir bekannt vor«, antwortete Dominic nachdenklich, »doch ich kann mich nicht an seinen Namen erinnern. Vielleicht wird der König mein Gedächtnis in dieser Hinsicht auffrischen.«

Sie passierten Ludgate und ließen die Stadt mit ihrem Gewimmel von Menschen hinter sich. Inzwischen hatte sich London weit über die Stadtmauern hinaus ausgebreitet. An der Straße, die von Ludgate nach Westminster führte, reihten sich Bischofspaläste und die Herrensitze reicher Kaufleute aneinander, die noch einige Jahre zuvor nicht da gewesen waren. Es handelte sich um prächtige Bauten, umgeben von weitläufigen, baumbestandenen Gärten.

Am Haupttor erkannte man Dominics auffälliges Banner, sodass er und Raj unbehelligt an den Wachtürmen und Torwächtern vorbeireiten konnten. An einer eisenbeschlagenen Eichentür zügelte Dominic sein Pferd und saß ab.

»Soll ich hier auf Euch warten, Herr?«, fragte Raj und griff nach den Zügeln des Streitrosses.

»Nein, versorge die Pferde und suche dir eine Unterkunft für die Nacht«, antwortete Dominic. »Meine Unterredung mit dem König wird wohl bis spät in die Nacht dauern. Ich lasse dich rufen, wenn ich dich brauche.«

»Wie Ihr wünscht, Herr«, sagte Raj. »Ich werde mich in der Nähe halten.«

Raj führte die Pferde zu den Stallungen, während Dominic die steinernen Stufen zum Eingang des Palastes emporstieg. Ein Wachtposten öffnete die Tür und ließ den Ritter eintreten.

»Seine Majestät erwartet Euch, Lord Dragon. Folgt mir.«

Die Wache führte Dominic zu den Gemächern des Königs, die jedoch auf den ersten Blick leer zu sein schienen. »Es gefällt mir nicht, wenn man mich warten lässt«, sagte König John, als er aus den Schatten eines Fenstererkers trat. »Ihr kommt spät, Dragon.«

Es überraschte Dominic, den König allein anzutreffen. »Ich wurde aufgehalten, Sire«, antwortete er und verneigte sich.

»Wie angenehm wäre es, wenn wir alle von so schönen Frauen wie Lady Veronica aufgehalten werden könnten«, bemerkte der König anzüglich. »Wie geht es Eurem Vater und seinem Erben?«

Dominic ging nicht auf die Andeutung des Königs ein. »Mein Vater befindet sich wohl, Majestät, und mein Bruder, der künftige Baron von Pendragon, ebenfalls. Fredericks Frau erwartet ihr drittes Kind, sodass wahrlich kein Mangel an Erben herrscht.«

»Und Eure Mutter?«

Dominic sah ihn verwundert an. »Meiner Mutter geht es gut, Sire, doch ich darf annehmen, dass Ihr mich nicht zu Euch befohlen habt, um Euch nach meiner Familie zu erkundigen. Wie Ihr wisst, habe ich nur wenig Zeit auf Pendragon verbracht, seit ich mir meine Sporen verdient habe.«

»Habt Ihr denn Pläne für die Zukunft, Dragon?«

»Nein, Sire. Ich habe an verschiedenen Turnieren teilgenommen und mich dort bewährt«, sagte Dominic. »Ferner ist es mir gelungen, auf meinen Reisen einiges Vermögen anzuhäufen. Ein Ritter ohne Ländereien ist dazu gezwungen, für sich zu sorgen, doch ich hatte Glück und konnte mir mein Auskommen sichern. Vielleicht werde ich später nach Pendragon zurückkehren, um meinem Vater und Bruder zu dienen.«

Der König verschränkte die Hände auf dem Rücken und begann auf und ab zu gehen. Plötzlich hielt er inne und wandte sich Dominic zu. »Ihr solltet Euch vermählen.«

Dominic lächelte. Er hegte denselben Gedanken. Vielleicht würde der König seine treuen Dienste mit Ländereien und einem Herrensitz belohnen. Schließlich war er Johns Ruf gefolgt, als Frankreich drohte, England zu überfallen. Doch der Überfall hatte nicht stattgefunden, da John gelobt hatte, dem Papst als Vasall zu dienen und einen jährlichen Tribut zu zahlen. So endete die Exkommunikation Englands, und zu einem Krieg bestand keine Veranlassung mehr.

»Eine Ehe würde mir gefallen, Sire«, sagte Dominic, der an Veronica dachte und an die Leidenschaft, die sie miteinander verband.

»Ausgezeichnet!« John rieb sich die Hände. »Ihr werdet sogleich abreisen.«

Dominic gab sich noch immer den angenehmen Gedanken an Veronica hin, als die Worte des Königs ihn aufhorchen ließen. »Abreisen, Sire? Wohin?«

»Ihr werdet Eure Braut freien. Es wird Euch gefallen, dass Ihr mit Eurer Frau auch einen Herrensitz erhaltet, Dragon – reiche Ländereien, Leibeigene, Diener und freie Bauern, die Eure Felder bestellen und Euer Vieh versorgen. Der Besitz ist groß und umfasst ein wohl gedeihendes Dorf und etliche Marktplätze. Es wird Euch nicht schwerfallen, die Steuern zu bezahlen, die auf einen so großartigen Besitz wie Ayrdale erhoben werden.«

Ayrdale. Dominic hatte den Namen schon einmal gehört. Doch wo? Es spielte keine Rolle. Er hatte nicht die Absicht, eine andere zur Frau zu nehmen als Veronica.

»Ihr erweist mir eine große Ehre, Sire«, sagte er vorsichtig. Aus Erfahrung wusste Dominic, dass John niemals etwas gab, ohne einen Preis dafür zu verlangen.

»Ich brauche jemanden oben im Norden, dem ich vertrauen kann, Dragon«, sagte der König. »Ayrdale liegt an der Grenze zu Schottland, nahe der Cheviot Hills. Die Festung wurde von Wilhelm dem Eroberer erbaut und der Familie der Fairchilds auf ewig übergeben. Seit jeher spielt Ayrdale eine große Rolle dabei, den Frieden an der schottischen Grenze zu wahren. Der frühere Herr Edwyn of Ayrdale war einst einer meiner treuen Barone.«

»Einst?«

»Ja. Ich erfuhr, dass Edwyn die anderen Barone dazu aufstacheln wollte, gegen London zu marschieren und mich zu zwingen, ein Dokument zu unterzeichnen, das ihre Rechte und Privilegien festlegte. ›Die Artikel der Barone‹ nannten sie es wohl. Ich ordnete seine Hinrichtung an, um eine Rebellion im Keime zu ersticken.«

Dominic musste an den aufgespießten Kopf auf der Stadtmauer denken. »War es zufällig Lord Fairchilds Kopf, den ich bei Ludgate sah?«

»Ja. Er saß einige Monate lang im Tower, doch sein Tod war unvermeidlich«, erklärte der König. »Es wird anderen eine Warnung sein, die versuchen wollen, meine Macht einzuschränken. Doch nach Fairchilds Tod zweifle ich noch immer an der Treue meiner Barone, also brauche ich einen Mann, dem ich vertrauen kann. Die schottischen Lords sind seit jeher darauf erpicht, ihre Ländereien über die Grenzen Englands auszudehnen. Ich würde es auch zu schätzen wissen, wenn Ihr das Vertrauen meiner rebellierenden Barone gewinnen und mir von ihren Vorhaben berichten würdet. Ich befürchte, dass sie einen Streich gegen mich vorbereiten.«

»Euer Vertrauen ehrt mich, Sire. Doch warum muss ich heiraten?«

Der König runzelte die Stirn. »Nun, Lord Fairchild hinterließ eine Gemahlin und eine Tochter. Ich möchte ihnen gegenüber nicht grausam und gefühllos erscheinen. Es würde mir zur Ehre gereichen, wenn ich einen Ehemann und Beschützer für diese Frauen fände, anstatt den Besitz einem Mann zu übergeben, der bereits verheiratet ist. Ich wünsche nicht, dass von mir behauptet wird, ich würde eine Witwe und Waise ihrer Heimat berauben.«

Dominic hätte beinahe laut aufgelacht. Jedermann wusste, dass der König blutrünstig, gierig und verschlagen war. Warum also wollte er plötzlich gütig erscheinen? »Der Besitz verlockt mich«, gab Dominic zu, »weniger dagegen die Aussicht, eine Frau zu ehelichen, die ich nie zuvor gesehen habe.«

»Das kommt doch häufig vor«, winkte der König ab. »Ferner bleibt es Euch überlassen, ob Ihr der Mutter oder der Tochter den Vorzug gebt. Ich hörte, dass Lady Nelda, Fairchilds Witwe, ihre Tochter Rose mit dreizehn Jahren gebar. Also ist sie wohl noch in der Lage, weiteren Kindern das Leben zu schenken. Über die Tochter ist mir nichts bekannt, außer dass sie sich im heiratsfähigen Alter befindet. Sollte Lady Nelda Euch gefallen, gehört sie Euch, allerdings würde ich an Eurer Stelle der Tochter den Vorzug geben.«

»Ich möchte weder Mutter noch Tochter heiraten«, begehrte Dominic auf.

»Keine Widerrede, Dragon. Ihr werdet Euch meinem Wunsch fügen. Behaltet Lady Veronica als Eure Geliebte, wenn es Euch gefällt, doch Ihr werdet eine der Ladys von Ayrdale heiraten, zumal diese Ehe nötig ist, um uns die Treue der Vasallen zu sichern.«

»Wie Ihr befehlt, Sire«, sagte Dominic, innerlich vor Zorn kochend. Mochte auch das Lehen ein unerwarteter Glücksfall sein, so behagte ihm der Gedanke keineswegs, eine andere als Lady Veronica zu heiraten, die seinen Wünschen so genau entsprach. Außerdem würde er zwischen einer Mutter und einer Tochter wählen müssen, die sich beide in tiefer Trauer befanden.

»Wie viele Ritter dienen unter Ayrdales Banner?«, fragte er.

»Zwanzig oder mehr«, antwortete John schulterzuckend. »Eric of Carlyle befiehlt über die Schlossgarde. Er ist ein guter Mann, der Euch treu dienen wird, falls Ihr ihn angesichts der Nachricht von Lord Fairchilds Tod auf Eure Seite bringen könnt.«

Dominic blickte den König entsetzt an. »Ist denn die Familie noch nicht von seinem Ableben unterrichtet worden?«

Der König wirkte peinlich berührt, gewann die Fassung jedoch augenblicklich zurück. »Ihr werdet die Kunde nach Ayrdale bringen. Wenn Ihr London verlasst, werdet Ihr im Besitz einer Urkunde sein, die das königliche Siegel tragen und Euch ermächtigen wird, eine der Ladys von Ayrdale zu heiraten. Offenbar lebt der Priester der Familie auf dem Anwesen und kann die Trauung sogleich vollziehen. Werden Euch zwei Tage bis zur Abreise genügen?«

Zwei Tage, dachte Dominic missmutig.

Kaum genug Zeit, eine Reise vorzubereiten, die eine Woche oder länger dauern würde. Doch ihm blieb keine Wahl. »Ja, ich werde bereit sein.«

»Eines noch, Dragon«, sagte der König. »Lady Nelda ist von schottischem Geblüt. Ihr Bruder ist Murdoch MacTavish, ein mächtiger Lord, dessen Besitzungen an der Grenze liegen. Er hat schon seit Jahren ein Auge auf Ayrdale geworfen. Daher besteht Grund zur Eile. Wählt Eure Braut und vollzieht die Ehe noch am Tage Eurer Ankunft. Sollte MacTavish von Fairchilds Tod erfahren, ehe Ihr Ayrdale erreicht, wird er sicher versuchen, das Land für sich zu beanspruchen.«

»Wenn die Ritter Ayrdales ihrem früheren Herrn treu ergeben waren, könnten sie versuchen, mir den Eintritt in die Burg zu verwehren«, sagte Dominic. »Soll ich mich auf eine Belagerung vorbereiten?«

»Das wird wohl nicht nötig sein. Sobald Ihr kundtut, dass Ihr Neuigkeiten über Lord Fairchild bringt, wird man Euch das Tor öffnen. Überdies sollten Euer Name und guter Ruf Euch den Respekt der Burgbewohner verschaffen. Auch aus diesem Grunde lasse ich gerade Euch diese Ehre zuteil werden, Lord Dragon. Genießt Ayrdale und Eure Braut.«

»Ich beabsichtige, den Besitz fortan Dragonwyck zu nennen«, sagte Dominic plötzlich entschlossen. »Lord Dragon of Dragonwyck.« Er lächelte. »Ja, der Name gefällt mir.«

1

Eine Rose ist eine Rose ist eine Rose.

Gertrude Stein

Dominics Streitross tänzelte unruhig, als er es am Burggraben zügelte und auf die prächtige Burg blickte mit ihren vier quadratischen, bezinnten Türmen, deren Steine im Laufe der Jahre von Wind und Regen glatt geschliffen worden waren. Die Burg lag in einem schmalen Tal zwischen zwei steilen Hügelketten und war von hohen Mauern umgeben. Es gefiel Dominic nicht, dass die Zugbrücke hochgezogen war und ihm so der Eintritt verwehrt wurde.

Er blickte nach oben und sah, dass die Wachen auf der Brustwehr ihn und seine Begleiter nicht aus den Augen ließen, jedoch auch keine Eile hatten, die Burgbewohner von seiner Ankunft zu unterrichten oder die Zugbrücke hinunterzulassen. Doch dann schienen sie plötzlich sein Banner erkannt zu haben, einen mächtigen schwarzen Drachen auf rotem Grund.

»Glaubt Ihr, man wird die Brücke hinunterlassen, Herr?«, fragte Raj.

Dominic lächelte zufrieden, als er das Knarren von Hebeln und Ketten hörte und sah, dass die Brücke sich langsam senkte.

»Da hast du deine Antwort, Raj.«

Dominic lenkte sein Pferd über die Brücke, gefolgt von Raj und den zwei Dutzend Rittern, die ihm Geleit gaben. Doch ihm verging das Lächeln, als er bemerkte, dass das vergitterte Burgtor geschlossen blieb. Er zügelte sein Pferd und wartete, während ihn langsam die Geduld verließ.

»Ein Recke kommt auf uns zu, Herr«, bemerkte Raj belustigt.

Dominic sah keinen Grund zur Heiterkeit, bis er gewahr wurde, dass es sich bei dem Recken um eine Frau handelte. Sie war groß und von gefälliger Gestalt und hielt ihr Schwert so in der Hand, als wüsste sie, wie sie damit umzugehen hatte.

Sogleich erkannte Dominic, dass diese Frau keine Vasallin sein konnte. Sie trug einen Schleier aus durchscheinendem Leinen, der von einem goldenen Reif gehalten wurde. Ihr blondes Haar fiel ihr offen auf den Rücken hinab, was sie als unverheiratete Frau auszeichnete. Einige Locken lugten verführerisch unter dem Reif hervor.

Ihr dunkelrotes Unterkleid aus feinstem Wolltuch hatte lange, enge Ärmel. Das dunkelblaue Überkleid war in der Taille mit einer goldenen Kette gegürtet und am Saum üppig bestickt. Am Fallgatter zügelte sie ihr Pferd und warf Dominic einen grimmigen Blick zu. Hätte sie nicht so blutrünstig ausgesehen, wäre ihm nach Lachen zumute gewesen. Sie schien zu jung, um Fairchilds Witwe zu sein, also handelte es sich vermutlich um seine Tochter.

Falls dies die Frau war, die er heiraten sollte, mochte sich Gott seiner Seele erbarmen.

Rose of Ayrdale erblickte den Einlass begehrenden Ritter durch das eiserne Gitter hindurch und wusste nicht, was sie von seinem überraschenden Erscheinen halten sollte. Doch sein Besuch konnte nichts Gutes bedeuten. Er war mit Kettenhelm, -hemd und -beinlingen bekleidet und saß auf seinem Ross, als sei er ein Teil des prächtigen Tieres. Sein knielanger Waffenrock aus weißem Leinen wurde von einem ledernen Gürtel gehalten, und ein Schwert hing in seiner Lederscheide an einem Gurt, den sich der Ritter über die rechte Schulter geschlungen hatte.

Nachdenklich betrachtete sie das Drachenwappen auf seinem Schild. Das Wappen erinnerte sie an etwas, doch sie konnte den Gedanken nicht festhalten, zumal ihr Blick zu dem markanten Gesicht des Ritters glitt, in dessen dunklen Augen Verärgerung aufblitzte. Er wirkte so düster und gefährlich, dass sie warnend ihr Schwert hob.

»Wer seid Ihr? Gebt an, was Ihr von Ayrdale begehrt, und zieht Eurer Wege.«

»Wer seid Ihr?«, fragte Dominic herausfordernd.

»Eine Tochter Ayrdales. Was wollt Ihr?«

Plötzlich ritt ein Vasall auf Rose zu. Er blieb dicht neben ihr stehen, neigte sich ihr zu und flüsterte ihr etwas ins Ohr. Sie warf dem bedrohlichen Ritter abermals einen Blick zu und wich zurück.

»Was führt den Dragon Lord nach Ayrdale?«, fragte sie.

»Öffnet das Gatter, dann erkläre ich es Euch.«

»Nein. Während der Abwesenheit meines Vaters ist der Schutz Ayrdales meine Aufgabe. Ich verweigere Euch den Einlass.«

Dominics Streitross tänzelte unruhig hin und her, als es die Ungeduld seines Herrn spürte, doch er beruhigte das Tier schnell mit fester Hand. »Öffnet im Namen des Königs.«

Rose sah an Dominic vorbei auf die bewaffneten Ritter in seiner Begleitung. Diese Männer in die Mauern von Ayrdale vordringen zu lassen schien viel zu gefährlich zu sein.

»König John ist ein Tyrann«, erwiderte Rose. »Er ließ meinen Vater unter einem fadenscheinigen Vorwand verhaften.«

»Ich bringe Kunde von Eurem Vater«, sagte Dominic.

Dann wandte er sich an Raj. »Diese Frau muss den Verstand verloren haben, sich mir zu widersetzen.«

Rose ließ das Schwert sinken. Es wurde allmählich zu schwer für ihre zarten Handgelenke, doch sie hätte es zur Verteidigung Ayrdales geschwungen, ohne zu zögern. Sie war zusammen mit den Rittern ihres Vaters ausgebildet worden, da sie seine Erstgeborene und ihm kein Sohn geschenkt geworden war. Zwar verfügte sie nicht über die Körperkräfte eines Mannes, vermochte sich jedoch durchaus zu verteidigen, wenn es sein musste.

»Woher soll ich wissen, dass Ihr die Wahrheit sagt?«

»Holt jemanden, der lesen kann. Ich werde ihm die Urkunde mit dem Siegel des Königs zeigen.«

Rose sah ihn verächtlich an. »Ich kann lesen, Lord Dragon.«

Dominic bedachte sie mit einem zweifelnden Blick, zuckte dann jedoch die Schultern und zog eine Schriftrolle aus der Tasche an seinem Gürtel. Er lenkte sein Pferd dicht an das Burgtor, entrollte einen Teil der Urkunde und hielt sie Rose hin. Misstrauisch bemerkte sie, dass er ihr zwar des Königs Siegel zeigte, den Inhalt des Dokuments jedoch vor ihr verborgen hielt. Versuchte er sie zu täuschen?

»Wie Ihr seht«, sagte Dominic, »trägt die Urkunde das königliche Siegel.«

»Lord Dragon spricht die Wahrheit, Mylady«, erklärte der Ritter an ihrer Seite. »Er ist ein Vasall des Königs. Ich hörte von seinen Heldentaten während des Kreuzzugs und von seiner Tapferkeit auf dem Turnierplatz. Wenn er behauptet, Nachricht von Eurem Vater zu bringen, so bin ich geneigt, ihm zu glauben.«

»Ich vertraue Eurem Urteil, Sir Eric«, sagte Rose. »Lasst das Burgtor öffnen und weist die Wachen an, Lord Dragon und sein Gefolge im Auge zu behalten.«

»Sogleich, Mylady«, antwortete Sir Eric und wendete sein Pferd.

Rose' Zelter wich zurück, als sich das Fallgatter hob. Dann wendete sie das Pferd und bedeutete Lord Dragon, ihr zu folgen, als sie an den Wachtürmen vorbei durch einen Wehrgang in den äußeren Burghof ritt. Die Löcher in der steinernen Decke schienen den Ritter zu beunruhigen, stellte Rose fest, als sie über die Schulter blickte und sah, wie er zusammenzuckte und seinen Schild hob.

»Fürchtet Euch nicht, Mylord«, rief sie ihm zu. »Ihr befindet Euch nicht in Lebensgefahr!«

»Ayrdale hatte einen begabten Baumeister«, antwortete er.

Rose ritt durch den Außenhof zu einem weiteren Tor, das ihnen Zugang zum inneren Burghof gewährte. Sie wartete darauf, dass Lord Dragon und seine Männer aufholten. Dann hob sich das Fallgatter, und Rose ritt hindurch.

Dominic folgte ihr und blickte bewundernd auf die verführerischen Rundungen ihrer Hüfte, die sich unter dem Gewand abzeichneten. Wäre sie nicht eine so scharfzüngige Frau gewesen, hätte es ihm gefallen, sie zur Gemahlin zu nehmen. Doch diese Frau zu zähmen würde ihm mehr Kummer als Freude bereiten.

Er betrachtete die helle, zarte Haut und die goldenen Locken der jungen Lady vor sich, die sich doch mit der rassigen, dunklen Schönheit seiner Geliebten nicht messen konnten. Herr im Himmel, warum hatte John ihm nicht gestattet, die Dame seiner Wahl zu ehelichen? Veronica bedeutete ihm so viel, wie eine Frau es nur konnte. Eine Ehe mit einer der Fairchild-Frauen dagegen würde zu einem Debakel geraten.

Dominic ritt durch das Tor in den Innenhof und überblickte seinen neuen Herrensitz prüfend. Zufrieden betrachtete er die quadratischen Türme, die in regelmäßigen Abständen von der Brüstung aufragten. An der Burgmauer standen mehrere Gebäude. Er sah eine Brauerei, einen Lagerschuppen, eine reetgedeckte Scheune, eine Schmiede, Stallungen und, neben dem Burgfried, eine Kapelle. Dominic reckte den Kopf und entdeckte einen eingezäunten Gemüsegarten in der Ferne, hinter dem ein Obstgarten und einige Bienenkörbe lagen. Ayrdale schien zu gedeihen, trotz der Abwesenheit des Burgherrn.

Fairchilds blonde Tochter saß an der Steintreppe des Burgfrieds ab und übergab die Zügel ihres Pferdes einem Knappen. Dominic gab seinen Gefolgsleuten einige Befehle und folgte ihr dann, als sie die große Treppe erklomm. Ein Diener eilte voraus und öffnete ihnen die riesigen Eichentüren. Da Raj niemandem vertraute, wenn es um das Leben seines Herrn ging, folgte er Dominic, die Hand wachsam am Schwertknauf.

Anerkennend ließ Dominic den Blick durch die große Halle schweifen. Es waren bereits Tische für das Abendessen gedeckt worden, und Diener eilten geschäftig zwischen den Tafeln hin und her. Die prächtigste Tafel stand auf einem Podest unter einem Baldachin und war mit feinstem Leinen und Silbergeschirr gedeckt, für den Hausherrn, seine Familie und ihre Gäste. Ein riesiger Kamin wärmte den Raum, die brennenden Scheite verströmten einen frischen, süßen Duft. Bequeme Polsterstühle und Bänke umstanden den Kamin, die den Lord und seine Damen zum Verweilen einluden.

Dann wandte Dominic seine Aufmerksamkeit den beiden Frauen zu, die sich von ihren Plätzen erhoben, um ihn zu begrüßen. Er hatte sie schon beinahe erreicht, als er plötzlich innehielt und die jüngere Frau durchdringend ansah. Sie war das genaue Ebenbild der jungen Dame, die ihn am Tor empfangen hatte. Er blinzelte und betrachtete sie abermals. Das Haar, die Augen, die Nase – die beiden waren Zwillinge. Wusste der König, dass Lord Fairchild nicht eine, sondern zwei Töchter hatte?

Lächelnd trat die ältere Frau auf Dominic zu und knickste. »Mylord, willkommen auf Ayrdale. Ich bedauere, dass mein Gatte Euch nicht begrüßen kann, doch es wäre in seinem Sinne, Euch unsere Gastfreundschaft anzubieten. Ich bin Lady Nelda of Ayrdale, und dies …«

»Mama«, unterbrach die kriegerische Tochter, »Lord Dragon bringt Kunde von Papa. Vielleicht sollten wir ihn anhören, bevor wir ihn willkommen heißen.«

In Lady Neldas Augen funkelte freudige Erregung. Sie griff sich ans Herz. Obwohl sie älter war als ihre Töchter, fand Dominic sie ebenso hinreißend.

»Ihr habt Nachricht von meinem Gatten, Mylord? Oh, es ist schon so lange her, dass wir etwas von ihm hörten. Bitte sagt uns, was Ihr wisst.«

Dominic nahm seinen Kettenhelm ab und beugte sich über Lady Neldas Hand. Dieser freundlichen Dame zu sagen, dass ihr Ehemann hingerichtet worden war, würde keine leichte Aufgabe sein. Doch da er ein aufrichtiger Mann war, wollte er Lady Nelda nicht länger im Ungewissen lassen.

»Schlechte Nachrichten, Mylady. Ich bedauere, Euch mitteilen zu müssen, dass Edwyn of Ayrdale verstorben ist.«

Lady Nelda erbleichte, und Dominic befürchtete, sie würde in Ohnmacht fallen. Er streckte die Arme aus, um sie aufzufangen, doch Sir Eric of Carlyle trat schnell an ihre Seite und stützte sie. Lady Nelda verlor nicht das Bewusstsein, doch eine der Zwillingsschwestern wankte und wäre zu Boden gesunken, wenn ihre Schwester nicht den Arm um sie gelegt hätte.

Rose, die ihn mit gezogenem Schwert am Tor empfangen hatte, sah ihn wütend an. »Seid Ihr für seinen Tod verantwortlich? Ich will die Wahrheit wissen, Lord Dragon, wenn Ihr denn fähig seid, sie mir zu offenbaren. Soweit wir wussten, befand sich mein Vater im Tower von London.«

Dieser aufbrausende Wildfang ist gewiss nicht die geeignete Gemahlin, entschied Dominic augenblicklich. Nachdenklich betrachtete er die sittsamere Schwester. Sie hatte den Blick niedergeschlagen und die Hände gefaltet, während sich ihre Lippen in einem stummen Gebet bewegten. Sie schien von sanfterer Natur zu sein als ihre hitzköpfige Schwester, deren funkelnde Augen und aufbrausendes Temperament ihn reizten. Wenn er schon Veronica nicht haben konnte, würde er die scheue Schwester zur Frau nehmen und einen Gemahl für die andere finden. Eine Frau mit scharfer Zunge und trotziger Natur würde seine Geduld zu sehr auf die Probe stellen.

»Ich hatte nichts mit Lord Edwyns Tod zu tun«, sagte Dominic fest. »Ich überbringe lediglich die Nachricht.«

»Unseren Dank, Lord Dragon«, sagte Lady Nelda leise. »Unser Vogt wird Euch zu Euren Gemächern bringen. Bitte ruht Euch aus, ehe Ihr nach London zurückkehrt. Wenn Ihr mich nun entschuldigen wollt, ich möchte in aller Stille um meinen Gatten trauern.«

»Es gibt noch mehr Nachrichten, Mylady«, sagte Dominic und reichte Lady Nelda die Pergamentrolle. »Dieses Schriftstück mag Euch Eure Lage verdeutlichen.«

Lady Nelda betrachtete das Dokument und wurde immer

blasser. »Das kann nicht möglich sein, Mylord«, flüsterte sie entsetzt, als sie alles gelesen hatte.

»Was ist denn, Mama?«, fragte Rose.

»Der König hat Ayrdale an Lord Dragon übergeben. Das Land, die Burg und alle Vasallen gehören nun ihm nach dem Willen des Königs.«

»Das kann er nicht tun!«, rief das Mädchen. »Papa hatte den Tod nicht verdient, und wir verdienen es nicht, aus unserem Heim vertrieben zu werden.« Sie stampfte mit dem Fuß auf. »Ich wünschte, ich hätte Lord Dragon nie das Tor geöffnet. Wo ist mein Schwert?«

»Du weißt noch nicht alles«, flüsterte Lady Nelda. »Eine von uns muss Lord Dragon heiraten.«

Das Pergament fiel ihr aus der Hand, und sie griff haltsuchend nach dem Stuhl hinter sich. Ihre Tochter hob die Urkunde auf, überflog sie rasch und warf sie in den Kamin.

»Seht, das halten wir von Lacklands Befehlen«, höhnte sie. Dann wandte sie sich an den Befehlshaber der Burgwache. »Sir Eric, sorgt dafür, dass Lord Dragon und sein Gefolge sogleich Ayrdale verlassen und ihrer Wege ziehen.«

»Ihr werdet nichts dergleichen tun!«, befahl Dominic. »Die Burgwache steht unter meinem Befehl. Wenn Ihr von mir gehört habt, dann wisst Ihr auch um meinen Ruf als Krieger und Kreuzritter. Ich hatte nichts mit Lord Fairchilds Tod zu tun und befolge allein des Königs Befehle. Wenn Ihr und Lord Edwyns persönliche Gefolgsleute mir nicht dienen wollen, so steht es Euch frei, die Burg zu verlassen. Doch ich hoffe, dass Ihr bleibt und gemeinsam mit mir Dragonwyck beschützt.«

»Dragonwyck!«, rief die aufbrausende Schwester entrüstet.

»Ja. Ich habe diesen Namen für meinen Besitz ausgewählt«, erklärte Dominic und ignorierte den Schrei des Mädchens.

Sir Eric warf Lady Nelda einen Seitenblick zu. Er schien abzuwägen zwischen der Treue zu seinem alten Lehnsherrn und dem Wunsch, Lord Dragon zu dienen. »Ich habe geschworen, Lady Nelda und ihre Töchter zu beschützen.«

»Diese Entscheidung müsst Ihr allein treffen«, sagte Lady Nelda schwach. »Darf ich mich jetzt zurückziehen, Lord Dragon?«

»Noch nicht«, sagte Dominic so gebieterisch, dass die Lady augenblicklich innehielt. »Ihr könnt gehen, nachdem ich meine Braut erwählt habe.« Er wandte sich an Sir Eric. »Holt den Priester.«

Lady Nelda sah niedergeschlagen aus, und die schüchterne Zwillingsschwester begann zu weinen.

»Ich möchte die Namen Euer beider Töchter erfahren, Mylady«, sagte Dominic. Er hatte bereits beschlossen, keinesfalls die trauernde Witwe zu ehelichen, da er Leidenschaft in seinem Ehebett zu finden wünschte, nicht Trauer und Tränen.

Rose sah Dominic entsetzt an. Der Gedanke, dass eine von ihnen gezwungen sein würde, den Dragon Lord zu heiraten, war unfassbar, geradezu lächerlich. Wie konnte man erwarten, dass ihre Mutter so schnell nach dem Tode ihres geliebten Gatten ein zweites Mal heiraten sollte? Und jedermann auf Ayrdale wusste, dass ihre Schwester für ein religiöses Leben bestimmt war. Der Vater hatte gelobt, dass Starla in ein Kloster eintreten dürfe, sobald er aus London zurückgekehrt war. Also blieb … nur Rose selbst, doch sie wusste, dass kein Mann, der auch nur über einen Funken Verstand verfügte, eine eigensinnige und scharfzüngige Braut wählte.

Dennoch konnte Rose nicht anders, als ihrer Natur nachzugeben. Mochten sie und Starla einander äußerlich auch aufs Haar gleichen, innerlich waren sie so unterschiedlich wie Tag und Nacht. Die liebliche, scheue Starla war fest entschlossen, ins Kloster zu gehen und Nonne zu werden. Nichts anderes hatte sie sich je von ihrem Leben erträumt. Rose dagegen, die nur wenig älter war als ihre Schwester, hatte immer gewusst, dass sie als Erstgeborene eines Tages heiraten und nach dem Tode ihres Vaters über Ayrdale herrschen würde. Nur hatte sie nicht erwartet, dass dieser Tag schon so bald käme.

Rose betrachtete die kummervolle Miene ihrer Schwester und fasste den Entschluss, Starla unter allen Umständen vor dem Dragon Lord zu bewahren. Mit ihrem wachen Verstand hatte sie sich bereits einen Plan zurechtgelegt. Schützend legte sie den Arm um die bebenden Schultern ihrer Schwester, sah Dominic tapfer in die Augen und sagte ruhig: »Ich bin Starla. Der Name meiner Zwillingsschwester ist Rose.«

Starla wollte aufbegehren, doch Rose bedachte sie mit einem so beschwörenden Blick, dass sie schnell den Mund wieder schloss. Lady Nelda sah Rose verblüfft an, so als hätte ihre Tochter plötzlich den Verstand verloren. Keiner der anderen Anwesenden hatte ihre Worte vernommen.

Lord Dragon schien die Unruhe der Damen nicht zu bemerken, als er Starlas Kinn hob und ihr in die von Angst erfüllten Augen sah. Offenbar mit dem Anblick zufrieden, wandte er sich den anderen Damen und umstehenden Rittern zu und verkündete mit lauter Stimme: »Ich werde Rose zur Frau nehmen.« Die Bediensteten, Wachtposten, Ritter und Gäste im großen Rittersaal blickten Dominic ängstlich und ungläubig an.

»Bewohner von Dragonwyck, hört mich an«, sagte er dann fest, während sich die Menschen um ihn sammelten, »ich bin Dominic Dragon, euer neuer Herr, und Dragonwyck ist der Name, den ich für meinen Besitz gewählt habe. Ihr alle seid geladen, der Vermählung eures neuen Herrn mit Lady Rose beizuwohnen.«

Ein hochgewachsener älterer Mann trat vor. »Ich bin Sir Braden, Ayrdales Burgvogt. Darf ich fragen, welches Schicksal Lord Edwyn of Ayrdale ereilte?«

»Das will ich Euch sagen.« Die kriegerische Schwester, die sich jetzt Starla nannte, drängte sich an Dominic vorbei. »König John befahl die Ermordung meines Vaters und gab Lord Dragon Ayrdale als Belohnung für die Tat.«

Dominic war nahe daran, die Geduld zu verlieren. Er hatte geahnt, dass ihm diese streitsüchtige Frau nichts als Ärger bereiten würde, und er war froh, ihre Schwester erwählt zu haben.

»Das ist falsch. Nicht an meinen Händen klebt Lord Edwyns Blut«, sagte er. »Soweit ich weiß, wurde er des Hochverrats beschuldigt. Ayrdale wurde mir übergeben, weil ich in der Lage bin, Englands Grenze gegen Übergriffe der Schotten zu verteidigen.«

»Zumindest behauptet Ihr das«, erwiderte das Mädchen verächtlich.

Dominic hatte genug von den Seitenhieben dieser kleinen Furie. Gerade wollte er sie scharf zurechtweisen, als ein beleibter Mann in braunem Priestergewand und Tonsur den Saal betrat. Er eilte neben Sir Eric einher und hielt seine Robe hoch, um nicht über den Saum zu stolpern.

»Hörte ich recht, Mylord?«, fragte der Priester, als er vor Dominic stand. »Ist Lord Edwyn wirklich tot? Brachtet Ihr seine Leiche heim, auf dass wir ihn bestatten können?«

Dominic warf einen kurzen Blick auf Lady Nelda und verfluchte den König im Stillen, als er einen Hoffnungsschimmer in ihren tränenumflorten Augen entdeckte. Er würde ihre Hoffnung einmal mehr enttäuschen müssen.

»Nein, Pater. Mit dieser Aufgabe wurde ich nicht betreut. Ich glaube, Lord Fairchild wurde in London beigesetzt.«

»In ungeweihter Erde?«, fragte der Priester entsetzt.

»Es ist schon gut, Pater Nyle«, sagte Lady Nelda. »Der Herr im Himmel weiß, dass mein Gemahl ein guter Mensch war. Wir brauchen seinen Leichnam nicht, um ihn zu betrauern.«

»Lasst uns gleich jetzt in die Kapelle gehen und eine Messe für seine unsterbliche Seele lesen.« Pater Nyle wandte sich zum Gehen.

»Nein, Pater.« Dominic hielt ihn auf. »Ihr werdet noch in dieser Stunde eine Trauung vollziehen.«

»Eine Trauung?« Der Priester sträubte sich entrüstet. »Das geziemt sich nicht. Schließlich befindet sich die Burg in tiefer Trauer.«

»Ich fürchte, ich muss darauf bestehen«, beharrte Dominic. »Noch in dieser Stunde werde ich Lady Rose zur Frau nehmen.«

Als sie seine Worte hörte, schauderte Rose unwillkürlich. Ihre Mutter begehrte auf. »Ich muss protestieren, Mylord. Es ist noch viel zu früh, um an eine Vermählung zu denken.«

»Der Protest steht Euch frei, Mylady, doch er nützt Euch nichts. Ich befolge die Befehle des Königs. Es ist äußerste Eile geboten, aus Gründen, die wohl offensichtlich sein dürften. Dragonwyck musste zu lange auf einen Herrscher verzichten. Es hätte schlimme Folgen für alle, wenn einer der Feinde Englands versuchen würde, sich des Besitzes zu bemächtigen, indem er sich mit einer der Damen vermählt.«

Pater Nyle murmelte etwas Unverständliches, wagte aber keinen weiteren Einwand. »Nun denn, Mylord, wenn Ihr darauf besteht, werde ich die Trauung vollziehen. Wenigstens will ich dafür sorgen, dass die Ehe vor Gott und Gesetz Gültigkeit besitzt. Lord Edwyn hätte nichts anderes für seine Tochter gewollt. Auch ist es meine Pflicht, für den Schutz der Witwe unseres Herrn und ihrer zweiten Tochter zu sorgen. Sie bedürfen der Sicherheit eines Heims, Mylord.«

»Ich werde mich ins Kloster begeben«, sagte Lady Nelda, »und meine Tochter soll mich begleiten.«

»Wie Ihr wünscht, Mylady, doch ich versichere Euch, dass Ihr auch auf der Burg bleiben könnt, wenn es Euch beliebt«, antwortete Dominic.

»So wird es das Beste sein«, sagte Rose. Sie wandte sich ihrer Zwillingsschwester zu und flüsterte: »Ich werde darum bitten, dass ihr gleich nach der Trauung aufbrechen dürft. Denke nur daran, mich Starla zu nennen. Du bist jetzt Rose.«

»Was hast du nur vor?«, wisperte Starla.

»Ich will nichts als deine Haut retten. Es sei denn, du möchtest Lord Dragon heiraten.«

Starla erbleichte. »Nein! Das könnte ich nicht ertragen. Er ist so … gebieterisch. Bist du sicher, dass du weißt, was du tust?«

»Vertraue mir. Halte dich nur an meine Worte, damit er keinen Verdacht schöpft.«

»Was flüstert Ihr denn da?«, fragte Dominic streng.

»Darf ich Euch um einen Gefallen bitten, Mylord?«, fragte Rose.

»Einen Gefallen?«, wiederholte Dominic misstrauisch. »Nennt ihn, doch ich verspreche nichts.«

»Gestattet meiner Mutter und mir, gleich nach der Trauung ins Kloster aufzubrechen.«

»Ist das auch Euer Wunsch?«, fragte Dominic Lady Nelda.

Rose warf ihr einen warnenden Blick zu und hoffte, dass ihre Mutter sie verstand. Lady Nelda schien zu ahnen, dass Rose etwas im Schilde führte, denn sie nickte.

»So sei es«, verkündete Dominic. »Wählt Euch die Ritter, die Euch sicheres Geleit zum Kloster gewähren sollen. Ihr dürft Euer Hab und Gut mitnehmen, doch alle Gegenstände von Wert gehören nun mir und verbleiben auf der Burg. Haben wir uns verstanden?«

Alle drei Damen nickten.

»Nun gut, zieht Euch in Eure Gemächer zurück, um Lady Rose auf die Hochzeit vorzubereiten.«

Rose ergriff Starlas Hand und zog sie mit sich die Treppe hinauf. Lady Nelda eilte ihnen nach. Nachdem sie die Tür hinter sich geschlossen hatten, ließ sich Rose erschöpft dagegensinken. Gleich darauf jedoch richtete sie sich auf und nahm den Mut und die Entschlossenheit zusammen, die ihre Natur bestimmten.

»Kommt«, sagte sie und öffnete eine Kleidertruhe, »uns bleibt nicht viel Zeit.«

»Zuerst bist du uns eine Erklärung schuldig«, sagte Lady Nelda. »Warum hast du Lord Dragon weisgemacht, du seiest Starla?«

Rose nahm eines der Unterkleider ihrer Mutter aus der Truhe und legte es aufs Bett. »Glaubst du, Lord Dragon hätte eine scharfzüngige Frau gefreit? Nein. Männer wollen sanftmütige Gemahlinnen, die sie einschüchtern und sich gefügig machen können. Ich bin keine solche Frau, und Lord Dragon hat dies auch erkannt. Ich wusste, dass er Starla zur Frau nehmen würde, doch eine solche Ehe wäre ihr Untergang.«

»Ich werde nicht zulassen, dass du dich für mich opferst«, begehrte Starla auf. »Unser Leben lang hast du mich beschützt, nun ist es an der Zeit, dass ich selbst für mich eintrete.«

Rose bedachte ihre Schwester mit einem zärtlichen Lächeln. »Es liegt nicht in deiner Natur, um etwas zu kämpfen, Schwester. Du hast schon immer gewusst, dass du dein Leben Gott weihen würdest. Selbst Papa erkannte deine Frömmigkeit an und gestattete dir, ins Kloster zu gehen. Nun wird sich dein Wunsch erfüllen.«

»Doch was tun wir mit Lord Dragon?«, fragte Lady Nelda. »Glaubst du, dass er den Unterschied nicht bemerken wird?«

»Nicht, wenn Starla ihre Rolle gut spielt«, erklärte Rose. »Sie kennt mich besser als jeder andere Mensch auf der Welt, selbst besser als du, Mama. Wenn sie sich Mühe gibt, wird es ihr gelingen, in meine Rolle zu schlüpfen, bis die Trauung vollzogen ist. Und ich werde die sanftmütige Schwester spielen. Lord Dragon hat öffentlich verkündet, dass er Lady Rose zu ehelichen gedenkt, und so soll es geschehen.«

»Ein kluger Plan«, sagte Lady Nelda nachdenklich. »Doch ich fürchte um dich, Rose. Früher oder später wird Lord Dragon merken, dass er getäuscht wurde. Was soll dann aus dir werden? Bedenke außerdem, Tochter«, fügte Lady Nelda ernst hinzu, »was eine Vermählung mit einem Mann wie Lord Dragon bedeutet.«

Rose hegte zwar einige Vermutungen, wusste jedoch nicht genau, was sich zwischen Mann und Frau im Ehebett zutrug.

»Davon kannst du mir später berichten, Mama. Erst müssen wir uns vorbereiten. Starla, erinnerst du dich daran, wo Papa die Goldstücke für Notfälle aufbewahrte?«

Starla betrachtete den Kamin und runzelte die Stirn. »Es ist lange her, dass er uns das Versteck zeigte, doch ich glaube, ich erinnere mich.«

»Gut, dann hole das Gold. Mama, du bringst deinen Schmuck her, während ich die Säume deiner Kleider aufreiße.«

»Lord Dragon hat uns untersagt, irgendwelche Wertgegenstände mitzunehmen«, wandte Lady Nelda ein.

Rose blickte sie verärgert an. »Der Teufel hole Lord Dragon! Ich werde nicht zulassen, dass ihr im Kloster von Almosen leben müsst. Mama, hole auch deinen Nähkorb.«

»Das Gold ist noch hier!«, rief Starla, nachdem sie einen Ziegelstein aus dem Kamin gezogen hatte. Sie angelte einen prall gefüllten Stoffbeutel aus der Höhlung. Den Beutel trug sie zum Bett, öffnete ihn und schüttete seinen Inhalt auf die Decke. Es waren unzählige Goldmünzen.

Flink nähten die drei Frauen die Münzen in die Säume von Lady Neldas Unterkleidern ein. Sie achteten darauf, sie so zu platzieren, dass sie beim Gehen nicht aneinanderschlugen. Mit dem Schmuck verfuhren sie ebenso.

»Nun habt ihr genug Geld, um eine Weile davon leben zu können«, sagte Rose, als das Werk vollendet war. »Starla, ich werde Mama zur Hand gehen, pack du deine Kleider zusammen.«

»Was soll aus dir werden, Rose?«, fragte Lady Nelda, als sie ihre wenigen Besitztümer in eine kleine Truhe legte. »Wird es dir gut gehen? Ich wollte Starla nicht beunruhigen, doch ich befürchte, dass du dich in große Gefahr begibst. Lord Dragon scheint mir kein Mann zu sein, der sich leicht beschwichtigen lässt. Wenn er herausfindet, dass wir ihn getäuscht haben, wird er seinen Zorn an dir auslassen.«

»Ich werde es schon überstehen, Mama«, erwiderte Rose mit mehr Zuversicht, als sie empfand. »Er wird mir nichts zuleide tun, um nicht den Zorn der Ritter von Ayrdale zu erregen. Er muss sich ihrer Treue versichern.«

»In der Tat, er wird unsere Ritter brauchen«, stimmte Lady Nelda wissend zu. »Wie ich meinen Bruder Murdoc kenne, wird er versuchen, Ayrdale für sich zu beanspruchen, sobald er vom Tode deines Vaters erfährt. Ich würde ihm zutrauen, dass er dich dazu zwingen will, einen seiner Verwandten zu heiraten.«

Rose schnitt eine Grimasse. Auch wenn Lord Dragon nicht nach Ayrdale gekommen wäre, hätte sie niemals einen Mann aus Onkel Murdocs Gefolge geheiratet. Sie kannte seine Männer, und kein einziger fand Gnade vor ihren Augen.

Wenig später kehrte Starla in die Kemenate zurück. Sie trug eine kleine Schatulle bei sich, in der sich ihre Habe befand. »Ich will nur wenige Dinge mitnehmen, da ich gleich nach unserer Ankunft Postulantin werden möchte. Dann trage ich die Gewänder, welche die Nonnen mir geben.«

»Ich werde dich vermissen«, sagte Rose und umarmte die Schwester fest. »Und dich auch, Mama. Das Kloster ist nur eine halbe Tagesreise von hier entfernt. Ich werde euch oft besuchen.«

»Bist du dir deiner Sache wirklich sicher, Rose?«, fragte Starla mit zitternder Stimme. »Ich würde niemals ein so großes Opfer von dir verlangen.«

»Du willst dem Herrn dein Leben weihen, Starla. Es würde mir unendlichen Kummer bereiten, dich von Lord Dragons eiserner Hand erdrückt zu sehen.«

Starla schauderte, ihre Stimme war kaum mehr als ein Flüstern. »Lieber würde ich sterben. Ich bezweifle, dass ich mich einem Gemahl so hingeben könnte, wie es die Pflicht einer Ehefrau ist.«

Mit Tränen in den Augen zog Rose ihre Schwester abermals fest an sich. »Das musst du auch nicht. Gehe hin und finde die Erfüllung in deinem Glauben. Bedenke nur, dass du in meine Rolle schlüpfen musst, bis die Trauung vollzogen ist. Ich dagegen werde mich sanftmütig und mild geben, bis ich sicher sein kann, dass du im Kloster in Sicherheit bist.«

»Herr, gib, dass Rose lange genug den Mund halten kann«, flehte Lady Nelda.

Ein lautes Klopfen an der Tür unterbrach die Unterhaltung. Rose öffnete und sah sich dem hünenhaften, fremdländisch aussehenden Mann gegenüber, der Lord Dragon auf Schritt und Tritt begleitete. Er war mit einer eigentümlichen, reich bestickten Robe bekleidet, die ihn von Kopf bis Fuß bedeckte, hatte sich einen Streifen weißen Leinens um den Kopf gewunden und trug genügend Waffen bei sich, um einer Armee den Garaus zu machen.

»Ich bin Raj, Lord Dragons Diener. Mein Herr erwartet seine Braut in der Kapelle.«

»Wir kommen«, sagte Rose.

Sie versuchte, die Tür zu schließen, wurde jedoch von Raj daran gehindert. »Ich habe den Befehl, Lady Rose zu ihrem Bräutigam zu geleiten.« Er ließ den Blick zwischen den Schwestern hin und her schweifen. »Welche von den Damen ist Lady Rose?«

Rose verstellte sich augenblicklich, um die schüchterne Natur ihrer Schwester nachzuahmen. Sie schlug den Blick nieder und bemühte sich zu zittern, was ihr allerdings in diesem Augenblick nicht schwerfiel. »Ich bin Lady Rose.«

»Folgt mir, Mylady«, sagte Raj und hielt ihr die Tür auf. »Wir dürfen unseren Herrn nicht warten lassen.«

Rose tat einen tiefen Atemzug, straffte die Schultern und ging tapfer ihrem Schicksal entgegen.

2

Was ist ein Name? Das, was wir Rose nennen,
was es auch sei, duftet lieblich.

William Shakespeare

Dominic ging ungeduldig vor dem Altar auf und ab und wartete darauf, dass seine Braut endlich erschien. Insgeheim verspürte er nur wenig Neigung, sich vermählen zu lassen. Die scheue Zwillingsschwester entsprach ganz und gar nicht seinem Geschmack, doch er wusste, dass er die richtige Wahl getroffen hatte. Die scharfzüngige Furie hätte ihm das Leben zur Hölle gemacht, und er trachtete auch nicht danach, eine trauernde Witwe in seinem Bett zu wissen.

Nicht dass er sich von der Vermählung mit der zurückhaltenden kleinen Maus Sinnenfreuden versprach. Vermutlich würde sie fest die Augen schließen, die Zähne zusammenbeißen und ein Gebet sprechen, wann immer er Anstalten machte, sie zu lieben. Rose trägt ihren Namen nicht zu Recht, dachte Dominic belustigt. Das schüchterne Mädchen, das er zur Frau nehmen würde, besaß keine Dornen. Von ihrer Schwester allerdings konnte man das nicht behaupten. Sie war so stachelig wie eine Distel.

Plötzlich riss ihm der Geduldsfaden. »Wo bleibt sie?«, herrschte er den Priester an.

»Geduld ist eine Tugend, Mylord«, sagte der Priester. »Innerhalb einer Stunde brachtet Ihr Kunde vom Tode unseres Herrn und wähltet eine seiner Töchter zur Frau. Solch große Eile ist unziemlich.«

Dominic presste die Lippen zusammen. »Es ist der Wille des

Königs. Glaubt Ihr, ich sei erpicht auf eine unwillige Gemahlin in meinem Bett? Als der König mir seine Befehle erteilte, trug ich mich mit der Absicht, eine andere zu heiraten. Wenn ich mich in diese Ehe fügen muss, wird auch Lady Rose nichts anderes übrig bleiben.«

»Lady Rose gehorcht dem König, auch wenn es ihr nicht gefällt«, sagte Rose, die plötzlich an der Tür zur Kapelle stand. »Hier bin ich, Mylord.«

Dominic betrachtete Rose und bemerkte missbilligend ihren gesenkten Kopf und die herabgesunkenen Schultern. Konnte sie ihm denn nicht einmal in die Augen blicken? Wie sollte er die Ehe mit einer Frau vollziehen, die schon bei seinem Anblick beinahe in Ohnmacht fiel? Dominic ließ den Blick auf Rose' Schwester ruhen, die ihm ebenfalls auswich. Doch plötzlich schien sie zu bemerken, dass er sie ansah, hob trotzig den Kopf und bedachte ihn mit einem vernichtenden Blick.

Er lächelte sie herausfordernd an und wandte sich dann wieder seiner kleinlauten Rose zu. Wenigstens würde er Veronica als seine Geliebte behalten können, wenn Rose seine Frau wurde. Hätte er die Schwester gewählt, wäre ihm wohl kein Augenblick häuslichen Friedens beschert gewesen. Immerhin ließ sich vermuten, dass ein Leben mit der lebhaften Starla keineswegs langweilig gewesen wäre. Überrascht bemerkte Dominic, dass sich sein Verlangen unter seinen Beinkleidern regte.

Sogleich unterdrückte er seine abschweifenden Gedanken und wandte sich an den Priester. »Beginnt mit der Trauung, Pater. Haltet Euch nicht mit dem Lesen der Messe auf, denn ich möchte die Prozedur so schnell wie möglich hinter mich bringen.«

Wäre es Dominic möglich gewesen, in diesem Augenblick in die Augen seiner Braut zu sehen, so hätte er ein zorniges Funkeln in deren blauen Tiefen entdeckt.

Er winkte sie zu sich heran. »Kommt, Mylady, es hilft Euch nichts, jetzt noch zu zaudern.«

Begleitet von ihrer Mutter und Schwester trat Rose auf den

Altar zu. Als sie neben Dominic stand, legte er sich ihre Hand auf den Arm und wandte sich dem Priester zu.

»Du musst es nicht tun«, wisperte Starla.

Rose tat, als hätte sie die Schwester nicht gehört. »Ich bin bereit, Mylord«, sagte sie leise.

Dominic sprach das Ehegelöbnis mit fester Stimme, musste Rose jedoch einen sanften Stoß versetzen, als sie an der Reihe war. Wenige Augenblicke später erklärte Pater Nyle sie zu Mann und Frau, doch Dominic empfand keine Freude. Stattdessen fühlte er sich seltsam enttäuscht. Er konnte sich nicht einmal dazu bringen, seiner Gemahlin den üblichen Kuss zu geben. Nur flüchtig ließ er seine Lippen über die ihren streifen.

Doch etwas Eigenartiges geschah, als seine Lippen die ihren berührten. Tief in seinem Innern schien sich ein Funke zu entzünden, und eine feurige Wärme breitete sich in seinem Körper aus. Er wich zurück und blickte seine Braut verwundert an.

»Ein Festmahl erwartet uns im Rittersaal, Mylady«, sagte er schroffer als beabsichtigt. Dann führte er sie aus der Kapelle. »Werden Eure Mutter und Schwester bleiben, um mit uns zu feiern?«

»Nein, wir möchten gleich aufbrechen«, antwortete Lady Nelda. Sie ergriff Rose' Hand und küsste ihre Tochter zärtlich auf die Wange. »Gott behüte dich, Rose.«

Dominic beobachtete, wie die Schwestern einander umarmten und miteinander flüsterten. Er entdeckte die Tränen, die in ihren Augen schimmerten, und wappnete sich gegen das Mitleid, das er für sie empfand. Schließlich hatte er Lady Nelda und Starla nicht dazu gezwungen, die Burg zu verlassen. Sie selbst hatten es so gewollt.

»Wir sind reisefertig, Lord Dragon«, sagte Lady Nelda und zog Starla sanft aus Rose' Armen.

Dominic gab Raj ein Zeichen, der sogleich die Ritter benachrichtigte, die den Damen Geleitschutz geben sollten. »Eric of Carlyle und zwei weitere Eurer Burgwachen werden dafür sorgen, dass Ihr wohlbehalten im Kloster ankommt.«

Dann suchte er Starlas Blick, blieb jedoch erfolglos. Gern hätte er ein letztes Mal in das stolze, trotzige Gesicht der Schwester seiner Braut geblickt, ehe er sich für immer von ihr verabschiedete, doch es sollte nicht sein. Als Lady Nelda und Starla die Kapelle verließen, seufzte Dominic bedauernd.

»Ich befahl, dass man ein Festmahl zur Feier unserer Vermählung herrichten solle, und habe unsere Vasallen dazu eingeladen«, erklärte er seiner jungen Braut. »Ich hoffe, das Fest wird Euch erfreuen.«

Rose verhielt sich so, wie ihre Schwester es getan hätte, sie wich schüchtern vor Dominic zurück. Allerdings musste sie sich dazu nicht einmal verstellen. Die Berührung seiner Lippen hatte sie atemlos und in innerem Aufruhr zurückgelassen. Ihr Körper schien aufs Eigenartigste zu erbeben. Kurz hob sie den Blick zu seinem Gesicht auf, senkte ihn jedoch sogleich wieder. »Wenn es Euch gefällt, Lord Dragon.«

Dominic runzelte die Stirn. Ehe Rose den Blick von ihm gewandt hatte, schien er einen trotzigen Ausdruck in ihren Augen wahrgenommen zu haben, der ihn verwunderte. Dieselbe hitzige Regung hatte er in den Augen der Zwillingsschwester gesehen, als sie ihn am Burgtor empfangen hatte. Schnell schüttelte Dominic den Kopf, um das Bild von der kriegerischen Jungfer zu Pferde zu vertreiben, die ihr Schwert gezogen hatte und weder Tod noch Teufel zu fürchten schien. Eine vage Ahnung nagte an ihm, doch sie war zu flüchtig, als dass er sie hätte greifen können.

»Rose, mein Name ist Dominic«, sagte er in das unbehagliche Schweigen hinein. »Du hast die Erlaubnis, mich Dominic zu nennen, wenn du es wünschst.«

»Ich wünsche es nicht, Mylord.«

Dominic verspürte ein dumpfes Pochen in seinen Schläfen. Es würde keine leichte Aufgabe sein, seine Ehe zu vollziehen. Vermutlich würde er die eine Schwester lieben, während er an die andere dachte. Der Teufel sollte König John holen!

Im Rittersaal geleitete Dominic seine Braut zu ihrem Platz,

setzte sich neben sie und sah sich um. Er hatte noch keine Gelegenheit gehabt, die große Halle näher zu betrachten, nahm sich nun aber die Zeit dazu.

An den Wänden hingen reich bestickte Tapisserien und seidene Behänge, die Holzscheite im Kamin verströmten einen frischen Duft, und der große Kronleuchter an der Decke blitzte. Die Festtafel war mit feinstem Leinen gedeckt, und das silberne Geschirr glänzte. Ein munteres Feuer tanzte im Kamin und vertrieb die düsteren Schatten und die abendliche Kühle. Seit er vor vielen Jahren das Haus seines Vaters verlassen hatte, um sein Glück zu machen, war ihm kein Aufenthalt in einer so angenehmen, einladenden Umgebung mehr beschert gewesen.

Der einzige missliche Umstand war die blasse, kleinlaute Frau an seiner Seite. Wenn sie auch nur über einen Funken von Temperament verfügte, war es ihm bislang nicht gelungen, ihn zu entdecken. Rose schien nur ein fahles Abbild ihrer lebensfrohen Schwester zu sein. Dennoch würde er seine Abneigung gegen die fromme Jungfer lange genug überwinden, um die Ehe mit ihr zu vollziehen und einen Erben zu zeugen.

Rose beobachtete ihn heimlich und fragte sich, worüber er wohl gerade nachdachte. Seine dunklen Augen, der herrische Zug um den Mund und das markante Kinn wirkten zwar Ehrfurcht gebietend, aber nicht bedrohlich. Rose betrachtete ihren Gemahl und entschied, dass er ein gut aussehender Mann war. Seine Züge zeugten von Stärke, Männlichkeit und Entschlossenheit.

Was würde geschehen, wenn er herausfand, dass er getäuscht worden war?

Sie vermochte nicht, ein Schaudern zu unterdrücken.

»Ist dir kalt, Rose?«

Sie rieb sich die Arme. »Nein.«

Dominic legte ihr einen Finger unters Kinn und hob ihren Kopf an, sodass er ihr in die Augen blicken konnte. »Hast du Angst vor mir?«

Zorn blitzte einen winzigen Augenblick in ihren Augen auf, doch Rose unterdrückte ihn schnell, ehe Lord Dragon Verdacht schöpfen konnte. Noch durfte sie ihrem Gemahl nicht zu viel von ihrer wahren Natur preisgeben. Sie wusste, wie sehr sich Starla vor ihm gefürchtet hätte, also versuchte sie, das Verhalten ihrer schüchternen Schwester nachzuahmen.

Sie zwang sich dazu, ihre Stimme unsicher klingen zu lassen. »Ich wäre wohl töricht, mich nicht zu fürchten, Mylord. Es war nie mein Wunsch, zu heiraten. Ehe sich der König einmischte, wollte ich mein Leben Gott weihen. Ich wäre gern Nonne geworden und hatte mein Leben dem Gebet und guten Werken gewidmet.«

Ihre Worte schienen Lord Dragon zu verärgern, denn er fluchte leise und ließ ihr Kinn los. »Wir sind vermählt, Mylady. Es gibt nichts, das diese Tatsache ändern könnte. Ferner erwarte ich, dass du einem Erben das Leben schenkst. Hat dir deine Mutter erklärt, was dich in der Hochzeitsnacht erwartet?«

Dazu blieb uns keine Zeit. »Tut mit mir, was Euch beliebt, Lord Dragon«, sagte Rose leise. »Doch Ihr könnt mich nicht dazu zwingen, Gefallen daran zu haben.«

Ein weiterer Fluch entrang sich Dominics Kehle. »Glaubst du etwa, ich wollte dich heiraten? Mir stand der Sinn nach einer anderen, doch der König gestattete es nicht. Sollte es einen Mann geben, für den du Gefühle hegst, rate ich dir, ihn zu vergessen. Ich dulde keine Untreue.«

Rose erschrak. Sie hatte nicht erwartet, dass Lord Dragon einer anderen Frau zugetan sein könnte. Sie dagegen hatte noch nie ihr Herz verloren. Obwohl ihr Vater ihr eine Ehe schmackhaft machen wollte, war ihr doch nie ein Mann begegnet, der ihr gut genug gefallen hatte.

»Ich erklärte Euch bereits«, wisperte Rose, »dass ich dem Herrn versprochen war.«

Dominic wollte gerade etwas erwidern, als Diener den Saal betraten, um die großen Platten mit Speisen aufzutragen. Dominic hatte ein Festmahl befohlen, und man hatte ihm gehorcht.

Die Platten waren gefüllt mit Schweine- und Rehbraten, Wildpasteten in Weinsoße, geschmorten Aalen und frischen Austern. Der zweite Gang bestand aus Huhn mit Zitrone und Ingwer, Forelle in Sahne, frischem Brot mit Butter und verschiedenen Gemüsen.

Dominic war beeindruckt von dem üppigen Mahl. Als schließlich ein großes Käserad und verschiedene Süßigkeiten aufgetragen wurden, zweifelte er nicht mehr daran, dass Dragonwycks Reichtum selbst seine kühnsten Erwartungen übertraf. Und sicherlich auch die des Königs. Er bedachte Rose mit einem Seitenblick. Wenn er schon keine Erfüllung im Ehebett zu erwarten hatte, so konnte er sich mit dem Gedanken trösten, dass er nun ein reicher Mann war.

»Die Köchin versteht ihr Handwerk ausgezeichnet«, bemerkte Dominic.

Er nahm einen tiefen Zug aus dem Kelch, den er und Rose miteinander teilten, und reichte ihn ihr. Da sie sich weigerte, von der Stelle zu trinken, die seine Lippen berührt hatten, drehte Rose den Kelch in der Hand und trank von der anderen Seite. Dominic starrte auf den Tropfen Wein, der auf ihrer Unterlippe zitterte, und verspürte plötzlich das unbändige Verlangen, ihn mit der Zungenspitze aufzufangen.

Er musste verrückt geworden sein. Es gab keine andere Erklärung. Nur ein Narr würde eine Frau begehren, die vor jeder seiner Berührungen zurückwich. Er konnte sich glücklich schätzen, wenn er nach der ersten Liebesnacht ohne Erfrierungen davonkam. Verzweifelt stöhnte er auf, als er spürte, wie sehr ihn der Gedanke an die Nacht erregte.

Er *war* verrückt!

»Findest du keinen Geschmack an diesem Essen?«, fragte er, als er sah, dass Rose kaum einen Bissen anrührte. Wenigstens lenkte ihn ihr Mangel an Appetit von dem Gedanken an ihre verführerischen Lippen ab.

»Ich bin nicht hungrig«, antwortete Rose leise. »Daher möchte ich mich jetzt zurückziehen.«

»Noch nicht«, erwiderte Dominic. »Du musst warten, bis man auf das Glück des Brautpaars getrunken hat.«

Rose presste die Lippen zusammen und unterdrückte ihre Ansicht zu diesen Trinksprüchen. Glück? Wohl kaum. Doch sie musste unter allen Umständen die Rolle der gehorsamen Braut spielen, bis sich ihre Mutter und Schwester hinter den schützenden Klostermauern befanden, wo selbst Lord Dragon ihrer nicht habhaft werden konnte. Also errötete Rose mit dem rechten Maß an Sittsamkeit, als man die Kelche hob und überschwängliche Scherze über die bevorstehende Hochzeitsnacht machte.

»Darf ich jetzt gehen?«, fragte sie zaghaft, als die Trinksprüche gesagt waren und die Gäste wieder dem Mahl und dem Wein zusprachen.

Dominic erhob sich und reichte ihr den Arm. »Ich werde dich zur Kemenate geleiten, wo du dich auf die Hochzeitsnacht vorbereiten kannst. Ich suche dich dann später im Schlafgemach auf.«

Auch Rose stand auf und mit ihr zwei Damen, die ebenfalls an der Tafel unter dem Baldachin gesessen hatten. »Es ist nicht nötig, mich zu begleiten, Mylord«, sagte Rose. »Lady Emily, die Gemahlin Sir Erics, und Lady Blythe, Sir Cedric of Waverlys Gattin, werden sich meiner annehmen.«

»Wie du wünschst«, erwiderte Dominic. »Vielleicht können dich deine Damen in die Geheimnisse der Hochzeitsnacht einweihen. Du bist von scheuer und sittsamer Natur und bedarfst der Vorbereitung. Ich würde es vorziehen, wenn meine Gemahlin nicht in Ohnmacht fiele, sobald sie mich in ihrem Bett sieht.«

Rose errötete tief und wurde schnell von den beiden Ladys aus dem Saal geführt. Lady Emily, eine Frau in mittleren Jahren und von angenehmem Äußeren, ging voran, während die jüngere, hübsche Lady Blythe den beiden anderen folgte.

»Was meinte er nur, Rose?«, flüsterte Lady Emily, als sie die Treppe hinaufstiegen und über die Galerie gingen. »Seit wann bist du von scheuer und sittsamer Natur? Lord Dragons Beschreibung hörte sich eher nach Starla an.«

»Allerdings bist du heute ungewöhnlich still«, bemerkte Blythe. »Doch wer könnte es dir verdenken? Dies ist ein trauriger Tag für dich, Rose. Eine Zwangsehe mit Lord Dragon eingehen zu müssen würde wohl jeder Frau die Sprache verschlagen.«

»Eines Tages werde ich euch erzählen, was sich heute zugetragen hat«, versprach Rose. »Doch jetzt beeilt euch. Ich möchte nicht, dass Dragon heraufkommt, bevor ich für ihn bereit bin.«

Rose betrat die Kemenate und ging durch das Kaminzimmer ins Schlafgemach, das einst ihre Eltern miteinander geteilt hatten. Emily und Blythe folgten ihr.

»Ich bin seit vielen Jahren verheiratet«, begann Emily zögernd, »und ich will versuchen, deine Fragen zu deiner … Hochzeitsnacht zu beantworten.«

Ein entschlossener Ausdruck trat in Rose' Gesicht. »Es wird keine Hochzeitsnacht geben. Sobald ihr mich verlasst, werde ich die Tür verriegeln und niemandem mehr öffnen.«

»Niemandem?«, fragte Blythe erschrocken. »Aber Lord Dragon ist dein Gemahl. Du kannst dich ihm nicht verweigern.«

»Und ob ich kann!«, sagte Rose grimmig. »Ihr müsst nun gehen, denn ich möchte nicht, dass Dragon euch hier antrifft. Ihr sollt nicht zwischen die Fronten geraten.«

Emily blickte Rose nachdenklich an. »Was geht hier vor, Rose? Eric hat mir viel über Lord Dragon erzählt. An deiner Stelle würde ich mich ihm nicht widersetzen.«

»Cedric sagt, dass Lord Dragon eine Geliebte hat«, platzte Blythe heraus. »Als er im letzten Jahr mit deinem Vater nach London reiste, munkelte man darüber, dass Lord Dragon die Dame heiraten wollte. Doch der König scheint seine Pläne durchkreuzt zu haben.«

»Schäme dich, Blythe«, wies Emily sie zurecht. »Das ist nichts als dummes Geschwätz.«

»Nein, es ist wahr«, sagte Rose. »Lord Dragon gestand mir, dass es eine andere Frau in seinem Leben gibt. Schließlich handelt es sich bei unserer Ehe nicht eben um eine Liebesheirat. Der König befahl ihm, eine der Frauen von Ayrdale zu heiraten, und Dragon hatte keine andere Wahl, als zu gehorchen.«

»Immerhin zog er dich deiner Schwester vor«, sagte Blythe bedeutungsvoll.

Rose wusste es besser, behielt die Wahrheit jedoch für sich. Früher oder später würde sie ohnehin ans Licht kommen. Viel zu früh, befürchtete Rose.

»Geht jetzt.« Rose schob die Ladys auf die Tür zu. »Macht euch keine Sorgen um mich. Mir wird nichts geschehen.«

Rose verriegelte die Tür hinter Emily und Blythe, setzte sich auf eine Bank vor den Kamin und schlang ihre Arme um den Körper. Sie fror zwar nicht, zitterte dennoch am ganzen Leibe. Noch kannte sie Lord Dragon nicht gut genug, um vorauszusehen, wie er ihrem Widerstand begegnen würde, doch sie zweifelte nicht daran, dass sein Zorn fürchterlich war.

Dominic wusste, dass er zu viel trank, doch er schien nicht damit aufhören zu können. Je länger er darüber nachdachte, desto weniger stand ihm der Sinn danach, seiner Gemahlin die Unschuld zu rauben. Und dennoch … etwas in ihm brannte heiß bei dem Gedanken an die Frau, die in ihrem Bett auf ihn wartete. Er begehrte sie, und doch wollte er sie nicht. Ihr gesenkter Blick und die gebeugte Haltung hätten ihm eigentlich gefallen sollen. Schließlich galt Unterwürfigkeit als größte Tugend einer Ehefrau.

Doch war Rose ihm wirklich so ergeben? Dominic ahnte, dass ihm etwas Wichtiges entging. Im Laufe des Abends hatte Rose ihn einige Male angesehen, und in ihren blauen Augen meinte er Trotz und Widerspruchsgeist schimmern gesehen zu haben. Doch bevor er sich vergewissern konnte, ob er sich diesen Ausdruck nur eingebildet hatte, war sie seinem Blick wieder ausgewichen.

Raj, der hinter Dominic stand, schien die Unruhe seines Herrn zu bemerken, denn er beugte sich zu ihm hinunter und flüsterte: »Eure Braut erwartet Euch, Herr. Ihr solltet dem Wein nicht zu sehr zusprechen, damit Ihr später Eure Pflicht erfüllen könnt.«

»Ich rüste mich nur für die Schlacht, Raj«, antwortete Dominic. »Glaubst du, meine schüchterne Jungfrau wird mich mit offenen Armen willkommen heißen?« Er seufzte bedauernd. »Rose ist eine schüchterne Seele, ganz anders als meine leidenschaftliche Veronica. Ich fürchte, meine Manneskraft wird mir den Dienst versagen.«

»Vielleicht habt Ihr Eure Braut nur noch nicht genau betrachtet«, mutmaßte Raj.

Dominic lachte bitter. »Ich wollte ein gehorsames Weib, und das habe ich auch bekommen. Rose fürchtet sich vor mir. Zum Teufel, sie erschrickt ja vor ihrem eigenen Schatten.«

»Warum habt Ihr dann nicht die Schwester gefreit?«

Verblüfft blickte Dominic seinen Vertrauten an. »Du beliebst zu scherzen. Lieber will ich in Rose' eiskaltem Bett schlafen, als dass ihre Schwester die Laken mit meinem Blut tränkt. Die Schwester ist zu feurig für meinen Geschmack.«

Nun war es an Raj, schallend zu lachen. »Ich ahne, dass Ihr an diese Worte noch lange zurückdenken werdet, Herr.« Er wandte sich zum Gehen. »Ich wünsche Euch eine angenehme Nacht.«

Dominic blickte starr in seinen leeren Weinkelch und fragte sich, ob er ihn noch einmal füllen sollte. Er wusste, dass er die Ehe so bald wie möglich vollziehen musste. Weiteres Zaudern würde die Tortur nur verlängern, dennoch sträubte er sich gegen den Gedanken, ein ängstliches Mädchen zu entjungfern.

Als Dominic sich langsam von seinem Stuhl erhob, erregte er die Aufmerksamkeit der Ritter, die ihm grobe Scherze und anzügliche Ratschläge für die Hochzeitsnacht zuriefen.

»Möge Eure Lanze den siegreichen Stoß ausführen!«, grölte ein weinseliger Ritter und hob seinen Kelch.

»Du meinst wohl den freudenreichen Stoß«, fügte ein anderer lachend hinzu.

»Ich trinke auf heißes Blut und einen kräftigen Speer!«, rief ein dritter.

Dominic hatte genug gehört. Er wandte sich um und verließ entschlossenen Schrittes den Saal. Plötzlich geriet sein Blut in Wallung, und sein Herz pochte schneller. Erwartungsvoll eilte er die Treppe hinauf, zwei Stufen auf einmal nehmend. Die Galerie schien sich endlos zu erstrecken, doch schließlich erreichte er die Kemenate. Mit eiligen Schritten durchquerte er das Kaminzimmer. Mit etwas Glück würde es ihm vielleicht gelingen, die Augen seiner jungen Braut wieder so funkeln zu lassen, wie er es beim Essen zu sehen geglaubt hatte.

Dominic hielt sich für einen guten Liebhaber. Veronica und die anderen Geliebten vor ihr hatten ihn immer wieder für seine Leidenschaft und Geschicklichkeit gelobt. Unzählige Male hatte er seine Mätressen zu vollkommener Glückseligkeit geführt. Wie schwierig mochte es sein, die Leidenschaft einer Jungfrau zu erwecken? Dominic hatte noch nie einer Frau die Jungfräulichkeit geraubt, doch eine Frau blieb eine Frau, ob sie nun in Liebesdingen erfahren war oder nicht. Er würde Rose Freude bereiten, trotz ihrer Schüchternheit und seinem eigenen Unwillen, eine Frau zu lieben, die er nicht begehrte.

Zu seiner Überraschung stellte Dominic fest, dass er das Schlafgemach im Laufschritt zu erreichen versuchte. Warum war er nur so erpicht darauf, das Bett mit einer Frau zu teilen, die ihn nicht reizte?

Dominic fasste nach dem Türgriff, doch die Tür rührte sich nicht von der Stelle. Er versuchte es noch einmal. Die Tür schien von innen verriegelt zu sein. Wie konnte sie es wagen, ihn aus ihrem Schlafgemach auszusperren? Sie war seine Gemahlin, und er war ihr Herr. Sie konnte sich ihm nicht verweigern.

Sie durfte es nicht wagen!

Er rüttelte an der Klinke. »Rose! Öffne die Tür!«

Dumpf drang ihre Stimme durch die Tür. »Sucht Euch eine andere Schlafstatt, Mylord. Ich habe nicht die Absicht, heute

Nacht das Bett mit Euch zu teilen. Ich brauche Zeit, um meinen Vater zu betrauern.«

»Du willst dich mir verweigern?«, donnerte Dominic.

»Allerdings.«

»Das kannst du nicht tun. Ich verlange Einlass.«

»Ihr habt mir befohlen, Euch zu heiraten, und das habe ich getan.«

»Ich werde nicht um etwas betteln, das mir rechtmäßig zusteht!«, rief Dominic. »Wirst du die Tür öffnen?«

»Nein, Mylord.«

Ungläubig starrte Dominic auf die Eichentür. Die feste Stimme und der entschlossene Ton der Frau hinter der Tür schienen so gar nicht zu seiner zurückhaltenden Rose zu passen. Hatte der kriegerische Geist der Schwester seinen Weg in Rose' scheue Seele gefunden? Dominic beschlich ein entsetzlicher Gedanke.

War er getäuscht worden? Hatten die Ladys ihn an der Nase herumgeführt, damit er nicht die scheue, sondern die widerspenstige Schwester heiratete? Falls es sich so verhielt, würde er jedoch das letzte Wort in der Sache sprechen, denn diese Ehe wäre nicht rechtmäßig. Er hatte eine sittsame Jungfer namens Rose geheiratet und würde keine andere an seiner Seite dulden.

Entschlossen wandte sich Dominic um und ging in den Rittersaal, wo die Feierlichkeiten noch in vollem Gange waren. Er entdeckte Sir Braden und trat auf ihn zu.

»Auf ein Wort, Sir Braden.«

Sir Braden sah ihn verblüfft an. »Gibt es Schwierigkeiten, Mylord?«

»Das will ich meinen«, sagte Dominic grimmig. »Ihr habt der Trauung beigewohnt, nicht wahr?«

»Ja, Mylord.«

»Wen habe ich geheiratet, Lady Rose oder Lady Starla? Sagt die Wahrheit, denn ich dulde keine Lügner.«

»Ihr seid mit Lady Rose vermählt, Lord Dragon.«

»Seid Ihr sicher? Auch ich konnte die Damen nicht auseinanderhalten.«

»Ich kenne die Ladys seit ihren Kindertagen, Mylord. Ich könnte sie niemals miteinander verwechseln. Eure Gemahlin ist Lady Rose.«

»Ist Sir Eric schon vom Kloster zurückgekehrt?«, fragte Dominic, der mit der Auskunft nicht zufrieden war. Irgendetwas stimmte nicht, und er würde den Dingen auf den Grund gehen.

»Nein, Mylord. Doch Sir Cedric, der Stellvertreter Sir Erics, steht Euch zu Diensten.«

»Bringt ihn zu mir.«

Sir Braden eilte davon und kam wenig später mit Sir Cedric zurück. »Ihr wolltet mich sprechen?«, fragte Sir Cedric.

»Ja. Ich werde Euch dieselbe Frage stellen wie Sir Braden. Wen habe ich geheiratet? Lady Rose oder Lady Starla?«

Sir Cedric wirkte überrascht. »Ihr habt Lady Rose zur Frau genommen, Mylord. Eure Wahl habt Ihr im großen Saal verkündet. Wir alle hörten es. In der Tat ist Lady Rose Eure Gemahlin. Gibt es Schwierigkeiten?«

Noch immer misstrauisch winkte Dominic ab. »Ihr dürft Euch entfernen. Schickt Pater Nyle zu mir.«

Dominic ging unruhig auf und ab, während er auf den Priester wartete. Als dieser schließlich herbeieilte, packte Dominic ihn bei den Schultern. »Schnell, nennt mir den Namen meiner Braut!«

Pater Nyle starrte Dominic an, als habe dieser den Verstand verloren. »Lady Rose, Mylord. Habt Ihr bereits ihren Namen vergessen?«

»Woher wisst Ihr, dass ich mich mit Lady Rose vermählte und nicht mit Lady Starla?«

»Nun, ich sollte es wissen. Ich taufte die beiden und sah sie aufwachsen. Starla ist die fromme Zwillingsschwester, die sanftmütige Tochter des Hauses. Rose dagegen hätte als Mann geboren werden sollen, denn in ihr ist keine Spur der milden Art ihrer Mutter und Schwester. Wünscht Ihr noch mehr zu erfahren, Mylord?«

»Nein, Pater, Ihr dürft gehen«, sagte Dominic unwirsch. Er weigerte sich, dem Priester zu gestehen, dass man ihn hinters Licht geführt hatte, zumal er sich seiner Sache noch immer nicht ganz sicher war. Vielleicht brauchte Rose wirklich nur ein wenig Zeit, um ihren Vater zu betrauern, und er bildete sich die Veränderung an ihr nur ein. Jedenfalls war Dominic fest entschlossen, es herauszufinden.

Ausgeruht und erfrischt erwachte Rose am nächsten Morgen. Sie dachte nicht allzu lange darüber nach, warum Lord Dragon am vergangenen Abend so schnell aufgegeben hatte, denn sonst hätte sie sich zu sehr davor geängstigt, ihm unter die Augen zu treten. Doch nun, da ihre Mutter und Schwester sicher hinter den Klostermauern geborgen waren, konnte sie es wenigstens wagen, wieder sie selbst zu sein.

Rose entriegelte die Tür und betrat das Kaminzimmer, wo eine Magd damit beschäftigt war, ein Feuer zu entfachen. Rose begrüßte Tyran freundlich. Sie trug ihr auf, das Morgenmahl zu bringen und ein Bad zu bereiten. Kurze Zeit später betrat Lady Emily mit einem Tablett die Kemenate.

»Er ist fort«, flüsterte sie und zog Rose beiseite, damit die Diener sie nicht hörten, die gerade den Zuber und Krüge mit heißem Wasser hereintrugen.

»Wer ist fort?«

»Lord Dragon. Er verließ die Burg bei Sonnenaufgang. Ich war gerade auf dem Weg zur Messe, als ich ihn davonreiten sah.«

»Ist er auf die Jagd gegangen?«

»Das weiß ich nicht. Dieser fremdländische Hüne begleitet ihn.«

»Weißt du, wo Lord Dragon die Nacht verbrachte?«

Rose hätte sich am liebsten die Zunge abgebissen, als ihr die Frage entschlüpft war. Es kümmerte sie nicht, wo und bei wem

Dragon genächtigt hatte. In ihrem Bett war er jedenfalls nicht willkommen.

»Hat dein Gemahl denn nicht bei dir geschlafen?«, fragte Emily.

Trotzig hob Rose das Kinn. »Ich weigerte mich, ihm die Tür zu öffnen.«

»Gütiger Himmel, Rose, hast du den Verstand verloren?«

»Vielleicht, doch ich kann nicht mit einem Mann zusammen sein, den ich kaum kenne. Dragon will mich nicht. Er ist des Königs Lakai, und ich verabscheue jeden, der dem König dient, der meinen Vater ermordet hat.«

»Wohin könnte Dragon aufgebrochen sein?«

»Cedric of Waverly sagte, Lord Dragon habe sich gestern Abend seltsam benommen. Er fragte Sir Braden, Pater Nyle und Sir Cedric nach deinem Namen. Welchen Grund mag er wohl gehabt haben?«

Rose befürchtete, zu weit gegangen zu sein. Sich Lord Dragon zu verweigern war etwas, das Starla nie zu tun gewagt hätte. Sie straffte die Schultern. Immerhin konnte Dragon nichts tun, um seinen Fehler auszumerzen. Er hatte seine Absicht verkündet, Lady Rose zu heiraten, und der Priester hatte den Bund gesegnet. Außerdem befand sich Starla außerhalb seiner Reichweite. Dafür würde sie, Rose, Dragons Zorn umso mehr zu spüren bekommen, doch sie war stark genug, ihm zu begegnen.

»Rose«, drängte Emily, »was hast du getan?«

»Ich habe ein wenig geschwindelt«, gestand Rose. »Ich wusste, dass Dragon kein zänkisches Mädchen zur Frau nehmen würde, wenn er auch eine Sanftmütige haben konnte. Also tauschten Starla und ich unsere Namen. Dragon wählte die Frau, die er für Rose hielt, die in Wirklichkeit jedoch Starla war. Lediglich für die Trauung spielte ich die Rolle der unterwürfigen Schwester, damit er keinen Verdacht schöpfte. Lord Dragon heiratete Rose, die echte Rose. Und nun ist Starla im Kloster, und er kann ihrer nicht mehr habhaft werden.«

Emily wurde leichenblass. »Heilige Muttergottes bewahre

uns«, sagte sie leise. »Ich möchte nicht in deiner Haut stecken, wenn Lord Dragon feststellt, dass er die falsche Schwester zur Frau nahm. Glaubst du, dass er die Ehe annullieren lassen wird?«

»Zwar würde mich eine Auflösung dieser Ehe freuen, doch ich halte sie für unwahrscheinlich. Der Befehl des Königs besagte, dass Dragon eine der Ladys von Ayrdale heiraten sollte. So ist es geschehen. Fürchte nicht um mich, Emily, ich werde es überstehen. Wenigstens ist Starla dort, wo sie hingehört. Das ist das Wichtigste. Wenn ich gebadet und gegessen habe, werde ich in den Rittersaal hinunterkommen«, sagte Rose. »Es gibt viel zu tun. Ich muss mich mit dem Burgvogt beraten und die Vorräte sichten. Im Augenblick füttern wir mehr Mäuler als erwartet, also müssen wir uns um weitere Vorräte für den Winter kümmern. Michaeli naht, die Zeit zum Schlachten, Räuchern und Kerzenziehen. Ich werde die Hilfe aller brauchen, um diese Aufgaben zu erfüllen.«

Lady Emily eilte davon und überließ Rose ihrem Bad und ihren trübsinnigen Gedanken.

Wie üblich ging es in der Halle so geschäftig zu wie in einem Bienenkorb. Rose sah sich um und bemerkte, dass sich Lord Dragons Mannen unter die Ritter Ayrdales gemischt hatten, ohne dass es zu den Feindseligkeiten zu kommen schien, die sich angesichts der Umstände erwarten ließen, unter denen Dragon nach Ayrdale gekommen war. Nein, ihr geliebtes Zuhause hieß nicht mehr Ayrdale. Lord Dragon hatte es Dragonwyck getauft, die Höhle des Drachen.

Rose entdeckte Sir Cedric und eilte auf ihn zu. »Ist Sir Eric schon zurückgekehrt?«, fragte sie.

»Nein, Mylady.«

»Und Lord Dragon? Hat er Euch sein Ziel genannt, als er die Burg verließ?«

»Er sagte nichts, Mylady. Lord Dragon und sein fremdländischer Diener brachen bei Sonnenaufgang auf. Vielleicht inspiziert er seinen Besitz.«

Rose verabschiedete sich und suchte die Kapelle auf. Sie hatte die Morgenmesse verpasst und verspürte den Wunsch, ihre Sünden zu beichten. Obwohl sie nicht über die Frömmigkeit ihrer Schwester verfügte, hatte Rose doch viel Respekt vor ihrer Religion. Sie fürchtete, ihre Lüge könnte den Zorn des Herrn erregt haben, und sie wollte Seine Vergebung suchen.

Sie fand Pater Nyle vor dem Altar kniend. Er hörte ihre Schritte und erhob sich, um sie zu begrüßen. »Du hast die Messe versäumt, mein Kind«, schalt er.

»Vergebt mir, Pater. Ich will mich bessern.«

»Was führt dich zu mir?«

»Ich will um Vergebung für eine schwere Sünde bitten, Pater.«

Pater Nyle schenkte Rose einen verständnisvollen Blick und gab ihr ein Zeichen, sich neben ihn zu knien. »Um welche Sünde handelt es sich, mein Kind?«

Rose hob den Blick zu dem Kruzifix über dem Altar und sagte: »Ich habe gelogen, Pater, und ich empfinde deswegen keine Reue.«

Der Priester blickte nachdenklich drein. »Hat deine Lüge jemandem Schaden zugefügt?«

»Niemandem außer mir«, flüsterte Rose. »Ich log, um Starla zu retten, und würde es immer wieder tun.«

»Ohne ehrliche Reue kann ich dir nicht die Absolution erteilen«, mahnte der Priester sanft. »Möchtest du mir davon erzählen?«

»Es tut mir leid, Pater, doch ich allein trage die Verantwortung für meine Tat und möchte nicht, dass andere dafür bestraft werden. Ich werde Gottes Zorn und der Wut Lord Dragons mutig entgegentreten, Pater.«

»Möge Gott dir vergeben, mein Kind«, sagte Pater Nyle, neigte den Kopf und spendete Rose den Segen.

3

Die Rose hat nur Dornen für den,
der sie zu pflücken versucht.
Chinesisches Sprichwort

Dort liegt das Kloster, Raj«, sagte Dominic und deutete auf das quadratische Gebäude, das von einer hohen Mauer umgeben war. Die Glocke der Kapelle schlug gerade die Mittagsstunde, als sie das Tor erreichten. Dominic betrachtete den Stand der Sonne am Himmel und war zufrieden mit der Zeit, in der er und Raj den langen Weg zurückgelegt hatten.

Vor dem schweren Eichentor des Klosters zügelte Dominic sein Streitross und saß ab.

»Soll ich läuten, Herr?«, fragte Raj.

Dominic blickte auf und entdeckte eine große Messingglocke am Tor, von der ein Seil herabhing. »Ja, läute so fest du kannst, Raj«, sagte er grimmig.

Raj ergriff das Seil und brachte die Glocke zum Schwingen. Sie schepperte so laut, dass Dominic sich die Ohren zuhalten musste, um das Geräusch zu dämpfen. Dann wartete er. Und wartete.

»Versuche es noch einmal, Raj«, befahl Dominic, dessen Geduld zusehends schwand.

Er biss die Zähne zusammen, als Raj den Klöppel wieder in Bewegung setzte. Wenigstens war der zweite Versuch von Erfolg gekrönt, denn Dominic entdeckte eine Frau in schwarzem Habit und weißer Haube, die auf das Tor zuschritt.

»Wie kann ich Euch helfen, Sir?«

»Öffnet das Tor. Ich wünsche die beiden Damen zu sprechen, die gestern bei Euch eintrafen.«

Schwester Isolda schüttelte den Kopf. »Kein Mann darf das Kloster betreten. Doch ich will gern Eure Nachricht überbringen.«

»Das genügt mir nicht«, erwiderte Dominic unwirsch. »Ich habe mit Lady Nelda und ihrer Tochter zu reden. Entweder lasst Ihr mich hinein oder schickt die Damen zu mir heraus.«

Raj trat hinter Dominic hervor, sodass Schwester Isolda seiner hünenhaften Gestalt und des finsteren Blickes angesichtig wurde.

»Ich … ich werde die Äbtissin rufen«, sagte die Nonne und eilte davon.

»Verdammt!«, fluchte Dominic. »Ich will nicht mit der Äbtissin reden!«, rief er Schwester Isolda nach. »Wenn Ihr mir nicht Lady Nelda und ihre Tochter bringt, brechen wir das Tor auf!«

Statt einer Antwort schürzte die Nonne die Röcke und rannte ins Haus.

»Glaubt Ihr, die kleine Schwarzdrossel wird Lady Nelda und ihre Tochter holen?«, fragte Raj.

»Wir wollen es hoffen«, sagte Dominic.

Er schritt ungeduldig vor dem Tor auf und ab. Falls nicht sehr bald etwas geschah, war er fest entschlossen, das Tor aufzubrechen. Es würde nicht schwer sein, unter den umgestürzten Baumstämmen im Wald einen zu finden, den sie als Rammbock benutzen konnten.

»Es kommt jemand«, sagte Raj.

Dominic verbiss sich einen weiteren Fluch, als er sah, dass die herannahende Frau weder Lady Nelda noch Rose' Zwillingsschwester war. Er war nicht geneigt, sich mit einer weiteren Ordensfrau abzugeben, und doch schien es, als würde ihm eben dies bevorstehen.

Die kleine, rundliche Nonne baute sich vor dem Tor auf und blickte Dominic fest in the Augen. Als sie ihre Augen weiterwandern ließ, weiteten sie sich plötzlich vor Schreck, und sie trat einen Schritt zurück. Dominic wusste, dass sie Raj entdeckt hatte.

»Ich bin die Äbtissin. Schwester Isolda teilte mir mit, dass Ihr Lady Nelda und Starla zu sprechen wünscht. Doch die beiden Damen trafen erst gestern im Kloster ein und erholen sich zur Stunde von der beschwerlichen Reise. Nennt mir Euren Namen und Euer Anliegen.«

»Ich bin Lord Dominic Dragon of Dragonwyck, und mein Anliegen ist vertraulicher Natur«, verkündete Dominic, so barsch er nur konnte.

»Der Dragon Lord«, hauchte die Äbtissin, die offenbar Dominics Namen und Ruf kannte. Sie benötigte einige Zeit, um die Fassung wiederzuerlangen. »Ich kann weder Euch das Tor öffnen, Mylord, noch irgendeinem anderen Mann.«

»Meine Geduld ist erschöpft, verehrte Äbtissin«, erwiderte Dominic. »Wenn ich nicht eintreten darf, schickt Lady Nelda und ihre Tochter nach draußen, damit ich mit ihnen sprechen kann. Ich führe nichts Böses im Schilde. Lady Nelda ist die Mutter meiner Gemahlin.«

Die Äbtissin ließ ihre wachsamen braunen Augen auf Dominic ruhen. Es schien ewig zu dauern, bis sie schließlich nickte und davonging.

»Glaubt Ihr, die alte Krähe wird Lady Nelda und ihre Tochter zu uns bringen?«, fragte Raj.

»Das weiß ich nicht, Raj. Doch ich schwöre, dass ich mich nicht abweisen lasse. Ohne die Wahrheit zu erfahren, werde ich nicht nach Dragonwyck zurückkehren. Ich will wissen, ob ich betrogen wurde und die falsche Schwester geheiratet habe.«

»Offenbar wird sich Euer Wunsch erfüllen, Herr«, sagte Raj. »Lady Nelda und Lady Starla kommen zum Tor.«

»Das wurde auch Zeit«, sagte Dominic leise. Er verschränkte grimmig die Arme vor der Brust und wartete.

Lady Nelda wusste, was Lord Dragon zum Kloster geführt hatte, doch sie war überrascht, ihn schon so bald zu sehen. Was mochte Rose angestellt haben, um sein Misstrauen zu erregen? Trotz der ernsten Lage vermochte Lady Nelda ein leises Lachen nicht zu unterdrücken. Rose war ein kluges Mädchen. Lady Nelda vertraute darauf, dass ihre Tochter einen Weg finden würde, Dragons Zorn zu besänftigen, wenn er erfuhr, dass sie ihn getäuscht hatte.

»Lord Dragon sieht sehr wütend aus, Mama«, flüsterte Starla und hielt sich dicht an der Seite ihrer Mutter. »Ich könnte es mir niemals verzeihen, wenn Rose um meinetwillen etwas zustoßen würde.«

»Sage nichts, Starla«, warnte Lady Nelda. »Wir wollen erst herausfinden, was Lord Dragon weiß, ehe wir Rose voreilig verraten.«

»Mylord.« Lady Nelda sah Dominic in die Augen. »Die Äbtissin sagte, dass Ihr uns zu sprechen wünscht. Darf ich mich zunächst nach meiner Tochter erkundigen? Ich nehme an, Rose geht es gut?«

»Ich habe ihr kein Haar gekrümmt, falls Ihr darauf anspielen solltet.«

»Was führt Euch her, so kurz nach der Hochzeit?«

»Als ob Ihr das nicht wüsstet«, sagte Dominic barsch. Er wandte sich Starla zu, die unter seinem grimmigen Blick zusammenzuckte und sich hinter dem Rücken ihrer Mutter versteckte. »Sagt mir, welche der Schwestern meine Frau geworden ist«, verlangte Dominic mit gefährlich ruhiger Stimme. »Falls Ihr versucht, mich zu belügen, werden nicht einmal diese hohen Mauern Euch vor meinem Zorn schützen.«

Angesichts der Drohung bemühte sich Lady Nelda, Haltung zu bewahren. Sie hatte gehört, dass Lord Dragon ein unerbittlicher Gegner sein konnte, und sie vertraute ihm nicht. Dennoch blieb ihr nichts übrig, als ihm die Wahrheit zu sagen, ob er ihr nun glaubte oder nicht.

»Ihr habt Euch mit meiner Tochter Rose vermählt, Mylord«, sagte sie. »In einer so wichtigen Angelegenheit würde ich niemals die Unwahrheit sagen. Warum fragt Ihr?«

Dominic deutete auf Starla. »Sie ist diejenige, die ich heiraten wollte.« Starla schrie vor Schreck leise auf und wich ängstlich zurück. »Ich wünschte eine gehorsame Gemahlin«, fuhr Dominic fort, »keine trotzige Xanthippe. Ich wurde betrogen.«

»Wie meint Ihr das, Mylord?«, fragte Lady Nelda in gespielter Arglosigkeit. »Ihr wähltet Rose aus freien Stücken.«

»Täuschung!«, rief Dominic aufgebracht. »Ich glaube, dass Eure Töchter die Plätze getauscht haben. Die Braut, die ich erwählte, war nicht die, die ich zu ehelichen glaubte.«

Starla klammerte sich an ihre Mutter. »Mama, du darfst nicht zulassen, dass er mich mit sich nimmt. Ich würde sterben, wenn ich ihn heiraten müsste. Allein für den Herrn bin ich bestimmt.«

»Wir alle haben der Trauung beigewohnt, Mylord«, sagte Lady Nelda ruhig. »Ihr wähltet Rose, und Pater Nyle gab der Verbindung seinen Segen. Nun geht und macht das Beste aus Eurer Ehe. Falls ich je erfahren sollte, dass Ihr Rose schlecht behandelt, werde ich meinen Bruder Murdoc zu ihrer Verteidigung entsenden.«

»Murdoc«, wiederholte Dominic. »Ach, der Schotte. Fürchtet nichts, Mylady. Ich werde mich bemühen, Rose nicht zu erwürgen, sie muss allerdings lernen, ihre scharfen Krallen einzuziehen. Dennoch seid Ihr mir die Wahrheit schuldig. Wie konnte es geschehen, dass ich die zänkische Hexe heiratete, nicht die schüchterne kleine Maus?«

»Seht Euch Starla an, Mylord«, sagte Lady Nelda. »Seht sie Euch genau an. Sie ist zwar äußerlich das Ebenbild ihrer Schwester, doch von gänzlich anderem Gemüt. Schon als kleines Mädchen träumte sie davon, Nonne zu werden. Ein Mann von Eurer Erfahrung und männlichen Natur hätte kaum Freude an ihr. Ist es das, was Ihr begehrt? Eine Gemahlin, die ängstlich vor jeder Eurer Berührungen zurückweicht?«

Dominic zuckte die Schultern. »Es wäre mir lieber, als von Rose' scharfer Zunge in Stücke geschnitten zu werden. Doch nun ist es geschehen und lässt sich nicht mehr ändern. Ihr sollt wissen, dass ich Rose diesen Betrug niemals verzeihen werde. Auch kann sie von mir keine Rücksicht erwarten. Sie wollte meine Frau werden, also soll sie es auch sein. In jedem Sinne des Wortes.«

Innerlich vor Zorn bebend, bestieg Dominic sein Pferd.

»Mylord!«, rief Starla, die endlich ihre Stimme gefunden hatte. »Bitte tut meiner Schwester nichts zuleide! Sie wollte nur dafür sorgen, dass sich mein Traum erfüllt. Ich werde für sie beten!«

»Die Gebete solltet Ihr für mich sprechen«, antwortete Dominic. »Schließlich muss ich mein Leben mit dieser Furie verbringen.«

Er gab dem Pferd die Sporen und galoppierte davon.

»Was hat Rose nur getan, um ihn so zu verärgern?«, fragte Starla, als Dominic in einer Staubwolke verschwunden war.

Lady Nelda seufzte betrübt. »Alles ist möglich, wie ich unsere Rose kenne.« Sie zögerte nachdenklich. »Warum konnte sie ihre Zunge denn nicht ein wenig länger im Zaum halten? Trotz der widrigen Umstände fühle ich, dass die Verbindung zwischen Lord Dragon und Rose eine glückliche sein wird. Nur frage ich mich, wer von den beiden es zuerst feststellt.«

»Und ich frage mich, ob sie es bemerken, bevor sie einander den Garaus machen«, sagte Starla trocken.

Dominic ritt, als sei der Leibhaftige hinter ihm her. Er war wütend. Fuchsteufelswild. Starla hatte er zur Frau nehmen wollen und war durch Betrügerei an Rose geraten. Allerdings musste er sich eingestehen, dass dieses Zusammentreffen mit Starla ihn beinahe froh machte, sie nicht geheiratet zu haben. Zwar hätte es ihm gefallen, eine gehorsame, unauffällige Frau zu haben, doch die fromme Zwillingsschwester wäre nicht die Richtige gewesen. Die Erkenntnis besänftigte jedoch nicht seinen Zorn auf Rose, die ihn zum Narren gehalten hatte.

»Ihr hetzt Euer Pferd noch zu Tode, wenn Ihr nicht langsamer reitet!«, rief Raj, als er Dominic einholte.

Dominic verwünschte seine Leichtgläubigkeit, während er sein Pferd zügelte. »Ich dulde es nicht, an der Nase herumgeführt zu werden, Raj. Sie wird es büßen! Bei Gott, dieser Betrug wird Rose teuer zu stehen kommen.«

»Und dennoch«, erwiderte Raj nachdenklich, »habt Ihr eigentlich einen guten Tausch gemacht. Frömmigkeit gehört in die Kirche, nicht ins Ehebett.«

»Du bist ein weiser Mann, Raj, doch in diesem Fall irrst du dich. Rose muss ihre Fehler einsehen. Sie wusste, was sie tat, als sie mich dazu brachte, sie zur Frau zu nehmen. Und nun wird sie mich entweder in ihr Bett lassen oder streng bestraft werden.«

Raj lachte. »Ihr hört Euch an wie ein Mann, der es kaum erwarten kann, seine Frau zu lieben, Herr.«

»Es ist mein gutes Recht. Pech und Schwefel, Mann! Rose ist meine Frau und schuldet mir ihre Jungfernschaft.«

»Ob sie sich wohl in ihr Schicksal fügt, ohne sich zu wehren?«

Dominics Miene verfinsterte sich. »Ihr bleibt keine andere Wahl. Vielleicht werde ich sie entjungfern, dann ins Kloster schicken und Lady Veronica nach Dragonwyck kommen lassen. Diese Frau weiß wenigstens, wie man einem Mann Freude bereitet.«

»Ihr müsst es wissen, Herr«, sagte Raj. »An Eurer Stelle würde ich jedoch nichts übereilen. Pflückt Eure Rose und nehmt Euch vor den Dornen in Acht. Vielleicht, Herr«, fügte er mit einem verschmitzten Lächeln hinzu, »gefällt es Euch ja, gestochen zu werden.«

Dominic konnte ein Lächeln nicht unterdrücken. »Da magst du recht haben, Raj.«

Den ganzen Tag über war Rose unruhig gewesen. Sie hatte Dominic zum Abendessen erwartet, und als er nicht erschien, machte sie sich trotz ihrer Erleichterung Sorgen. Zwar wusste sie nicht, wo Lord Dragon war, aber sie musste immerhin nicht mit ihm am Tisch sitzen und sich fragen, ob er sie später in sein Bett zwingen würde.

Was würde er wohl tun, wenn sie auch heute Nacht die Tür

verriegelte? Würde er sie aufbrechen und sein Recht als Ehemann mit Gewalt einfordern? Rose rechnete damit, denn offenbar gab es für einen Mann nichts Schlimmeres, als nicht seinen Willen zu bekommen.

Das abendliche Mahl verlief friedlich. Anschließend saß Rose mit ihren Ladys vor dem Kamin in der Kemenate und bestickte ein neues Altartuch für die Kapelle.

»Hört euch nur den Wind an«, sagte Lady Emily und blickte von ihrer Arbeit auf. »Er heult wirklich furchterregend. Es würde mich nicht wundern, wenn morgen früh Schnee liegt.«

Lady Blythe gähnte und streckte sich. »Ich ziehe mich zurück, Ladys.«

Nachdem sie gegangen war, faltete Lady Emily das Tuch zusammen und legte es beiseite. »Kann ich dir beim Entkleiden helfen, Rose? Oder soll ich Tyra rufen?«

»Nein, danke. Ich schaffe es allein.«

»Glaubst du, dein Gemahl wird heute Nacht zurückkehren?«

»Da Lord Dragon es nicht für nötig befand, mich vom Ziel seiner Reise zu unterrichten, weiß ich nicht, wann er zurückkehren wird. Von mir aus kann er für immer fortbleiben. Gute Nacht, Emily.«

»Gute Nacht, Rose. Schlaf gut.«

Rose entkleidete und wusch sich, dann legte sie sich ins Bett und zog die Bettdecke bis zur Nasenspitze hoch. Die Tage und Nächte wurden kälter, und das Heulen des Sturms ließ Rose kalte Schauer über den Rücken laufen. Die Weihnachtszeit nahte heran. Rose schloss die Augen und erinnerte sich an das letzte Weihnachtsfest, an dem ihr Vater noch gelebt hatte. Wie glücklich die Familie gewesen war, wie sorglos und zufrieden.

Die schöne Erinnerung wurde plötzlich von der Vorstellung Lord Dragons vertrieben, der die Nachricht vom Tode Lord Edwyns gebracht und es Rose nicht gestattet hatte, angemessen um ihren Vater zu trauern. In den vergangenen zwei Tagen waren so viele Dinge geschehen, dass sie bislang noch keine Zeit gehabt hatte, Tränen um den außergewöhnlichen Mann zu vergießen, der sie und Starla von ganzem Herzen geliebt hatte. Rose und ihre Schwester hatten ausgesprochenes Glück gehabt, Lord Edwyn zum Vater zu haben.

Niemals war er enttäuscht gewesen, keinen Sohn und Erben aufziehen zu können. Er hatte seinen Zwillingen all seine Liebe geschenkt. Diese Liebe würde Rose nun auf ewig missen müssen.

Ein tiefer Kummer überkam Rose. Tränen rannen aus ihren Augen, liefen über ihre Wangen und durchnässten das Kissen. Sie schluchzte herzzerreißend aus tiefster Seele. Rose weinte, bis sie keine Kraft mehr besaß, doch die Tränen wollten nicht versiegen.

Müde und vom eisigen Wind durchgefroren, betrat Dominic den Rittersaal und ging zum Kamin, um sich die Hände zu wärmen. Er war hungrig, sah jedoch, dass keiner der Diener mehr wach war, um ihm eine Mahlzeit zuzubereiten.

»Setzt Euch, Herr, und wärmt Euch auf«, sagte Raj. »Ich werde uns aus der Küche etwas zu essen holen.«

»Was sollte ich nur ohne dich anfangen, Raj?«, fragte Dominic, während er einen Stuhl dichter ans Feuer zog.

»Darüber werdet Ihr Euch niemals den Kopf zerbrechen müssen, Herr«, antwortete Raj.

Dominic blickte auf die tanzenden Flammen des Kaminfeuers, und seine Gedanken wurden plötzlich von Rose erfüllt. Er fragte sich, ob sie schon schlief, stellte sich vor, wie sie sich unter die warme Bettdecke kuschelte und auf ihn wartete. Sein Verlangen regte sich, als er sich Rose' nackten Körper vorstellte, warm und rosig im Schlaf. Seit Veronica hatte er keine Frau mehr besessen, und das war schon viel zu lange her.

Raj kehrte mit einem Tablett aus der Küche zurück und schreckte Dominic aus seinen erotischen Gedanken auf. Der Diener zog einen Tisch vor den Kamin, stellte das Tablett ab und setzte sich zu Dominic. Gemeinsam verspeisten sie einen kleinen Laib Käse, Brot und etwas kaltes Huhn, das vom

Abendessen übrig geblieben war. Das Mahl spülten sie mit Bier hinunter.

»Erinnere mich daran, dass ich der Brauereimagd ein Lob für dieses ausgezeichnete Bier ausspreche«, sagte Dominic, als er seinen Krug leerte.

»Mehr, Herr?«, fragte Raj und schenkte sich nach.

»Nein, ich gehe zu Bett. Du solltest dich auch ausruhen, Raj. Es war ein anstrengender Tag.«

Dominic blickte zur Kemenate hinauf und fragte sich, ob Rose ihn wieder ausgesperrt hatte. Wut stieg in ihm auf – Wut und ein anderes, stärkeres Gefühl, das sein Blut in Wallung brachte. Mit entschlossener Miene stieg Dominic die Treppe hinauf und ging die Galerie entlang. Er war nicht in der Stimmung, abgewiesen zu werden, und wehe seiner Gemahlin, wenn sie abermals die Tür verriegelt hatte.

Als sich die Tür zum Kaminzimmer öffnen ließ, lächelte Dominic grimmig. Er schritt auf das Schlafgemach zu, bereit zum Kampf, falls die Tür verschlossen sein sollte. Er legte die Hand auf den Türgriff und zögerte, als von drinnen herzzerreißendes Schluchzen an sein Ohr drang.

Rose weinte! Sie weinte, als bräche ihr das Herz. War ihr in seiner Abwesenheit etwas geschehen?

Vorsichtig drückte Dominic die Klinke hinunter und öffnete die Tür.

Es gelang Rose nicht, ihre Tränenflut zu stillen. Sie hatte ihren Vater sehr geliebt und vermochte seinen Tod nur schwerlich anzunehmen. Sie war allein. Ihre Mutter und Schwester hatten sie verlassen, und ihr geliebtes Zuhause gehörte nun einem hartherzigen Mann, der sich nicht um ihren Kummer zu scheren schien.

Noch immer schluchzend, hörte Rose plötzlich das leise Quietschen der Tür und gleich darauf Schritte im Zimmer. Zu spät fiel ihr ein, dass sie es versäumt hatte, die Tür zu verriegeln, nachdem Emily und Blythe gegangen waren.

Rose spürte Dragons Anwesenheit schon, bevor das Zimmer von der Flamme einer Kerze erhellt wurde. Er räusperte sich, was in der Stille des Raumes laut und bedrohlich klang. Rose drehte sich langsam um und sah ihm in die Augen. Sein Blick wirkte geheimnisvoll und undurchdringlich. Unruhig wand sich Rose und wischte sich verstohlen die Tränen von den Wangen.

Seine dunklen Augen, sein Duft, die Art, wie er sie ansah, riefen in ihr eigenartige Empfindungen wach. Seine Lippen bewegten sich, doch Rose konnte ihn nicht verstehen, so laut klopfte ihr Herz. Eine verräterische Wärme breitete sich in ihren Gliedern aus. Sie verabscheute das Gefühl und rief sich ins Gedächtnis, wie sehr sie Lord Dragon hasste.

»Hast du mich nicht gehört? Warum weinst du?«, wiederholte Dominic.

Rose konzentrierte sich auf seine Stimme und verstand ihn schließlich.

»Warum seid Ihr hier?«, fragte sie mit erstickter Stimme.

»Ich gehöre hierher. Dies ist die Kemenate des Burgherrn.«

»Geht, ich möchte allein um meinen Vater trauern.«

»Ist das der Grund für deine Tränen?«

Die unverkennbare Erleichterung in seiner Stimme machte Rose misstrauisch. »Ihr habt mir keine Zeit für meine Trauer gelassen.«

Rose brach wieder in Tränen aus, ohne es verhindern zu können. Dominic fluchte leise. Dann setzte er sich neben sie aufs Bett und strich ihr unbeholfen über die Schulter.

»Was … was tut Ihr da?«, schluchzte Rose.

»Ich versuche, dich zu trösten«, erwiderte Dominic schroff. »Deine Tränen gefallen mir nicht.«

»Was geht es Euch an? Ihr habt meinen Vater vom König ermorden lassen.«

»Ich kannte Euren Vater nicht einmal.«

Rose glaubte ihm, doch es machte keinen Unterschied. Der Tod ihres Vaters war kaum zu ertragen, und ihr Zuhause war zum Besitz eines Ritters des blutrünstigen Königs geworden.

»Es geht mir jetzt besser. Ihr könnt gehen«, sagte Rose trotzig. Sie wollte diesen gefühllosen, bedrohlichen Mann nicht in ihrem Schlafgemach wissen. Weder hatte sie die Absicht, mit ihm das Bett zu teilen, noch würde sie sich ihm hingeben, damit er sein Verlangen an ihr stillte.

Dominic beachtete ihre Worte nicht, zumal ihm soeben bewusst geworden war, dass Rose nackt unter der Bettdecke lag. Seine Hand lag still auf ihrer Schulter, die Finger umschlossen ihre schmalen Knochen. Sie war seine Frau. Er konnte sie jetzt gleich nehmen, auch ohne ihre Einwilligung. Rose gehörte ihm, er durfte über sie und ihren Körper verfügen, wie es ihm beliebte.

Rau zog Dominic sie in seine Arme, und sein Verlangen regte sich abermals. Rose schien seine Absichten zu erahnen, denn sie wand sich aus seinem Griff und stieß ihn von sich.

Ihre Ablehnung rief in Dominic die Erinnerung an die Dinge wach, die er auf seiner Tagesreise erfahren hatte. Zornig sah er Rose an und umfasste dann ihre Schultern mit festerem Griff. »Weißt du, wo ich heute war?«

»Nein, Ihr hattet es nicht für nötig befunden, es mir zu sagen.«

»Ich besuchte deine Mutter und Schwester im Kloster.«

Rose schrie erschrocken auf. »Was habt Ihr ihnen angetan?«

Dominics Miene verfinsterte sich. »Warum glaubst du, ich könnte ihnen etwas angetan haben? Ich gebe zu, dass ich allen Grund dazu gehabt hätte, doch noch nie in meinem Leben habe ich die Hand gegen eine Frau erhoben.« Mit drohendem Unterton fügte er hinzu: »Allerdings war ich auch noch nie verheiratet.«

Er würde einer Frau niemals etwas zuleide tun, doch das musste Rose nicht unbedingt erfahren. Auch Dominics Vater hatte seine Frau nie geschlagen, obwohl es bei den meisten Ehemännern üblich war.

»Warum habt Ihr Mama und Starla besucht?«, fragte Rose.

»Ich wollte die Wahrheit erfahren.« Er bedachte Rose weiter

mit finsterem Blick. »Du bist nicht die Schwester, die ich heiraten wollte. Als du mich aus dem Schlafgemach sperrtest, ahnte ich, dass ich betrogen worden war. Deine Schwester hätte nie den Mut gehabt, sich mir zu verweigern. Meine eigentliche Braut trägt jetzt den weißen Habit einer Postulantin, während die Frau, die ich ablehnte, nun meine Gemahlin geworden ist. Kannst du mir das erklären?«

Dominic hielt Rose noch immer fest und presste sie grob an sich. »Wolltest du mich für dich haben? Hast du deshalb den Platz deiner Schwester eingenommen?«

Rose' Protestschrei besänftigte Dominics Zorn nicht im Mindesten.

»Wie könnt Ihr es wagen, mir so etwas zu unterstellen? Ich wurde Eure Frau, um meine Schwester zu retten. Sie hätte es nicht ertragen, mit einem Mann wie Euch vermählt zu sein.«

»Doch du kannst es ertragen?«, fragte Dominic.

Trotzig hob Rose das Kinn. »Ich glaube schon. Für Starla hat sich der Traum ihres Lebens erfüllt, und ich …«

Dominic senkte den Kopf, sodass seine Lippen beinahe die ihren berührten. »Und du, Rose? Erfüllen sich auch deine Träume?«

»Nein, aber lieber opfere ich mich als Mama oder Starla.«

Dominics finstere Gedanken verflogen, als sich sein Herzschlag beschleunigte. Gegen seinen Willen hatte sein Ärger alle Schärfe verloren, und er konnte nur noch daran denken, Rose zu besitzen. Er presste seinen Mund auf den ihren. Rose' Lippen waren weich, warm und schmeckten nach den Tränen, die sie vergossen hatte. Dominic fuhr sanft mit der Zungenspitze über die geschwungenen Konturen ihres Mundes und begann dann zärtlich an ihrer Unterlippe zu saugen. Rose versuchte, sich ihm zu entziehen, doch er ließ es nicht zu, sondern vertiefte den Kuss. Als Rose den Mund öffnete, um zu protestieren, drang Dominic mit der Zunge in die warme Höhle ein.

Er genoss ihren Duft und den Geschmack ihrer Lippen so sehr, dass er sich nicht dazu bringen konnte, von ihr abzulassen.

Sein Kuss wurde drängend und leidenschaftlich, doch es war nicht genug. Er zog die Bettdecke von Rose' Körper und umfasste ihre Brust. Die sanfte Rundung schmiegte sich in seine Hand, und die zarte Brustspitze richtete sich auf. Dominic war, als müsse er vergehen, wenn er nicht augenblicklich die rosige Knospe kosten konnte. Er unterbrach den Kuss und senkte die Lippen auf die aufgerichtete Spitze, während er gleichzeitig die Hand zwischen Rose' Schenkel schob und ihre intimste Stelle liebkoste.

Rose seufzte leise auf, und Dominics Herz pochte zum Zerspringen.

»Nein, Mylord! Tut mir das nicht an.«

Er vernahm die Worte, vermochte jedoch nicht, seiner Lust Einhalt zu gebieten. Es schien, als habe sich all sein Blut in seinen Lenden gesammelt, um ihn vor Verlangen schier um den Verstand zu bringen. Rose' zarte Haut war warm und feucht. Dominic liebkoste sie und ließ dann seine Finger sanft in sie eindringen. Er spürte, dass Rose erstarrte und zu weinen begann. Dominic stöhnte auf. Er sehnte sich danach, sie endlich zu besitzen und in ihre Wärme einzutauchen. Rose' Schluchzen wurde lauter. Dominic hob den Kopf und sah sie an.

Wieder rannen Tränen aus ihren tiefblauen Augen und liefen ihr die Wangen hinunter. Sie war bleich und zitterte. Hatte sie Angst vor ihm? Keine Frau hatte sich je vor Dominic geängstigt. Männer fürchteten ihn, und das zu Recht, doch bei Frauen war es anders. Dominic mochte fast alle Frauen und beglückte diejenigen, die das Bett mit ihm teilten. Zumeist buhlten die Damen um seine Gunst. Eine Frau zu nehmen, die sich vor ihm fürchtete, war nicht nach seinem Geschmack. Er zog seine Hand zurück und schob Rose sanft von sich.

»Wovor hast du Angst? Ich weiß um deine Jungfräulichkeit und werde sanft mit dir umgehen. Ich bin kein selbstsüchtiger Liebhaber, Rose. Ich schenke Freude, ehe ich sie selbst empfange.«

»Schenkt sie Eurer Mätresse. Ich will sie nicht.«

»Meine Mätresse ist in London«, sagte Dominic schroff. »Vielleicht sollte ich sie nach Dragonwyck holen, damit sie mir geben kann, was du mir verweigerst.«

Dominic entdeckte ein zorniges Funkeln in Rose' Augen. Er befand, ihren Ärger besser ertragen zu können als ihre Tränen.

»Bringt Eure Geliebte in mein Haus, und ich gelobe, Euch das Leben zur Hölle zu machen«, entgegnete Rose.

Dominic wollte zunächst ihre Feindseligkeit erwidern, besann sich dann jedoch und lächelte. Er bezweifelte nicht, dass Rose dazu in der Lage war, ihm das Leben auf vielfältige Weise zu erschweren. Sie würde Wege finden, von denen er nicht einmal etwas ahnte. Doch aus unerklärlichen Gründen beschloss Dominic, sich lieber dabei zu verausgaben, seine wilde Rose zu zähmen, als in den Armen seiner Geliebten zu liegen.

»Geht jetzt, Lord Dragon«, sagte Rose. »Ich brauche Zeit, um mich mit dem Tod meines Vaters und unserer übereilten Eheschließung abzufinden.«

»Wie lange, Rose?«, fragte Dominic ungeduldig. »Wirst du dich je in unsere Ehe fügen? Ich brauche einen Sohn, um Dragonwycks Erbfolge zu sichern. Nur durch Betrug bist du meine Gemahlin geworden, nun benimm dich auch so.«

»Ich habe Euch nicht geheiratet, weil ich Euch wollte«, erwiderte Rose.

»Nur wenigen Frauen ist es vergönnt, sich ihren Ehegatten selbst auszusuchen. Die meisten Brautleute sehen sich vor dem Altar zum ersten Mal. Warum also sollte es sich bei dir anders verhalten?«

Rose setzte sich im Bett auf und zog die Decke bis ans Kinn empor. »Ihr wollt mich ebenso wenig, wie ich Euch will. Das habt Ihr mir selbst gesagt.«

Dominic winkte ab. »Es ist aber geschehen. Außerdem«, er ließ seine Hand unter die Bettdecke gleiten, um Rose' Brust zu liebkosen, »ist es meine Pflicht, diese Ehe zu vollziehen.«

»Nicht heute Nacht«, beharrte Rose und schob seine Hand von sich. »Vielleicht niemals.«

Dominic ließ von ihr ab und stand auf. »Wie du es wünscht, Mylady. Du hast recht, Rose, du bist nicht die Frau, die ich will. Meine Geliebte weilt in London. Ich musste noch nie eine Frau in mein Bett zwingen und habe nicht die Absicht, jetzt damit anzufangen. Doch ich schwöre dir, eines Tages werde ich dich besitzen, und obwohl es mir schwerfallen wird, die nötige Begeisterung für dich aufzubringen, will ich meine Pflichten dir gegenüber erfüllen.«

Dominic drehte sich auf dem Absatz um und stürmte zur Tür hinaus.

Rose' Erleichterung war nicht annähernd so stark wie ein anderes Gefühl, das in ihr tobte. Der gnadenlose Lord Dragon hatte ihren Stolz mit Füßen getreten. Offenbar fiel es auch ihm nicht leicht, sich mit ihr als seiner Gemahlin abzufinden. Nur aus einem einzigen Grund wollte er sich dazu herablassen, die Ehe mit ihr zu vollziehen – um Dragonwyck zu behalten und einen Erben zu zeugen. Was sie jedoch noch mehr aufbrachte, war die Vorstellung, dass Dragon an eine andere Frau denken würde, während er mit ihr das Bett teilte.

Vorsichtig berührte Rose ihre Lippen mit den Fingerspitzen. Seine Küsse waren sehr leidenschaftlich gewesen, doch ein Mann von Dragons Erfahrung konnte vermutlich jeder Frau weismachen, er brenne für sie. Nein, er begehrte sie keineswegs, das hatte er ihr unmissverständlich deutlich gemacht.

Ärgerlich ging Dominic in den Rittersaal zurück. Wie konnte er es zulassen, dass die kleine Hexe ihm derartig zusetzte? Warum sollte er eine Frau begehren, die nichts mit ihm zu tun haben wollte? Man hatte ihn hinters Licht geführt, damit er eine Frau ehelichte, deren Temperament so feurig war, dass sie jeden Mann verbrannte, der ihr zu nahe kam. Nur wenige Männer duldeten scharfzüngige Frauen. Rose verdiente eine Tracht Prügel, doch trotz seines Rufes als gefährlicher Krieger hatte Dominic nicht die Absicht, ihr die Schläge zu verabreichen.

Im Rittersaal machte er es sich in einem Sessel vor dem Kamin bequem und beobachtete, wie das Feuer die Holzscheite langsam in glühende Asche verwandelte. Es wurde kühl, und Dominic fluchte leise. Was hatte er hier unten verloren, wenn oben in der Kemenate ein warmes Bett auf ihn wartete? Er würde keine weitere Nacht auf einem Stuhl vor einem heruntergebrannten Feuer verbringen. Nur ein Narr oder ein Feigling würde es zulassen, dass seine Gemahlin ihm den Platz in ihrem Bett verweigerte. Dominic fühlte abermals, dass Ärger in ihm aufstieg.

Hätten die Dienstboten die grimmige Miene erblickt, die er aufsetzte, als er aufstand und den Rittersaal verließ, wären sie ihm vermutlich unter allen Umständen ausgewichen.

Entschlossen betrat Dominic die Kemenate und durchquerte das Kaminzimmer. Dann stieß er die Tür zum Schlafgemach auf und ging hinein. Die Kerze, die er zuvor entzündet hatte, war beinahe heruntergebrannt, spendete jedoch noch genügend Licht, dass Dominic Rose' Umrisse unter der Bettdecke erkennen konnte. Ohne zu zögern, trat er ans Bett.

Rose schlief. Sie regte sich nicht, obwohl Dominic sich keinerlei Mühe gegeben hatte, leise zu sein. Ihn beschlich der beunruhigende Gedanke, dass sie sich in den Schlaf geweint hatte. Eigentlich hätte es ihm nichts ausmachen sollen, doch aus unerfindlichen Gründen sorgte er sich. Es war nicht etwa so, dass er keinerlei Mitgefühl für Rose empfand. Auch er wäre wütend und traurig gewesen, wenn der König die Hinrichtung seines Vaters angeordnet hätte. Bedauerlich, dass Lord Edwyn offenbar keinen Gedanken an seine Familie verschwendet hatte, als er Hochverrat beging.

Dominic entkleidete sich und ließ Waffenrock, Beinkleider und Stiefel achtlos zu Boden fallen. Dann hob er die Decke an und legte sich neben Rose ins Bett. Die Seile ächzten unter dem zusätzlichen Gewicht, doch Rose schien nicht zu bemerken, dass Dominic sie in die Arme nahm. Wärme umfing ihn und eine unwiderstehliche Aura von Reinheit und Unschuld. Fest presste er Rose an sich. Nie zuvor hatte er so sehr den Wunsch verspürt, eine Frau zu halten und zu beschützen ... nicht einmal bei Veronica.

Nachdenklich runzelte Dominic die Stirn. Veronica hatte große Leidenschaft in ihm erweckt und alle seine Gelüste befriedigt, doch nie hatte er sich als ihr Beschützer gesehen.

Wahrscheinlich liegt das Gefühl der Ruhe und Zufriedenheit an dem neuen Herrensitz, entschied Dominic im Halbschlaf. Ganz sicher hatte es nichts mit seiner zänkischen Frau zu tun. Rose besaß mehr Dornen als die Blume, nach der sie benannt worden war.

4

Du kannst dich beklagen, weil eine Rose Dornen besitzt,
oder dich freuen, weil die Dornen eine Rose haben.

Ziggy

Rose kuschelte sich tiefer unter die Bettdecke, nicht gewillt, das gemütliche Bett zu verlassen oder auch nur die Augen zu öffnen. Sie seufzte und schmiegte sich eng an etwas Warmes hinter ihrem Rücken. An einem kalten Morgen gab es nichts Schöneres als ein warmes Bett.

Beinahe wäre Rose wieder eingenickt, wenn nicht plötzlich ein erschreckender Gedanke alle Schläfrigkeit vertrieben hätte. Die Wärmequelle hinter ihr war viel zu fest und kräftig, und etwas Hartes, Fremdartiges drückte gegen ihr Gesäß. Dann ging ihr ein Licht auf! Rose wandte sich um und entdeckte Dragon, der neben ihr im Bett lag. Sie versuchte, vor ihm zurückzuweichen, doch es gelang ihr nicht. Er umfasste ihre Taille und zog sie fest an sich.

»Wohin willst du?«

Rose schluckte hörbar. »Was habt Ihr in meinem Bett zu suchen?« Ihre Stimme klang heiser vom Weinen, sodass sie die krächzenden Laute kaum als die ihren erkannte.

»Ich gehöre hierher.« Dominic ließ die Hand aufwärts gleiten und umfasste eine ihrer festen Brüste.

»Rührt mich nicht an!«

»Es ist mein gutes Recht, mit dir zu tun, was mir beliebt.«

Dominic liebkoste ihre sanft gerundete Hüfte und ließ dann die Hand auf Rose' flachem Bauch ruhen. Sie keuchte erschrocken auf, als sie spürte, wie seine Finger allmählich zu den goldenen Locken hinabglitten, die die Stelle zwischen ihren Schenkeln zierten.

Rose wusste nicht, was sie tun sollte. Sie wusste, dass Dragon ein Recht darauf hatte, ihren Körper in Besitz zu nehmen, dennoch war sie keinesfalls bereit, sich diesem unausstehlichen Schurken hinzugeben. Als Dominic sie jedoch zu sich herumdrehte und an seine Männlichkeit presste, ließ die Entschlossenheit sie im Stich. Wohlige Wärme durchflutete ihren Körper und sammelte sich an unaussprechlichen Stellen. Ihre Brüste schienen zu schwellen, und die rosigen Spitzen richteten sich auf.

Dominic küsste sie und liebkoste sie mit der Zunge auf eine Weise, die in Rose fremde, beängstigende Empfindungen erweckte. Er war nackt. Sie war nackt. Ihre Körper schienen gleichsam miteinander zu verschmelzen, und seine Männlichkeit drängte sich pochend gegen den geheimen Ort zwischen ihren Schenkeln. Wie konnte es nur geschehen, dass sie so empfand, wenn ein Mann sie berührte, den sie verabscheute? Als Dominic seine Hand zwischen ihre Schenkel gleiten ließ, folgte Rose ihren Instinkten. Sie nahm alle Kraft zusammen und rollte sich schnell aus seiner Reichweite. Dominic war verblüfft. »Verdammt! Was hast du vor?«, rief er ungeduldig.

»Die Pflicht ruft. Mein Tagewerk beginnt bei Sonnenaufgang.«

Dominic sah sie grimmig an. »Deine Pflicht ist es, deinem Gemahl zu Willen zu sein.«

Sie erwiderte seinen Blick trotzig. »Nein, meine Sorge gilt Ayrdale und seinen Bewohnern.«

»Du meinst Dragonwyck, nicht wahr?«

Rose rümpfte die Nase. »Ja, Dragonwyck, wenn Ihr es so wünscht. Dreht Euch um, Lord Dragon, damit ich aufstehen und mich ankleiden kann.«

Dominic hob die dunklen Brauen, verschränkte die Arme hinter dem Kopf und betrachtete Rose eingehend. »Nur zu, meine Gemahlin. Dir beim Ankleiden zuzusehen macht mir

Freude. Aber ich warne dich«, fügte er streng hinzu, »meine Geduld währt nicht ewig. Ich hätte die Ehe mit deiner Schwester längst vollzogen, wenn du dich nicht eingemischt hättest. Also solltest du dich zumindest den Folgen deines Betruges fügen. Du hast großes Glück, Rose, dass ich dir keine Tracht Prügel verabreicht habe.«

Sie straffte die Schultern. »Ich würde Schläge den Dingen vorziehen, die Ihr im Sinn habt.«

»Führe mich nicht in Versuchung«, erwiderte Dominic ärgerlich. »Doch ich kann dich beruhigen, die Dinge, die mir vorschweben, werden viel angenehmer sein als eine Tracht Prügel.«

Er griff nach ihr, doch Rose wich ihm geschickt aus. Vorsichtig setzte sie sich auf die Bettkante und versuchte, sich in die Leinendecke einzuwickeln, doch Dominic hielt die Decke mit eisernem Griff fest. Rose errötete vor Scham und Ärger, stand jedoch schließlich auf und schlüpfte in ihr Unterkleid. Hastig kleidete sie sich an.

Dominic beobachtete Rose dabei mit halb geschlossenen Augen. Er war bereits vor ihr erwacht und hatte ihr beim Schlafen zugesehen. Ihre golden schimmernden Locken waren über das Kissen gebreitet gewesen, und auf ihren Lippen hatte ein leichtes Lächeln gelegen. Schlafend glich sie eher einem Engel denn der leicht reizbaren Furie, die sie war. Es hatte Dominic große Willensanstrengung gekostet, sich nicht auf sie zu legen und ihr die Jungfräulichkeit zu rauben, während sie schlief.

Als sie sich an ihn geschmiegt hatte, war sein Verlangen entfacht worden, und er hatte sich bemüht, auch Rose zu erregen, damit sie ihn ebenso begehrte wie er sie. Doch sie war entweder zu starrköpfig oder zu ängstlich, um zuzulassen, dass er ihr Lust bereitete. Glaubte sie tatsächlich, sich ihm noch länger verweigern zu können? Dominic hatte nicht die Absicht, sie mit Gewalt zu nehmen, doch seine Geduld war nahezu erschöpft.

Leidenschaft glitzerte in seinen dunklen Augen, als er jetzt sah, wie sich Rose ihre Kleider überstreifte. Ihre Brüste waren prachtvoll, rund und fest und schienen für seine großen Hände wie geschaffen zu sein. Zwar hatten seine Hände bereits ihre schmale Taille und die sanft gerundeten Hüften erkundet, doch nun konnte er endlich auch seinen Blick auf dem schönen Körper seiner Frau ruhen lassen.

Enttäuscht seufzte Dominic auf, als Rose' mannigfaltige Reize durch das Kleid vor seinen bewundernden Blicken verborgen wurden. Er hätte nicht übel Lust gehabt, aufzuspringen und sie zurück ins Bett zu tragen, bevor sie fertig angekleidet war, wurde jedoch von einem Klopfen an der Tür daran gehindert.

Hastig zupfte Rose ihr Kleid zurecht und gürtete es. Sie warf Dominic einen fragenden Blick zu. »Du kannst ruhig öffnen«, sagte er. »Es ist sicher Raj. Schließlich ist er der Einzige, der sich in die Höhle des Drachen wagt.«

Rose öffnete die Tür. Raj trat ein und blickte an ihr vorbei auf Dominic. »Seid Ihr bereit, Euch zu erheben, Herr? Bittsteller aus dem Dorf haben sich im inneren Burghof versammelt und warten darauf, dass Ihr Burggericht haltet. Ihr früherer Gebieter war lange fort, und sie möchten, dass ihr neuer Herr nun ihre Streitigkeiten schlichtet und Strafen verhängt.«

Dominic erhob sich vom Bett. Seine kräftigen Muskeln spielten unter der Haut seines nackten Körpers, als er sich bückte, um nach seiner Kleidung zu greifen. Rose warf einen Blick auf ihn und floh aus dem Gemach.

»Was habt Ihr getan, um Eure Gemahlin so zu verängstigen?«, fragte Raj belustigt.

»Nichts, was ich gern getan hätte, mein Freund«, erwiderte Dominic. »Sie ist so scheu wie ein wildes Fohlen.«

Raj sah seinen Herrn verblüfft an. »Ihr habt sie nicht berührt?«

»Du stellst zu viele Fragen«, antwortete Dominic mit schlecht verhohlenem Missmut.

Ein leises Lachen entrang sich Rajs athletischer Brust. »Ich habe noch nie eine Frau gesehen, die Ihr nicht verführen konntet.«

»Dann ist dir offenbar nie eine von Rose' Sorte begegnet. Sie ist nicht Veronica.«

»Eines Tages werdet Ihr darüber vielleicht froh sein«, bemerkte Raj.

»Was, zum Teufel, soll das bedeuten? Du weißt doch, dass ich die Absicht hatte, Veronica zur Frau zu nehmen.«

Raj verlieh seinen Zügen einen unterwürfigen Ausdruck, der niemanden getäuscht hätte, vor allem nicht Dominic. »Vergebt mir, Herr, ich habe mich vergessen. Soll ich den Bittstellern sagen, dass Ihr nach dem Morgenmahl mit dem Burggericht beginnen werdet?«

Dominic bedeutete Raj, sich zu entfernen. »Ja, ich werde sie anhören. Es ist meine Pflicht als ihr neuer Herr. Schicke nach dem Burgvogt. Er möge Feder und Tinte mitbringen, um meine Entscheidungen festzuhalten.«

Dominic wusch sich und kleidete sich an, vergaß dabei jedoch die Pflichten, die ihn erwarteten. Seine Gedanken kehrten zu Rose zurück, zu ihren festen Brüsten, ihrer schlanken Gestalt, dem verführerischen Schwung ihrer Lippen und der zarten Furche zwischen ihren Schenkeln, die er bald zu erobern gedachte. Angesichts dieser erotischen Vorstellungen regte sich sein Verlangen wieder, er unterdrückte es jedoch.

Es wäre unziemlich, den Bewohnern von Dragonwyck zu zeigen, dass der Dragon Lord lustvolle Gedanken an seine Gemahlin hegte.

Rose war nirgends zu sehen, als Dominic sein Morgenmahl einnahm, also gesellte er sich zu einigen Rittern an einem der Tische im Saal und unterhielt sich bald angeregt mit ihnen. Nachdem Dominic gegessen hatte, kam Braden, der Burgvogt, zu ihm und brachte einen Stapel Pergament, Federkiele und Tinte. Während Dominic zu Gericht saß, würde Braden die vorgetragenen Fälle und Dominics Entscheidungen festhalten. Ehe er das Burggericht eröffnete, befahl Dominic seinem Diener, Rose zu ihm zu bringen. Sie erschien wenig später, offenbar überrascht von der Nachricht.

»Ihr habt mich rufen lassen, Mylord?«, fragte sie kurz. – »Ja. Du bist die Burgherrin und solltest während des Gerichtstages an meiner Seite sein. Du kennst die Menschen hier besser als ich und kannst mir mit deinem Rat nützlich sein.«

Dominic bot Rose Platz an und setzte sich dann selbst auf den reich verzierten Stuhl, der dem Burgherrn vorbehalten war. Die Türen öffneten sich, und die Schar der Bittsteller und ihrer Zeugen strömte in den Rittersaal. Einer nach dem anderen unterbreitete Dominic seinen Fall. Dominic verhängte eine Geldstrafe über einen Mann, der das Schwein seines Nachbarn gestohlen hatte, befahl einem jungen Mann, das Mädchen zu heiraten, das sein Kind unter dem Herzen trug, und schlichtete die Grenzstreitigkeiten zweier freier Bauern. So verging der Vormittag.

Mit wachsendem Erstaunen lauschte Rose, während Dragon die größeren und kleineren Zwistigkeiten so gerecht und feinfühlig beilegte, wie sie es nie für möglich gehalten hätte. Nicht einmal ihr Vater hatte diese Aufgabe so gut gemeistert.

Doch das bedeutete nicht, dass sie nun mit der Ehe einverstanden war. Im Gegenteil, es gab nichts, das Dragon sagen oder tun konnte, um sie davon zu überzeugen, das Bett mit ihm zu teilen. Er war ein Ritter des Königs, und der König hatte ihren Vater ermordet.

»Was meint Ihr, Mylady?«, fragte Dominic förmlich und riss Rose damit aus ihren Gedanken.

»Wozu, Mylord?«

»Habt Ihr nicht zugehört? Einer unserer Leibeigenen bittet darum, die Tochter eines freien Bauern heiraten zu dürfen. Wie Ihr wisst, sind solche Verbindungen nicht gern gesehen.«

»Liebt ihr einander?«, fragte Rose das Paar, das vor ihr stand.

Die junge Frau nickte nur schüchtern, doch der Mann sagte fest: »Ja, Mylady.«

»Was meint Ihr, Mylady?«, fragte Dominic abermals. »Wenn ich die Vermählung gestatte, wird die Tochter des freien Bauern ihren Stand verlieren.«

»Dein Name ist Vella, nicht wahr?«, fragte Rose das Mädchen.

»Ja, Mylady.«

»Nun, Vella, bist du bereit, dich mit den Folgen abzufinden, die deine Heirat für dich hätte?«

»Ja, Mylady. Mein Stand kümmert mich nicht.«

»Aber mich kümmert er«, sagte ein älterer Mann und trat vor. »Ich habe meine Tochter nicht aufgezogen, damit sie sich an einen Leibeigenen verschwendet.«

»Ihr seid der Vater des Mädchens?«, fragte Dominic.

»Ja, Mylord. Mein Name ist Algar, und ich habe einen anderen Ehemann für Vella ausgewählt – einen Freibauern, der ihr ein besseres Leben bieten kann. Außerdem kann er es sich leisten, mir das Schwein zu geben, das ich als Brautpreis verlange.«

»Ich will David nicht heiraten«, begehrte Vella auf und umklammerte den Arm des jungen Mannes an ihrer Seite. »Ich nehme niemanden zum Mann außer Piers.«

»Aber ich habe kein Schwein, das ich deinem Vater geben könnte«, sagte Piers traurig, »und auch keine so schöne Hütte, wie David sie besitzt.«

Dominic rieb sich das Kinn und betrachtete das Paar nachdenklich. Schließlich sagte er. »Ich neige dazu, im Sinne des Vaters zu entscheiden.«

Vella sah so verzagt aus, dass Rose sich gezwungen sah, zu widersprechen. »Ihr könntet Piers befreien, Mylord Dragon.«

Dominic blickte sie an, als habe sie den Verstand verloren. »Das würde ein Beispiel mit verheerenden Folgen geben. Jeder Leibeigene im heiratsfähigen Alter würde um die Töchter der Freibauern buhlen, um seinen Stand zu verbessern.«

Rose wusste, dass Dominic nur vernünftig dachte, doch das Paar sah so verliebt aus, dass sie es nicht ertragen konnte, die beiden voneinander getrennt zu sehen. »Master Algar, würdet Ihr es Eurer Tochter gestatten, Piers zu heiraten, wenn er die Erlaubnis Lord Dragons hätte und Euch ein Schwein und eine Kuh bieten könnte?«

»Sieh dich vor, Rose«, warnte Dominic leise. – »Ein Schwein und eine Kuh, Mylady?« Algars Augen funkelten gierig. »Piers besitzt keines von beidem.«

»Beantwortet nur meine Frage, Algar, und lasst alles andere meine Sorge sein.«

»Du begibst dich auf gefährliches Terrain, Rose«, raunte Dominic. »Die Entscheidung obliegt mir allein.«

»Ich bin die Herrin von Dragonwyck«, erwiderte Rose, »und ich möchte Piers ein Schwein und eine Kuh zum Geschenk machen.«

»Mylady«, rief Piers, atemlos vor Staunen, »wirklich?«

Dominic presste die Lippen zusammen. »Meine Gemahlin hat voreilig gesprochen.«

»Seht sie Euch an, Mylord. Sie lieben einander«, sagte Rose.

»Es überrascht mich, dass du der Liebe so viel Wert beimisst, Rose!« Dominic sprach leise und sah sie forschend dabei an. »Gibt es einen Mann, der dein Herz erobert hat?«

Rose begegnete seinem durchdringenden Blick mit erhobenen Brauen. »Mein Herz ist nicht vergeben, und das wird wohl auch so bleiben, solange ich mit Euch verheiratet bin.«

»Eines Tages wird deine scharfe Zunge Unheil über dich bringen«, warnte Dominic im Flüsterton.

Absichtlich überhörte Rose seine Bemerkung und wandte sich dem jungen Paar zu, das ängstlich auf Dominics Richterspruch wartete. »Piers und Vella harren Eurer Antwort, Mylord. Werdet Ihr Piers erlauben, Vella zu heiraten, wenn ich den Brautpreis stifte?«

Ein verschlagenes Lächeln umspielte Dominics Mundwinkel. »Das kommt darauf an, mein widerspenstiges Weib«, flüsterte er Rose ins Ohr, »ob du heute Nacht deinen ehelichen Pflichten nachkommst.«

Rose erstarrte. Dieser Mann war ein gewissenloser Schurke. Sie hätte wissen sollen, dass er mit Hinterlist erreichen würde, was er wollte. Dennoch konnte sie nicht verstehen, warum er sie begehrte, während er doch einer anderen in Liebe zugetan war. War seine Begierde so groß, dass eine Frau nicht ausreichte, um sie zu stillen? Oder wollte er nur die Ehe vollziehen, um sie unwiderruflich zu machen?

»Was sagst du dazu, Mylady?«, fragte Dominic leise. »Wirst du mich zwingen, die Ehe auf eine Weise zu vollziehen, die dir kein Vergnügen bereiten wird, oder willst du dich mir hingeben, wie es die Pflicht einer gehorsamen Gattin ist?«

Am liebsten hätte Rose ihm entgegengeschleudert, dass sie nichts mit ihm zu tun haben wollte, doch ein Blick in Piers' und Vellas hoffnungsvolle Gesichter änderte ihre Meinung. Sie konnte es nicht übers Herz bringen, die beiden Liebenden zu enttäuschen, also würde sie Lord Dragon ihren Körper hingeben, ihre Seele jedoch nicht.

»Ihr gewinnt, Mylord«, antwortete sie. »Gebt dem Paar Euren Segen.«

Dominic war nach einem wahren Triumphgeheul zumute. Seine widerspenstige Gemahlin hatte endlich eingelenkt, noch in dieser Nacht würde er sie besitzen. Obwohl er in die Ehe mit der falschen Frau gelockt worden war, hatte Dominic die Absicht, wenigstens etwas Vergnügen aus dieser unheilvollen Verbindung zu ziehen.

Nur zögernd lenkte er seine Aufmerksamkeit von Rose' aufreizenden Formen ab und wandte sich an den Vater der jungen Frau. »Überlegt wohl, ehe Ihr antwortet, Algar. Seid Ihr bereit, Piers als den Bräutigam Eurer Tochter anzuerkennen, wenn er den Brautpreis aufbringen kann?«

Algar musterte Piers kräftige, jugendliche Gestalt. »Nun, er hat einen starken Rücken, Mylord, und kann mir vielleicht zur Hand gehen, da ich keine Söhne habe. David dagegen ist schmächtig und wäre mir keine Hilfe. Ja, wenn Piers den Brautpreis bezahlt, kann er Vella zur Frau nehmen.«

»So sei es«, verfügte Dominic. »Ihr werdet das Schwein und die Kuh bekommen, ehe Pater Nyle den Bund segnet.«

Vella sank vor Rose auf die Knie und berührte den Saum ihres

Kleides. »Ich danke Euch, Mylady, ich werde Eure Freundlichkeit niemals vergessen.«

»Ich auch nicht«, fügte Piers hinzu, kniete sich neben Vella und legte kurz die Stirn auf Dominics Stiefel.

Die nächsten Bittsteller nahmen ihre Plätze ein, und das Burggericht setzte sich fort. Rose hörte aufmerksam zu, mischte sich jedoch nicht mehr ein. Kein anderer Mann hätte die Aufgabe besser erfüllen können, unvoreingenommen Strafen zu verhängen und Gerechtigkeit walten zu lassen. Doch diese Tatsache machte Rose die Ehe nicht schmackhafter. Ihr Vater hatte ihr versprochen, keinen Mann heiraten zu müssen, den sie nicht liebte, und Rose hatte gehofft, eines Tages einem Mann zu begegnen, dem sie ihr Herz schenken konnte und der ihr seines dafür gab. Nicht einmal in ihren kühnsten Träumen hatte sie sich vorgestellt, eines Tages einen Mann wie Lord Dragon ihren Gemahl zu heißen.

Dominic erhob sich und erklärte das Burggericht für beendet. Gleich darauf erschienen Diener und deckten die Tafeln im Rittersaal für das Mittagsmahl. Dominic umfasste Rose' Ellbogen und führte sie zur Treppe.

Sie leistete Widerstand, versuchte erfolglos, sich aus seinem Griff zu befreien. »Wohin bringt Ihr mich?«

»Ins Schlafgemach, um unsere Ehe zu vollziehen.«

»Jetzt?«, fragte Rose entgeistert. »Das Mittagessen wird gleich aufgetragen.«

»Ich werde dafür sorgen, dass man uns etwas hinaufbringt.«

Sie hatten die Treppe gerade erreicht, als Lady Emily nach Rose rief. »Rose, komm schnell! Die Köchin und Lord Dragons Diener streiten sich, es steht zu befürchten, dass sie einander den Garaus machen!«

»Raj streitet mit der Köchin?«, wiederholte Dominic erstaunt. »Ich komme mit.«

»Nein«, lehnte Rose ab. »Die Küche ist mein Reich. Ich werde schon allein damit fertig.«

Sie eilte davon und hinterließ einen missmutigen Dominic. Er blickte ihr nach. Frauen zu verführen hatte ihm nie Schwierigkeiten bereitet, doch schließlich war ihm auch noch keine Frau wie Rose begegnet.

Rose hastete zur Küche, froh über die Galgenfrist. Sie wusste, dass ihr das Glück bald nicht mehr hold sein würde. Lord Dragon würde bekommen, was er wollte, doch sie war noch nicht bereit, sich einem Mann hinzugeben, den sie kaum kannte.

Von Weitem schon hörte Rose die Stimmen und stürzte in die Küche. Sie fürchtete, zu spät zu kommen, um ein Blutvergießen zu verhindern. Doch als sie sah, welcher Anblick sich ihr bot, musste sie lachen. Die kleine, runde Köchin schwang eine eiserne Bratpfanne. Sie hielt sich wacker gegen Lord Dragons hünenhaften Diener. Raj hatte die Hände in die Seiten gestemmt, er überragte die Köchin um einiges. Er sah finster drein und bleckte die Zähne.

Rose trat auf die beiden zu und fragte: »Gibt es hier eine Meinungsverschiedenheit?«

Die Streithähne bemerkten zunächst nicht, dass sie nicht mehr allein waren, doch schließlich senkte die Köchin die Bratpfanne, ließ Raj jedoch nicht aus den Augen, während dieser einige Schritte zurücktrat.

»Dieser gemästete Tölpel will mir erklären, wie ich die Speisen Seiner Lordschaft zuzubereiten habe«, beschwerte sich die Köchin. »Mylady, ich koche schon seit vielen Jahren für den Herrn von Ayrdale und brauche gewiss keine Lektion von einem fremden Teufel.«

»Mein Herr verfügt über eine feine Zunge«, erklärte Raj. »Seit dem Kreuzzug kümmere ich mich um seine Speisen und werde es jetzt gewiss nicht unterlassen.«

»Und ich dulde keinen Fremden in meiner Küche«, erwiderte die Köchin standhaft.

»Gibt es einen Weg, diesen Streit friedlich beizulegen?«, fragte Rose. »Vielleicht könnt ihr euch einigen.«

»Keinesfalls«, sagte die Köchin. »Eher solltet Ihr nach einer neuen Köchin suchen, Mylady. Oder vielleicht will ja der Heide dort das Kochen übernehmen, wenn er sich so um den Gaumen seines Herrn sorgt.«

Raj baute sich zu voller, beeindruckender Größe auf. »Ich koche nicht, sondern beaufsichtige nur die Zubereitung der Speisen meines Herrn.«

Rose war nahe daran, aufzugeben, als Dominic die Küche betrat. »Ich hörte den Lärm. Was gibt es denn?«

In diesem Augenblick schätzte sich Rose beinahe glücklich, ihn zu sehen. Mochte er den Streit der beiden schlichten. Mit wenigen Worten schilderte sie ihm die Lage.

»Ich weiß deine Sorge zu schätzen, Raj«, sagte Dominic, »doch bislang habe ich an Dragonwycks Essen nichts zu beanstanden. Sollte ich einmal nicht mehr zufrieden sein, möchte ich, dass du dich einschaltest, doch bis dahin gibt es andere Dinge, bei denen ich deinen Rat brauche.«

»Wenn Ihr es so wünscht, Herr, werde ich mich fügen.« Raj drehte sich um und verließ würdevoll die Küche, jedoch nicht, ohne der Köchin einen letzten einschüchternden Blick zuzuwerfen.

»Ich danke Euch, Lord Dragon«, sagte die Köchin voller Bewunderung. »Da dieser Possenreißer mich nun nicht mehr stört, kann ich mich wieder um das Mittagsmahl kümmern. Ich hoffe, es wird Euren Gefallen finden.«

»Da bin ich mir sicher«, sagte Dominic. Er führte Rose in den Rittersaal zurück und setzte sich mit ihr an die Haupttafel.

»Der Aufschub wird nicht lange währen, Rose«, raunte er ihr zu. »Während du in der Küche warst, erfuhr ich, dass Murdoc MacTavish sich auf dem Weg nach Dragonwyck befindet. Meine Grenzposten berichten mir, dass MacTavish und ein großes Gefolge soeben die Grenze nach England überschritten haben. Vermutlich hat er von deines Vaters Tod gehört und will Dragonwyck für sich beanspruchen.«

»Onkel Murdoc kann keinen Anspruch auf Ayrdale erheben. Oder auf Dragonwyck, wie Ihr mein Heim zu nennen beliebt.«

»Das könnte er aber, wenn du einen seiner Verwandten heiratest«, erklärte Dominic und blickte Rose durchdringend an. »Selbst Pater Nyle müsste zugeben, dass eine nicht vollzogene Ehe keinerlei Rechtmäßigkeit besitzt. MacTavish darf keine Gelegenheit bekommen, Dragonwyck wegen einer Lappalie an sich zu bringen. Du bist die älteste Tochter, nicht wahr?«

»Ja, ich bin die Erbin meines Vaters.«

»Dann wirst du verstehen, warum unsere Ehe vollzogen werden muss. Es wäre ein schrecklicher Schlag für England, wenn Dragonwyck einem Schotten in die Hände fallen würde.«

Schmerzlich verzog Rose das Gesicht. Zwar wusste sie, dass Lord Dragon eine andere Frau liebte, doch war es notwendig, dass er keinerlei Hehl daraus machte? Seine Worte verdeutlichten ihr unmissverständlich, dass er den Vollzug der Ehe allein als seine Pflicht gegen England und seinen König ansah. Offensichtlich fand er sie nicht im Geringsten begehrenswert.

»Rose, hast du mich nicht verstanden? Ein Schotte darf auch nicht das kleinste Stück englischen Bodens besitzen.«

»Ich verstehe«, sagte Rose leise. »Wie bedauerlich, dass Ihr Eure Pflicht als so unangenehm empfindet.«

Dominic hob die dunklen Brauen. »Du legst mir die Worte in den Mund.«

»Aber es stimmt doch. Ich wüsste allerdings Rat. Wir müssen die Ehe nicht vollziehen, denn ich kann Onkel Murdoc gegenüber einfach behaupten, dass sie vollzogen wurde. Nur Ihr und ich würden um die Wahrheit wissen.«

Dominic spießte eine gebratene Taube von der Servierplatte und legte sie auf seinen Teller. Mit angehaltenem Atem wartete Rose, während er ein Stück saftiges Fleisch abschnitt und genießerisch verspeiste.

»Nun?«, fragte sie mit wachsender Ungeduld. »Was sagt Ihr dazu, Mylord?«

»Wozu?«, fragte Dominic zurück.

Dieser unmögliche Mann! »Habt Ihr mich nicht verstanden? Ich schlug Euch eine Lösung vor.«

»Was du vorgeschlagen hast, ist keine Lösung. Deine Kammerzofen haben mittlerweile zweifellos bemerkt, dass die Bettlaken keine Blutflecke aufwiesen. Zur Stunde weiß vermutlich ganz Dragonwyck, dass du noch unberührt bist.«

Schamröte stieg Rose in die Wangen. Daran hatte sie nicht gedacht. »Ich glaube Euch nicht.«

Dominic zuckte die Schultern. »Frage deine Damen, wenn du mir nicht traust.«

Rose schwieg und dachte über Dominics Worte nach.

Nach dem Essen inspizierte Dominic die Verteidigungsstellungen, während Rose im Saal zurückblieb, in trübsinnige Gedanken versunken. Schließlich beschloss sie, Dragons Rat zu befolgen, und lud Emily und Blythe ein, ihr in der Kemenate Gesellschaft zu leisten.

Als sie am Kamin Platz genommen hatten, platzte Rose heraus: »Ihr seid die einzigen Menschen, denen ich mich anvertrauen kann. Habt ihr Gerüchte gehört, bei denen es um meine … Jungfräulichkeit ging?«

Blythe errötete und schlug den Blick nieder. Sie überließ es der älteren und weiseren Emily, Rose' Frage zu beantworten.

»Ich will dich nicht belügen, Rose«, sagte Emily. »Als Tyra die Bettwäsche wechselte, bemerkte sie, dass kein Blut auf dem Laken zu sehen war. Du weißt ja, wie die Dienstboten tratschen. Außerdem«, fügte sie schulterzuckend hinzu, »ist es allgemein bekannt, dass Lord Dragon die Hochzeitsnacht im Rittersaal verbrachte.«

»Aber die Nacht darauf verbrachte er in der Kemenate«, erwiderte Rose.

»Ohne den sichtbaren Beweis werden die Leute glauben, du seiest keine Jungfrau mehr gewesen, als Lord Dragon dich heiratete.«

Rose wurde die Unterhaltung allmählich unangenehm, also

sprach sie von etwas anderem. »Wusstet ihr schon, dass sich Onkel Murdoc auf dem Weg nach Dragonwyck befindet?«

»Ja. Eric sagte mir, Lord Dragon glaube, dein Oheim wolle den Besitz deines Vaters an sich bringen.«

»Ich weiß«, sagte Rose.

»Wenn eure Ehe vollzogen ist, braucht er sich keine Sorgen mehr zu machen«, versicherte Emily. »Ich weiß, dass du Lord Dragon nicht magst, Rose, doch die Meinung der Frau wird bei der Eheschließung nur selten berücksichtigt. Auch meine Ehe wurde von meinem Vater bestimmt, doch ich lernte, Eric zu lieben. Vielleicht wird es dir auch so ergehen.«

»Dragon liebt eine andere«, erwiderte Rose. »Für ihn werde ich nie etwas anderes als die Mutter seiner Erben sein.«

»Glaubst du, dass er uneheliche Kinder mit seiner Geliebten hat?«, fragte Blythe vorsichtig.

»Veronica hat keine Bastarde geboren«, sagte Dominic, der plötzlich an der Tür stand. »Bitte entschuldigt uns, Ladys, meine Gemahlin und ich wären jetzt gern allein.«

Hastig verließen Emily und Blythe das Zimmer. Dominic schloss die Tür hinter ihnen und lehnte sich dagegen. Rose sah ihn starr an, unfähig, den Blick von ihm zu wenden. Er erschien ihr wie der leibhaftige Teufel mit seinem dunklen Haar, dem diabolischen Lächeln und dem durchdringenden Blick.

»Was wünscht Ihr?«, fragte Rose und wich langsam vor ihm zurück.

Dominic verließ seinen Platz an der Tür. »Erzähle mir von deinem Onkel. Ist er so gierig, wie man sagt? Wie wird er zu unserer Heirat stehen?«

»Ich habe Onkel Murdoc seit einigen Jahren nicht mehr gesehen. Er und Vater stritten sich um ein Stück Grenzland, auf das sie beide Anspruch erhoben. Eigentlich gehörte es Vater, doch Onkel Murdoc wollte es zurückhaben. Mutter hatte es in die Ehe gebracht, aber er konnte sich nicht an den Gedanken gewöhnen. Was unsere Ehe anbetrifft, weiß ich nicht, was ich Euch sagen soll. Onkel Murdoc versuchte einmal, Vater dazu zu überreden, mich seinem Stiefsohn zur Frau zu geben. Glücklicherweise lehnte Vater diese Verbindung ab.«

»Jetzt wird mir manches klar. Offenbar weiß Murdoc nicht, dass ich der neue Herr von Dragonwyck und dein Gemahl bin.«

Dominic musterte Rose so eindringlich, dass ihr ein Schauer über den Rücken lief. Er kam auf sie zu und streckte ihr die Hand hin. Rose machte jedoch keine Anstalten, sie zu ergreifen.

»Ihr erwartet doch nicht … es ist helllichter Tag. Die Dienerschaft wird sich die Mäuler zerreißen.«

»Glaubst du, das macht mir etwas aus? Unsere Ehe muss vollzogen werden, ehe dein Onkel die Burg erreicht. Ich habe mich lange genug von einer Frau an der Nase herumführen lassen, die mich durch Betrügereien dazu brachte, sie anstelle ihrer Schwester zu heiraten. Es geht nicht mehr darum, was du wünschst oder was ich wünsche, sondern nur noch darum, unsere Pflicht gegenüber England zu erfüllen.«

»Ich spucke auf England! Mir liegt nichts an einem Land, für dessen Herrscher ein Menschenleben nichts bedeutet. Der König hat meinen Vater ohne triftigen Grund hingerichtet und seine Witwe und Töchter sich selbst überlassen.«

»Du irrst dich, Rose. Dein Vater beging Hochverrat. Er versuchte, die Barone gegen König John aufzuwiegeln. Und du und deine Familie seid nicht schutzlos, denn schließlich bin ich da.«

»Der König hätte es verdient, vom Thron gestoßen zu werden«, gab Rose zurück. »Er bedeutet eine Gefahr für England.«

Dominic packte sie bei den Schultern und schüttelte sie unsanft. »Hüte deine Zunge, Weib. Man weiß nie, wer unsere Unterhaltung belauscht. Ich weiß, dass der König harte und grausame Urteile fällt. Er ist ein Mann, der es genießt, seine Feinde zu quälen. Doch ich muss dich warnen. Was auch immer du über den König denkst, behalte es für dich.«

Rose stand wie erstarrt da. »Das klingt wie eine Drohung, Mylord.«

»Es ist mir gleich, wie du meine Worte auffasst. Ich möchte nicht, dass du eines Tages König Johns Grausamkeiten zum Opfer fällst.«

»Wie mein Vater?«, flüsterte Rose.

»Ja, wie dein Vater.«

Dominic reichte Rose nicht noch einmal die Hand. Stattdessen hob er sie auf die Arme und trug sie zielstrebig zum Schlafgemach. Er öffnete die angelehnte Tür mit einem Fußtritt und schloss sie auf dieselbe Weise. Dann trug er Rose zum Bett, zog die Überdecke zurück und setzte sie auf den strahlend weißen Laken ab. Erschauernd blickte Rose zu ihm auf. Dominics Züge wirkten entschlossen und undurchdringlich. Als sie erkannte, dass jeder weitere Widerstand zwecklos sein würde, entspannte sie ein wenig. Es war sein Recht, sie ohne ihr Einverständnis zu nehmen, doch immerhin musste sie keinen Gefallen daran finden.

5

Lebet den Augenblick, glaubet mir, wartet nicht auf das Morgen. Pflücket die Rosen des Lebens noch heute.

Pierre de Ronsard

Verärgert blickte Dominic auf Rose, die still dalag. Er wollte mehr als das, was sie ihm bot; er wünschte sich eine lebhafte Frau, die seine Leidenschaft erwiderte. Die Frau, die dort mit geschlossenen Augen und geballten Fäusten auf dem Bett lag, hatte keinerlei Ähnlichkeit mit der Kriegerprinzessin, die er am ersten Tag getroffen hatte.

»Öffne deine Augen, Rose«, verlangte er schroff. »Sieh mich an und sage mir, dass du mich abstoßend findest. Ich halte dich eigentlich nicht für eine Frau, die sich vor einem Mann fürchtet.«

Langsam schlug Rose die Lider auf, und zu seinem Erstaunen sah Dominic in ihren Augen nicht etwa Tränen, sondern Zorn funkeln. Das gefiel ihm. Er zog ihren Trotz der Furcht vor.

»Ich werde dich lieben, Rose. Wenn du dich mir hingibst, verspreche ich dir, dass es dir gefallen wird.«

»Was kümmert es Euch? Ihr begehrt Veronica, nicht mich.«

Dominic nahm ihre Hand und legte sie auf seine Lenden. »Nein, so ist es nicht.«

Rose zog ihre Hand fort. »Mylord …«

»Dominic. Mein Name ist Dominic.«

»Dominic, können wir nicht bis heute Abend warten?«

Er fasste nach dem Saum ihres Überkleides und zog ihn hoch. »Ich will dich jetzt, Rose. Hebe deine Arme.«

Als sie seiner Aufforderung nicht nachkam, legte Dominic

selbst Hand an, streifte ihr das Kleid über den Kopf und warf es beiseite. Dann wandte er sich dem Unterkleid zu, doch Rose hielt seine Hand fest. »*Ich* werde das tun«, sagte sie gepresst.

»Nein, *ich* möchte es tun«, erwiderte Dominic ungeduldig und schob ihre Hände von sich. »Lass mich.«

Rose irrte sich, wenn sie glaubte, er begehre sie nicht.

Dominic begehrte Rose mehr, als es klug für ihn war. Außerdem brauchte er gewiss nicht an Veronica zu denken, um sein Verlangen zu wecken. In Wahrheit hatte er sich von Anfang an nach Rose gesehnt, sich jedoch für eine Ehe mit ihrer Schwester entschieden, weil er befürchtete, Rose nicht so leicht übergehen zu können, wie es mit ihrer unterwürfigen Schwester der Fall gewesen wäre.

Dominic zog Rose das Unterkleid aus und betrachtete ihren schlanken Körper, der nur noch von einem dünnen Unterhemd verhüllt wurde. Ihren Brüsten schenkte er besondere Aufmerksamkeit. Schönere hatte Dominic nie zuvor gesehen. Zwar konnte auch eine leicht bekleidete Frau die Leidenschaft eines Mannes wecken, doch im Augenblick wünschte er sich nur, Rose nackt vor sich zu sehen.

»Dein Hemd«, sagte er rau, »ziehe es aus.«

Rose schluckte hörbar. »Willst du mir nicht wenigstens etwas von meiner Würde lassen?«

Lustvoll ließ Dominic seinen Blick über ihre Figur gleiten. »Nacktheit besitzt ihre ganz eigene Würde.«

Rose schlug den Blick nieder, zog das Hemd über den Kopf und bedeckte rasch ihre Brüste. Aufstöhnend nahm Dominic das Hemd und schleuderte es auf den Boden. Dann lehnte er sich zurück und betrachtete Rose.

»Du bist wunderschön«, sagte er mit rauer Stimme, die sein Verlangen verriet. »Das freut mich sehr.«

»Glaubst du, das kümmert mich?«, gab Rose schnippisch zurück. »Nun nimm dir dein Recht als Ehemann. Ich kann dich nicht daran hindern.«

Dominic spürte Gewissensbisse, schob sie jedoch beiseite mit dem Gedanken, dass Rose sich durch ihren Betrug selbst in diese Lage gebracht hatte. Dennoch wollte er ihr keine unnötigen Schmerzen verursachen. Er fragte sich, ob sie ihm wohl mehr zugetan war, wenn er ihr Lust bereitete. Es war einen Versuch wert. Der Gedanke, ein Leben lang mit einer Frau leben zu müssen, die ihn verabscheute, behagte Dominic nicht im Geringsten.

Er zog seinen Waffenrock aus, dann das Hemd. »Warum solltest du mich daran hindern wollen, dir Freude zu schenken? Ich werde dich nicht mit Gewalt zwingen, dich mir hinzugeben, falls du das befürchtest.« Er lächelte selbstsicher. »Schon bald wirst du mich atemlos anflehen, dir meine Aufmerksamkeit zu schenken.«

Rose schnaubte ausgesprochen undamenhaft. »Nicht mehr in diesem Leben!«, stieß sie entrüstet aus.

Dominic öffnete die Schnürung seiner Beinkleider und ließ sie zu Boden fallen. Dann entledigte er sich seiner Stiefel und Strümpfe. Mit einem herausfordernden Lächeln baute er sich vor Rose auf. Seine Männlichkeit erhob sich groß und stolz gegen seinen flachen, muskulösen Bauch. Er runzelte die Stirn, als er bemerkte, dass Rose erschrocken die lange Narbe betrachtete, die sich von der Hüfte bis zum Knie über sein Bein zog.

»Stößt dich die Narbe ab?«, fragte er spöttisch.

Sie schüttelte den Kopf. »Die Wunde muss dir große Schmerzen bereitet haben, Dominic.«

Allmählich begriff er, dass Rose ihn nicht voller Abscheu ansah, sondern mit einer Mischung aus Ehrfurcht und Neugier.

»Bei kaltem Wetter schmerzt die Narbe noch, aber sonst stört sie mich wenig.«

Rose ließ den Blick zu seiner Männlichkeit schweifen und sah Dominic dann verblüfft in die Augen. »Du wirst mich umbringen mit diesem … diesem Ding zwischen deinen Beinen.«

Dominic lachte. »Das glaube ich nicht. Hast du nie zuvor einen unbekleideten Mann gesehen?«

»Ich bin noch Jungfrau«, erwiderte Rose entrüstet. »Hätte ich gewusst, was mich in einer Ehe erwartet, wäre ich Mama und Starla ins Kloster gefolgt.«

Dominic setzte sich auf die Bettkante neben Rose. Sanft streichelte er ihre Brust. »Ich frage mich, ob du noch so darüber denken wirst, nachdem wir uns geliebt haben.«

»Wie die meisten Männer bist du viel zu sehr von dir überzeugt. Nun will ich es endlich hinter mich bringen.«

»Nein, meine dornige Rose. Ich bin stolz auf meine Fähigkeit, die Leidenschaft einer Frau zu erwecken, und ich werde mich weder beeilen noch mir von dir ausreden lassen, dir Freude zu bereiten.«

»Ich bin deine Frau, nicht deine Geliebte. Ich muss keine Leidenschaft empfinden.«

Dominic betrachtete ihren nackten Körper. »Ja, du *bist* meine Frau.«

Es stimmte. Rose gehörte ihm. Er fühlte sich von ihrer Gestalt angezogen, obwohl sie nicht über Veronicas verlockende Üppigkeit verfügte. Dominic hatte Veronica nie für weniger als vollkommen gehalten, bis sich ihm Rose in all ihrer nackten Pracht darbot. Er sehnte sich danach, in ihr zu sein, umgeben von ihrer feuchten Wärme, doch er war fest entschlossen, sich von seinem Verlangen nicht überwältigen zu lassen. Er würde ihr beweisen, dass er ihr Lust verschaffen konnte.

Zärtlich liebkoste Dominic Rose' Brüste. Er streichelte sanft die rosigen Knospen, bis sie sich zu festen Spitzen aufgerichtet hatten. Er glaubte, Rose leise seufzen zu hören, doch als er sie anblickte, schien sie in Gedanken versunken zu sein und keine Erregung zu spüren, während er seine Leidenschaft kaum noch bezähmen konnte.

Zielstrebig beugte Dominic sich vor und küsste Rose. Ihre Lippen schmeckten so süß, dass sich sein Verlangen mit jedem Augenblick steigerte. Schließlich spürte er, dass sie sich entspannte. Ihre Lippen wurden weich und schmiegsam, und Dominic triumphierte. Rose war nicht so kühl und abweisend, wie sie ihn glauben machen wollte. Er zog sich von ihr zurück und blickte auf sie hinab. Der Blick ihrer blauen Augen schien wie verschleiert, sie wirkte ein wenig benommen.

»Öffne deinen Mund, Rose.«

»Warum?«

»Frage nicht, gehorche mir einfach.« Er wollte ihren Mund mit seiner Zunge in Besitz nehmen, ehe er sie ganz besaß.

Ihre Lippen teilten sich, jedoch nur weit genug, dass Dominic seine Zungenspitze in die warme Höhle ihres Mundes hineingleiten lassen konnte, um sie zu liebkosen. Er küsste Rose kühn und leidenschaftlich und verlangte mehr von ihr, als sie zu geben bereit war. Schließlich spürte Dominic, dass Rose' zarter Körper zu beben begann. Er beendete den Kuss und flüsterte: »Leg deine Arme um mich.«

Rose wusste nicht genau, warum sie Dominic gehorchte, doch sie ließ ihre Hände über die warme Haut seiner Schultern gleiten. Sie blickte zu ihm auf, während sich ihre Gedanken überschlugen.

Der Anblick seines nackten Körpers ließ sie erbeben, und eine eigentümliche Wärme breitete sich in ihr aus. Dominics breite Schultern und athletische Brust strahlten Kraft und Stärke aus, als sei er nach dem Bild des dunklen, gefährlichen Drachen geschaffen worden, dessen Namen er trug. Als er ihre Brüste berührte, musste Rose die Lippen fest zusammenpressen, um nicht aufzustöhnen.

Seltsam, Dragons Narbe stieß sie nicht im Geringsten ab. Sie dachte an die Schmerzen, die er erlitten haben musste, und daran, wie bemerkenswert es war, dass er eine so schwere Verletzung überstanden hatte.

Viel bemerkenswerter jedoch waren seine Küsse; sie entflammten ihre Sinne und ihr Blut. Wie konnte ein Mann, den sie verabscheute, sie dazu bringen, dass sie wie ein Blatt im Wind bebte, wenn er sie berührte und küsste?

Rose befürchtete, ihre Gedanken laut ausgesprochen zu haben, als Dominic den Kopf hob und fragte: »Hasst du mich noch immer, Rose?«

Verzweifelt musste Rose sich eingestehen, dass es unmöglich war, einen Mann zu hassen, der sie so zärtlich liebte. Sie war so gebannt von seinen Küssen, dass sie keinen klaren Gedanken fassen konnte. Er hatte eine Leidenschaft in ihr erweckt, die sie bislang nicht gekannt hatte.

Als Rose nicht antwortete, küsste Dominic sie abermals, zunächst sanft und zärtlich, dann fordernd und besitzergreifend. Rose konnte nicht anders, als seinen Kuss zu erwidern. Ihre Lippen bewegten sich unter den seinen, und sie öffnete den Mund. Dominic ließ seine Zunge in ihren Mund gleiten, während er mit der Hand an ihren Schenkeln entlangstrich, sie sanft teilte und den Mittelpunkt ihrer Weiblichkeit liebkoste.

»Lass mich dich lieben, Rose«, flüsterte er an ihrem Ohr. »Gib dich den Freuden hin.«

»Nicht mit dir. Niemals«, erwiderte Rose atemlos, obwohl sie die Worte kaum über die Lippen brachte. Dragon zu widerstehen war nicht so leicht, wie sie erwartet hatte. Seine Haut unter ihren Fingerspitzen war warm und fest. Es war ein angenehmes Gefühl, doch sie wehrte sich dagegen, die Berührungen so sehr zu genießen.

Wie von selbst glitten ihre Hände hinauf und tauchten in sein dunkles, seidiges Haar. Er stöhnte auf und beugte sich über ihre Brüste. Dann spürte Rose seine Lippen auf ihrer weichen Haut und vermochte es nicht zu verhindern, dass sich ihr ein leises Seufzen entrang, das jedoch in einen erstickten Schrei überging, als Dominic eine ihrer rosigen Brustspitzen in den Mund nahm und sanft daran sog.

»Das … muss eine … Sünde sein«, flüsterte sie atemlos.

Dominic hob den Kopf. »Warum?«

»Weil es so …«

»… schön ist?« Er lachte leise. »Das ist nur der Anfang.«

Als wolle er seine Behauptung beweisen, ließ Dominic seine Lippen heiß durch das Tal zwischen ihren Brüsten wandern und zog eine Spur von Küssen ihren flachen Bauch hinunter. Rose wimmerte leise und streckte sich ihm entgegen. Selbst in ihren kühnsten Träumen hatte sie sich nicht vorgestellt, je solch sündige Dinge mit einem Mann zu tun, den sie kaum kannte. Was war nur mit ihr geschehen? Frauen sollten doch im ehelichen Schlafgemach keine Freude finden. Offenbar lag es an ihrer Unerfahrenheit, die Dragon schamlos ausnutzte. Er schien genau zu wissen, wo und wie er sie berühren musste, um sie zu entflammen.

Dominic setzte seinen Weg fort, immer weiter an ihrem Bauch hinunter, bis er das weiche Lockenvlies erreichte, das ihre Weiblichkeit krönte. Als er sie dort küsste, schrie Rose erschrocken auf. Nie hätte sie es für möglich gehalten, dass ein Mann eine Frau an *dieser* Stelle küsste. Offenbar führte Dominic mehr als Küsse im Schilde, denn er schob sanft ihre Schenkel auseinander und liebkoste ihre intimste Stelle mit der Zunge.

»Dominic, nicht! Lass ab!«

»Noch nicht«, sagte er rau und fuhr damit fort, sie mit seiner Zungenspitze zu necken und zu quälen.

Rose versuchte, ihn von sich zu stoßen, doch er ergriff ihre Hände und hielt sie fest. So sehr sie sich auch wünschte, Dominic möge von ihr ablassen, gab es doch etwas, nach dem sie sich noch mehr sehnte, obwohl sie es nicht benennen konnte. Ihr Körper bebte und brannte, und ihre Gedanken verirrten sich. Dies war Wahnsinn, gefährlicher Wahnsinn.

Atemlos wand sich Rose unter Dominics Liebkosungen, unfähig, einen klaren Gedanken zu fassen. Sie wollte etwas, doch es schien ihr zu entgleiten. Beinahe hätte sie es gefunden, doch dann entfernte sich Dominic von ihr und ließ sie sehnsüchtig und atemlos zurück.

»Dominic, höre nicht auf!« Er hatte sie dazu gebracht, ihn anzuflehen, wie er es ihr prophezeit hatte.

Langsam glitt Dominic an ihrem Körper hinauf. Sie spürte seine Männlichkeit zwischen ihren Schenkeln und schloss die Augen. Nachdem er sie genommen hatte, würde sie nicht mehr dieselbe sein. Der Gedanke floh, als Dominic sie von Neuem zu küssen begann, so zärtlich, wie ein Mann nur seine Liebste küsste. Bevor sie bereit war, ihn gehen zu lassen, beendete er den Kuss, hob den Kopf und betrachtete ihr Gesicht. Seine Finger glitten durch ihre seidigen Locken, über ihre Schläfen und Wangen. Dann legte er ihr eine Fingerspitze unter das Kinn und hob es ein wenig an.

»Du weißt, was jetzt geschehen wird, nicht wahr?«, flüsterte er rau.

»Ich … glaube schon.« Rose vermutete, wie der Akt vollzogen wurde, wusste jedoch darüber hinaus nichts.

»Ich werde mich bemühen, dir keine Schmerzen zuzufügen. Ich möchte dir niemals wehtun.«

Dominic legte seine Hände unter ihre Hüften und liebkoste die honigsüße Wärme zwischen ihren Schenkeln mit der Spitze seiner aufgerichteten Männlichkeit, um sie auf das Kommende vorzubereiten. Sein Verlangen war so übermächtig, dass er fürchtete, die Gewalt über sich zu verlieren, bevor er Rose Lust bereitet hatte. Er beugte sich herunter, um ihre Brüste zu küssen. Die warme, feuchte Haut duftete so süß und verführerisch, dass es ihm immer schwerer fiel, sich zurückzuhalten. Dominic erbebte, als er Rose' leises Stöhnen hörte, und ließ sich langsam in ihre seidige Wärme sinken.

Atemlos verweilte er einige Augenblicke an der Barriere ihrer Jungfräulichkeit, dann drang er mit einem einzigen Stoß in sie ein.

Rose' atemloser Seufzer verwandelte sich in einen erstickten Schmerzensschrei. Dominic spürte, wie sie sich anspannte, und ein Beben schien durch ihre Glieder zu gehen. Er hielt still, damit sie sich an die unbekannten Empfindungen gewöhnen konnte.

Doch dann verließ ihn die Selbstbeherrschung. Dominic bewegte seine Lenden und drang tiefer in Rose ein. Zwar hoffte er, ihr keine allzu großen Schmerzen zugefügt zu haben, doch er bedauerte seine Tat nicht. Sie fühlte sich unglaublich warm und weich an und schien es außerdem ebenso zu genießen wie er.

Rose stieß ein atemloses Seufzen aus. Dominics Bewegungen verloren ihre Fremdartigkeit, während sich allmählich alle Anspannung in ihr löste. Aufstöhnend streckte sie sich Dominic entgegen und hielt sich an seinen Schultern fest, um sich nicht gänzlich in ihren Gefühlen zu verlieren. Immer wieder drang er in sie ein, füllte sie mit seinem Körper ganz aus. Die Schmerzen waren verschwunden und wurden durch eine langsam steigende Spannung ersetzt, die ihre Sinne betörte. Ihr Körper schien in lodernden Flammen zu stehen, ihre Erregung schien einem geheimnisvollen Höhepunkt zuzustreben.

»Du fühlst dich wunderbar an«, flüsterte Dragon an ihren Lippen. »So heiß, so eng.«

Rose wusste, wie wundervoll er sich anfühlte, während er sie überwältigte, einer reißenden Flutwelle gleich, und sie so immer näher an den rätselhaften Gipfel heranführte. Dominic beugte sich zu ihr hinunter und küsste sie so heiß und leidenschaftlich, wie er sie liebte.

Als Rose den Höhepunkt erreichte, war sie nicht auf den Wirbel aus glühender Hitze und Lust gefasst, der sie zu zerschmettern drohte.

Sie rief seinen Namen, während Dominic ein letztes Mal in sie eindrang. Er erbebte und verströmte sich in ihr. Nach einer langen, gespannten Stille sagte er: »Hätte ich gewusst, dass eine Jungfrau mir so viel Vergnügen bereiten würde, hätte ich nicht so lange gewartet, mir eine zu nehmen.«

Rose empfand seine Worte wie einen Schwall kalten Wassers in ihrem Gesicht. Zwar hatte sie ihn zufriedengestellt, doch offenbar hätte ihm jede beliebige Jungfrau genügt. Der eingebildete Schurke!

Rose stieß ihn von sich, und er zog sich von ihr zurück. Die Bettstricke knarrten laut, als er sich neben Rose in die Kissen sinken ließ.

»Geh jetzt«, verlangte Rose. »Es ist vorbei. Du hast deine Pflicht erfüllt.«

Dominic stützte sich auf den Ellenbogen und zog die Brauen

zusammen. »Habe ich dir wehgetan? Ich weiß, dass ich dir Freude bereitet habe. Ein Mann spürt diese Dinge deutlich.«

»Ich verlangte nicht nach Freude«, gab Rose zurück.

»Gib dir keine Mühe, meine stachlige Rose. Nachdem ich die Dornen hinter mir gelassen hatte, fand ich etwas Kostbares und Fesselndes, das ich nicht erwartet hatte. In dir steckt Leidenschaft, in deinen Adern fließt heißes Blut. Ich glaube, wir werden miteinander auskommen. Wenigstens im Bett«, fügte er hinzu.

Rose griff nach der Bettdecke und zog sie sich bis unters Kinn. »Ich will nichts mehr mit dir zu tun haben. In keiner Weise.«

Dominic entzog ihr die Bettdecke. »Wenn du dich vor mir versteckst, wirst du nur unglücklich werden.«

»Wirst du mich schlagen?«, fragte Rose kampflustig.

Dominic presste die Lippen zusammen. »Führt mich nicht in Versuchung, Mylady. Mir scheint, eine Tracht Prügel wäre angebracht.«

»Dich zu versuchen käme mir nie in den Sinn«, erwiderte Rose. »Darf ich mich nun erheben, da du deinen Willen durchgesetzt hast?«

»Ja, doch von heute an teilen wir das Bett. Da sich dein Onkel auf den Weg gemacht hat, um Dragonwyck für sich zu beanspruchen, möchte ich nicht, dass Zweifel an der Rechtmäßigkeit unserer Verbindung aufkommen.«

Rose presste die Decke an sich und setzte sich auf die Bettkante, ehe Dominic seine Meinung ändern konnte. Sie wollte nicht, dass er sie noch einmal berührte. Wenn sie gewusst hätte, dass er sich so über ihre Wünsche hinwegsetzen und mit ihr Dinge tun würde, die sie all ihre Vorsätze vergessen ließen, wäre sie mit ihrer Mutter und Schwester ins Kloster geflohen. Weder wollte sie Gefallen an Lord Dragon finden noch ein Opfer seiner Gelüste werden.

Rose verließ das Bett und hob ihre Kleider auf. Als sie an sich hinunterblickte, entdeckte sie Blutflecke auf ihren Schenkeln. Sie schrie auf. »O nein!«

Besorgt sprang Dominic auf. »Was ist denn geschehen? Bist du verletzt?«

»Nein! Halte dich von mir fern. Ich … da ist Blut. Es hat mich nur erschreckt.«

Dominic hob sie auf seine Arme und trug sie zum Bett zurück. »Hat dir deine Mutter nicht erklärt, dass es ein wenig bluten würde?«

»Wir hatten keine Zeit dazu. Ich bin zwar nicht völlig ahnungslos in diese Ehe gegangen, doch …« Rose wandte sich ab. »Ich hätte nie vermutet …«

Dominic goss Wasser in eine Schüssel und tauchte ein weiches Tuch hinein. Rose beobachtete ihn misstrauisch, als er mit dem Tuch zu ihr zurückkehrte und sanft ihre Beine spreizte. Als sie begriff, was er vorhatte, errötete sie tief und bemühte sich, ihre Beine zusammenzuhalten.

»Ganz ruhig, Rose. Ich werde dir keine Schmerzen bereiten.«

Sie hörte nicht auf ihn; ihre Beine blieben fest geschlossen. Dennoch gelang es Dominic mühelos, sie zu öffnen. Rose bedeckte das Gesicht mit den Händen, als er mit dem feuchten Tuch sanft über ihre Haut fuhr und sie wusch. Danach legte er das Tuch wieder auf den Rand der Schüssel und betrachtete Rose.

Sie bemühte sich, seinen Blick nicht zu erwidern, konnte sich jedoch nicht zurückhalten. Unbekümmert über seine eigne Nacktheit, stand Dominic am Bett, die Hände auf die Hüften gestemmt. Rose betrachtete seine breiten Schultern, die kräftige Brust und die muskulösen Glieder. Sie entdeckte unzählige weitere Narben an seinem Körper. Dass Dominic schon viele Schlachten geschlagen hatte, war offensichtlich. Erschrocken hielt Rose den Atem an, als sie sah, dass sich seine Männlichkeit unter ihren Blicken erneut aufzurichten begann.

»Sieh mich noch länger so an, und wir werden das Schlafgemach sicher nicht so bald verlassen.«

Rose errötete und wandte den Blick ab. Was war nur mit ihr geschehen? Ihr rücksichtsloser Ehemann hatte sie soeben geschändet, also sollte sie ihn mit Abscheu betrachten, nicht mit Bewunderung.

»Ich wollte … ich wollte nicht …«, sagte sie stockend.

In Dominics Stimme lag ein bitterer Unterton. »Natürlich nicht. Es wäre wohl zu viel verlangt, dass du mich gern in deinem Bett siehst.« Er wandte sich ab und zog sich die Strümpfe an. »Wir müssen uns mit dieser Ehe abfinden, Rose. Uns beiden war es nicht vergönnt, frei über die Vermählung zu entscheiden, doch ich glaube, dass es weniger schlimm wird, als wir befürchten, solange wir uns tagsüber aus dem Weg gehen.« Er warf ihr einen Blick zu und lächelte. »Die Belohnung wird uns gewährt, wenn wir uns ins Schlafgemach zurückziehen.«

Rose schwieg. Dragon bildete sich zu viel auf seine Fähigkeit ein, Frauen zu verführen. Sie wusste um seine Geliebte und dass er für sie, Rose, nichts empfand. Warum also gab er sich solche Mühe? Aus welchem Grund schien ihm ihre Unschuld zu gefallen, obwohl er doch Frauen gekannt hatte, die weit erfahrener in Liebesdingen waren, als sie es je sein wollte.

»Es gibt noch viel zu tun, bevor dein Onkel hier eintrifft«, sagte Dominic, als er fertig angekleidet war. »Er wird von einer beachtlichen Streitmacht begleitet.«

»Onkel Murdoc bringt immer viele Männer seines Clans mit, wenn er uns besucht«, erklärte Rose. »Als mein Vater noch lebte, hatten wir nie Grund, meinen Oheim zu fürchten.«

»Ich fürchte ihn auch nicht«, erwiderte Dominic und ging zur Tür. »Wir unterhalten uns später weiter, Rose.«

Es fiel Dominic nicht leicht, Rose allein im Bett zurückzulassen. Seine kratzbürstige Braut hatte ihn überrascht. Zwar war sie anfangs unwillig gewesen, dann jedoch in seinen Armen schier dahingeschmolzen. Sie in seinen Armen zu halten bereitete ihm so viel Freude, dass er sie nicht ein einziges Mal mit Veronica verglichen hatte.

Raj erwartete Dominic am Fuße der Treppe. Seine Züge

wirkten so rätselhaft wie immer. »Habt Ihr in Eurem Brautbett Vergnügen gefunden, Herr?«

»Mehr, als ich erwartet hatte«, gab Dominic zu. »Hat man die Schotten schon gesichtet?«

»Noch nicht, doch die Männer halten aufmerksam Wache. Rechnet Ihr mit Schwierigkeiten?«

»Ich will nicht unvorbereitet sein. Falls mich jemand sucht, ich bin auf der Burgmauer.«

Als Dominic den Rittersaal durchquerte, entdeckte er Lady Emily, die mit ihrem Ehemann sprach, und ging auf sie zu.

»Mylord«, sagte Sir Eric, »habt Ihr Befehle?«

»Ja. Verdoppelt die Wachen. Öffnet die Tore für niemanden ohne meine Erlaubnis.«

»Ich werde dafür sorgen«, erwiderte Eric und eilte davon.

»Vergebt mir, Mylord«, sagte Emily scheu, »geht es Rose gut?«

Dominic runzelte die Stirn. »Gibt es einen Grund zur Besorgnis?« Glaubten denn alle Bewohner von Dragonwyck, dass er Rose verprügelte?

Emily errötete tief, hielt Dominics Blick jedoch tapfer stand. »Das wisst Ihr besser als ich, Mylord. Rose kann manchmal ausgesprochen widerspenstig sein, doch sie ist auch die sanfteste, liebevollste …«

»Genug! Eure Herrin mag über all diese wundersamen Eigenschaften verfügen, doch sie ist vor allem störrisch und streitlustig. Zu Eurer Beruhigung, Mylady, ich pflege Frauen nicht zu schlagen. Allerdings war bisher auch noch keine töricht genug, sich meinen Wünschen zu widersetzen.«

»Vergebt mir, falls ich Euch beleidigt haben sollte, Mylord«, sagte Emily und wich zurück. »Ich habe Rose ins Herz geschlossen und wäre sehr betrübt, wenn ihr etwas zustieße.«

»Geht und überzeugt Euch selbst, wenn Ihr mir nicht glaubt«, sagte Dominic schroff. »Vielleicht bedarf Rose des Beistands einer anderen Frau«, fügte er nachdenklich hinzu.

* * *

Rose lag noch immer im Bett. Sie versuchte, sich einen Reim auf ihre Empfindungen zu machen, als sie Schritte im Kaminzimmer hörte.

Dragon? Ihr Herz klopfte schneller. War er etwa zurückgekehrt, um …

Doch dann vernahm sie Lady Emilys Stimme, die leise durch die geschlossene Tür rief.

»Rose? Darf ich eintreten?«

Rose setzte sich im Bett auf, bedeckte sich und rief Emily zu sich. Vorsichtig öffnete Emily die Tür und betrat das Schlafgemach.

»Geht es dir gut?«, fragte sie fürsorglich und rang die Hände, während sie ans Bett trat.

Heilige Muttergottes, dachte Rose, wussten denn alle, was zwischen ihr und Dragon vorgefallen war? »Ja, Emily, es geht mir gut.«

Emily warf ihr einen zweifelnden Blick zu. »Bist du sicher? Hat er dich … verletzt?«

»Nein, das sagte ich doch schon.«

Die große Erleichterung war Emily deutlich anzumerken, doch sie blieb misstrauisch. »Als Lord Dragon in den Rittersaal kam, sah er sehr grimmig aus. Ich fürchtete, du hättest dich ihm töricht widersetzt.«

»Ihm widersetzt? Ja, damit werde ich nie aufhören«, sagte Rose eigensinnig. Dann wurde sie nachdenklich. »Ich habe heute etwas über Dragon erfahren, Emily. Obwohl er seinen Ruf als gnadenloser Krieger sicher verdient hat, bezweifle ich, dass er einer Frau je etwas zuleide tun würde. Er ist wahrlich ein Ritter.«

»Allerdings ist er sicher nie zuvor einer Frau wie dir begegnet, Rose«, gab Emily zu bedenken, »also hüte lieber deine Zunge. Viele Männer züchtigen ihre Frauen, wenn diese zu widersprechen wagen.«

Rose stand auf und verzog das Gesicht. Ihre Glieder schmerzten von den Geschehnissen im Schlafgemach. »Ich will versuchen, deinen Rat zu beherzigen, Emily, doch es wird mir nicht leichtfallen.«

Emilys Blick fiel auf das Bett. »Oje«, sagte sie und schlug sich die Hand vor den Mund.

»Was ist denn?«, fragte Rose beunruhigt und folgte ihrem Blick.

»Blut. Es war also das erste Mal für dich. Wir alle dachten … das heißt … es schien unwahrscheinlich, dass Lord Dragon dir gestatten würde, so lange unberührt zu bleiben.«

Rose errötete. »Das Glück verließ mich«, sagte sie leise.

»Hast du Schmerzen? Hat er dich zu grob behandelt?«

Nun glühten Rose' Wangen. Dragon hatte sie nicht grob behandelt, sondern ihr große Freude geschenkt. Sie presste die Lippen zusammen. Diesen Teil ihrer Entjungferung würde sie unter allen Umständen für sich behalten. Rose schämte sich ob ihrer Bereitwilligkeit. Dragons Zärtlichkeiten hatten sie überwältigt und verwirrt. War es möglich, dass alle Frauen derartige Lust empfanden?

»Ich fühle mich ein wenig wund, doch sonst geht es mir gut.«

Emily war beruhigt. »Ein heißes Bad bewirkt da Wunder. Ich werde gleich dafür sorgen.«

Rose lächelte. »Das klingt wundervoll.«

Emily wandte sich zum Gehen.

»Warte bitte«, sagte Rose. Emily hielt inne und bedachte Rose mit einem fragenden Blick. »Würdest du mir eine sehr persönliche Frage beantworten? Ich habe sonst niemanden, dem ich mich anvertrauen kann.«

Sogleich ging Emily zum Bett zurück und legte Rose den Arm um die Schultern. »Ich will es versuchen.«

Rose holte tief Atem. »Ich weiß, dass … intime Dinge nur selten offen besprochen werden, also steht es dir natürlich frei, nicht zu antworten, falls die Frage dich kränken oder beschämen sollte, doch sie liegt mir sehr am Herzen.«

»Was bedrückt dich?«, fragte Emily.

Rose senkte den Blick und betrachtete ihre Hände, die sie im Schoß gefaltet hatte. »Findest du Erfüllung im ehelichen Schlafgemach?«

Emilys erstickter Laut des Entsetzens verriet Rose, dass sie zu weit gegangen war.

»Vergib mir, Emily.«

»Du hast mich nicht gekränkt«, sagte Emily, »deine Frage überraschte mich nur. Ich bin älter als du und in diesen Dingen erfahrener, also will ich dir ehrlich antworten. Ja, mir werden im Ehebett große Freuden geschenkt, doch ich weiß, dass es sich nicht bei allen Frauen so verhält. Viel hängt davon ab, ob ein Mann willens ist, seine Gemahlin zu ... erregen. Manche Männer sind zu selbstsüchtig. Sie denken nur an ihre eigenen Wünsche, doch Eric gehört nicht dazu.«

Rose dachte eine Weile darüber nach und fragte dann: »Also ist es nicht falsch oder eine Sünde, wenn eine Frau ihre ehelichen Pflichten genießt?«

»Gewiss nicht«, antwortete Emily nachdrücklich. »Ich weiß, dass die Priester behaupten, es sei Sünde, wenn eine Frau Gefallen daran findet, doch ich halte nichts von dieser engstirnigen Ansicht. Warum sollten diese Freuden allein den Männern vorbehalten sein?« Sie sah Rose offen an. »Hast du in Lord Dragons Armen deine Erfüllung gefunden? Ist es das, was dich so erschreckt?«

Rose nickte und wandte den Blick ab. Sie schämte sich, ein derartiges Eingeständnis machen zu müssen.

»Du kannst dich glücklich schätzen, dass dein Gemahl dafür gesorgt hat, dass auch du Freude am Vollzug eurer Ehe hattest«, sagte Emily. »Vielen Frauen ist das niemals vergönnt. Ich vermute, dass sich die Männer deshalb so oft eine Geliebte halten, obwohl es eigentlich ihre Schuld ist, wenn ihre Frauen den ehelichen Akt als missliebige Pflicht empfinden. Möchtest du nun ein Bad nehmen?«

Rose nickte, und Emily eilte davon.

Obwohl sie eine Antwort auf ihre Frage erhalten hatte, fühlte sich Rose keinen Deut besser. Warum nur konnte sie nicht zu den Frauen gehören, die den Berührungen ihres Gatten gleichgültig gegenüberstanden? Und warum war Dragon keiner der Männer, die sich nicht um das Vergnügen der Frauen scherten? Wenn sie den Akt ohne Regung über sich hätte ergehen lassen, wäre so ihre Verachtung für den Ritter des Königs offensichtlich gewesen. Aber nein, sie war in Dragons Armen dahingeschmolzen und hatte die Leidenschaft genossen, die er in ihr erweckt hatte.

Wie sollte sie das nur ertragen?

6

Man bringt eine Rose zum Blühen,
indem man an sie glaubt.

Französisches Sprichwort

Dominic kehrte an diesem Abend nicht in Rose' Bett zurück. Er saß im Rittersaal am Kamin und dachte über die unerwarteten Freuden nach, die sie ihm geschenkt hatte. Bevor er sie geliebt hatte, war Dominic davon ausgegangen, bei seinem zänkischen Weib auf Widerstand zu stoßen und auch selbst die nötige Inbrunst nicht aufbringen zu können. Doch das Gegenteil war der Fall gewesen. Seine unschuldige Braut hatte sein Verlangen geschürt und seine Gedanken verwirrt. Außerdem begehrte er sie abermals. Während er Rose' Duft, der noch immer auf seiner Haut lag, tief in sich hineinsog, kam Dominic ein erschreckender Gedanke.

Es war weder gut noch geziemend für einen Mann, seine Gemahlin so sehr zu begehren, wie er Rose begehrte. Ehefrauen waren dazu da, Kinder zu gebären. Zwar musste man ihnen gebührenden Respekt zollen, doch sie waren selten ein Objekt der Begierde für ihre Gatten. Zu diesem Zweck hielten sich Männer ihre Mätressen.

Dominic dachte an Rose' Entjungferung zurück. Entsetzt stellte er fest, dass er sich ihr gegenüber viel zu sehr geöffnet hatte. Er war rücksichtsvoll gewesen, um ihr keine Schmerzen zuzufügen, und hatte versucht, ihr Vergnügen zu bereiten. Natürlich war es nicht seine Art, die Frau in seinem Bett unbefriedigt zurückzulassen, doch Rose' Leidenschaft zu erwecken war von besonderer Bedeutung gewesen.

Dominic starrte in die Flammen und erinnerte sich an den Augenblick, in dem Rose sich ihm hingegeben hatte. Ob es nun ihre Absicht gewesen war oder nicht, sie hatte Dominic angenommen und sich gestattet, seine Liebkosungen zu genießen. Diese Tatsache hatte ihm große Freude bereitet. Dennoch ahnte er, dass es ihm nicht wohl bekommen würde, heute Nacht in ihr Bett zurückzukehren. Sich ungezügelt der Leidenschaft hinzugeben, brandmarkte einen Mann als Schwächling. Rose gehörte zu den Frauen, die danach strebten, die Oberhand zu gewinnen, und das durfte er nicht zulassen. Falls sie glaubte, ihn durch die ehelichen Freuden gefügig machen zu können, würde sie außer Rand und Band geraten. Dominic beabsichtigte, der einzige Krieger in der Familie zu bleiben.

Dann seufzte er schwer. So sehr er auch versuchte, gute Gründe anzuführen, um nicht das Schlafgemach aufzusuchen, konnte er doch nicht umhin, das Verlangen zu spüren, das sich in seinem Körper regte. Es wäre ihm ein Leichtes, eine willige Frau aufzutreiben, mit der er seine Lust befriedigen konnte, doch seltsamerweise reizte ihn der Gedanke nicht.

»Verdammt!«

»Was bedrückt Euch, Herr?«

Dominic zuckte zusammen. »Ich wünschte, du würdest das unterlassen.«

»Was denn, Herr?«

»Dich so an mich heranzuschleichen. Wie lange stehst du schon dort?«

»Eine ganze Weile. Ihr wart zu sehr in Gedanken versunken, um mich zu bemerken. Hat sich Eure Gattin Euch wieder verweigert?«

»Nein.«

»Soll ich Euch eine andere Frau bringen, die Euch zu Diensten ist? Es wird mir sicher schnell gelingen, eine Dame zu finden, die sich dem Dragon Lord willig hingeben würde.«

»Bemühe dich nicht, Raj. Bring mir lieber einige Felldecken. Ich werde vor dem Kamin übernachten.«

Raj kam dem Befehl nicht gleich nach. »Warum versagt Ihr Euch das Bett Eurer Gemahlin?«

Dominic sah ihn missmutig an. »Wann gab ich dir den Befehl, mein Leben zu regeln? Ich will nicht, dass meine Gemahlin glaubt, sie könne mich mit ihrem Körper unter ihre Fuchtel bringen. Veronica strebte nie danach, Macht über mich zu erringen.«

Raj betrachtete seinen Herrn mit ausdrucksloser Miene. »Vielleicht solltet Ihr Euch glücklich schätzen, Herr. Warum versucht Ihr nicht, Lady Rose mit Eurem Körper gefügig zu machen? Ein kluger Mann erkennt seine Reize und nutzt sie zu seinem Vorteil. Soweit ich weiß, hat sich noch keine Eurer Frauen über Euren Mangel an Begabung beklagt.«

Plötzlich lächelte Dominic. »Es gibt nicht viele Diener, die es wagen, ihrem Herrn Ratschläge zu erteilen … denn es ist ein törichtes Unterfangen. Ich werde über deine Dreistigkeit hinwegsehen, Raj, denn du bist viel weiser als ich. Vergiss die Felldecken, ein warmes Bett und eine leidenschaftliche Frau warten auf mich.

Raj lächelte. »Ich habe mir erlaubt, in der Kemenate ein Bad für Euch herrichten zu lassen. Der Zuber steht im Kaminzimmer, damit Ihr Mylady nicht weckt.«

»Was würde ich nur ohne dich anfangen?«, fragte Dominic und stand auf.

»Ich werde Euch helfen«, sagte Raj und folgte Dominic.

Als Dominic die Kemenate betrat, warf er einen Blick auf die geschlossene Tür zum Schlafgemach und zwang sich dazu, nicht an seine schlafende Gemahlin zu denken. Er war kein Mann, der sich von seinen Gefühlen leiten ließ, und ferner war er keineswegs besessen von Rose of Ayrdale. Geplagt vielleicht, aber nicht besessen.

»Lasst mich Euch beim Entkleiden helfen, Herr«, sagte Raj, »ehe das Badewasser abkühlt.«

Wenige Augenblicke später setzte sich Dominic in den Zuber und lehnte sich gegen den Rand, während Raj hinter ihm stand und ihm die Haare wusch. »Du kannst dich zur Ruhe begeben, Raj«, sagte Dominic, als der Diener ein Tuch zur Hand nahm, um ihm den Rücken zu schrubben. »Ich werde mein Bad allein beenden.«

»Ein Tuch zum Abtrocknen liegt auf der Bank neben dem Zuber für Euch bereit«, sagte Raj. »Ich werde in Eurer Nähe bleiben, Herr.«

Als er allein war, lehnte sich Dominic zurück und schloss die Augen. Seine Gedanken wanderten wieder zum Schlafgemach zurück, in dem Rose lag. Er wusste, dass er nicht darauf zu hoffen brauchte, dass Rose ihn erwartete, ungeduldig und voller Verlangen. Vermutlich schlief sie schon und träumte von neuen Wegen, ihm das Leben schwerzumachen.

Dominics Körper regte sich bei den lustvollen Gedanken, und er warf einen abwägenden Blick auf die geschlossene Tür. Verdammt! Rose war seine Frau, und er begehrte sie.

Schnell stieg er aus dem Badezuber, griff nach dem großen Leinentuch und trocknete sich vor dem Kamin ab. Seine Männlichkeit pochte und war bereits aufgerichtet, als er das Tuch schließlich fallen ließ und nackt das Schlafgemach betrat.

Rose schien fest zu schlafen. Sie regte sich nicht, als Dominic die Bettdecke anhob und sich neben sie legte. Sie lag auf der Seite, drehte ihm den Rücken zu und atmete tief und ruhig. Dominic legte ihr den Arm um die Taille, zog sie an sich und wartete darauf, dass sie sich seiner Gegenwart bewusst wurde. Zu seinem Kummer bemerkte sie nichts von seinen Wünschen.

Langsam ließ er die Hand zu ihrer Brust hinaufgleiten und umfasste die sanfte Rundung. Doch außer einem wohligen Seufzer gab es keine Antwort auf seine Liebkosung. Dominic fluchte leise und gab sein Vorhaben widerwillig auf. Rose war sicher erschöpft und verdiente ihre Ruhe. Er drehte ihr den Rücken zu, bemühte sich, nicht mehr an körperliche Freuden zu denken, und schlief ein.

* * *

Die Nacht war bitterkalt. Selbst die schweren Wandbehänge vermochten den eisigen Wind kaum davon abzuhalten, in das Gemach zu dringen. Fröstelnd erwachte Rose mitten in der Nacht und schmiegte sich an die feste Wärme neben sich. Im Halbschlaf kuschelte sie sich noch enger an das wohlig warme Etwas und seufzte zufrieden.

Dann erwachte Rose abrupt und begriff, dass sie sich nicht allein im Bett befand. Bei der angenehmen Wärme handelte es sich um den Körper eines Mannes.

Dragon.

Beschämt, dass sie seine Nähe gesucht hatte, zog Rose vorsichtig ihren Arm zurück, den sie um seine Mitte geschlungen hatte, spürte jedoch plötzlich einen stählernen Griff. Dominic regte sich, und Rose bemerkte, dass er aufgewacht war.

»Habe ich deinen Schlaf gestört?«, fragte sie leise.

»Allerdings. Es war mir nicht möglich, ruhig zu schlafen, während ich deinen weichen, warmen Körper an meinem spürte.«

»Mir war kalt«, erklärte Rose, »es hatte nichts zu bedeuten.«

Dominic drehte sich um und zog Rose an sich, sodass sich ihre Brüste an seinen Oberkörper pressten. »Lass mich dich wärmen.«

Rose' Herz klopfte schneller, sie atmete flach. »Es ist schon besser, danke.«

Er ließ seine Hände herausfordernd über ihren Körper gleiten. »Deine Haut fühlt sich noch kühl an.«

Rose erkannte, in welcher Gefahr sie schwebte, obwohl sie Dragons Gesichtsausdruck in der Dunkelheit nicht erkennen konnte. »Was tust du in meinem Bett?«

»Ich glaube, es ist auch das meine.«

»Dann werde ich mir einen anderen Schlafplatz suchen.«

»Du stellst dich absichtlich dumm, Rose. Eheleute teilen für gewöhnlich das Bett miteinander.«

Dominic liebkoste sie unablässig, und seine Hände erwärmten Rose zusehends. »Bitte, Mylord, es ist mitten in der Nacht.«

»Sehnsucht kennt keine Zeit. Als ich ins Bett kam, hast du schon geschlafen, und ich wollte dich nicht wecken. Doch jetzt sind wir beide wach.«

Überraschend zog Dominic Rose hoch, sodass sie rittlings auf ihm saß. Sie spürte seine aufgerichtete Männlichkeit und konnte sich einer spöttischen Bemerkung nicht enthalten. »Denkst du wieder an deine Geliebte?«

Dragon zuckte zusammen. Rose wusste, dass ihre Bemerkung ihn verärgert hatte, doch sie konnte sich nicht helfen. Einen Fremden zu heiraten war schlimm genug, doch zu wissen, dass sich ihr Gemahl nach einer anderen verzehrte, verletzte ihren Stolz.

»Versuchst du, mich herauszufordern?«, fragte Dominic. »Es ist deine Pflicht, mir zu gehorchen, und es steht dir nicht zu, meine Gedanken oder Entscheidungen zu hinterfragen.« Dominic umfasste ihre Hüften und platzierte Rose genau über seinen Lenden.

Dann beugte er sich vor, nahm eine ihrer zarten Brustspitzen zwischen die Lippen und saugte sanft daran. Rose stöhnte verzweifelt auf. Nicht noch einmal, dachte sie. Wie oft würde sie noch ihr eigenes Verlangen bekämpfen müssen, bis es ihr gelang, Dominics Angriffen auf ihre Sinne zu widerstehen? Zärtlich strich er mit der Zunge über ihre Brustknospe, und Rose erschauerte. Dann fand er die zarte Stelle zwischen ihren Schenkeln und liebkoste sie mit den Fingerspitzen. Rose wollte protestieren, erschrak jedoch, als sich stattdessen ein flehender Laut ihrer Kehle entrang.

»Ich weiß nicht, warum du dich so dagegen sträubst«, sagte Dominic leise, »obwohl du es so sehr zu genießen scheinst.«

»Das stimmt nicht!«, erwiderte Rose entrüstet, stöhnte dann jedoch lustvoll auf, als Dominic seine Männlichkeit an ihr rieb und dann mit einem sanften Stoß in sie eindrang. Ihre intimste Stelle war noch immer empfindlich, und es erstaunte Rose, dass er sich so viel Mühe gab, ihr keinen Schmerz zuzufügen. Sie hatte gehört, dass Männer im Rausch der Lust sich selten um etwas anderes kümmerten als um ihre eigene Befriedigung.

»Ziehe deine Dornen ein, Rose, und lass mich dich lieben«, flüsterte Dominic ihr ins Ohr, während er sich langsam in ihr bewegte.

Rose war verzweifelt. Sie hatte sich fest vorgenommen, zukünftig Dragons Liebkosungen gegenüber gleichgültig zu bleiben, doch ihr Körper machte ihre guten Absichten zunichte. Es schien, als sei ihr Blut entflammt und fließe nun schwer und heiß durch ihre Adern. Dominic wusste, wie und wo er sie zu berühren hatte, um die Wildheit und Leidenschaft ihrer ungezähmten Seele wachzurufen.

Sie unterdrückte ein Stöhnen, als Dominic ihr Gesäß umfasste und sie auf und ab bewegte, sodass die köstliche Reibung Rose dem Höhepunkt der Lust immer näher brachte.

Als er abermals eine ihrer Brustspitzen mit seinen Lippen fing und die Zunge darüber gleiten ließ, schrie Rose auf. Sie spürte, wie Dominic erbebte, und erreichte mit ihm den Gipfel. Er rief ihren Namen, und seine Hitze strömte in ihren Körper.

Als es geschehen war, wurde Rose von einer tiefen Trauer überwältigt, die sie einzuhüllen und ihre Seele zu durchdringen schien. Wieder einmal hatte sie sich Dragon hingegeben und dabei unvorstellbare Freude empfunden.

Gab es denn keine Gerechtigkeit auf der Welt? Warum wollte es ihr nicht gelingen, seine Zärtlichkeiten gleichgültig über sich ergehen zu lassen? Er brachte es fertig, ihren Körper und ihre Seele mit seinem Wesen zu erfüllen, obwohl sie sich geschworen hatte, ihn abzulehnen. Die Scham schien ihr die Luft abzuschnüren.

Tränen rannen ihr über die Wangen, als Dominic sie zärtlich an sich zog und sein Gesicht an ihr seidiges Haar schmiegte. Still und bekümmert lag sie in seinen Armen, während die kühle Nachtluft über ihre erhitzte Haut strich. Sie wünschte sich an jeden anderen Ort, außer in das Bett des Dragon Lords.

Dominic hielt Rose in den Armen und lauschte ihrem Herzschlag, der sich beruhigte, während sein Herz noch mit rasender Geschwindigkeit pochte. Er küsste Rose und war überrascht, als er Tränen auf ihren Lippen schmeckte.

»Habe ich dich verletzt?«

»Nein.«

»Warum weinst du dann?«

Nach längerem Schweigen sagte sie: »Ich weine, weil ich traurig bin.«

Dominic lachte leise. »Gerade eben hast du dich aber nicht besonders traurig angehört, sondern sehr glücklich.« Er zögerte, denn etwas hatte seine Neugier geweckt. »Habe ich dir Freude bereitet, Rose?«

Sie machte sich aus seinen Armen los und zog sich an die Bettkante zurück, ehe er sie zurückhalten konnte. »Du hast mir Freude bereitet, um die ich nicht gebeten hatte. Indem ich mich dir so willig hingab, habe ich das Andenken meines Vaters beschmutzt, und das bekümmert mich.«

»Dein Vater war ein Verräter. Es gibt nichts, dessen du dich schuldig fühlen müsstest. Schlaf jetzt, Rose.«

Dominic wandte sich von ihr ab, blieb jedoch wach. Er benötigte einige Augenblicke, um über seine unerklärliche Begeisterung für Rose nachzudenken. Was unterschied sie nur von Veronica und den anderen Frauen, mit denen er das Bett geteilt hatte? Nichts, beschloss Dominic. Es gelüstete ihn eben nach einer Frau, und Rose war in seiner Nähe. Ja, das musste es sein. Die einfache Erklärung stellte Dominic zufrieden. Er schloss die Augen und schlief ein.

Als Rose erwachte, war Dominic bereits aufgestanden. Das Geräusch, das sie geweckt hatte, stammte von Tyra, die das Feuer schürte. Rose gähnte und streckte sich, wurde jedoch durch den leisen Schmerz zwischen ihren Schenkeln sogleich an die Dinge erinnert, die sie und Dragon in der Nacht getan hatten.

»Soll ich die Vorhänge öffnen, Mylady?«, fragte Tyra, als sie sah, dass Rose nicht mehr schlief.

»Nein, ich ziehe es vor, die kalte Luft draußen zu belassen, wo sie hingehört«, antwortete Rose.

»Möchtet Ihr, dass ich Euch beim Ankleiden helfe?«

»Nicht heute Morgen, Tyra, danke. Habe ich die Messe versäumt?«

»Ja, die Glocke schlug gerade neun. Lord Dragon befahl, Euch so lange schlafen zu lassen, wie Ihr es wünscht.«

Rose seufzte. Es gefiel ihr nicht, dass Dragon so fürsorglich war. Sie brauchte ihren Hass auf ihn. Als Tyra gegangen war, blieb Rose noch eine Weile im Bett liegen. Sie hatte es nicht eilig, Dragon nach ihrer Niederlage der vergangenen Nacht zu begegnen. Schließlich konnte sie es nicht vergessen, dass der Dragon Lord des Königs Lakai war. Wusste er denn nicht, wie sehr König John von seinen Untertanen verabscheut wurde? Ihr Vater hatte den Tod nicht verdient. Schließlich war er nur des Königs unterdrückten Baronen zur Hilfe gekommen.

Rose schlug die Bettdecke zur Seite und stand auf. Trotz der späten Stunde fühlte sie sich noch immer müde. Hatte sie in der letzten Nacht überhaupt ein Auge zugetan? Gern hätte sie ein Bad genommen, beschloss jedoch, damit zu warten. Ein Krug mit Wasser stand auf dem Tisch, sodass Rose sich waschen konnte. Sie hatte sich bereits angekleidet und reinigte sich gerade die Zähne mit einem Tuch, das sie in Salz getaucht hatte, als aus dem Burghof Lärm an ihr Ohr drang. Rose eilte zum Fenster, zog die Vorhänge zurück und blickte hinaus.

Es hatte geschneit. Windböen wirbelten die Flocken auf und wehten sie Rose ins Gesicht. Ihr Onkel und sein Gefolge hatten die Burg erreicht. Rose bürstete sich hastig das Haar und eilte in die Halle hinunter, um Murdoc zu begrüßen.

Ungeduldig stand sie an Dragons Seite am Portal, als die Schotten eintrafen.

»Ich habe beschlossen, sie einzulassen«, erklärte Dominic.

»Zwar bezweifle ich, dass dein Onkel auf einen Kampf aus ist, doch wir sind darauf gefasst.«

»Glaubst du, dass er von unserer Heirat weiß?«

»Nein, doch es wird sicher aufschlussreich sein, ihn zu beobachten, wenn er davon erfährt.«

Dominic musterte den Clan der MacTavishs aus halb geschlossenen Augen. Die Männer wirkten unzivilisiert, und ihre Bekleidung überraschte ihn. Sie waren ausnahmslos in Leder und Felle gehüllt, von den groben Waffenröcken bis zu den Stiefeln. Die Männer waren groß und kräftig und stammten vermutlich von den Wikingern ab, den furchtlosesten Kriegern von allen.

»Sie sehen wie Wilde aus«, sagte er. »Wie konnte aus diesem Clan eine so feine, sanfte Frau wie deine Mutter hervorgehen? Zeige mir deinen Onkel.«

»Onkel Murdoc reitet den Rappen. Er sitzt gerade ab.«

Dominic betrachtete den vierschrötigen Schotten neugierig. Er konnte keinerlei Ähnlichkeit zwischen Lady Nelda und ihrem ungeschlachten Bruder feststellen.

»Onkel Murdoc ist kein schlechter Kerl«, sagte Rose. »Er hat uns immer sehr gastfreundlich behandelt, wenn wir ihn besuchten.«

Der Schotte blickte zu Rose auf und breitete die Arme aus. »Rose, mein Kind, komm und begrüße deinen Onkel.«

Dominic blieb wachsam, während Rose die Treppe hinunterschritt und in Murdoc MacTavishs starken Armen beinahe versank. Als jedoch ein anderer, jüngerer Mann vortrat und Rose in die Arme schloss, konnte sich Dominic kaum zurückhalten, hinunterzurennen und Rose aus der Umarmung des jungen Schotten zu reißen. Wer war er? Obwohl Dominic bemerkte, dass Rose etwas zögerte, schien sie den Mann gut zu kennen.

Er hörte Rose sagen: »Es ist kalt hier draußen, Onkel. Bring Gunn und deine Männer hinein, ihr könnt euch am Kaminfeuer wärmen.«

Dominic trat zur Seite, als Rose und Murdoc den Rittersaal betraten, und zählte im Stillen die Männer seines Gefolges. Es handelte sich um dreißig Streiter, nicht alle so jung und kräftig wie der Mann, der Rose umarmt hatte, doch jeder von ihnen war bewaffnet. Dominic ahnte, dass Murdoc gekommen war, um die Burg als sein Eigentum zu beanspruchen.

Als Dominic den Schotten in den Saal folgte, bemerkte er zufrieden, dass seine eigenen Männer die Gäste wachsam beobachteten. Ein Nicken Erics of Carlyle vergewisserte Dominic der Treue seiner Ritter. Er wusste, dass kein Engländer einem Schotten ein Stück englischen Bodens kampflos überlassen würde.

Rose setzte sich an den Kamin, und Dominic stellte sich an ihre Seite. Murdoc beachtete ihn kaum. Er ließ sich von einem Diener einen Krug Bier geben und sank dann neben Rose auf einen der Sessel. Murdocs Leute machten es sich am Kamin und an den Tischen bequem, tranken Bier und unterhielten sich.

»Ich hörte vom Tod deines Vaters, mein Mädchen«, sagte Murdoc, nachdem er den halben Krug in einem Zug geleert hatte. »Ich kam, so schnell ich konnte, um deiner armen Mutter in ihrer schweren Stunde beizustehen. Wie ich hörte, ist John Lackland für den Tod deines Vaters verantwortlich.«

»Ja«, sagte Rose gepresst. »Er hatte keinen Grund, Papa hinrichten zu lassen. Papa war kein Verräter.«

»Keine Sorge, Mädchen, Onkel Murdoc ist bereit, das Heft in die Hand zu nehmen. Als dein einziger männlicher Verwandter ist es meine Pflicht, mich um deine Familie und euren Besitz zu kümmern.«

Er sah sich um, entdeckte Gunn und winkte den jungen Schotten heran.

Dominic ballte die Fäuste, als der kräftige junge Krieger Rose anzüglich anlächelte. Doch noch wollte er sich nicht zu erkennen geben, sondern erst anhören, was Murdoc im Schilde führte.

»Wo sind deine Mutter und deine Schwester, Mädchen?«, fragte Murdoc. »Ich möchte ihnen Trost zusprechen.«

»Als wir von Papas Tod hörten, sind sie ins Kloster gegangen«, erklärte Rose.

Murdoc merkte auf. »Was? Sie haben dich allein zurückgelassen? Das sieht meiner Schwester aber nicht ähnlich. Ich weiß, dass du die Erbin von Ayrdale bist und dass es der sehnlichste Wunsch deiner Zwillingsschwester war, Nonne zu werden, aber ich kann nicht glauben, dass Nelda es dir aufbürden würde, einen Besitz wie Ayrdale allein zu verwalten.«

»Es stimmt. Mama und Starla sind nicht mehr hier.«

»Nun ja«, seufzte Murdoc, »dann ist es ein Glück, dass ich jetzt da bin. Beruhige dich, Mädchen, ich bringe die Lösung für all deine Schwierigkeiten.«

»Welche Schwierigkeiten, Onkel?«

»Du glaubst doch nicht, dass du Ayrdale allein verwalten kannst? Als dein Vormund habe ich das Recht, dich zu verheiraten, und ich habe meinen Stiefsohn zu deinem Gemahl erkoren. Gunn wird dich und Ayrdale vor dem König von England beschützen.«

Gunn baute sich vor Rose auf, packte sie bei den Schultern und zog sie hoch. »Ich wollte dich schon immer in meinem Bett haben, Rose«, sagte er so anzüglich, dass Dominic unwillkürlich mit den Zähnen knirschte. »Und jetzt bekomme ich dich und dein Land. Zusammen werden wir prachtvolle Erben für Ayrdale in die Welt setzen.«

Dominic hörte Rose' leisen Schreckensschrei und beschloss, einzuschreiten und die Posse zu beenden.

»Lasst sie los!« Seine Stimme hatte einen bedrohlichen Unterton.

Gunn war so überrascht, dass er sogleich von Rose zurückwich. Murdoc dagegen sprang auf und musterte ärgerlich den Ritter, der es gewagt hatte, sich in seine Angelegenheiten zu mischen.

»Wer ist dieser Mann, Rose? Ich erkenne ihn nicht als einen der Ritter deines Vaters. Und offenbar weiß er sich nicht zu benehmen.«

»Vielleicht kennt Ihr meinen Namen«, sagte Dominic und trat dicht an den Schotten heran. »Man nennt mich den Dragon Lord.«

»Dragon of Pendragon«, flüsterte Gunn.

»Der Lakai des Königs«, höhnte Murdoc geringschätzig. »Was führt Euch nach Ayrdale?«

»Der Besitz, den Ihr Ayrdale nennt, heißt nun Dragonwyck, und ich bin der neue Herr.«

»John Lackland hat Euch Ayrdale gegeben?«, krächzte Murdoc.

»Ja. Ayrdale und Rose gehören nun mir durch den heiligen Bund der Ehe.«

Murdoc fuhr herum und wandte sich an Rose. »Stimmt das, Mädchen? Hast du Dragon geheiratet?«

»Mir blieb keine andere Wahl, Onkel. Gib dem König die Schuld daran. Er befahl, dass ich Lord Dragons Gemahlin werden sollte.«

Gunn sah seinen Stiefvater wütend an. »Du hast mir Ayrdale versprochen! Du sagtest, Rose würde meine Frau werden.«

»Schweig!«, herrschte Murdoc ihn an. Dann fragte er Rose: »Seit wann bist du schon seine Frau, Mädchen?«

»Seit einigen Tagen. Was kümmert es dich? Wir wurden von Pater Nyle getraut, und die Ehe ist rechtskräftig. Es gibt nichts, das ich dagegen tun könnte.«

»Vielleicht doch«, sagte Murdoc schlau. »Wurde die Ehe schon vollzogen, Mädchen? Hat Lord Dragon dir die Jungfernschaft genommen?«

Rose wusste, dass ihr Onkel ärgerlich sein würde, doch sie hatte gehofft, er würde die Ehe widerspruchslos hinnehmen. Sie schauderte bei dem Gedanken, mit Gunn vermählt zu sein. Sie kannte ihn von Kindesbeinen an. Er sah gut aus, war jedoch ein Tyrann mit einem Hang zur Grausamkeit, den sie nicht gutheißen konnte.

Rose lenkte ihre Aufmerksamkeit wieder auf die Frage ihres

Oheims. Sie sagte: »Ja, Onkel, meine Ehe mit Lord Dragon wurde vollzogen.«

»Schurke!«, rief Gunn ärgerlich. »Rose' Jungfernschaft gehörte mir! Schon vor Jahren handelten Murdoc und ihr Vater die Vermählung aus. Offenbar hat Edwyn versäumt, es Rose mitzuteilen.«

»Nein, das ist nicht wahr«, widersprach Rose. »Papa hat nichts dergleichen getan. Er wusste, dass ich mich geweigert hätte, dich zum Mann zu nehmen.«

»Gunn, verlier nicht den Kopf, mein Junge«, riet Murdoc.

»Ihr und Eure Gefolgsleute seid mir als Gäste willkommen, solange Ihr Euch ruhig verhaltet«, sagte Dominic. »Dragonwyck und Rose gehören mir, damit müsst Ihr Euch abfinden.«

Rose beobachtete Murdoc aufmerksam. Sie wusste, dass ihr Onkel über ein hitziges Temperament verfügte und es nicht leiden konnte, wenn man seine Pläne durchkreuzte. Bei erster Gelegenheit würde sie Dominic vor ihm warnen und ihm raten, Onkel Murdoc mit äußerster Vorsicht zu begegnen.

»Wie lange willst du bleiben, Onkel?«, fragte sie.

»Das weiß ich noch nicht«, antwortete Murdoc mit einem Blick auf Gunn, der Dominic noch immer wütend anstarrte. »Es hängt vor allem vom Wetter ab.«

»Ich werde Gemächer für dich und Gunn vorbereiten lassen«, sagte Rose. »Die übrigen Männer können im Rittersaal oder in den Wirtschaftsgebäuden schlafen. Wenn ihr mich nun entschuldigen wollt, ich muss nach den Vorräten sehen und mit der Köchin sprechen.«

»Auch ich muss Euch und Euer Gefolge verlassen, Murdoc, es sei denn, es gefällt Euch, meinen Rittern bei einer Übungsschlacht zuzusehen«, sagte Dominic. »Wir üben uns jeden Tag in der Kampfkunst, bei jedem Wetter.«

»Meine Leute und ich würden nur zu gern den mächtigen Dragon Lord und seine Mannen im Kampfe sehen«, sagte Murdoc höhnisch.

Die Männer verließen den Saal, und Rose eilte in die Küche.

Sie hoffte inständig, dass es keine weiteren Auseinandersetzungen geben und dass sich ihr Onkel bald wieder auf den Heimweg machen würde. Allerdings wusste sie, dass Murdoc in der Absicht gekommen war, Ayrdale für sich zu beanspruchen, indem er sie mit Gunn verheiratete. Mit einem Besitz in England würde Murdoc über mehr Macht verfügen, als die meisten Schotten sich erträumen konnten.

Rose schauderte, als sie daran dachte, dass sie beinahe Gunns Frau geworden wäre. Ohne ihren Vater hätte es keine Möglichkeit gegeben, zu beweisen, dass es keine Absprache über eine Vermählung gegeben hatte. Und da Murdoc ihr nächster Verwandter war, hätte er das Land an sich gebracht und es für seine Zwecke genutzt.

Rose fand den Burgvogt und überprüfte zusammen mit ihm die Vorräte, die ausreichen würden, falls die Jäger weiterhin frisches Wild erlegten. Emily und Blythe gesellten sich zu ihr, als sie mit der Köchin über die Abendmahlzeit sprach. Nach einem Tag des anstrengenden Übens in der Kälte würden die Männer hungrig sein.

Zufrieden mit den reichlichen Vorräten, überließ es Rose den beiden Damen, die Zubereitung des Abendmahls zu beaufsichtigen, und ging zur Brauerei hinüber, um sich zu vergewissern, dass es genügend Bier für die durstigen Schotten gab, deren Magen ein unendliches Fassungsvermögen für das Gebräu zu besitzen schienen. Rose nahm ihren Umhang von einem Haken an der Küchentür und ging hinaus. Als sie die Tür zum Brauhaus öffnete, strömte ihr ein angenehmer Geruch nach Erde und Hefe entgegen.

Die Braumagd war nicht zugegen, doch Rose brauchte ihre Hilfe nicht. Sie zählte die Fässer und stellte fest, dass sie ausreichen würden. Als sie sich zum Gehen wandte, erblickte sie Murdoc, der an der geschlossenen Tür stand und ihr den Weg versperrte.

»Onkel, du hast mich erschreckt«, sagte Rose. »Ich wähnte dich draußen auf dem Übungsplatz bei den anderen.«

»Ich war dort, doch ich habe mich davongestohlen, um mit dir allein einige Worte zu wechseln.«

»Es ist kalt hier«, bemerkte Rose, »wollen wir in die Burg zurückkehren?«

»Nein, ich möchte nicht, dass uns jemand belauscht.« Murdoc verschränkte die Hände vor seiner breiten Brust und verkündete barsch: »Ich erkenne deine Ehe mit diesem englischen Teufel nicht an.«

»Es ist nun einmal geschehen.«

»Aber es gibt immer einen Ausweg, Mädchen.«

Rose schüttelte den Kopf. »Meine Ehe ist vollzogen und rechtskräftig.«

Murdoc winkte geringschätzig ab. »Das macht nichts. Die schottischen Gesetze sind nicht so streng wie die englischen. Du wurdest gegen deinen Willen vermählt, und dein Vater hat dich einem anderen versprochen. Komm mit mir nach Schottland. Es wird mich nur einige Goldstücke kosten, deine Ehe mit Dragon für ungültig erklären zu lassen, damit du frei bist und Gunns Frau werden kannst.«

»Ich kann mein Heim und seine Menschen nicht im Stich lassen«, erwiderte Rose.

»Du wirst nicht lange in Schottland verweilen müssen«, versprach Murdoc. »Andere schottische Lords werden mir beistehen, wenn sie erfahren, dass ich Anspruch auf ein Stück englisches Grenzland erhebe. Wenn wir Lord Dragon vertrieben haben, kannst du mit Gunn nach Ayrdale zurückkehren. Er wird den Besitz vor den Engländern beschützen. Ich wollte Ayrdale schon lange in Familienbesitz bringen.«

»Glaubst du, es würde leicht sein, Dragon zu vertreiben?«, fragte Rose. Obwohl sie gegen ihren Willen vermählt worden war, hielt Rose ihre Abstammung in Ehren und zog es vor, dass sie und ihr Besitz englisch blieben.

»Es gibt keinen Engländer, der es mit der Stärke und Gewitztheit eines Schotten aufnehmen könnte«, prahlte Murdoc.

»Ich kann nicht fortgehen«, wiederholte Rose. »Außerdem

würde dieser Plan nur ein Blutbad bedeuten, bei dem viele Männer ihr Leben lassen müssten. Die Ritter auf Dragonwyck sind treue Engländer, von denen sich keiner kampflos ergeben würde. Verwirf den Plan, Onkel. Ich werde versuchen, das Beste aus meiner Ehe mit Lord Dragon zu machen.«

Ärgerlich ging Murdoc auf Rose zu und packte sie unsanft an den Schultern.

»Du wirst tun, was ich dir sage, Mädchen. Du wirst tun, als ob nichts wäre, wenn ich meine Heimreise verkünde. Und wenn Dragon dann abgelenkt ist, wirst du dich als Mann verkleiden und mit uns aus der Burg reiten.«

»Nein! Das werde ich nicht tun!«

Murdoc schüttelte sie grob. »Du warst schon immer ein widerspenstiges kleines Ding. Dein Vater hat dir zu viele Freiheiten gestattet. Zu schade, dass deine Schwester nicht die Erstgeborene ist. Mit ihr wäre ich längst fertiggeworden. Aber auch du wirst mir gehorchen, Rose.«

»Lass mich los, Onkel, du tust mir weh!«, rief Rose und wand sich in seinem Griff.

»Ihr habt Rose gehört, Murdoc. Lasst sie los!«

Rose blickte über Murdocs Schulter und sah Dragon, der an der Tür stand. Sie hatte ihn nicht eintreten hören, doch nun stand er da, in voller Lebensgröße und mit Zorn im Blick.

Murdoc fuhr herum. Er griff nach seinem Dolch, besann sich jedoch eines Besseren, als er sah, dass Dragon die Hand auf den Schwertknauf gelegt hatte.

»Ich habe ihr nichts zuleide getan.«

Dominic sah Rose an. »Fehlt dir etwas?«

Rose schüttelte den Kopf. »Nein.« Sie warf Murdoc einen beschwörenden Blick zu. »Mein Onkel erkundigte sich nur nach meiner Mutter.«

Dominic musterte sie misstrauisch. »Aber du hast doch mit ihm gestritten. Warum hat dein Onkel dich hier aufgesucht? Mir scheint, es gäbe angenehmere Orte, um über die Familie zu plaudern.«

»Woher wusstest du, dass ich im Brauhaus bin?«, fragte Rose. »Wolltest du mit mir sprechen?«

»Ich wurde neugierig, als ich sah, dass sich MacTavish davonschlich, und folgte ihm. Ich fand ihn nicht im Rittersaal vor, und als Lady Emily mir sagte, du seiest zum Brauhaus gegangen, beschloss ich, nach dir zu sehen. Offenbar hat mich meine Ahnung nicht getrogen.«

»Ihr könnt mir nicht verbieten, mit meiner Nichte zu sprechen, Dragon«, begehrte Murdoc auf.

»Aber ich kann Euch daran hindern, sie anzugreifen«, erwiderte Dominic. »Wenn Ihr etwas zu sagen habt, sprecht mit mir, anstatt meine Gemahlin einzuschüchtern.«

»Es ist schon gut, Dominic«, sagte Rose, die fürchtete, dass die Auseinandersetzung zwischen ihm und Murdoc womöglich gewaltsam endete.

»Ich werde dich nun wieder deiner Arbeit überlassen, Mädchen«, sagte Murdoc und ging an Dominic vorbei, um das Brauhaus zu verlassen. »Überlege dir meine Worte wohl!«, rief er Rose über die Schulter zu.

»Was meinte der Schotte damit?«, fragte Dominic. »Hast du dich mit deinem Onkel gegen mich verbündet?«

»Es war nicht von Bedeutung«, antwortete Rose. »Du bildest es dir nur ein. Ich muss jetzt in die Burg zurück. Es gibt noch viel zu tun, bis wir unsere Gäste untergebracht und verköstigt haben.«

Als Rose an ihm vorbeiging, legte Dominic ihr den Arm um die Taille und zog sie an sich. »Nicht so schnell. Muss ich dich daran erinnern, dass du Engländerin bist? Und meine Gemahlin? Du schuldest mir und dem König Respekt und Treue.«

»Ich bin nicht töricht, Mylord«, gab Rose gereizt zurück. »Mag auch englisches Blut in meinen Adern rinnen, so ist John Lackland kein König, der meine Treue verdient.«

Rose wusste, dass ihre Worte Dragons Zorn entfachen würden, doch sie konnte sich nicht zurückhalten. Außerdem war sie bei Gott nicht die Einzige, die den König verabscheute. Als sie den Mund öffnete, um Dragon dies mitzuteilen, versiegelte er ihre Lippen mit den seinen. Er küsste Rose nicht sanft und zärtlich, sondern leidenschaftlich und besitzergreifend, um ihr zu zeigen, dass er Macht über sie besaß. Zornig über seine Anmaßung, zog Rose das Küchenmesser, das sie am Gürtel trug, und hielt ihm die kleine Klinge an die Kehle. Dominic ließ sie augenblicklich los und trat einen Schritt zurück. Doch seine Züge spiegelten nicht den Ärger wider, mit dem sie gerechnet hatte.

Er lächelte!

Als Dominic in lautes Gelächter ausbrach, machte Rose kehrt und floh aus dem Brauhaus.

7

Was wäre denn der stolzen Rose Wert,
wenn nicht die Sonne ihre Schönheit riefe?
Thomas Moore

Dominic lachte, bis es ihm den Atem nahm. Hatte Rose wirklich geglaubt, ihr kümmerliches Messer würde ihm Angst einjagen? Er hätte sie mühelos entwaffnen können, wenn ihm der Sinn danach gestanden hätte, doch ihr törichter Mut amüsierte ihn. Rose war eine tapfere, aber uneinsichtige Frau. Dominic hielt sich für einen würdigen Gegner seiner Kriegerprinzessin; es würde ihr nicht gelingen, ihn zu besiegen, weder mit Waffen noch mit Worten.

Auf dem Weg in den Rittersaal lächelte Dominic leise vor sich hin, doch das Lächeln verging ihm, als er sah, dass sich die Schotten mit Murdoc in einer dunklen Ecke zusammengerottet hatten und hitzig miteinander flüsterten.

Offenbar heckten sie etwas aus, und Dominic nahm sich vor, besonders wachsam zu bleiben, bis die Schotten Dragonwyck wieder verließen.

Unwillkürlich fragte er sich, ob Rose mit ihrem Oheim gemeinsame Sache gegen ihn machte. Dominic wusste, dass sie sich nur unwillig mit ihm vermählt hatte, doch wie weit würde sie gehen, um sich seiner zu entledigen? Schon oft war er Männern wie MacTavish begegnet. Er würde alles tun, um seinen Besitz zu verteidigen. Was seine Ehe anging, würde es Rose besser bekommen, wenn sie sich darauf besann, dass auch sie ihm gehörte und dass es gefährlich werden konnte, sich ihm zu widersetzen.

Eric of Carlyle rief Dominics Namen, als er durch den Saal ging, und er ging auf den Ritter zu. »Ihr wünscht mich zu sprechen, Sir Eric?«

»Die Schotten«, flüsterte Eric. »Seht sie Euch an. Ich traue ihnen nicht über den Weg. Als Lord Edwyn noch lebte, hatten wir mit ihnen zwar keine Scherereien, doch nun, da nicht einmal mehr Lady Nelda hier ist, haben sie keinen Grund mehr, unsere Grenze zu respektieren. Dragonwyck ist in Gefahr. Es würde MacTavish nichts ausmachen, zu töten, um ein Stück englischen Bodens in seinen Besitz zu bringen. Wir müssen sie bewachen, Mylord.«

»Ja, der Gedanke ist mir auch schon gekommen, Eric. Ich möchte, dass man MacTavish nicht aus den Augen lässt, solange er auf Dragonwyck weilt.«

»Ja, Mylord«, sagte Eric und ging davon.

»Habt Ihr Befehle für mich, Herr?«, ertönte Rajs Stimme.

Dominic drehte sich um. Er war nicht überrascht, seinen Diener plötzlich hinter sich zu finden. »Ja, Raj, ich habe in der Tat einen Befehl. Ich möchte, dass du meine Gemahlin bewachst. Du bist der Einzige, der diese Aufgabe erledigen kann, ohne Aufmerksamkeit zu erregen.«

Raj bedachte ihn mit einem rätselhaften Blick. »Soll ich Lady Rose beschützen, Mylord? Sie scheint ihrem Onkel nicht übermäßig zugetan zu sein. Glaubt Ihr, er wird versuchen, ihr etwas anzutun?«

»Ich bin nicht sicher. Aber vielleicht beabsichtigt Rose, mich zu hintergehen.«

Raj war offensichtlich entsetzt. »Ihr beliebt zu scherzen, Herr. Eure Gemahlin würde Euch niemals betrügen. Sie ist Engländerin bis ins Mark.«

»Aber sie verabscheut mich«, erwiderte Dominic grimmig. »Sie kann nicht vergessen, dass der König ihren Vater hinrichten ließ und mir Dragonwyck überantwortete. Außerdem hat sie einen guten Grund, die Seiten zu wechseln, schließlich ist ihre Mutter Schottin.«

»Wie Ihr wünscht, Herr«, sagte Raj, »doch wer wird Euch den Rücken freihalten, während ich Lady Rose bewache?«

»Keine Sorge, Raj, ich bin durchaus in der Lage, selbst auf mich Acht zu geben.«

Der Rittersaal war am Abend beinahe überfüllt, als sich alle zum Mahl versammelten. Ein Barde war am Burgtor aufgetaucht und hatte seine Dienste angeboten, für ein Essen und ein Nachtlager. Trotz der vielen Gäste hatte Dominic ihm Einlass gewährt. Er genoss es, eine gute Geschichte erzählt zu bekommen, und freute sich auf die abendliche Unterhaltung.

Ungeduldig trommelte Dominic mit den Fingern auf die Tischplatte, während er darauf wartete, dass Rose erschien, damit das Mahl beginnen konnte. Mit einer gewissen grimmigen Zufriedenheit bemerkte er, dass sich seine Männer aufs Angenehmste mit den Schotten zu unterhalten schienen, und hoffte, dass er MacTavish und seine Leute zu Unrecht verdächtigte. Genau würde er es erst wissen, wenn sich Murdoc zur Heimreise rüstete, und auch dann würde Dominic wachsam bleiben.

Er warf einen Blick zur Kemenate hinauf, erleichtert, als er Rose die Treppe hinunterschreiten sah. Er betrachtete ihre schöne Gestalt und bewunderte das tiefgrüne Kleid mit den goldenen Stickereien, das ihre wohlgerundeten Hüften und die schmale Taille aufs Trefflichste betonte. Rose hatte ihr goldblondes Haar zu Zöpfen geflochten, die sie einer Krone gleich um den Kopf gewunden und mit einem schlichten weißen Schleier bedeckt hatte, den ein goldener Reif zierte. Dominic entdeckte das Küchenmesser, das noch immer an ihrem Gürtel hing, und lächelte unwillkürlich. Wie war sie nur auf den Gedanken verfallen, ihm mit diesem kleinen Ding etwas anhaben zu können?

Als Rose auf ihn zuschritt, spürte Dominic, dass sein Körper auf ihren Anblick ansprach, und er fragte sich, wie er das Abendmahl überstehen sollte, ohne sich zum Gespött zu machen.

»Guten Abend, Mylord«, sagte Rose kühl.

Dominic erhob sich und half Rose elegant dabei, Platz zu nehmen. Angesichts seiner Erregung war er sehr dankbar dafür, Beinkleider und einen Waffenrock zu tragen.

»Dein Gruß lässt Wärme vermissen«, sagte Dominic, während er den Dienern das Zeichen gab, die Speisen aufzutragen. »Ich bin dein Gemahl, kein Fremder.«

Rose bedachte ihn mit einem ärgerlichen Blick. »Du verdienst es nicht besser. Es gefällt mir nicht, wenn man über mich lacht. Und noch viel weniger, wenn man mich bedroht und fälschlich verdächtigt.«

Dominic schnitt sich ein Stück gebratenes Lamm ab, wählte ein besonders zartes Stück für Rose und legte es auf ihre Seite des Tellers, den sie miteinander teilten. »Habe ich dich denn zu Unrecht verdächtigt? Streitest du es ab, dich hinter meinem Rücken mit deinem Onkel verschworen zu haben?«

Empörung blitzte in Rose' blauen Augen auf. »Ich brauche mich dir gegenüber nicht zu verteidigen. Du kannst glauben, was dir beliebt.« Sie nahm das Messer vom Gürtel und schnitt damit das Fleisch in kleine Stücke.

»Rose«, begann Dominic warnend, »warum versuchst du fortwährend, mich zu reizen? Glaubst du, dein kleines Messer ängstigt mich? Oder das Schwert, das du geschwungen hast, als ich dich zum ersten Mal sah?«

»Sicher nicht. Dennoch finde ich nicht, dass es Anlass zu solch großer Heiterkeit bot«, erwiderte Rose verstimmt.

»Ich bin ein Krieger. Daher kann ich nicht anders, als über Frauen zu lachen, die sich bewaffnen wie Männer und so tun, als seien sie unbesiegbar.«

Rose aß einen Bissen Lamm und sagte dann: »Ich tat nicht nur so, Mylord.« Sie ließ die Bemerkung einen Augenblick lang wirken und fuhr dann unbekümmert fort: »Es war uns beiden nicht vergönnt, Ehen nach unseren Wünschen einzugehen – wir haben nichts gemeinsam. Ich verabscheue den König, dem Ihr dient. Dennoch müssen wir uns mit unserer Verbindung abfinden. Ich dachte daran, meinem Onkel einen längeren Besuch abzustatten. Vielleicht wird ein Aufenthalt in Schottland unsere Schwierigkeiten beheben.«

Vor lauter Ärger wäre Dominic am liebsten aufgesprungen. Also hatte er sich in Rose nicht getäuscht. Welchen Plan hatte sie mit ihrem Onkel ausgeheckt?

»Wenn du daran denkst, mit Gunn anzubändeln«, sagte er langsam, »solltest du dir die Idee aus dem Kopf schlagen. Meine Gemahlin wird niemals die Geliebte eines anderen Mannes werden.«

Rose wusste, dass sie mit dem Feuer spielte, wenn sie Dragon reizte, konnte jedoch nicht widerstehen. Sie würde es ihm nie verzeihen, dass er über sie gelacht hatte. Obwohl Rose nicht die Absicht hatte, Dragonwyck mit ihrem Oheim zu verlassen, tat es ihrem verletzten Stolz gut, ihren Gemahl herauszufordern. Allerdings überraschte es Rose, dass Dragon glaubte, sie würde sich mit Gunn abgeben. Doch noch viel seltsamer war es, dass er auf den Schotten eifersüchtig zu sein schien.

Sie unterdrückte ein Lächeln. Dragon lag nichts an ihr, also warum sollte er eifersüchtig sein? Doch dann fiel Rose der Grund ein. Dragon war ein besitzergreifender Mann, der niemals etwas hergab, sobald es ihm gehörte. Auch sie war sein Eigentum und musste unter allen Umständen beschützt werden. Rose dachte über ihre unbedeutende Rolle in seinem Leben nach und fragte sich, wie lange es wohl noch dauern mochte, bis er nach seiner Geliebten schickte.

»Rose, hast du mich verstanden?«, fragte Dominic grimmig. »Ohne meine Erlaubnis wirst du Dragonwyck nicht verlassen, und du wirst keinerlei Umgang mit Gunn pflegen.«

»Einmal mehr verdächtigst du mich zu Unrecht. Mir liegt nichts an Gunn.«

»Woran ist dir dann gelegen?«, fragte Dominic.

»An meinem Heim, meiner Familie und unseren Leuten.«

»Möchtest du Kinder haben, Rose?«

»Ich glaube, Kinder sind unser aller Segen und Trost«, antwortete sie wehmütig.

Dragons Miene blieb undurchdringlich. Ob er wohl an die Kinder dachte, die er mit seiner Mätresse hätte zeugen können? Dann kam Rose ein entsetzlicher Gedanke. Wollte Dominic etwa, dass diese andere Frau die Mutter seiner Nachkommen wurde?

Rose sprach die Frage laut aus, ehe sie sich zurückhalten konnte. Dominics verärgerter Gesichtsausdruck ließ sie allerdings sogleich wünschen, ihre Zunge im Zaum gehalten zu haben.

»Du wirst mir rechtmäßige Erben schenken, nicht Veronica.«

Veronica. Wenigstens kannte Rose nun den Namen der Frau, die Dominic liebte. Doch als sie über seine Worte nachdachte, stellte sie fest, dass er ihrer Frage geschickt ausgewichen war.

»Ich weiß, dass du es mich nicht gefragt hast«, fuhr Dominic fort, »doch ich will dir dennoch sagen, dass ich mir Kinder wünsche, Rose. Eines Tages wird unser Sohn über Dragonwyck herrschen.«

Rose schluckte schwer. Der Gedanke, Dragons Kinder zu gebären, bereitete ihr keine Freude, da sie wusste, dass der künftige Vater ihrer Kinder eine andere Frau liebte.

»Vielleicht bin ich unfruchtbar«, sagte sie, weil ihr keine bessere Antwort einfallen wollte.

»Die Zeit wird es zeigen«, erwiderte Dominic. Dann wechselte er unvermittelt das Thema. »Hat dein Onkel schon verlauten lassen, wann er sich auf den Heimweg machen will?«

Es tat Rose um die vorangegangene Unterhaltung nicht leid, also antwortete sie eifrig: »Nein, doch ich bezweifle, dass er sehr lange auf Dragonwyck bleiben wird. Er muss nach Hause zurückkehren, um seinen Besitz gegen seine Rivalen zu verteidigen.«

»Gut.« Dominic legte eine Portion geschmortes Wurzelgemüse auf den Teller. »Es wird mir sicher nicht leidtun, ihn von dannen ziehen zu sehen. Ich habe darüber nachgedacht«, fuhr er fort, »ein großes Weihnachtsfest zu geben. Wir könnten die aufrührerischen Barone mit ihren Familien einladen und bei diesem Anlass auch unsere Vermählung verkünden. Es wird Zeit, dass ich endlich die Barone des Königs kennenlerne, denen ich bislang nicht begegnet bin.«

»Du möchtest ein Fest feiern?«, wiederholte Rose. »Das ist ein großes Vorhaben, Mylord. Gemächer müssen vorbereitet und die Burg vom Portal bis zu den Zinnen geputzt werden. Wir müssen sogleich die Jäger und Fischer aussenden und nach weiteren Küchenhilfen schicken, die für die Mahlzeiten der Gäste sorgen.«

»Können wir es schaffen?«, fragte Dominic.

In der Tat, der Gedanke an ein Weihnachtsfest gefiel Rose. Freunde aus anderen Teilen Englands zu begrüßen war eine besondere und seltene Freude. Ein großes Fest in so kurzer Zeit vorzubereiten würde schwierig werden, aber nicht unmöglich.

»Ja, mit genügend Helfern kann es gelingen.«

»Wir werden die Festlichkeiten mit dem Weihnachtstag beginnen und bis zum Dreikönigstag andauern lassen, mit Treib- und Falkenjagden an allen zwölf Tagen«, entschied Dominic. »Meine Ritter werden für frischen Fisch und Wildbret sorgen, und ich werde gleich morgen Boten mit den Einladungen aussenden. Bist du damit einverstanden?«

»Ja. Mama und Papa haben am ersten Januar immer Geschenke an die Diener und Dorfbewohner verteilt«, sagte Rose wehmütig. »Jeder bekam einige Längen Stoff und etwas zu essen. Ich hoffe, dass es in unseren Vorratslagern genug Tuch gibt, um alle unsere Leute zu beschenken.«

»Du musst so bald wie möglich nachsehen«, sagte Dominic. »Auch wir werden diese Tradition fortsetzen.«

Rose nickte zustimmend, behielt jedoch ihren sehnlichsten Wunsch für sich. Sie hätte so gern ihre Mutter und Starla zum Weihnachtsfest wiedergesehen, wusste aber nicht, ob Dragon ihr diese Bitte gewähren würde.

Das Mahl endete, und in der Saalmitte wurde ein Platz

für den Barden geräumt. Rose hatte ihn am Nachmittag nicht ankommen sehen und war erstaunt über dessen fortgeschrittenes Alter. Obwohl noch von jugendlicher, kräftiger Gestalt, hatte der Mann bereits schlohweißes Haar. Seine blitzenden blauen Augen blickten aufgeweckt und neugierig in die Welt hinaus.

»Sein Name ist Cynric«, sagte Dominic leise, als der Barde im Schneidersitz auf einer Bank Platz nahm und die Zuschauer mit einer Handbewegung zum Schweigen brachte.

Cynric begann seine Ballade, eine spannende Geschichte von einem tapferen Ritter und seinen Heldentaten. Rose hielt gespannt den Atem an. Cynric beschrieb einen wahrhaft furchtlosen Ritter mit dem Mut und der Kraft eines Drachen und berichtete von dessen Kampf gegen die Ungläubigen, der beinahe tödlichen Verwundung und dem befreiten Sklaven, der sich dem Ritter als sein Begleiter und Beschützer angeschlossen hatte.

Schon nach kurzer Zeit bemerkte Rose, dass die Geschichte von Dominic handelte. Sie horchte auf, als Cynric beschrieb, wie sich der Ritter nach manchem Schäferstündchen endlich in eine Frau von außergewöhnlicher Schönheit verliebte, in eine furchtlose Kriegerprinzessin. Beinahe hätte Rose laut aufgelacht. Nichts entsprach der Wahrheit weniger als dieser Teil der Geschichte.

Sie warf Dragon einen Seitenblick zu und bemerkte erstaunt, dass er sie beobachtete. Zwar hielt sie seiner Musterung stand, spürte jedoch, dass ihr die Röte in die Wangen stieg.

»Er spricht von dir, Rose«, sagte Dominic. »Du bist die Kriegerprinzessin in Cynrics Ballade.«

»Das erscheint mir doch ausgesprochen unwahrscheinlich«, erwiderte Rose und wandte ihre Aufmerksamkeit wieder dem Barden zu, der beinahe am Ende der Geschichte angelangt war. Sie glaubte nicht im Traum daran, dass Dominic sie tatsächlich liebte. Der geschickte Barde hatte die Erzählung nur ein wenig ausgeschmückt, um sie spannender zu machen.

»Cynric ist begabt«, bemerkte Rose. »Du solltest ihn einladen, auch das Weihnachtsfest bei uns zu verbringen. Vielleicht will er ja sogar hier überwintern und uns jeden Abend mit seinen Geschichten unterhalten.«

»Ein guter Gedanke«, stimmte Dominic zu.

Der Barde beendete seine Ballade und begann eine neue. Diesmal ging es um eine Lady, die in einem Turm gefangen gehalten und vom einem kühnen Ritter befreit wurde. Rose war ganz in die Geschichte vertieft, als Dominic sich zu ihr hinüberbeugte und flüsterte: »Wollen wir uns zurückziehen?«

»Nein, ich möchte das Ende der Geschichte hören.«

Verlangen blitzte in Dominics Augen auf. »Ich werde dir das Ende in unserem Schlafgemach erzählen.«

Rose zögerte und suchte nach einem Weg, sich den Aufmerksamkeiten Dragons zu entziehen. Jedes Mal, wenn er sie liebte, schien sie ein Stück ihrer Seele an ihn zu verlieren, und das ängstigte sie.

»Da es noch recht früh ist, dachte ich daran, Lady Emily und Lady Blythe in die Kemenate zu bitten, um über das große Fest zu sprechen. Mir bleibt nur noch wenig Zeit, und es gibt so viel zu tun. Macht es dir etwas aus?«

»Natürlich macht es mir etwas aus, aber ich werde deine Pläne nicht durchkreuzen, sondern mit Eric und meinen Rittern über die morgige Jagd sprechen. Außerdem könnte der Schreiber schon damit beginnen, die Einladungen zu verfassen. Nun gut, Rose, du hast eine Stunde Zeit, um dich mit deinen Damen zu beraten. Doch dann gehörst du mir.«

Rose seufzte erleichtert auf, als Dragon aufstand und sich zu seinen Rittern gesellte, die an einer der langen Tafeln saßen. Nun musste sie nur noch Emily und Blythe finden, ihnen von dem Fest berichten und sie in die Kemenate bitten.

»Ich dachte schon, Dragon würde dich nie allein lassen, Mädchen.«

Rose hatte ihren Onkel nicht herannahen sehen und blickte ihn überrascht an. »Kann ich etwas für dich tun, Onkel?«

»Ja. Mädchen. Komm mit mir in mein Gemach. Ich möchte allein mit dir sprechen.«

»Nein. Ich habe nicht vergessen, was geschah, als ich das letzte Mal allein mit dir war.«

»Vergib mir, Mädchen. Ich wollte dir nichts zuleide tun. Schließlich war ich immer gut zu dir und deiner Familie, wenn du dich erinnern willst. Es wäre auch der Wunsch deiner Mutter, dass du mich anhörst.«

Rose wollte ablehnen, brachte es jedoch nicht über sich, die Bitte ihres Oheims abzuschlagen. Um ihrer Mutter willen beschloss sie, ihn anzuhören.

»Nun gut. Ich werde zu dir kommen, sobald ich kann. Doch ich werde nicht lange bleiben.«

»Ich warte auf dich, Mädchen. Beeil dich.«

Nachdem Murdoc gegangen war, suchte Rose nach Emily und Blythe und bat die beiden Damen, während der kurzen Unterredung mit Murdoc in der Kemenate auf sie zu warten. Als Emily und Blythe von Dominics Plänen für das Weihnachtsfest hörten, klatschten sie aufgeregt in die Hände und willigten erfreut ein.

Rose verließ den Rittersaal, ohne zu bemerken, dass Raj ihr folgte.

Sie erreichte das Gemach ihres Onkels und klopfte an. Eine gedämpfte Stimme hieß sie eintreten. Rose öffnete die Tür. Das Schlafgemach ihres Onkels lag im Dämmerlicht, nur erhellt von einer einzelnen Kerze, die auf dem Tisch neben dem Bett stand.

»Onkel, wo bist du?«

Plötzlich schlug die Tür hinter ihr zu, und Rose hörte das Geräusch des Schlüssels, der im Schloss umgedreht wurde. Sie fuhr herum und blickte zu ihrem Entsetzen in Gunns grinsendes Gesicht. Er ließ den Schlüssel in die Tasche an seinem Kilt gleiten.

»Gunn! Was tust du hier? Wo ist Onkel Murdoc?«

»Dein Onkel ist nicht hier.«

»Ich möchte gehen. Öffne die Tür.«

»Noch nicht. Ich will mit dir reden. Murdoc hat dieses Treffen für uns arrangiert, damit uns niemand stört.«

»Es gibt nichts zu besprechen, Gunn.« Rose streckte die Hand aus. »Gib mir den Schlüssel.«

Gunn stürzte so schnell auf sie zu, dass Rose ihm nicht ausweichen konnte. Er packte sie am Arm, zerrte sie zum Bett und zwang sie, sich auf die Bettkante zu setzen.

»Hatte ich dir nicht gerade gesagt, dass wir miteinander reden müssen? Dein Onkel hat einen Weg gefunden, dich aus deiner Ehe zu befreien.«

Ein eisiger Schauer überlief Rose. »Ich erklärte Onkel Murdoc bereits, dass es keine Möglichkeit gibt, meine Vermählung mit Dragon aufzulösen. Die Ehe ist rechtskräftig.«

Gunn lächelte sie verschlagen an. »Du solltest deinem Onkel vertrauen, Rose. Es ist sehr unwahrscheinlich, dass dein Gemahl dich noch will, nachdem du dich einem anderen hingegeben hast. Vielleicht lässt er dich sogar mit uns zurück nach Schottland gehen. Murdoc kennt viele einflussreiche Leute. Sobald du schwörst, dass du mir versprochen warst, wird deine Ehe für ungültig erklärt. Dann kann niemand mehr meinen Anspruch auf Ayrdale anzweifeln.«

Er versetzte Rose einen unsanften Stoß, sodass sie rücklings aufs Bett fiel. »Erfülle deinen Teil, Rose, dann wird alles gut.«

»Du erwartest, dass ich mich dir hingebe?«, fragte Rose entgeistert und wich ihm aus.

»Ja, so ist es.«

»Dann musst du den Verstand verloren haben. Ebenso wie Onkel Murdoc.«

»Murdoc ist schlau wie ein Fuchs. Und nun setze dich auf, damit ich dir das Kleid ausziehen kann.«

»Fahr zur Hölle! Wenn du mich anrührst, schreie ich!«

Sogleich presste ihr Gunn eine fleischige Pranke vor den Mund. »Noch darf man uns nicht zusammen erwischen.«

Außer sich vor Angst wand sich Rose verzweifelt unter Gunns kräftigem Körper. Was hatte er nur gemeint? Wer sollte sie denn hier finden? Die ganze Angelegenheit war ein schrecklicher Albtraum, und sie war töricht genug gewesen, Murdoc zu vertrauen.

»Halte still, Rose. Schließlich bist du keine Jungfrau mehr, und ich möchte nicht, dass es zu schnell vorüber ist.«

Rose hörte auf, sich zu wehren, als sie feststellte, dass ihre Bewegungen Gunn erregten. Deutlich spürte sie seine Männlichkeit, die sich an ihren Bauch presste, und ließ ihre Glieder sogleich erschlaffen.

»Braves Mädchen«, sagte Gunn zufrieden. »Ich wusste, dass du dich meinem Wunsch beugen würdest.«

Er nahm die Hand von Rose' Mund und schob den Saum ihres Kleides an ihren Beinen hinauf. Rose stieß einen gellenden Schrei aus, den Gunn jedoch gleich darauf wieder mit seiner Hand erstickte.

»Das war nicht klug von dir, Mädchen.«

Gunn hielt die Hand fest auf Rose' Mund gepresst und zerrte ihr das Kleid bis an die Hüften hinauf. Als er sich gerade zwischen ihre Schenkel drängen wollte, flog die Tür krachend und splitternd aus den Angeln.

Gunn ließ von Rose ab und griff nach seinem Schwert. Doch es war zu spät. Raj stürmte wie ein wütender Bulle auf den Schotten zu und rammte ihn. Beide Männer stürzten zu Boden und rangen miteinander, doch Gunn kämpfte auf verlorenem Posten. Er war ein kräftiger Mann, aber gegen Raj wirkte er geradezu schmächtig.

Hastig zog Rose sich das Kleid wieder hinunter und erhob sich unsicher vom Bett. Sie bahnte sich einen Weg an den kämpfenden Männern vorbei, um Hilfe zu holen, doch ehe sie die zerstörte Tür erreichte, standen Dragon und Murdoc vor ihr.

»Teufel auch, was ist hier los?«, donnerte Dominic. Dann erblickte er Rose und zog die Brauen zusammen, als könne er nicht verstehen, was ihre Anwesenheit in Murdocs Gemach bedeutete.

Rose wandte sich ihrem Oheim zu, der ebenso erstaunt dreinblickte wie Dominic, obgleich vermutlich aus anderen Gründen.

»Als Ihr mich auffordertet, mir in Eurem Schlafgemach etwas anzusehen, Murdoc, erwartete ich nicht, dass es sich um eine Prügelei zwischen Eurem Stiefsohn und meinem Diener handeln würde.«

»Das tat ich auch nicht«, stammelte Murdoc verblüfft.

»Schluss damit!«, befahl Dominic und zerrte Raj von Gunn fort, der reglos am Boden lag. »Was ist geschehen, Raj?«

Raj erhob sich und betrachtete Gunn voller Abscheu, während dieser sich leise stöhnend den Kopf hielt.

»Ich führte Euren Befehl aus, Herr«, erklärte Raj, »und folgte Lady Rose zum Gemach ihres Onkels. Dann wartete ich vor der Tür. Als ich ihren Schrei hörte, brach ich die Tür auf und sah …«

»Er sah, wie Gunn sich mit Rose vergnügte«, sagte Murdoc gepresst. »Gunns Gemach ist nicht so vornehm wie meines, also bat er mich, sein Schäferstündchen mit Rose hier halten zu dürfen. Ich gestattete es ihm, da ich mich nicht zwischen die Liebenden drängen wollte. Doch dann besann ich mich eines Besseren und beschloss, Euch von der Untreue Eurer Gemahlin zu unterrichten.«

Rose stockte der Atem vor Entsetzen. Wie brachte es Murdoc nur fertig, so schamlos zu lügen? Aber Dominic würde seinen Behauptungen keinen Glauben schenken. Oder doch? Sie sah ihn an und entdeckte den unausgesprochenen Verdacht in seinem Blick.

»Nein, er lügt! Onkel Murdoc bat mich um eine Unterredung in seinem Schlafgemach. Ich wusste nicht, dass Gunn auf mich warten würde und … und …« Sie wandte sich ab und schlug beschämt den Blick nieder.

»Hat er dir Gewalt angetan?«, fragte Dominic rau.

»Gewalt?«, wiederholte Murdoc. »Ihr tut meinem Stiefsohn Unrecht, Lord Dragon. Gunn würde niemals eine Frau gegen ihren Willen nehmen. Glaubt mir, meine Nichte willigte ein. Warum hätte sie sich sonst mit Gunn allein getroffen?«

»Vergebung, Herr«, unterbrach Raj, »doch Lady Rose schien ganz und gar nicht einverstanden zu sein.«

»Was sagt Ihr dazu, Gunn? Hat sich meine Gemahlin Euch aus freien Stücken hingegeben?«

»Sie wollte mich«, log Gunn und spuckte einen Zahn aus. »Euer Diener sah nur, was er sehen wollte. Anscheinend habt Ihr Rose nicht befriedigt, denn sie brannte geradezu vor Leidenschaft.«

»Hinaus!«, donnerte Dominic. »Alle beide! Versammelt Eure Männer und verlasst die Burg. Ihr habt meine Gastfreundschaft missbraucht und seid nicht länger auf Dragonwyck willkommen.«

»Wir werden Rose mit uns nehmen«, sagte Murdoc und streckte die Hand nach ihr aus.

Rose wich zurück. »Ich komme nicht mit dir, Onkel.«

»Darüber soll dein Gemahl entscheiden«, erwiderte Murdoc. »Ich glaube kaum, dass er dich behalten will, nachdem ein anderer Mann dich besessen hat. Also bleibt dir keine andere Wahl, als uns zu begleiten. Du gehörst zur Familie, also werde ich dich nicht deinem Schicksal überlassen.«

Rose öffnete den Mund, doch kein Laut wollte ihr über die Lippen kommen. Zu sehr hatten die Ereignisse sie entsetzt, als dass sie etwas dazu hätte vorbringen können.

Mit vor Wut verzerrtem Gesicht wandte sich Dominic dem Schotten zu. »Hinaus, Murdoc! Auf der Stelle! Meine Geduld ist erschöpft!«

»Nun denn«, sagte Murdoc, »steh auf, Gunn, wir sind hier nicht mehr willkommen.« Er winkte Rose zu sich. »Wir gehen, Nichte. Lord Dragon wird dir wohl gestatten, einige Dinge für die Reise einzupacken.«

Dominic streckte den Arm aus und hielt Rose auf. »Sie wird nicht mit Euch gehen.«

Murdoc war erschüttert. »Ihr wollt sie noch immer? Obwohl Gunn sie geschwängert haben könnte? Was für ein Kerl seid Ihr denn?«

Dominic spürte, dass ihn die Selbstbeherrschung verließ, und unterdrückte seine Wut mit aller Macht. Er wagte es nicht, Rose anzusehen. Mit ihr würde er sich später befassen, wenn die Schotten abgezogen waren. Dominic wusste, dass er Murdoc und Gunn kein Wort glauben durfte, doch er kam sich dennoch betrogen vor. Schließlich war Rose mit Gunn allein gewesen, und er würde nicht ruhen, bis er den Grund dafür kannte.

»Glaubt Ihr, dass Euer Wort auch nur den geringsten Wert für mich besitzt?«, fragte er voller Abscheu. »Nein, MacTavish. Rose ist meine Frau, und alle Eure Intrigen werden nichts daran ändern. Packt Eure Habseligkeiten und geht. Raj, alarmiere einige meiner Männer, um den Clan MacTavish aus der Burg zu geleiten.«

»Ihr begeht einen schweren Fehler, Dragon«, sagte Murdoc zornig, während er seine wenigen Besitztümer zusammenklaubte. Gleich darauf wurden er und Gunn von Raj aus dem Gemach geführt. »Es ist nicht recht, einen Mann in die kalte Nacht hinauszujagen«, beschwerte sich der Schotte, als er an Dominic vorbeiging.

Rose wollte sich unauffällig aus dem Staub machen, doch Dominic hielt sie mit einem Kopfschütteln auf. »Nein, Weib, du hast mir erst noch einiges zu erklären. Was hattest du mit Gunn in Murdocs Gemach zu suchen?«

»Wirst du mir glauben, wenn ich es dir erkläre?«

Dominic musterte sie eindringlich. »Vielleicht.«

Rose erwiderte seinen strengen Blick und war bemüht, sich davon nicht einschüchtern zu lassen. »›Vielleicht‹ ist mir nicht genug, Mylord. Ich sagte bereits, dass Onkel Murdoc mich bat, ihn hier aufzusuchen.«

»Hat Gunn dich besessen, Rose?«

»Gunn ist ein kräftiger Mann, Dominic, und ich hatte keine Waffe, um mich zu verteidigen. Doch ich wehrte mich, bis ich bemerkte, dass ich ihn dadurch nur noch mehr anstachelte. Glücklicherweise kam Raj mir rechtzeitig zu Hilfe.«

»Bist du sicher, dass Raj nicht zu spät kam?« Dominic runzelte die Stirn. »Hat Gunn dich überwältigt? Sage mir, dass du dich ihm nicht willig hingegeben hast.«

»Nein, das habe ich nicht getan«, erwiderte Rose teilnahmslos.

Dominic packte sie und zog sie an sich. »Verdammt, Rose! Du könntest wenigstens versuchen, aufrichtig zu klingen.«

Sie machte sich von ihm los. »Was willst du von mir, Dominic? Erst belügt mich mein Onkel, dann werde ich angegriffen, und nun verdächtigst du mich der Untreue. Hast du Raj befohlen, mir zu folgen, weil du mir nicht vertraust? Was habe ich getan, um dein Misstrauen zu erregen?« Sie wandte sich ab, um zu gehen.

»Wohin willst du?«

»Emily und Blythe warten in der Kemenate auf mich.«

»Ich habe sie fortgeschickt.«

Rose sah ihn ärgerlich an. »Wann denn?«

»Gleich nachdem Murdoc mir erzählte, du hättest ein Schäferstündchen mit Gunn. Ich glaubte ihm nicht, also suchte ich dich in der Kemenate. Deine Damen warteten dort auf dich. Ich sagte ihnen, du seiest aufgehalten worden, und schickte sie weg.«

»Dann werde ich mich schlafen legen. Es war ein anstrengender Tag.«

Dominic ließ sie gehen. Wenn Rose die Wahrheit sagte, hatte man sie schmählich missbraucht. Immerhin hatte er sie nicht wirklich des Ehebruches bezichtigt. Dominic bemühte sich stets um Gerechtigkeit, doch Rose war seine Gemahlin, und es verletzte seinen Stolz, von einer Frau gedemütigt zu werden. Doch er würde die Wahrheit herausfinden, zumal Murdoc und Gunn sicher keine vertrauenswürdigen Zeugen waren. Dominic hatte Rose angehört, nun wollte er wissen, was Raj zu berichten hatte. Einige Augenblicke später verließ Dominic das Gemach und begab sich auf die Suche nach seinem Diener.

Er musste nicht lange Ausschau halten, denn Raj wartete bereits neben der Tür.

»Was hat das alles zu bedeuten Raj?«, fragte er ohne Umschweife. »Schildere mir genau, was du gehört und gesehen hast.«

»Ich sah, dass Eure Gemahlin den Saal verließ, und folgte ihr. Da sie das Gemach ihres Onkels betrat, wähnte ich sie nicht in unmittelbarer Gefahr, beschloss jedoch, vor der Tür auf sie zu warten.«

»Warum hast du dann die Tür aufgebrochen? Ging etwas Ungewöhnliches vor sich?«

»Ich hörte Lady Rose' Schrei und verzichtete darauf, an die Tür zu klopfen. Als ich sie öffnen wollte, musste ich feststellen, dass sie verschlossen war.«

Dominic stockte der Atem, doch er musste erfahren, was sich zugetragen hatte. »Was hast du gesehen, Raj?«

»Eure Gemahlin lag auf dem Bett und schien sich gegen Gunn zu wehren. Er hielt ihr den Mund zu und … muss ich Euch weitere Einzelheiten schildern, Herr? Jedenfalls kam ich zur rechten Zeit, ehe das Unglück geschehen war. Ich hätte den Schurken totgeschlagen, wenn Ihr mich nicht zurückgehalten hättet.«

Endlich vermochte Dominic wieder tief durchzuatmen. »Wenn du Gunn umgebracht hättest, wäre das eine Kriegserklärung an die Schotten gewesen. Sie sind fort, alles andere ist unwichtig. In Zukunft sind sie auf Dragonwyck nicht mehr willkommen. Sie werden Rose nie mehr zu nahe kommen.«

»Eine kluge Entscheidung«, sagte Raj ernst.

»Nun werde ich nach Rose suchen. Sie ist nicht leicht zu besänftigen, und ich fürchte, dass ich sie beleidigt habe.«

Als Dominic sich auf den Weg zur Kemenate machte, hörte er weder Rajs leises Lachen noch sah er das belustigte Funkeln in den dunklen Augen seines Dieners.

8

Der Duft verbleibt immer in der Hand,
die die Rose schenkte.

Hada Bejar

Dominic traf Rose im Kaminzimmer an. Sie stand am Feuer und blickte gedankenverloren in die Flammen. Rose sah bestürzt aus, und Dominic konnte es ihr nicht verdenken. Ihr Onkel war ihrer Zuneigung und ihres Respektes nicht würdig, und ihr Gemahl hatte sie enttäuscht. Als Dominic eintrat, drehte sich Rose zu ihm um. Der zutiefst verletzte Ausdruck in ihren Augen hätte Dominic beinahe reumütig auf die Knie sinken lassen. Er hätte lieber mit seiner Kriegerprinzessin die Klingen gekreuzt, als sich ihr im Gespräch zu stellen.

»Ich habe deinem Onkel nicht geglaubt«, sagte er. Es war beinahe eine Entschuldigung, jedoch nicht ganz. »Und ich war auch nicht davon überzeugt, dass du dich mit Gunn eingelassen hast.«

Plötzlich wich Rose' Kummer, und ein zorniger Ausdruck trat auf ihr Gesicht. »Natürlich habe ich mich Gunn nicht hingegeben. Hast du denn nicht Onkel Murdocs Gesicht gesehen, als sein Plan, mich in Verruf zu bringen, scheiterte? Er war fest entschlossen, mich um jeden Preis mit nach Schottland zu nehmen. Daher hätte er es auch zugelassen, dass Gunn mich vergewaltigt, und nicht einmal Gewissensbisse gehabt, solange die Tat nur seinen Zielen förderlich gewesen wäre.«

»Dem Himmel sei Dank für Raj«, sagte Dominic. Dann zog er Rose in die Arme. »Hat Gunn dich verletzt?«

Aber Rose war nicht in der Stimmung, besänftigt zu werden.

»Er hat mir nichts getan«, antwortete Rose schroff. »Würdest du mir erklären, warum Raj mir gefolgt ist? Glaubtest du, ich würde dich hintergehen und mit Murdoc durchbrennen?«

»Raj sollte dich beschützen. Ich traute weder deinem Onkel noch Gunn, und behielt recht damit.«

Rose versuchte, sich aus Dominics Armen zu befreien, doch er zog sie noch fester an sich. Er konnte sie nicht gehen lassen, zu schön war das Gefühl, sie im Arm zu halten.

»Gib es zu, ich war diejenige, der du nicht vertrautest«, erwiderte Rose. »Ich bin froh, dass Raj zur Stelle war, um mich zu retten, doch ich kann nicht vergessen, dass du so schlecht von mir dachtest.«

»Es ging mir um deine Sicherheit«, erklärte Dominic und überraschte sich selbst mit diesem Eingeständnis. Wie gebannt blickte er in Rose' ausdrucksvolle Augen. »Du bist eine schöne Frau, Rose. Dein Zorn steht dir ausnehmend gut. Ich kann kaum glauben, dass ich dich je mit Starla verwechselt habe. Ein Blick in deine Augen genügt, um den Unterschied zwischen euch zu erkennen.«

»Versuche nicht, mir zu schmeicheln, Dominic. Ich lasse mich von deinen schönen Worten nicht umstimmen.«

»Aber vielleicht von meinen Küssen.«

Rose' Protest endete in einem erstickten Seufzer, als Dominic ihre Lippen mit den seinen bedeckte. Sie schmeckte nach Zorn und köstlichem Nektar, feurigem Temperament und schwelender Leidenschaft. Vielleicht würde es ihm nie gelingen, seine Rose zu zähmen, doch dann wollte er sich wenigstens zwischen ihren Dornen hindurchkämpfen und die zarte Süße kosten, die sich dahinter verbarg. Schon einmal hatte er ihre Leidenschaft gespürt und sehnte sich danach, sie wieder zu entdecken.

Verlangen funkelte in Dominics dunklen Augen, als er Rose auf seine Arme hob und ins Schlafgemach trug.

Rose wusste, was Dragon im Schilde führte, und versuchte, sich einzureden, dass sie sich nicht ebenfalls danach sehnte. Das gefährliche Glitzern in den Tiefen seiner dunklen Augen warnte Rose, dass er sich nicht davon abbringen lassen würde, seinen Willen durchzusetzen. Auch wenn sie noch so heftig protestierte, würde sie am Ende nicht nur ihren Körper, sondern ein weiteres Stück ihrer Seele an Dominic verlieren.

Er begann sie zu entkleiden. Rose stand still da; sie half ihm nicht, setzte sich aber auch nicht zur Wehr, unfähig, den Blick von Dragons Augen abzuwenden. Sie waren dunkel und faszinierend. Sein Blick ergriff von Rose Besitz, wärmte ihre Haut und erhitzte ihr Blut.

Kühle Luft strich über ihren Körper, und Rose stellte fest, dass Dominic sie ganz entkleidet hatte, während sie unter dem Bann seiner Augen gestanden hatte. Er zog sie an sich. Erschrocken bemerkte Rose, dass auch er bereits seine Kleider abgelegt hatte. Sengende Hitze schien von seinem Körper auszustrahlen.

»Wir passen zueinander, Rose«, flüsterte Dominic rau und berührte ihre Brüste. »Dein Körper schwillt bereits vor Verlangen. Spürst du es?« Er griff nach ihrer rechten Hand, legte sie Rose auf die linke Brust und bedeckte sie mit der seinen.

Ihre Augen weiteten sich vor Erstaunen, und sie erschauerte, als Dominic seine Finger über ihren bewegte und so gemeinsam mit ihr sanft über ihre Brust strich. Ein erstickter Schrei entrang sich ihrer Kehle. Nie zuvor hatte sie sich selbst so berührt.

»Spürst du, wie sich die Knospen deiner Brust aufrichten?«, fragte Dominic. Rose streichelte die festen Spitzen. Sie fühlten sich geschwollen an und schienen unter den Liebkosungen zu wachsen.

Plötzlich schob Dragon ihre Hand beiseite und ersetzte sie durch seine Lippen. Eine Welle der Lust überkam Rose, als er zärtlich an den Spitzen saugte. Schließlich nahm er die zarten Knospen spielerisch zwischen die Zähne, während sich seine heiße, aufgerichtete Männlichkeit zwischen Rose' Schenkel schob. Verzückt stöhnte sie auf.

»Das gefällt dir, nicht wahr?«, fragte Dragon, als er für kurze Zeit von den köstlichen Rundungen ihrer Brüste abließ.

Wieder umfing er Rose' bebende Hand mit der seinen. Dieses Mal führte er sie zum pochenden Beweis seines Verlangens. »Berühre mich«, flüsterte er. »Kannst du spüren, wie sehr ich dich begehre?«

Zaghaft umfasste Rose ihn fester, und Dragons leises Stöhnen verriet ihr, dass ihm ihre Liebkosungen Freude bereiteten. Seine Männlichkeit war prall und schien immer noch weiter anzuschwellen. Langsam fuhr sie mit den Fingerspitzen an dem Schaft entlang, der so hart wie Granit zu sein schien. Rose musste sich eingestehen, dass Dominics Kraft und Männlichkeit sie unwiderstehlich anzog. Die Unterschiede zwischen ihrem und seinem Körper entzückten und erregten sie. Zwar sträubte sie sich dagegen, etwas für diesen Mann zu empfinden, doch sein Verlangen sprach eine verborgene Seite in ihr an, die sie alle Bedenken vergessen ließ.

Rose drängte sich enger an ihn heran, sodass ihre Brüste sacht über seine Haut strichen. Wider besseres Wissen brannte sie darauf, die Leidenschaft zu erleben, die Dragon in ihr zu entfachen vermochte.

Sie küsste ihn. Dominic stöhnte leise auf, als er ihren Kuss erwiderte und mit der Zunge tief in die warme Höhle ihres Mundes eindrang. Der Kuss schien sich bis in die Ewigkeit zu erstrecken, während Dominic und Rose sich in einer Welt sinnlicher Freuden verloren. Sie bemerkte kaum, dass er sie nach einer Weile zum Bett trug und sich mit ihr darauf niederlegte.

Sein geheimnisvoller, sinnlicher Blick bannte Rose. Als Dominic zärtlich über ihre warme, weiche Haut strich, entfachten seine Hände ein loderndes Feuer in ihr. Sie streckte sich ihm entgegen, als er abermals ihre Brüste streichelte und die empfindsamen Knospen mit den Fingerspitzen liebkoste.

Rose musste sich eingestehen, dass sie Dominic begehrte. Sie sehnte sich danach, dass er mit ihr eins wurde, sie erfüllte und an jenen Ort jenseits der Wirklichkeit entführte, über den allein die Sinnenfreuden herrschten.

Ihre Gedanken zerstreuten sich, als sie spürte, wie Dominic

seine warmen Lippen an ihrem Körper hinabgleiten ließ und dabei eine Flammenspur in dem Tal zwischen ihren Brüsten und auf ihrem flachen Bauch zu hinterlassen schien. Als er sich mit seinen Küssen auf verbotenes Gebiet wagte, hielt Rose den Atem an.

»Dominic! Was tust du?«

»Ich hoffe, dass ich dich glücklich mache«, flüsterte er, sodass sein Atem sanft über ihre Schenkel strich. »Ruhig, Rose. Ich möchte, dass du genießt, was ich nun vorhabe.«

Dann wandte er sich wieder seiner sinnlichen Entdeckungsreise zu, ließ seine Lippen über Rose' Haut gleiten und drang mit der Zungenspitze sacht zwischen die zarten Blütenblätter ihres Geschlechts, in deren Mitte er die verborgene Perle ihrer Weiblichkeit fand.

Wie schon einmal erschrocken über Dragons gewagte Liebkosungen, versuchte Rose, ihn von sich zu stoßen. »Dominic, nicht! Das ist Sünde! Dafür werden wir zur Hölle fahren.«

Dominic hob den Kopf und lächelte sie so zärtlich und reuelos an, dass Rose um ihrer beider Seelen fürchtete.

»Ich brenne bereits in der Hölle, Liebste. Doch wenn die Hölle so süß schmeckt, soll es mir recht sein.«

Er hatte sie seine Liebste genannt! War Dominic bewusst, was er soeben gesagt hatte?

Ehe Rose etwas erwidern konnte, barg er abermals den Kopf zwischen ihren Schenkeln und brachte sie mit seinen Lippen und seiner Zunge schier um den Verstand. Nicht einmal in ihren kühnsten Träumen hatte Rose sich vorgestellt, dass diese Art von innigen Liebkosungen zwischen Mann und Frau möglich oder erwünscht war. Doch Dragon belehrte sie wieder einmal eines Besseren … eines so viel Besseren.

Rose erbebte und wagte kaum noch, sich zu regen, als Dragon fortfuhr, die zarte, kostbare Stelle zwischen ihren Schenkeln zu liebkosen. Die Schamröte stieg ihr ins Gesicht, als er tief ihren süßen Duft einatmete, wieder drang seine Zunge kühn zu ihrer geheimsten Stelle vor, und Rose blieb nichts anderes übrig, als sich in hilfloser Verzückung an seine Schultern zu klammern.

Umgeben von einem Wirrwarr goldblonden Haares warf Rose selbstvergessen den Kopf hin und her, während Dragon ihre intimsten Geheimnisse erkundete. Sie stöhnte auf und streckte sich seinem kühnen Mund entgegen, überzeugt dass sie sterben müsste, wenn er aufhörte, und in der Hölle schmoren, wenn er es nicht tat. Quälende Lust, Himmel und Hölle. Feuer schien sich in ihren Adern auszubreiten, vermischte sich mit ihrem Blut und steckte jede Faser ihres Körpers in Brand.

Einige Augenblicke blieb Rose still vor Anspannung, dann wurde sie von Wellen der Lust erfasst, die sie zum Gipfel der Verzückung trugen.

Sie atmete heftig und stöhnte leise auf, als Dragon an ihrem Körper hinaufglitt und in sie eindrang. Rose streckte sich ihm entgegen und hielt seine Schultern umklammert, während er sie mit schnellen, leidenschaftlichen Stößen nahm. Sie fühlte sich wild und frei und erwiderte Dominics Leidenschaft mit Hingabe, während er einen wahren Sturm der Empfindungen in ihr auslöste.

Dominic spürte, dass Rose den Höhepunkt beinahe erreicht hatte, und verlangsamte seine Bewegungen. Er wartete, bis sie sich ein wenig beruhigt hatte, dann drang er abermals tief in sie ein und hielt inne.

Rose streckte ihm die Hüften entgegen. »Dominic! Bitte!«

»Beweg dich nicht.«

Ein weiterer tiefer Stoß ließ Rose erheben. Ihre feuchte Hitze umgab Dominic, und der süße Duft des Liebesaktes steigerte seine Erregung ins schier Unerträgliche. Er versuchte, ihren Höhepunkt zu verlängern, doch sein eigener nahte viel zu schnell.

Rose schmolz in seinen Armen dahin.

Um Dominic versank die Welt. Die Frau, die er in seinen Armen hielt, war seine Welt, sein Leben. Es gab keine andere mehr. Wieder und wieder ließ er sich in sie sinken und erklomm solch schwindelnde Höhen der Lust, dass er fürchtete, der bevorstehende Fall würde ihn zerschmettern.

Und so geschah es auch. Dominic kehrte allmählich in die Wirklichkeit zurück mit der erschreckenden Gewissheit, dass er nie wieder derselbe sein würde.

Er zog sich aus Rose zurück und machte es sich an ihrer Seite bequem. Noch immer pochte sein Herz zum Zerspringen, während er sich bemühte zu verstehen, was sich soeben ereignet hatte. Dominic hatte die Leidenschaft, die er mit Veronica geteilt hatte, immer für unvergleichlich gehalten.

Ein Irrtum. Rose zu lieben übertraf selbst die denkwürdigsten Augenblicke mit Veronica. Es würde ihm nicht leichtfallen, sich einzureden, dass sich Rose nicht von den anderen Frauen unterschied, mit denen er zuvor das Bett geteilt hatte. Außerdem durfte sie nie erfahren, was er empfand. Aus Erfahrung wusste Dominic, dass sich manche Frauen in herrschsüchtige Xanthippen verwandelten, sobald sie Macht über einen Mann erlangten. Dominic war zu stolz, um sich von seinen Leidenschaften beherrschen zu lassen.

Auch Rose wusste, dass sich soeben etwas Wichtiges zugetragen hatte. Am liebsten hätte sie es verleugnet, doch wenn sie die Bedeutung dessen abstritt, was sie und Dominic miteinander geteilt hatten, würde sie sich damit selbst erniedrigen. Ihr Herz und ihr Verstand sagten ihr, dass kein anderer Mann als Dragon solche Gefühle in ihr zu erwecken vermochte. Allein der Gedanke daran, sich einem anderen Mann hinzugeben, widerte Rose an.

Mit aller Kraft kämpfte Rose gegen das Schluchzen an, das sich ihrer Kehle zu entringen drohte. Sie sträubte sich dagegen, etwas für Dominic zu empfinden, war jedoch ihren Gefühlen hilflos ausgeliefert. Es gelang Dominic, ein Feuer der Leidenschaft in ihr zu entfachen, das sie vergessen ließ, dass er der Vasall des Königs war, der ihren Vater auf dem Gewissen hatte.

Rose kehrte Dominic den Rücken zu und versuchte, sich zu

entspannen. Als er ihr näher kam, zog sie sich bis an die Bettkante zurück. Er durfte sie nicht berühren und womöglich die Glut ihres Verlangens abermals anfachen.

Sie schloss die Augen, doch der Schlaf wollte erst kommen, als sie Dominics tiefe Atemzüge hörte und wusste, dass sie in dieser Nacht vor seinen Angriffen auf ihre Sinne sicher war.

Als Rose am Morgen erwachte, war Dominic bereits fort. Das Feuer im Kamin war geschürt worden, sodass das Schlafgemach von angenehmer Wärme erfüllt wurde. Sie wusch sich, kleidete sich an und begab sich dann in den Rittersaal, um das Morgenmahl einzunehmen. Dragon aß bereits mit gutem Appetit, als sie sich zu ihm gesellte. Wie üblich stand Raj hinter ihm und beobachtete die Anwesenden genau, um seinen Herrn vor möglichen Gefahren zu schützen.

»Ich hoffe, du hast gut geschlafen«, sagte Dominic, als sie sich neben ihn setzte.

Seine Stimme klang seltsam ausdruckslos, als sei er in Gedanken mit anderen Dingen beschäftigt. Hatte er die Ereignisse der vergangenen Nacht bereits vergessen? Rose hoffte, dass es sich so verhielt, denn sie beabsichtigte, es ihm gleichzutun. Dragon war ohnehin viel zu sehr von sich eingenommen, da musste er nicht noch erfahren, dass die vergangene Nacht ihr Leben verändert hatte.

»Ja, sehr gut, danke«, antwortete Rose ebenso kühl.

»Ich bin bereits früh ausgeritten, um mich zu vergewissern, dass dein Onkel mit seinem Gefolge nach Schottland zurückgekehrt ist«, sagte Dragon. »Ich fand die Stelle, an der sie ihr Nachtlager aufgeschlagen hatten, aber sie waren bereits aufgebrochen, als ich dort ankam. Glaubst du, dass sie zurückkommen?«

Rose legte sich einige Speisen auf den Teller, ehe sie antwortete. »Onkel Murdoc ist ein starrköpfiger Mann. Er wird nicht ruhen, bis er bekommen hat, was er will. Und er will Dragonwyck besitzen. Auch in Zukunft könnte er dir gefährlich werden. Ich glaube, dass es unklug war, ihm zu befehlen, Dragonwyck zu verlassen. Sein Zorn kann gewaltig sein.«

Dragon hob die dunklen Brauen. »Hätte ich ihm gestatten sollen, zu bleiben, damit er dich weiterhin bedrohen kann?«

Rose errötete. »Ich wäre mit ihm fertiggeworden.«

»Wie du auch mit Gunn fertiggeworden bist? Verzeih, Liebste, doch ich werde dem Clan MacTavish sicher für lange Zeit kein Gastrecht mehr auf Dragonwyck anbieten.«

Obwohl sie wusste, dass sie ihm nichts bedeutete, war Rose über das Kosewort erstaunt. Schon in der vergangenen Nacht hatte er sie seine Liebste genannt, doch die kühle Begrüßung an diesem Morgen strafte seine zärtlichen Worte Lügen.

Schweigend kaute Rose an einem Bissen, während sie über Dominics Entscheidung nachdachte. Er hatte recht. Onkel Murdoc wollte sie mit Gunn vermählen, obwohl sie deutlich gemacht hatte, dass sie seinen Stiefsohn verabscheute. Auch die Tatsache, dass sie bereits verheiratet war, focht Murdoc nicht an, denn er hatte sich entschlossen, Dragonwyck um jeden Preis in seinen Besitz zu bringen.

»Ich wäre nicht traurig darüber, wenn du Onkel Murdoc nicht mehr auf Dragonwyck empfangen würdest«, gestand sie.

»Dann sind wir uns ja einig«, sagte Dominic und erhob sich. »Ich werde mich heute den Jägern anschließen. Unsere Gäste werden sich nicht über einen Mangel an Wildbret auf den Festtafeln beklagen müssen.«

»Wie lange wirst du fortbleiben?«

Er zuckte die Schultern. »Drei oder vier Tage.«

»Sind die Einladungen schon geschrieben? Sie sollten so bald wie möglich überbracht werden.«

»Die Boten sind schon auf dem Wege.« Überraschend beugte sich Dominic zu ihr hinunter und küsste sie leicht auf den Mund. »Gib dir Mühe, mich nicht allzu sehr zu vermissen«, sagte er leise.

Rose berührte verblüfft ihre Lippen, konnte sich jedoch eine Antwort ersparen, da Raj vortrat und Dominic ansprach.

»Ich werde mit Euch reiten, Herr.« – »Nein, ich würde es vorziehen, wenn du auf der Burg bliebest, Raj«, sagte Dominic. »Dir und Eric of Carlyle vertraue ich während meiner Abwesenheit den Schutz Dragonwycks an.«

Raj runzelte die Stirn. »Das gefällt mir nicht.«

»Wie dem auch sei, du wirst meinem Befehl gehorchen. Bleibe hier und beschütze meine Gemahlin.«

Rose spürte, dass Raj der Befehl seines Herrn missfiel. Um die Spannung zwischen den beiden Männern zu lösen, sagte sie: »Du kannst Raj ruhig mit auf die Jagd nehmen. Mir wird in meinem eigenen Hause nichts zustoßen.«

»Das habe ich zu entscheiden«, erwiderte Dominic. »Raj bleibt.«

Ärgerlich ballte Rose die Fäuste. Sie war durchaus in der Lage, sich selbst zu verteidigen. Nach Gunns Übergriff hatte Rose beschlossen, eine Waffe bei sich zu tragen. Auch jetzt verbarg sie eine weitaus tödlichere Klinge in ihrem Kleid als das Küchenmesser, das sie am Gürtel trug.

Doch als Rose den Mund öffnete, um Dominic eine vernichtende Antwort entgegenzuschleudern, war er bereits außer Hörweite.

Männer, dachte Rose missmutig. Waren sie alle so eingebildet und herrisch wie Dragon? Glaubten alle Männer, dass Frauen unterlegene Wesen waren, zu nichts zu gebrauchen als dazu, ein Haus zu führen und Kinder zu gebären? Eines Tages, so schwor sich Rose, würde sie Dominic dazu bringen, seine Meinung über das schwache Geschlecht zu ändern.

Emily und Blythe gesellten sich nach Dragons hastigem Aufbruch zu Rose. Sie bat die Ladys um Vorschläge für die Festlichkeiten.

»Ich kann es kaum noch erwarten!« Blythe klatschte aufgeregt in die Hände. »Was kann ich tun?«

»Stellt euch vor, ein Fest, das zwölf Tage dauert«, sagte Emily mit leuchtenden Augen. »Es gibt noch so viel Arbeit.«

»Das stimmt«, sagte Rose. Dann seufzte sie wehmütig. »Ich

wünschte, Mama und Starla wären bei uns. Ich habe ein solches Fest noch nie allein vorbereitet.«

»Du wirst es schon schaffen«, ermutigte Emily sie. »Wie können wir dich unterstützen?«

»Wenn du möchtest, Emily, könntest du die Diener bei der Reinigung der Burg beaufsichtigen. Alle Wandbehänge müssen abgenommen und gelüftet werden. Außerdem benötigen die Wände im Rittersaal einen neuen Kalkanstich. Ich bin sicher, du weißt viel besser als ich, was zu tun ist.«

»Schrubben, polieren und den Saal mit Stechpalmen und Kiefernzweigen schmücken.« Emily nickte eifrig. »Haben wir denn genug Hilfe, um diese Aufgabe zu bewältigen?«

»Wir werden einige Leute aus dem Dorf kommen lassen müssen.«

»Was ist mit mir?«, fragte Blythe.

»Du kannst dich um die Gemächer kümmern. Selbst in den kleinsten Kammern werden wir Gäste unterbringen müssen. Einige der Gemächer sind seit Jahren nicht mehr bewohnt worden. Die Leintücher müssen überprüft und ausgebessert werden, und wir brauchen die Möbel aus den Lagern. Lass dir von Sir Braden die Gästeliste geben, dann weißt du, wie viele Leute wir beherbergen müssen.«

Rose holte tief Atem.

»Ich werde mich um die Küche kümmern. Zwar haben wir nur noch zwei Wochen Zeit, aber ich bin sicher, dass wir es schaffen können, ehe die ersten Gäste eintreffen.«

Nach dieser Unterredung glich die Burg einem Bienenstock. Während Dominics Abwesenheit erwies sich Raj als unschätzbare Hilfe. Seine außerordentlichen Kräfte wurden mehr als einmal auf eine harte Probe gestellt, während er Möbel und Kisten hob, schob oder trug, wo immer er gebraucht wurde.

Obwohl Raj sich unermüdlich nützlich machte, bemerkte Rose, dass er in Gedanken nicht bei der Sache war. Sorgte er sich um Dragon? Als Rose ihn allein antraf, beschloss sie, ihn zu fragen.

»Machst du dir Sorgen um Lord Dragon, Raj? Du scheinst abgelenkt zu sein.«

»Mein Herr glaubt, dass er sein Leben allein schützen kann, doch niemand ist unbesiegbar. Er ist ein starker Mann mit wachen Instinkten, aber auch er kann nicht wissen, was hinter seinem Rücken vor sich geht.«

»Ist Dragon in Gefahr?«, fragte Rose erschrocken. »Wer würde ihm etwas antun wollen?«

»Ich habe mich vergessen, Mylady. Es war nicht meine Absicht, Euch zu beunruhigen.«

»Erzähle mir von Lord Dragon«, drängte Rose, die so wenig über den Mann wusste, den sie geheiratet hatte. »Hat er Familie? Ich weiß, dass er in London eine Mätresse hatte. Waren sie schon lange zusammen, als der König ihm befahl, mich zu heiraten?«

»Lord Dragons Vater, Mutter und Bruder leben auf Pendragon, im Süden Englands. Ich begleitete ihn dorthin, als wir vom Kreuzzug zurückkehrten. Sein Bruder, der Erbe von Pendragon, heiratete die Erbin eines angrenzenden Besitzes und zeugte zwei Söhne.«

»War Lord Dragons Kindheit glücklich?«

»Das weiß ich nicht, er spricht nur selten davon. Seine Familie scheint sehr freundlich zu sein, ich spürte keine Feindseligkeit. Doch mein Herr lebt nach seinen eigenen Gesetzen. Er erzählte mir, dass er schon als Junge Pendragon verließ, um auf eigenen Beinen zu stehen. Da er wusste, dass er den Besitz nicht erben würde, sah er keinen Grund, sich den Wünschen seiner Familie zu beugen. Also folgte er dem Ruf zum Kreuzzug und wurde ein Vasall des Königs.«

Rose dachte über das Gehörte nach und fragte dann: »Und seine Mätresse? Seit wann sind die beiden schon ein Liebespaar?«

Rajs Züge wurden undurchdringlich. »Ich kann die Gedanken meines Herrn nicht lesen. Die Liebe hat viele Gesichter. Euer Einfluss auf Lord Dragon ist erheblich.«

Rose bedachte ihn mit einem belustigten Blick. »Ich kenne meinen Platz in Dragons Leben, und er hat nichts mit Liebe zu tun.«

»Das sind Eure Worte, nicht die meinen«, widersprach Raj.

»Doch du hast mir noch nichts über seine Geliebte erzählt«, beharrte Rose. »Ist sie sehr schön? Liebt sie Dragon?«

»Vergebung, Mylady, doch diese Fragen kann ich Euch nicht beantworten«, erwiderte Raj taktvoll. »Fragt Lord Dragon. Nur er kann Euch sagen, wie es um sein Herz bestellt ist.«

Rose wusste, wie es um Dragons Herz stand. Sie jedenfalls besaß es nicht. Er schien zwar die ehelichen Freuden zu genießen, doch Rose erwartete mehr von dem Mann, den sie geheiratet hatte. Sie wünschte sich, dass ihr Gemahl, mit dem sie das Bett teilte, an sie dachte und von einer Zukunft mit ihr träumte. Er sollte sie um ihretwillen brauchen, nicht nur als einen warmen Körper in kalten Nächten. Rose wusste, dass sie sich von einer arrangierten Ehe zu viel versprach, denn das Schicksal ging selten gerecht mit den Frauen um. Dennoch sehnte sie sich nach Liebe. Ihr Vater und ihre Mutter hatten einander innig geliebt, obwohl ihre Ehe arrangiert gewesen war.

Seufzend ging Rose wieder an die Arbeit. Dragon war seit vier Tagen fort, und Rajs besorgter Gesichtsausdruck wirkte nicht eben tröstlich.

Dominic und seine Jäger blickten auf eine erfolgreiche Jagd zurück. In den vergangenen vier Tagen hatten sie gute Beute gemacht und Rotwild, Hasen und Wildschweine erlegt. Noch eine oder zwei weitere Jagden, und die Gäste würden mit genügend frischem Fleisch versorgt sein, zumal noch die Fische aus dem Fluss und Lamm- und Rindfleisch von Dragonwycks Herden dazukommen würden. Die Jagd hatte Dominic erfreut, doch er kehrte auch gern nach Dragonwyck zurück.

Die Jäger ritten ohne Eile durch den Wald, lachend und scherzend. Plötzlich zischten ohne Vorwarnung Pfeile aus einem Dickicht am Rande der Cheviot Hills. Sogleich suchten

Dominic und seine Männer Deckung hinter Felsen, zogen ihre Armbrüste und zielten in die Bäume hinein auf einen Feind, den sie nicht ausmachen konnten. Cedric, der an Dominics Seite ritt, bemerkte plötzlich, dass Dragon von einem Pfeil getroffen worden war.

Dominic sackte im Sattel zusammen und kämpfte gegen den Schmerz an, der brennend durch seine Glieder schoss. Der Pfeil war in seine linke Schulter gedrungen und durch den Knochen aufgehalten worden.

»Was soll ich tun?«, rief Cedric und half Dominic aus dem Sattel.

»Zieht den Pfeil heraus«, antwortete Dominic gepresst.

Der Ritter erbleichte. »Seid Ihr sicher, Mylord?«

»Macht schon, Cedric. Sorgt Euch nicht um mich. Ich werde die Schmerzen schon aushalten.«

Beherzt packte Cedric den Pfeilschaft und zog. Die Spitze löste sich, und Blut schoss aus der Wunde. Dominic stöhnte leise auf und wurde blass, blieb jedoch Herr über seine Sinne.

»Wir müssen die Blutung stillen«, sagte er.

Sogleich legte Cedric den Waffenrock ab und zog sich das Hemd aus. Er faltete es zusammen, legte Dominics Schulter frei und presste den Stoff auf die Wunde. Dann nahm er seinen Gürtel und schnürte den unförmigen Verband fest.

Dominic ruhte an einem Felsen, während die Jäger ihre Pfeile in das Dickicht regnen ließen. Die Schlacht währte nicht lange. Schon nach wenigen Minuten suchten die Angreifer ihr Heil in der Flucht.

»Tote und Verwundete?«, fragte Dominic, als James of Bedford gleich darauf zum Bericht erschien.

James erschrak, als er Dominics Verwundung sah. »Zwei Verwundete, keine Toten«, sagte er. »Geht es Euch gut, Mylord? Könnt Ihr den Weg zur Burg zurücklegen?«

»Kümmert Euch nicht um mich, James. Lasst die Umgebung absuchen. Ich will wissen, wer uns auf meinem Grund und Boden angegriffen hat.«

Augenblicklich befolgte James den Befehl, kehrte jedoch wenig später mit einer enttäuschenden Nachricht zurück. Außer ihren eigenen verschossenen Pfeilen hatten die Jäger nichts entdecken können.

»Sie haben ihre Toten und Verwundeten davongetragen«, berichtete James. »Wir fanden Blutspuren im Schnee, also müssen wir einige von ihnen getroffen haben.«

»Wir müssen uns beeilen«, sagte Dominic und erhob sich unsicher. »Die Verwundeten brauchen Hilfe.« Er legte Cedric die Hand auf die Schulter. »Helft mir beim Aufsitzen.«

Dunkle Wolken zogen über den Himmel, und es begann zu schneien, noch ehe die Jäger die Burg erreicht hatten. Der kalte Wind trieb ihnen die Flocken ins Gesicht, sodass sie kaum noch etwas zu sehen vermochten. Doch angelockt von den warmen Ställen und den gefüllten Futterkrippen, trugen die Pferde sie sicher nach Dragonwyck.

Rose hörte die Rufe, noch ehe sie die Männer in den Burghof reiten sah.

»Der Herr ist zurück! Der Herr ist zurück!«

Hastig streifte sie einen Umhang über und eilte zum Portal, um Dominic zu begrüßen. Raj folgte ihr. Rose machte die Reiter in dem dichten Schneetreiben aus und erkannte, dass etwas nicht stimmte.

Raj schien ihre Gedanken gelesen zu haben. »Er hätte mich nicht zurücklassen sollen«, sagte er grimmig.

Auf der Suche nach Dragon ließ Rose den Blick über die Jagdgesellschaft schweifen. Sie schrie auf, als sie ihn entdeckte, über dem Rist seines Pferdes zusammengesunken. Sie rannte die Stufen hinunter, doch Raj bahnte sich als Erster den Weg zu Dominic.

Als Rose ihn erreichte, hob Raj seinen Herrn bereits aus dem Sattel.

»Was ist geschehen? Ist er schwer verletzt?«

»Ein Pfeil, Mylady«, erklärte Cedric und saß ab. »Doch die

Wunde scheint mir nicht lebensbedrohlich zu sein. Wir gerieten auf dem Rückweg in einen Hinterhalt.«

»Raj, bring ihn in die Kemenate hinauf«, befahl Rose dem Diener knapp.

»Ich kann gehen«, protestierte Dominic mit einer abfälligen Handbewegung. »Es ist nicht meine erste Verwundung und bei Weitem nicht die schwerste. Lass mich los, Raj.« Raj blickte seinen Herrn argwöhnisch an, gehorchte jedoch dem Befehl. Dominic machte zwei Schritte und sank in sich zusammen. Glücklicherweise stand Raj hinter ihm und fing ihn auf.

9

Man sagt, Gott schenkte uns die Erinnerung, auf dass wir uns auch im Dezember noch an den Rosen erfreuen.

Sir J. M. Barrie

Wer hat dir das angetan?«, fragte Rose, während sie die Wunde mit einer Heilsalbe behandelte.

Dominic wich ihrem Blick aus. Es war ihm peinlich, vor den Augen seiner Ritter zusammengebrochen zu sein. Tapfere Männer durften sich keine Schwächen erlauben.

»Wir haben die Angreifer nicht gesehen. Sie hielten sich im Dickicht versteckt, überraschten uns und verschwanden dann. Vielleicht war es eine Bande Vogelfreier.«

Nachdenklich legte Rose ihm einen Verband an. »Könnte Onkel Murdoc dafür verantwortlich sein?«

»Das ist möglich. Dein Onkel scheint mir ein rachsüchtiger Mann zu sein. Außerdem käme mein Tod ihm gelegen.« Dominic verzog das Gesicht, als Rose die Binde ein wenig zu fest zog. »Du bist sehr geschickt. Wer hat dich in den Heilkünsten unterrichtet?«

»Meine Mutter. Sie weiß auch vieles über Heilkräuter. Solltest du Fieber bekommen, kann ich einen Tee aufbrühen, der es vertreibt.«

»Du erstaunst mich immer wieder«, sagte Dominic. Er konnte sich nicht vorstellen, dass Veronica auch nur einen Blick auf die Wunde geworfen hätte. Der Anblick von Blut verursachte ihr Übelkeit. Oft hatte Dominic bemerkt, dass sie die Narbe an seinem Bein voller Abscheu betrachtete oder sich abwandte, um sie nicht sehen zu müssen.

»Man erwartet von der Burgherrin, dass sie die Wunden ihrer Schutzbefohlenen behandelt«, erklärte Rose. »Da ich Papas Erbin war, unterrichtete mich Mama in Heilkunde.«

Als Dominic allmählich einschlief, erhob sich Rose, um das Gemach zu verlassen. Plötzlich öffnete er jedoch die Augen und umfasste ihre Hand. »Danke, Rose. Ich werde mich ausruhen und dann zum Abendmahl in den Saal hinunterkommen.«

»Das kommt nicht infrage«, sagte sie streng. »Du hast viel Blut verloren und brauchst einige Tage Bettruhe, ehe du dich wieder anstrengen darfst.«

Er bedachte sie mit einem finsteren Blick. »Verhätschele mich nicht.«

Entschlossen schob sie das Kinn vor. »Du wirst tun, was ich sage. Wenn du versuchst, das Bett zu verlassen, wird Raj dich aufhalten.«

»Raj ist mein Diener. Er gehorcht mir.«

»Nicht in diesem Fall. Lieber Himmel, Dominic, warum bist du nur so starrsinnig?«

»Es gefällt mir nicht, wenn man versucht, mir Befehle zu erteilen.«

Rose schenkte ihm ein strahlendes Lächeln. »Nun, ich finde allerdings großen Gefallen daran.« Sie wandte sich zum Gehen. »Ich lasse dich jetzt ausruhen.«

»Wann kommst du zurück?«, fragte er mürrisch.

»Ich sehe noch einmal nach dir, ehe ich schlafen gehe.«

Er musterte sie misstrauisch. »Das klingt, als wolltest du die Nacht nicht hier verbringen.«

Rose zuckte die Schultern. »Ich halte es für besser, in einem anderen Gemach zu nächtigen, während du dich erholst.«

»Das wirst du nicht tun!«, rief Dominic erbost. »Dies ist unser Ehebett, und du wirst die Nacht darin verbringen. Mit mir. Habe ich mich klar ausgedrückt?«

»Vollkommen klar«, antwortete Rose lieblich, nach Dominics Meinung viel zu lieblich. Sie ging zur Tür. »Ich werde dir etwas zu essen heraufbringen lassen.«

Übel gelaunt blickte Dominic ihr nach. Es verletzte seinen Stolz, sich etwas befehlen zu lassen. Doch überdies von Rose herumgestoßen zu werden, machte ihn zweifellos zu einem Weichling. Trotzig schwang Dominic die Beine aus dem Bett und stand auf. Eine lächerliche Schulterwunde würde ihn nicht daran hindern, zu tun, was ihm beliebte, und er wollte verdammt sein, wenn er es zuließe, dass eine Frau ihm vorschrieb, was er zu tun und zu lassen hatte.

So weit, so gut, dachte Dominic, während er sich ankleidete. Obwohl ihm der Kopf schwirrte und seine Schulter schmerzhaft pochte, wankte er entschlossen zur Tür. Nun musste er nur noch die Treppe hinter sich bringen.

»Wohin des Wegs, Herr?«

Überrascht blickte Dominic in Rajs strenge Züge. »Aus dem Weg, Raj. Ich will mich im Rittersaal zu meiner Gemahlin gesellen.«

»Vergebung, Herr, doch Lady Rose wünscht, dass Ihr das Bett hütet.«

Dominic traute seinen Ohren nicht. Nie zuvor hatte sich Raj einem seiner Befehle widersetzt. »Du vergisst, wer dein Herr ist, Raj.«

»Nein, Mylord, doch in diesem Fall beuge ich mich der Weisheit Eurer Gemahlin. Wollt Ihr ins Bett zurückgehen, oder soll ich Euch tragen?«

Dominic wusste, wann er sich geschlagen geben musste, und hier handelte es sich um einen der seltenen Augenblicke, in denen er nicht länger Herr über sein Schicksal war. Mürrisch begab er sich zurück ins Bett und war schon nach kurzer Zeit eingeschlafen. Als er am nächsten Morgen erwachte, lag Rose schlafend neben ihm. Dominic lächelte. Wenigstens hatte sie ihm nicht in allem getrotzt.

Das Fieber, welches Dominic in der darauffolgenden Nacht befiel, war nicht von Dauer. Rose wendete ihre Heilkünste an und braute ihm einen wirksamen Tee. Vo da an erholte sich Dominic schnell.

Schon nach zwei Tagen konnte er das Bett verlassen und sich mit den Vorbereitungen für das Weihnachtsfest beschäftigen. Nach und nach wurden die Einladungen beantwortet, und Dominic durfte die zehn aufrührerischen Barone vollzählig auf der Burg erwarten. Rose hatte ihm versichert, dass es für alle genügend Gemächer auf Dragonwyck gab.

Abermals schickte Dominic die Jäger aus und war erleichtert, als sie wohlbehalten zurückkehrten. Er hatte die Männer begleiten wollen, doch Raj und Rose waren der Überzeugung gewesen, er würde es bereuen, wenn er ausritte, ehe er völlig genesen war. Dominic fügte sich, grollte jedoch im Stillen.

Die Tage vergingen wie im Fluge, und überall herrschten Vorfreude und Geschäftigkeit. Der Rittersaal blitzte, und der Duft von Tanne, Stechpalme und Lorbeer lag in der Luft. Alle Räume waren mit Kiefernzapfen und Mistelzweigen geschmückt.

Am 24. Dezember, dem Fest Adams und Evas, wurde ein Baum gefällt, den man im Rittersaal aufstellte und zur Erinnerung an die ersten Menschen und ihre Sünde mit Äpfeln schmückte. Zwei der Gäste trafen an diesem Abend ein: John of Sheldon und Blayne of Draymore. Dominic hatte von ihnen gehört, sie jedoch nie zuvor getroffen. Beide gehörten zu den Baronen, die sich gegen den König wandten. Sheldon hatte seine Frau Mary und seine beiden kleinen Söhne mitgebracht, Blayne wurde von seiner Braut Aleta begleitet. Beide Familien reisten mit großem Gefolge.

Es überraschte Dominic nicht, dass Rose die Gäste kannte. Er erfuhr, dass alle Aufrührer bereits zuvor Lord Edwyn besucht hatten. Zum letzten Mal hatte Rose sie gesehen, als sie kamen, um mit ihrem Vater über die ungerechten Gesetze des Königs zu sprechen.

Sieben Barone und ihre Familien trafen am Weihnachtstag ein. Der letzte von ihnen, Henry of Ashford, wurde noch erwartet. Überall in der Burg tummelten sich die Gäste, ihre Ritter, Diener und Ammen, und fröhliches Kinderlachen erfüllte

Dragonwycks Flure. Einige Zigeuner, die sich mit ihrer Sippe auf dem Weg nach Süden befanden, hatten von den Festlichkeiten auf Dragonwyck gehört und angeboten, die Gäste zu unterhalten, wenn sie ihr Lager im Schutze der Burgmauern aufschlagen durften. Dominic hatte sie willkommen geheißen und ihnen einen Teil des Burghofs zur Verfügung gestellt.

Rose konnte sich nicht entscheiden, was sie am ersten Abend des Festes anziehen sollte. Eigentlich befand sie sich noch in Trauer, hatte dies Dragon gegenüber jedoch nicht erwähnt, als er von dem Weihnachtsfest angefangen hatte. Ihr Vater allerdings hätte sicher gewollt, dass sie fröhlich am Leben teilhatte, statt sich in ihrem Kummer zu verkriechen.

Nach langen Überlegungen wählte Rose ein dunkelgrünes Unterkleid aus feinstem Wolltuch mit langen, eng anliegenden Ärmeln. Darüber trug sie ein tiefrotes Überkleid, dessen Saum in einer Schleppe endete, die sie jedoch zusammenraffte und am Gürtel befestigte. Der spitz zulaufende Ausschnitt des Kleides war mit einer grün-goldenen Borte verziert und weit genug, dass sie sich das Kleid über den Kopf ziehen konnte. Die Arme endeten am Ellenbogen und liefen in Ärmelschleppen von mittlerer Länge aus.

Das Haar trug Rose zu zwei lockeren Zöpfen geflochten, bedeckt von einem leinenen Schleier, der von einem mit grünen Edelsteinen verzierten Goldreif gehalten wurde. Dragon betrat das Gemach, als sie gerade ihre Zöpfe unter dem Schleier zurechtzupfte.

»Mir gefällt dein Haar offen besser«, sagte er und zog spielerisch an einem der Zöpfe.

Rose klopfte ihm auf die Finger. »Und ich ziehe es vor, mein Haar zu flechten. Ich bin eine verheiratete Frau und sollte mich der guten Sitte unterordnen.«

»Zum Teufel mit der Sittlichkeit. Mir gefällt dein Haar offen.«

Er betrachtete Rose voller Bewunderung. »Du siehst sehr

schön aus, Rose. Alle Damen werden dich heute Abend beneiden.«

»Ich brauche deine Schmeicheleien nicht, Dominic«, erwiderte Rose. Dann musterte sie ihn unter gesenkten Lidern. »Allerdings, Mylord, seid auch Ihr nicht zu verachten.«

Es stimmte. Dominics gegürteter Waffenrock aus purpurfarbenem, mit silbernen Borten verziertem Tuch reichte ihm bis zum Knie und wirkte in seiner Schlichtheit ausgesprochen elegant. Der kurze samtene Umhang wurde von einer juwelenbesetzten Spange gehalten und hatte dieselbe Farbe wie der Rock. Rose ließ den Blick abwärts gleiten und musste sich eingestehen, dass sie nie zuvor reizvollere Beine an einem Mann gesehen hatte.

Er lächelte. »Bin ich beeindruckend genug, um den Damen den Kopf zu verdrehen?«

»Wenn das dein Vorhaben ist, sollte es wohl von Erfolg gekrönt sein«, antwortete Rose spöttisch. »Ich bin sicher, dass du alle Ladys bezaubern kannst.«

»Auch dich, Rose?«

Sie lachte. »Mich zu bezaubern ist noch keinem gelungen.«

Dominic kam ihr näher, sodass sie die Wärme spürte, die von seinem Körper ausging. Der Blick seiner dunklen Augen schlug sie in seinen Bann.

»Wirklich nicht, Liebste? Wenn es dir beliebt, dich zu erinnern, so habe ich dich schon mehr als einmal mit Sinnenfreuden bezaubert. Ich weiß, dass ich dich in letzter Zeit vernachlässigt habe, da die Vorbereitungen mich so sehr in Anspruch nahmen. Doch ich gelobe Besserung.« Versonnen spielte er mit einem Zopfende. »Heute Nacht, wenn wir allein sind, wirst du dein Haar für mich offen tragen, und ich werde dich bezaubern.«

»Aber ich fühlte mich nicht vernachlässigt«, gab Rose zurück. »Du musstest dich von deiner Verletzung erholen, und ich hatte viel zu tun.«

Rose wäre am liebsten an einen Ort geflohen, an dem Dominics sinnlicher Blick sie nicht erreichen konnte, doch sein Verlangen hielt sie fest und zog sie magisch an.

Er lachte und bot ihr den Arm. »Wollen wir nun unsere Gäste begrüßen, Liebste? Je eher das Fest beginnt, desto früher können wir uns ins Schlafgemach zurückziehen.«

Rose legte ihm die Hand auf den Arm. »Es wird sicher sehr spät werden.«

»Nun, Vorfreude gilt als Mittel zur Steigerung des Begehrens.«

»Als ob du ein solches Mittel nötig hättest.«

»Beklagst du dich etwa, Rose?«

»Dies ist keine schickliche Unterhaltung, Dominic«, wies sie ihn zurecht. »Außerdem erwarten uns die Gäste.«

Sie gingen die Treppe hinunter und vernahmen bereits dort Stimmengewirr und Gelächter. Als Rose und Dominic den Rittersaal betraten, klatschten die Gäste Beifall. Dominic führte seine Gemahlin zur Tafel unter dem Baldachin und ließ sie Platz nehmen. Dann hob er die Hand und bat um Aufmerksamkeit. Obwohl er jeden Gast persönlich begrüßt hatte, hielt er eine kurze und herzliche Willkommensrede, in der er auch die Vergnügungen der kommenden Tage schilderte.

Pater Nyle spendete den Segen, und das Fest begann. Die Tafeln waren mit weißen Leinentüchern gedeckt. Darauf befanden sich Speisemesser mit Stahlklingen, Silberlöffel, Salzschälchen, silberne Becher und Holzschalen, die mit einem silbernen Rand verziert waren. Anstelle von Tellern gab es große Scheiben frischen Brots, die zum Ablegen von gebratenem Fleisch dienten.

Zuerst wurden Brot und Butter aufgetragen und auf den Tafeln verteilt, gefolgt von Bier und Wein, der aus dem von England regierten Bordeaux stammte. Der erste Gang bestand aus einer schmackhaften, gehaltvollen Suppe, deren feste Einlagen man mit dem Löffel aß, während die Brühe aus den hölzernen Schalen getrunken wurde.

Eine Fanfare kündigte den Fleischgang an. Die Diener betraten den Saal und trugen große Platten mit Hirschbraten auf, der den ganzen Tag lang am Spieß geröstet worden war, gekochtes Rindfleisch, Wildschweinbraten und geschmortes Moorhuhn.

Dominic legte zarte Bratenstücke auf die Brotscheibe, die er sich mit Rose teilte, und schnitt das Fleisch klein. Rose nahm die Stücke und aß sie mit den Fingern, wie es üblich war. Der nächste Gang bestand aus einer Reihe von Fischgerichten, begleitet von Wurzelgemüsen in Butter- und Sahnesoße. Während der gesamten Mahlzeit unterhielten die Zigeuner Dominics Gäste mit leiser Musik.

Kurz bevor der letzte Gang – Früchte, Nüsse und Käse – aufgetragen wurde, trafen der zehnte Baron und sein Gefolge auf Dragonwyck ein. Henry of Ashford wirkte zerknirscht, als er die Verspätung erklärte.

»Vergebt mir, Dragon, dass ich das Festmahl störe. Einer unserer Wagen verlor ein Rad und hielt uns dadurch auf. Glücklicherweise haben wir die Kinder nicht mitgebracht. Ich bin Henry of Ashford, wir sind einander in London begegnet.«

»Ihr braucht Euch nicht zu entschuldigen, Ashford«, sagte Dominic. »Meine Gemahlin und ich sind froh, dass Ihr Dragonwyck wohlbehalten erreicht habt. In der Tat erinnere ich mich an unsere Begegnung in London und hoffe, dass Ihr den Aufenthalt auf Dragonwyck genießen werdet. Begleitet Euch Eure Gemahlin, Mylord?«

»Ja, nebst einem Hausgast. Meine Gemahlin hat ihre Kusine eingeladen, die Weihnachtstage mit uns zu verbringen, bevor wir Eure Einladung erhielten. Ich glaube, diesen Umstand in meiner Antwort erwähnt zu haben.«

»Ja, so war es«, bestätigte Dominic. »Einen weiteren Gast unterzubringen stellt keine Schwierigkeit dar.«

Dominic blickte an Ashford vorbei auf die beiden Damen, die gerade den Rittersaal betreten hatten. Die gespannte Stille, die ihre Ankunft begleitete, hätte ihn warnen sollen, doch erst als Raj sich über seine Schulter beugte und ihm etwas zuflüsterte, erkannte er eine der Damen, die auf die Haupttafel zuschritten. Dragonwyck war der letzte Ort, an dem er Lady Veronica zu sehen erwartet hätte.

»Man sagte mir, dass Ihr Lady Veronica bereits kennt, Mylord«, sagte Ashford. »Die andere Dame ist meine Gemahlin, Lady Cambra.«

Dominic sah Veronica unschicklich lange an. Sie war noch immer so schön, wie er sie in Erinnerung behalten hatte. Gedanken an die Freuden, die sie einst miteinander geteilt hatten, überwältigten ihn. Erst als Rose ihm einen unsanften Rippenstoß versetzte, fand er die Sprache wieder und stellte sie den Gästen vor.

»Lord und Lady Ashford sind mir bekannt«, sagte Rose und sah absichtlich an Veronica vorbei. »Willkommen auf Dragonwyck. Ich hoffe, die Festlichkeiten werden Euch gefallen.«

»Da bin ich sicher«, hauchte Veronica mit einem Blick auf Dominic. »Euer Gemahl und ich sind alte Freunde, und ich freue mich schon auf die Gelegenheit, unsere Freundschaft zu erneuern.«

Lady Cambra bedachte ihre Kusine mit einem missbilligenden Blick, der die vorwitzige Schönheit jedoch nicht zu beeindrucken schien. Dominic dagegen fühlte sich unbehaglich. Die Aussicht darauf, zwölf Tage lang mit seiner Gemahlin und seiner Mätresse unter einem Dach zu weilen, beunruhigte ihn. Und Rose' undurchdringlicher Gesichtsausdruck ließ ihn Böses ahnen.

»Ihr und Euer Gefolge müsst erschöpft sein, Ashford«, sagte Dominic. »Mein Vogt wird Euch die Gemächer zeigen, die Euch zugedacht sind. Vielleicht zieht Ihr es vor, nach der anstrengenden Reise Euer Mahl in den Gemächern einzunehmen«, schlug er taktvoll vor.

»Ich bin nicht im Geringsten erschöpft«, sagte Lady Veronica fröhlich.

»Ich dagegen verfüge nicht über das Durchhaltevermögen meiner Kusine«, sagte Lady Cambra. »Eine kleine Erfrischung in unseren Gemächern wäre mir sehr recht.« Sie lächelte schwach. »Es war ein langer Tag.«

»Ich werde meiner Gemahlin Gesellschaft leisten und mich für die Jagd morgen ausruhen. Ich nehme an, dass es eine Jagd gibt?«

»Die Treiber und Falkner stehen an jedem der zwölf Tage zur Verfügung«, antwortete Dominic. Er warf dem Burgvogt einen Blick zu, und Sir Branden trat sogleich zu ihm.

»Zeigt Lord und Lady Ashford die Gemächer und versorgt sie mit allem, was sie brauchen. Sie wünschen in ihren Gemächern zu speisen.«

»Sehr wohl, Mylord. Wünscht auch Lady Veronica ihr Gemach aufzusuchen?«

»Nein«, sagte Veronica und winkte ab. »Ich werde mir einen Platz an der Tafel suchen und an den Vergnügungen teilhaben.« Während Sir Braden die Ashfords aus dem Saal geleitete, schenkte Veronica Dominic ein strahlendes Lächeln.

»Ihr seht sehr gut aus, Dragon. Die Landluft scheint Euch zu bekommen.«

»Und Ihr, Mylady, seid lieblich wie immer«, antwortete Dominic galant.

»Nun, vielleicht bietet sich uns später die Gelegenheit, in Erinnerungen zu schwelgen«, schlug Veronica mit gespielter Scheu vor. »Unter vier Augen natürlich.«

Zu Dominics Erleichterung trat Sir James of Bedford auf Veronica zu und bot ihr einen Platz an seiner Seite an. Der Ritter wusste um Dominics Verbindung zu der schönen Witwe. Zwar gestattete Veronica es Sir James, sie an die Tafel zu führen, schenkte Dominic jedoch noch einen letzten verheißungsvollen Blick.

Rose kochte schier vor Wut, während sie den Wortwechsel zwischen Dominic und seiner Mätresse anhörte. Veronica hatte ihm unmissverständlich bedeutet, dass sie das Verhältnis mit Dragon wieder aufzufrischen wünschte. Schon als Lady Veronica den Saal betreten hatte und mit verlegenem Schweigen empfangen worden war, hatte Rose Böses geahnt. Sie war Dragons Mätresse nie begegnet, doch als sie den Namen der Dame hörte und Dragons Gesichtsausdruck gewahr wurde, musste sie zu dem schmerzlichen Schluss gelangen, dass Lady Veronica keineswegs zufällig auf Dragonwyck erschienen war.

Dominic hatte nach seiner Geliebten geschickt. Es konnte keine andere Erklärung dafür geben. Auch sein Einfall, ein Weihnachtsfest auf Dragonwyck abzuhalten, ergab nun einen Sinn. Er sehnte sich nach Veronica und brauchte einen Vorwand, sie nach Dragonwyck bringen zu können.

»Ich wusste nichts davon, Rose«, sagte Dominic, als hätte er ihre Gedanken gelesen. »Ich hatte keine Ahnung, dass es sich bei Ashfords Hausgast um Veronica handelte.«

Rose zuckte mit den Schultern. »Es spielt keine Rolle, Mylord. Deine Geliebte scheint darauf zu brennen, euer Verhältnis fortzusetzen. Es wäre unhöflich von dir, sie abzuweisen.«

»Veronica ist meine *ehemalige* Geliebte, Rose. Ich bin jetzt verheiratet.«

»Willst du etwa abstreiten, dass du Veronica zur Frau nehmen wolltest, weil du sie liebst?«

Dominic öffnete den Mund, um etwas zu erwidern, schloss ihn dann jedoch wieder.

»Sieh an«, spottete Rose, »der mächtige Dragon Lord weiß nichts zu seiner Verteidigung zu sagen? Wie amüsant.«

»Glaube, was dir beliebt, Rose, doch ich habe Veronica nicht nach Dragonwyck eingeladen. Seit unserer Hochzeit habe ich nichts mehr von ihr gehört.«

Rose hätte ihm am liebsten ins Gesicht gespuckt. Dominic log sie an. Seit dem Tage seiner Ankunft hatte er ihr seine Liebe zu Veronica immer wieder vorgehalten, ebenso wie seinen Unwillen, eine andere Frau zu heiraten. Sie hatte von Anfang an um diese Dinge gewusst, dennoch kam sie sich betrogen vor.

»Ich werde mich zurückziehen, damit du dich mit deiner Mätresse vergnügen kannst«, sagte Rose mit einer Gelassenheit, die sie nicht im Geringsten empfand. »Allerdings solltest du nicht versuchen, sie in die Kemenate zu bringen. Ich weigere mich, ihr auch noch mein Bett zu überlassen.«

Sie hielt Dominics Schweigen für eine ausgesprochen weise Entscheidung. Schon jetzt waren ihr mehr Dinge zu Ohren gekommen, als sie je hatte hören wollen. Niemals hätte sie zulassen dürfen, sich Dragons Begierden hinzugeben, obwohl sie geglaubt hatte, dass er allmählich eine gewisse Zuneigung zu ihr empfand. Rose erwartete keine Liebe von ihm, doch seine Zuneigung hätte ihr dabei geholfen, ein friedliches Leben mit ihm zu führen.

»Ich habe nicht die Absicht, meine Beziehungen zu Veronica wieder aufzunehmen«, beharrte Dominic. »Als ich London verließ, wusste sie, dass es kein Zurück geben würde.«

»Wenn du es sagst«, erwiderte Rose und schob ihren Stuhl zurück. »Du wirst verstehen, dass ich nicht länger am Fest teilnehmen will. Entschuldige mich bei deinen Gästen. Dir wird schon eine passende Erklärung einfallen, mir ist es gleichgültig.«

Mit hoch erhobenem Kopf verließ Rose den Saal. Sie hörte das neugierige Flüstern der Gäste, kümmerte sich jedoch nicht darum. Sie würde sich von der Mätresse ihres Gemahls nicht zum Besten halten lassen.

Dominic verfluchte die Umstände, die Veronica nach Dragonwyck geführt hatten. Endlich war es ihm gelungen, die Vergangenheit hinter sich zu lassen und Frieden mit dem Leben zu schließen, das der König ihm bestimmt hatte. Er fragte sich, ob er Veronica noch immer liebte, obwohl er eigentlich nicht sicher wusste, was Liebe bedeutete. Mit Veronica hatte ihn eine feurige Leidenschaft verbunden, die er nur ungern aufgegeben hatte.

Doch nun gab es Rose, die tapfere Kriegerprinzessin, mit der er nicht nur Leidenschaft gefunden hatte, sondern auch etwas anderes, das über körperliches Verlangen hinausging. Rose und Veronica unterschieden sich wie Tag und Nacht, doch beide verdienten seine Bewunderung.

Unauffällig betrachtete Dominic seine ehemalige Geliebte. Sie schien sich ausgezeichnet zu amüsieren, lachte und kokettierte mit den Männern um sie herum. Von Zeit zu Zeit schenkte sie ihm ein sinnliches Lächeln, und Dominic konnte nicht umhin, sich zu fragen, ob die Anziehungskraft zwischen ihnen wieder aufleben würde. Dominic warf einen Blick zur Kemenate hinauf, unsicher und aufgewühlt. Am liebsten wäre er Rose gefolgt, wollte jedoch seine Gäste nicht brüskieren.

Einige Zigeuner führten in der Mitte des Saales akrobatische Kunststücke auf, danach würde Cynric der Barde seine Balladen von Liebe und Abenteuer zu Gehör bringen. Jetzt das Fest zu verlassen würde sicherlich für Aufruhr sorgen.

Cynrics Geschichten vermochten Dominic an diesem Abend nicht zu fesseln. Schließlich fanden die Lustbarkeiten ein Ende, und die Gäste zogen sich nach und nach zurück. Als Dominic ihnen eine gute Nacht wünschte, erinnerte er die Herren an die Jagd am nächsten Morgen. John of Sheldon war der letzte Baron, der noch im Saal verweilte, und Dominic vermutete, dass es einen Grund dafür gab.

»Jedermann weiß, dass Ihr ein Vertrauter Lacklands seid«, raunte Sheldon Dominic zu. »Und ich wurde von den anderen Baronen ausgewählt, um mit Euch über die ungerechten Gesetze zu sprechen, mit denen der König uns knechtet. Er zeigt keinerlei Respekt vor seinen Vasallen. Wir haben ein Dokument verfasst, das wir die Artikel der Barone nennen, und wir möchten, dass Ihr unsere Bemühungen unterstützt.«

Es überraschte Dominic nicht, dass die Barone darauf aus waren, ihre Sache zu Gehör zu bringen. Schließlich hatte er das Weihnachtsfest aus keinem anderen Grunde stattfinden lassen. König John hatte ihn vor den rebellischen Baronen gewarnt und von ihm verlangt, dass er ihr Vorhaben auskundschaftete. John Lackland war davon ausgegangen, dass Lord Edwyns Hinrichtung die Edelmänner von ihrem Vorhaben abbringen würde, doch offenbar waren sie nun noch fester entschlossen, für die Gerechtigkeit zu kämpfen.

»Nun, ich werde mich mit Euch beraten, verspreche jedoch nichts«, sagte Dominic. »Sagt den Baronen, dass ich mir ihre Sache morgen nach der Jagd anhören werde.«

»Ich wusste, dass man mit Euch verhandeln kann. Auf morgen dann, Lord Dragon. Wir hoffen, Euch als Verbündeten zu gewinnen. König John missbraucht seine Macht, und das missfällt uns.«

Noch lange, nachdem Sheldon sich zurückgezogen hatte, saß Dominic am Kamin und dachte nach.

»Ihr seht bekümmert aus, Herr«, sagte Raj und setzte sich zu ihm.

»Die Rebellen wollen, dass ich mich ihrer Sache anschließe. Sie glauben, dass der König seine Macht missbraucht.«

»Ihr seid nun einer von ihnen. Also erwarten sie, dass Ihr ihnen dabei helft, des Königs Machenschaften zu unterbinden.«

Dominic seufzte. »Ja, doch wir beide wissen, dass ich es nicht tun kann.« Er breitete die Arme aus. »Sieh, was mir der König gegeben hat. Als Gegenleistung erwartet er, dass ich ihm von den Vorhaben der Rebellen berichte.«

»Euer Gewissen wird Euch den Weg weisen, Herr.«

»Das hoffe ich, Raj.« Dominic stand auf und streckte sich. »Zeit, ins Bett zu gehen.«

Dominic fragte sich, ob Rose ihm noch immer zürnte. Sie hatte den Saal entrüstet verlassen, und er konnte es ihr nicht verdenken. Veronica hatte ihre Absichten überaus deutlich verkündet, und Dominic wusste, dass die kommenden zwölf Tage einen Vorgeschmack auf das Fegefeuer darstellen würden.

»Du brauchst heute Nacht nicht vor der Tür zu wachen, Raj«, sagte Dominic, als ihm der Diener die Treppe hinauf folgte. »Lege dich schlafen, wir sehen uns morgen früh.«

»Seid Ihr sicher, Herr?«

»Ganz sicher. Gute Nacht, Raj.«

Dominic erklomm die Treppe, erschöpft von den Anstrengungen des Tages. Er freute sich darauf, sich zu Rose zu gesellen und sie leidenschaftlich zu lieben. Ob sie ihn allerdings im Bett willkommen heißen würde, war eine andere Frage.

Ein Lächeln spielte um Dominics Lippen. Die Vorfreude ließ seine Männlichkeit unter den Beinkleidern anschwellen, als er die Galerie entlang zur Kemenate eilte und das Kaminzimmer betrat. Die Tür zum Schlafgemach war geschlossen, doch Dominic dachte sich nichts dabei, bis er enttäuscht feststellen musste, dass Rose den Riegel vorgeschoben hatte.

»Rose, öffne die Tür.«

Es kam keine Antwort.

Die Enttäuschung wich der Verärgerung. »Rose, ich warne dich. Öffne die Tür, oder ich breche sie auf.«

»Geh zu deiner Mätresse. Sie wird dich sicher in ihrem Bett willkommen heißen.«

»Du benimmst dich wie ein Kind, Rose. Wenn ich die Nacht bei Veronica verbringen wollte, würde ich jetzt nicht vor dieser Tür stehen.«

»Nun bin ich also kindisch! Lass mich allein, Dominic.«

»Damit unsere Gäste erfahren, wie zänkisch du sein kannst?«

»Es kümmert mich nicht, was die Gäste denken.«

»Ich weigere mich, hier zu stehen und um Einlass in mein eigenes Schlafgemach zu betteln«, sagte Dominic schneidend. »Du hast recht, Veronica wird mich liebenswürdiger empfangen als du. Gute Nacht, Rose, schlafe wohl in deinem kalten Bett.«

Als Dominic in den Rittersaal zurückkehrte, war er ausgesprochen schlecht gelaunt. Er hatte nicht die Absicht, Veronica aufzusuchen, doch Rose brauchte davon nichts zu erfahren. Sollte sie doch glauben, was ihr beliebte!

Er zog sich einen Stuhl nahe ans Kaminfeuer und ließ sich zur Nacht darin nieder. Als Dominic gerade einnickte, riss ihn ein leises Geräusch aus dem Halbschlaf. Er griff instinktiv nach seinem Schwert und musste feststellen, dass er es an diesem Abend nicht angelegt hatte. Immerhin trug er ein Messer bei sich, das er schnell aus dem Gürtel zog, als ihm ein Hauch von

Parfüm in die Nase stieg, mit dem er angenehme Erinnerungen verband.

»Ich hatte gehofft, dich hier allein anzutreffen«, sagte Veronica leise und kam auf ihn zu. Sie strich Dominic über die Wange. »Es ist schön, dich zu sehen, Dragon. Ich habe dich sehr vermisst.«

Dominic hielt ihre Hand fest, als Veronica sie auf vertraute Weise über seinen Körper gleiten ließ. »Wir dürfen hier nicht zusammen gesehen werden, Veronica.«

Ehe Dominic wusste, wie ihm geschah, setzte sich Veronica auf seinen Schoß. »Warum denn nicht? Unser Verhältnis ist schließlich kein Geheimnis. Jedermann weiß, dass wir in London ein Liebespaar waren.«

»Hier ist nicht London.«

Dominic spürte Erregung und unterdrückte ein Aufstöhnen. Früher einmal hatte ihm die Frau, die er jetzt in den Armen hielt, alles bedeutet, und sie verfügte offenbar noch immer über die Fähigkeit, sein Verlangen zu wecken. Immerhin war auch er nur ein Mann, doch Dominic fragte sich, ob er Veronica noch immer so sehr begehrte wie zu der Zeit, bevor der König ihm Rose und Dragonwyck geschenkt hatte.

»Es ist doch nur allzu deutlich, dass dich mit deiner Gemahlin nichts verbindet und dass du keinen Geschmack an dieser Ehe findest. Ich werde auf Dragonwyck bleiben, solange du willst, und wir können unser Verhältnis wieder aufnehmen. Du wärst schließlich nicht der erste Mann, der seine Geliebte unter seinem Dach wohnen lässt.«

Angesichts von Veronicas Vorschlag war Dominic zum Lachen zumute. Rose würde seine Mätresse niemals in ihrem Heim dulden. Aber auch Dominic fand keinen Gefallen an der Vorstellung, dass sich Veronica in sein Leben mit Rose einmischte. Sein Leben hatte eine Veränderung erfahren, seit er London verlassen hatte – und die Veränderung trug den Namen Rose. Dominic vermochte sich nur noch schwer vorzustellen, dass er jemals den Wunsch gehegt hatte, Veronica zu heiraten.

Er mochte sie, doch ihm wurde bewusst, dass sich ihre Anziehungskraft allein auf die körperliche Liebe beschränkte, die mit der Zeit vermutlich an Reiz verloren hätte.

Plötzlich kam ihm ein Gedanke, der ihn zum Lächeln brachte. »Rose würde dich mit ihrem Schwert durchbohren, wenn ich dich auf Dragonwyck bleiben ließe. Du solltest jetzt schlafen gehen, Veronica.«

Veronica musterte ihn nachdenklich. »Du hast dich verändert, Dragon. Was hat diese Hexe dir angetan? Keine Dame, die ich kenne, würde eine andere mit dem Schwert bedrohen. Offenbar beliebst du zu scherzen.«

»Glaube mir, ich meine es sehr ernst. Ich rate dir, Rose während deines Aufenthaltes nicht zu reizen, sonst könntest du es unter Umständen bitter bereuen. Du darfst dich jetzt von meinem Schoß erheben.«

Veronica schmiegte ihr Gesäß an seine Lenden und lächelte. »Du begehrst mich, Dragon, das spüre ich deutlich. Küss mich, dann kann ich dir zeigen, wie sehr ich mich nach dir gesehnt habe.«

Verzweifelt suchte Dominic nach einer Möglichkeit, Veronica auf höfliche Weise von ihrem Vorhaben abzubringen, ohne sie unsanft von seinem Schoß werfen zu müssen. Da sie ihm einst viel bedeutet hatte, wollte er sie nicht zu sehr kränken.

Als Dominic wütend die Kemenate verließ, begann Rose ihre hitzigen Worte zu bereuen. Unruhig warf sie sich im Bett hin und her. Sie fragte sich, ob er wohl ihren Rat befolgt und Trost in Veronicas Armen gesucht hatte. Von Neugier getrieben, legte sich Rose einen Umhang um die Schultern und verließ das Schlafgemach. Brennende Fackeln an den Wänden spendeten ihr Licht, als sie leise die Treppe hinunterging. Der Rittersaal lag im Zwielicht. Rose blieb am Eingang stehen und ließ den Blick durch den Saal schweifen. Dann entdeckte sie das Paar, das eng umschlungen vor dem Kamin saß.

Dragon und Veronica. Er hatte die Arme um seine Mätresse geschlungen und küsste sie innig. Rose' erstickter Aufschrei hallte durch den stillen Saal. Dominic und Veronica hielten inne und entdeckten Rose.

»Zum Teufel mit dir, Dragon!«, schrie sie bebend vor Wut. »Wenn ich mein Schwert hätte, wurde ich euch beide aufspießen.«

Dominic sprang auf, sodass Veronica unsanft von seinem Schoß glitt, doch Rose machte schnell kehrt und rannte davon.

»Verdammt, Veronica, jetzt hast du es erreicht. Aber behaupte später nicht, ich hätte dich nicht gewarnt.«

10

Und dann gibt es die Rose: Sie ist vollkommen in jedem Augenblick ihres Lebens.

Ralph Waldo Emerson

Rose hörte Dominics Schritte auf der Treppe. Als sie die Kemenate erreichte, befand er sich nur noch einige Schritte hinter ihr. Falls er es wagen sollte, sie anzurühren, nachdem er Veronica geküsst hatte, würde sie ihm den Garaus machen. Rose öffnete die Tür und eilte ins Kaminzimmer. Dominic war dicht hinter ihr. Bebend vor Zorn griff sie nach Dragons Schwert, das an der Wand neben dem Kamin lehnte. Sie umfasste den Knauf mit beiden Händen und wirbelte herum.

»Bleib stehen!«, warnte sie ihn.

Dominic ging auf sie zu, bis die Schwertspitze an seiner Brust lag. »Senk das Schwert, Rose.«

Entschlossenheit und verletzter Stolz halfen Rose, die Waffe ruhig zu halten. »Du hast mich zutiefst gedemütigt«, warf sie ihm vor.

»Ich kann es dir erklären.«

Wütend sah sie ihn an. »Was gibt es da zu erklären? Es ist kein Geheimnis, dass du Veronica begehrst. Ich mag es nicht verhindern können, dass du dir die Frau nimmst, die du willst, doch ich lasse nicht zu, dass ich in meinem eigenen Heim zum Narren gehalten werde.«

»Du würdest mir nie etwas zuleide tun, Rose. Leg das Schwert ab.«

Rose blieb standhaft. Sie würde ihm nicht gestatten, ihr nahe zu kommen.

Überraschend griff Dragon mit der linken Hand nach der Schwertklinge. Rose zog die Waffe unwillkürlich zurück, ohne an die Folgen zu denken. Dann erbleichte sie, als sie Blut von der scharfen Klinge tropfen sah. Erschrocken betrachtete sie Dragons Hand.

»Was hast du getan? Lieber Himmel, Dominic, was hast du getan?«

Dominic betrachtete seine Hand mit gerunzelter Stirn.

Das Schwert fiel zu Boden, und Rose stürzte auf Dominic zu und umfasste sein Handgelenk. Vorsichtig öffnete sie seine Faust und stillte die Blutung mit dem Saum ihres Nachtgewandes, sodass der tiefe Schnitt in der Handfläche und die kleineren Verletzungen an den Fingern sichtbar wurden.

»Ich wollte nicht … es tut mir leid …« Rose verstummte. »Die Wunde muss genäht werden. Setz dich und warte, ich hole schnell, was ich brauche.«

Rose nahm einen Korb mit Verbandszeug aus einer Truhe und kniete sich neben Dominic. Sie drückte ihm ein reines Tuch auf die Hand und sagte: »Halte es fest, während ich die Nadel einfädele.«

»Du hast mich verletzt«, sagte Dominic ausdruckslos.

»Es war ein Unfall und zum Teil deine Schuld. Du hättest nicht in die Klinge greifen dürfen. Wäre es meine Absicht gewesen, dich zu verletzen, hätte ich dich längst durchbohrt.« Sie tupfte das Blut ab. »Es hätte schlimmer ausgehen können. Du kannst von Glück sagen, dass du noch alle Finger hast. Während ich die Wunde nähe, musst du die Hand ganz still halten.«

Dominic fasste es kaum, dass er dumm genug gewesen war, zu glauben, dass Rose ihm nichts tun würde. Er wusste, dass sie gefährlich war, wenn man ihren Zorn erregte, hatte jedoch alle Vorsicht in den Wind geschlagen.

Während Rose seine Hand nähte, versuchte er, sich von den Schmerzen abzulenken. Er fragte sich, ob es wohl Eifersucht gewesen war, die Rose so erzürnt hatte. Oder wollte sie Veronica nur nicht in ihrem Haus haben? Vermutlich ein wenig von beidem. Zwar hatte er Veronica weder eingeladen noch damit gerechnet, sie auf Dragonwyck zu sehen, doch natürlich glaubte Rose ihm nicht. Sie war fest entschlossen, das Schlimmste von ihm zu denken.

Dominic dachte an Veronica. Unlängst hatte er sich gefragt, ob seine Mätresse noch ihren einstigen Reiz für ihn besaß, und nun kannte er die Antwort. Nein, sie reizte ihn nicht mehr. Seine Gefühle für Veronica hatten sich in Nichts aufgelöst, als Rose in sein Leben getreten war, schön, stolz und mit einem Schwert in der Hand.

»Ich bin fertig«, sagte Rose plötzlich in seine Gedanken hinein und schnitt den Faden ab. Dann hielt sie seine Hand und strich eine Heilsalbe auf die Wunde. »Ich lege dir jetzt noch einen Verband an.«

Dominic sagte nichts, sondern betrachtete nur starr seine verletzte Hand. Als Rose den Verband angelegt hatte, sah sie Dominic misstrauisch an und zog sich von ihm zurück.

»Du kannst heute Nacht im Schlafgemach bleiben. Ich suche mir ein anderes Bett für die Nacht.«

»Das kommt nicht infrage. Verstehst du denn nicht? Ich begehre Veronica nicht, sondern nur dich, Rose.«

»Belüge mich nicht, Dominic. Ich weiß, was ich gesehen habe.«

»Du hast nur gesehen, was du zu sehen wünschtest. Ich habe Veronica nicht auf meinen Schoß eingeladen. Sehr deutlich sagte ich ihr, dass ich ihre Zärtlichkeiten nicht wünsche, doch wie alle Frauen hat sie ihren eigenen Kopf.«

»Du hast sie geküsst.«

»Nein, sie hat *mich* geküsst.«

»Erspare mir die lächerlichen Ausflüchte, Dominic, sie unterschätzt meine Intelligenz.« Rose schlug einen großen Bogen um ihn.

»Wohin gehst du?«

»Zu den Mägden. Ich suche mir dort einen Schlafplatz.«

»Du wirst *nicht* bei den Dienern schlafen«, erwiderte Dominic gepresst.

Rose beachtete ihn nicht, doch er wusste Rat. Mit zwei langen Schritten war er an ihrer Seite, hob sie auf die Arme und trug sie ins Schlafgemach, dessen Tür er mit einem Stiefeltritt schloss.

»Lass mich hinunter!«

»Gleich, aber erst wirst du mir zuhören.«

Sie trommelte mit den Fäusten auf seine Brust, doch Dominic spürte nichts außer der kostbaren Last ihres Körpers. Ein leichter Rosenduft stieg ihm in die Nase und entflammte seine Sinne.

»Setz mich sofort ab, Dominic.«

Er kam ihrer Forderung nach, hielt Rose jedoch fest in den Armen.

»Lass mich los!«

»Noch nicht. Wenn du ehrlich wärst, müsstest du zugeben, dass du dasselbe willst wie ich.«

»Schmeichle dir nicht zu sehr«, sagte Rose und warf stolz den Kopf zurück. »Hast du deine Mätresse nach Dragonwyck eingeladen?«

Dominic zog sie an sich, sodass sie sich an seinen Schultern festhalten musste, um nicht das Gleichgewicht zu verlieren. Er tauchte eine Hand in Rose' seidiges Haar und neigte den Kopf, sodass seine Lippen sacht die ihren berührten.

»Ich habe die Absicht«, flüsterte er, »meine Gemahlin leidenschaftlich zu lieben.«

»Nicht, wenn es nach mir geht«, stieß Rose aus, doch ihre Worte wurden von einem Kuss erstickt.

Rose fragte sich, warum sie sich überhaupt die Mühe gab, gegen Dominic anzukämpfen. Sie schmiegte sich an ihn, als hätte sie keinen eigenen Willen, und schloss die Augen, um wenigstens dem beschwörenden Blick seiner dunklen, geheimnisvollen Augen zu entgehen. Mit der unverletzten Hand streichelte Dominic kühn ihre Brust.

Rose war verzweifelt. Sie wusste, dass sie ihn nicht aufhalten konnte und dass sie sich ihm trotz ihres Zorns nur allzu willig hingeben würde.

»Verflucht, Dominic, ich will dich nicht«, brachte sie schließlich hervor.

Dominic schenkte ihr ein wehmütiges Lächeln. »Ich fürchte, verflucht sind wir beide.«

Rose machte sich von ihm los und wich zurück bis zur Wand. »Du bist verrückt!«

Er kam auf sie zu und presste sie mit seinem kräftigen Körper an die Wand, sodass sie seine aufgerichtete Männlichkeit deutlich zwischen ihren Schenkeln spürte.

»Ja, verrückt nach dir, daran vermag ich nichts zu ändern.« Rose erschauerte, als er ihr das Nachthemd bis zur Taille hinaufschob.

Dann streichelte er mit der unverletzten Hand ihre zarte Haut, strich über ihren flachen Bauch und die seidigen Locken zwischen ihren Schenkeln. Rose stöhnte leise auf, ihr Atem ging schnell und flach.

Am liebsten hätte sie ihm befohlen, sie in Ruhe zu lassen, bis seine Mätresse Dragonwyck verließ, konnte jedoch weder einen Gedanken fassen, noch ein Wort herausbringen, während Dominics Lippen und Hände sie liebkosten. Tief drang er mit der Zunge in ihren Mund ein, raubte ihr alle Willenskraft, entflammte ihre Sinne und vertrieb alle Gedanken außer dem sehnlichen Wunsch, ihn in sich zu spüren.

Als Dominic an ihrem Nachtgewand und seinen Beinkleidern nestelte, bemerkte Rose, dass er sie nicht allein mit der Hand berührte. Die samtige Spitze seiner aufgerichteten Männlichkeit drängte sich zwischen ihre Schenkel. Während er sie mit seinen leidenschaftlichen Küssen gefangen hielt, hob Dominic Rose wieder auf die Arme und legte sich ihre Beine um die Hüften. Sie hätte nicht im Traum geahnt, dass es möglich war, sich auf diese Weise zu lieben.

Trotz der tiefen Schnittwunden schien Dominic keinerlei

Schmerzen zu spüren. Seine Züge wirkten undurchdringlich, die markanten Linien seines Gesichts scharf und angespannt. Wieder liebkoste er sie, erkundete mit den Fingerspitzen den Mittelpunkt ihrer Weiblichkeit. Dann lächelte er.

»Es ist so weit, Liebste. Halte dich fest.«

Ihm zu widerstehen stand außer Frage, denn Rose musste zugeben, dass sie ihn ebenso sehr begehrte wie er sie. Ihre Glieder erschienen ihr schwer und weich, als sie Dominic die Arme um den Hals legte und sich an ihn klammerte. Er drang mit einem schnellen, tiefen Stoß in sie ein, der ihr schier den Atem raubte. Rose rief seinen Namen, während Dominic sie fordernd nahm und mit seinen Stößen ein Feuer der Lust in ihr entfachte, das alle Zweifel und Bedenken verschlang.

So wird es immer für mich sein. Wenn er mich berührt, bin ich verloren, dachte sie.

Rose hielt sich an Dominics Schultern fest. Sie spürte seine kräftigen Muskeln unter ihren Fingern und schloss die Augen.

Gern hätte sie ihren Mann angesehen, fürchtete sich jedoch ein wenig vor der Leidenschaft, die sich in den dunklen Tiefen seiner Augen spiegelte. Ihr Herz klopfte im Takt mit seinen heftigen Stößen, und plötzlich war Rose, als würde sie sich hoch in die Lüfte erheben, getragen von einer bebenden Ekstase, die aus ihrer Seele strömte. Auch Dominic erreichte den Gipfel der Lust und verströmte sich in Rose.

Nach einem Augenblick der Stille trug Dominic Rose zum Bett und legte sie sanft auf die Daunenmatratze. Dann entkleidete er sie und sich selbst.

»Du wirst deiner Wunde schaden«, sagte Rose, als sie endlich wieder Atem schöpfen konnte.

Dominic zuckte mit den Schultern. »Das macht nichts.«

Rose betrachtete ihn unter halb gesenkten Lidern. Es gab so viele Dinge, die sie nicht über ihn wusste. Sie kannte seine Stärken, seine Schwächen jedoch nicht. Außerdem wollte sie viel mehr über Veronica erfahren, als Dominic bereit war, ihr zu erzählen.

Neugierig fragte sie: »Warum bist du heute Nacht nicht zu Veronica gegangen? Warum wolltest du mich, obwohl sie auf dich wartete? Ich verstehe dich nicht, Dominic.«

»Ich glaubte, mich deutlich ausgedrückt zu haben. Ich begehre Veronica nicht mehr.«

»Aber ich dachte …«

»Du hast dich geirrt. Veronica gehört zu meiner Vergangenheit, denn dich habe ich zur Frau genommen. Daran lässt sich nichts mehr ändern. Es wäre töricht von mir, mich nach einer Frau zu verzehren, die mir niemals gehören wird. Außerdem solltest du mir etwas mehr zutrauen, Rose. Ich würde niemals in deinem Heim eine andere Frau berühren.«

Rose fühlte sich unbehaglich. »Soll das bedeuten, dass du dich mit unserer Ehe zufriedengibst? Muss ich dir dankbar sein? Oder wirst du Veronica wieder zu deiner Geliebten machen, wenn du meiner überdrüssig wirst?«

Dominic seufzte. »Du bist eine schwere Prüfung, Rose. Warum weigerst du dich zu glauben, dass ich Veronica nicht mehr will?«

»Ein Mann mit deinem Ruf und deinen Gelüsten lässt sich wohl niemals lange bitten, eine Frau zu lieben. Warum sollte ich glauben, dass ich mich von meinen unzähligen Vorgängerinnen unterscheide, nach denen es dich verlangte?«

Zärtlich strich Dominic über ihre Brust. Er schien ganz mit der rosigen Knospe beschäftigt zu sein. Als er sich vorbeugte und sie mit der Zungenspitze liebkoste, stöhnte Rose auf und streckte sich ihm entgegen.

»Verlangen kann etwas sehr Schönes sein«, bemerkte er. »Wir sollten es genießen, dass uns wenigstens das miteinander verbindet.«

Unvermittelt stand er auf, ging zum Waschtisch und tauchte ein Tuch in die Wasserschüssel. Rose betrachtete ihn wie gebannt und bewunderte seine athletische Gestalt. Die Narben auf seiner Haut zeugten von seinem Mut und beeinträchtigten seine Erscheinung nicht im Mindesten.

Dominic brachte das feuchte Tuch mit zum Bett. »Warum siehst du mich so an? Stoßen dich meine Narben ab?«

Rose blinzelte. Sie hatte nicht bemerkt, dass sie ihn anstarrte. »Ich sagte dir schon, dass sie mich nicht stören.«

Dominic lächelte. »Soll das bedeuten, dass du etwas an mir findest, das deine Bewunderung erregt?«

»Dein Körper ist …« Rose errötete und wandte den Blick ab. »Ich meine, du bist ein gut aussehender Mann.«

Er kniete sich aufs Bett und spreizte Rose' Schenkel.

»Was tust du da?«

»Ich wasche die Spuren unserer Leidenschaft ab.«

Rose presste die Lippen zusammen und hielt still, während Dragon sie sanft wusch. Schließlich seufzte sie erleichtert auf, als er zum Waschtisch zurückging und das Tuch auch für sich selbst benutzte. Rose nahm an, er würde sich nun zur Ruhe begeben, stellte jedoch fest, dass sie irrte, denn Dragon beugte sich über sie und küsste ihre Brustspitze.

»Ich bin müde«, sagte sie.

»Ich nicht«, antwortete Dominic. »Diesmal werde ich dich so lieben, wie es sich gehört. Eine Steinmauer lässt doch viel zu wünschen übrig.«

Rose hätte ihm zugestimmt, nur wollte ihr nicht der geringste Makel an Dominics Fähigkeiten auffallen. Auch in einer anderen Position hätte sie keinesfalls größere Lust empfinden können.

Sie vergaß alles um sich herum, als Dominic seine Lippen an ihrem Körper hinabgleiten ließ, zu der empfindsamen Stelle, die noch immer von dem leidenschaftlichen Liebesakt pochte. Mit der Zungenspitze strich er über die angeschwollene Knospe ihrer Weiblichkeit.

»Gefällt dir das, Liebste?«

Rose brachte kein Wort heraus, doch Dominic nahm ihr Schweigen als Zustimmung und setzte die Liebkosungen fort. Immer wieder küsste er Rose' weiche Haut, bis sie schließlich den Gipfel erreichte. Dominic gab sich damit nicht zufrieden.

Er erhob sich über sie, drang in sie ein und schürte die Glut der Leidenschaft noch mehr.

Bevor Rose abermals aus der Wirklichkeit hinauskatapultiert wurde, hörte sie wie aus weiter Ferne Dominic ihren Namen rufen.

Auf dem Gipfel der Lust rief Dominic Rose' Namen und verströmte sich in sie. Im Augenblick höchster Verzückung Rose' Namen auf seinen Lippen zu hören, erschien Dominic richtig und natürlich. Als der Sturm verebbte, zog er sich aus ihr zurück und ließ sich in die Kissen sinken. Nur ungern verzichtete er auf die süße Wärme ihres Körpers, war jedoch zu erschöpft, um Rose noch einmal zu lieben. Vielleicht nach einer kurzen Ruhepause …

Dominic erwachte erst bei Morgengrauen. Der gesamte Vormittag sollte der Falkenjagd gewidmet sein, also erhob sich Dominic augenblicklich, obwohl er sehr gern an der Seite seiner Gemahlin verweilt und sie mit seinen Küssen geweckt hätte. Mit einem Seufzen des Bedauerns kleidete sich Dominic an und verließ eilig die Kemenate.

Die Gäste hatten sich bereits im Rittersaal versammelt, voller Vorfreude auf die Unternehmungen des Tages. Das Morgenmahl würde nur aus Brot und Bier bestehen, da sie nach der Jagd zu einem üppigen Mittagsmahl auf die Burg zurückkehren würden. Am Nachmittag würde es dann Spiel und Tanz zur Unterhaltung der Gäste geben. Auch die Damen gingen gern auf die Falkenjagd. Sie warteten ebenso ungeduldig auf den Aufbruch wie die Herren.

Da Dominic sich verspätet hatte, nahm er sich nur etwas Brot, um es unterwegs zu essen, und stürzte einen Krug Bier hinunter. Dann führte er die Gäste zu den Stallungen, wo bereits die Falkner und Knappen warteten.

»Was ist mit deiner Hand geschehen?«, fragte Veronica, die sich beeilt hatte, um Dominic einzuholen.

»Ein kleiner Schnitt. Es ist nichts Ernstes«, antwortete Dominic ungeduldig.

Veronica umfasste seine Hand. »Sie hat dir das angetan! Streite es nicht ab, Dominic. Die Frau, mit der du vermählt bist, ist gefährlich. Du solltest sie an einen Ort bringen, an dem sie niemandem etwas zuleide tun kann. Solltest du Beweise für ihren Wahnsinn brauchen, bin ich bereit, Zeugnis abzulegen. Schließlich gibt es Stätten für Frauen wie sie.«

»Ich werde es mir überlegen«, sagte Dominic abwesend. Die Behauptung, Rose sei nicht bei Sinnen, war lächerlich, doch er hatte keine Lust, mit Veronica zu streiten.

Rose eilte den Pfad zu den Stallungen entlang, um Dominic einzuholen. Sie war aufgestanden, kurz nachdem er die Kemenate verlassen hatte, und wollte die Falkenjagd keinesfalls verpassen. Als sie sah, wie Veronica zu Dominic aufschloss, verlangsamte sie ihren Schritt, blieb jedoch in der Nähe, um die Unterhaltung mit anzuhören.

Was sie vernahm, ließ sie vor Entrüstung beinahe laut aufschreien. Wie konnte Dominic nur glauben, sie sei nicht bei Trost? Zwar hatte sie ihn mit dem Schwert bedroht, doch an der Verletzung trug er ebenso viel Schuld wie sie. Wie dumm war sie gewesen, zu glauben, er hätte mit seiner Mätresse abgeschlossen und würde seine Vermählung in Ehren halten. Dominic war als Lügner ebenso geschickt wie als Liebhaber.

Rose horchte auf, als sie Veronica sagen hörte: »Wenn du den König davon überzeugen kannst, dass deine Frau den Verstand verloren hat, wird er deine Ehe vielleicht auflösen, sodass du frei bist, eine andere zu heiraten. Dragonwyck würde noch immer dir gehören, jedoch ohne die Last, mit einer Frau vermählt zu sein, die du nicht willst.«

Veronica legte Dragon sanft die Hand auf die Brust, und Rose verzog das Gesicht. »Du sagtest, dass ich die Frau bin, die du liebst und heiraten willst, Dominic. Zwischen uns hat sich nichts geändert.«

Rose hatte genug gehört, also eilte sie auf das Liebespaar zu. »Warum hast du mich nicht geweckt, Dominic?«, fragte sie mit lieblicher Stimme. »Ich muss verschlafen haben.« Sie schmiegte sich an ihn und gähnte. »Du hast mich in der letzten Nacht sehr erschöpft.«

Das soll ihr eine Lehre sein, dachte Rose zufrieden. Als sie Veronica einen verstohlenen Blick zuwarf, bemerkte sie mit Freude, dass es der Lady offenbar vor Schreck die Sprache verschlagen hatte. Es überraschte Rose jedoch, dass Dominic sie voller Bewunderung ansah. Sie hatte geglaubt, es würde ihn verärgern, wenn sie gegen seine Mätresse stichelte.

Ehe die Unterhaltung fortgesetzt werden konnte, erreichten sie die Stallungen. Der Falkner brachte Rose' bevorzugten Gierfalken, und sie zog sich den Handschuh an. Dann setzte der Falkner ihr den Vogel auf die Hand, der noch seine Haube trug.

»Die Falken deines Vaters gehören zu den besten, die ich je sah«, bemerkte Dominic. »Als ich auf Dragonwyck eintraf, habe ich sie mir gleich angesehen und hatte weder an den Vögeln noch an den Falknern etwas auszusetzen. Unsere Gäste werden zufrieden sein.«

»Unsere Gäste haben bereits an Falkenjagden teilgenommen, als mein Vater noch lebte«, erinnerte ihn Rose.

»Rose, ich hatte nichts mit dem Tod deines Vaters zu tun«, sagte Dominic. »Können wir denn nicht Freunde sein? Im Schlafgemach verstehen wir uns schließlich schon.«

»Du willst mein Freund sein?«

»Warum nicht?«

Weil ich mir mehr von dir wünsche als Freundschaft, dachte sie bei sich, laut sagte sie aber: »Ich will es versuchen.«

»Die Pfeile warten. Komm, Rose. Wir haben gutes Jagdwetter. Der Himmel ist klar, und es sind keine Schneewolken am Horizont zu sehen.«

»Es ist in der Tat ein schöner Morgen«, stimmte Rose zu, »der jedoch ohne Veronica tausendmal schöner wäre.«

»Von Veronica hast du nichts zu befürchten. Du bist meine Gemahlin und die Herrin von Dragonwyck.«

»Deine unerwünschte Gemahlin«, erwiderte Rose über die Schulter.

Dominic half ihr in den Sattel, und sie stob davon, sodass Dominic in einer Staubwolke verschwand. Sein Lachen hallte durch die frische Morgenluft.

Der Morgen verlief so angenehm, wie Dominic es vorausgesagt hatte. Die Gäste schienen mit den Falken und ihrer Leistung zufrieden zu sein. Als die Jagdgesellschaft zur Burg zurückkehrte, wurde die Beute an die Köchin ausgehändigt, deren fleißige Hände das Wild zu Pasteten und anderen Köstlichkeiten für das morgige Bankett verarbeiten sollten. Die Gäste waren bester Laune und hungrig. Im Rittersaal hatte man die Tafeln bereits gedeckt, und die Diener standen bereit. Nachdem sich die Gäste Hände und Gesicht in den bereitgestellten Wasserbecken gewaschen hatten, nahmen sie Platz, und das Mahl konnte beginnen. Gang um Gang wurden die erlesensten Speisen aus der Küche hereingetragen, von der Suppe über Fleisch- und Fischgerichte, bis hin zu Gemüse, Brot und Kuchen.

Rose bemerkte, dass Veronica ihr im Laufe der Mahlzeit giftige Blicke zuwarf. Diese reizten sie, Dominic immer wieder die Hand auf den Arm oder gar die Brust zu legen und ihn anzuhimmeln. Veronica mochte sie mit diesen Liebkosungen zwar täuschen, Dominic ließ sich jedoch nicht beirren.

»Versuchst du, Veronica eifersüchtig zu machen, Liebste?«, fragte er mit einem belustigten Funkeln in den Augen. »Bitte fahr damit fort.«

»Deine Mätresse ist sich ihrer Sache viel zu sicher, und ich versuche nur …«

»… sie in die Schranken zu weisen«, beendete Dominic den Satz.

»Verärgert es dich?«

»Sollte es das?« Dominic sah Rose nachdenklich an. »Zu einer anderen Zeit vielleicht, doch ich sagte dir schon mehrmals, dass Veronica der Vergangenheit angehört. Und nun genug davon, all das Gerede über Veronica schlägt mir auf den Magen.«

Rose schwieg verstimmt. Mochte auch das Gerede aufhören, Veronica war noch immer da.

Als das Mahl beendet war, gesellten sich die Damen zu Rose in die Kemenate, während der Rittersaal für Spiel und Tanz am Nachmittag vorbereitet wurde. Dominic führte die Barone in ein abgelegenes Zimmer, um ihre Forderungen an den König anzuhören. Obwohl Dominic den Edelmännern zustimmte, fürchtete er doch, nichts zu ihrer Sache beitragen zu können, ohne König und Vaterland zu verraten.

Als sich alle Herren versammelt hatten, ergriff Henry of Ashford das Wort.

»Wir brauchen Eure Unterstützung im Kampf gegen des Königs Ungerechtigkeiten, Dragon. Barone aus ganz England sind zusammengekommen, um ein Schriftstück aufzusetzen, das wir dem König vorlegen wollen. Einige von ihnen wollen gen London marschieren und den König dazu zwingen, sein Siegel unter die Artikel zu setzen, andere dagegen fürchten sich vor einem Bürgerkrieg.«

»Ehe ich die Artikel nicht gelesen habe, kann ich nichts dazu sagen.«

John of Sheldon trat vor und übergab Dominic einige Pergamente. Dominic betrachtete die Seiten flüchtig und begann dann zu lesen. Der erste Artikel befasste sich damit, der Kirche zu gestatten, freie Wahlen ihrer Würdenträger abzuhalten. In weiteren Artikeln ging es um Erbrecht, Vormundschaften, Eheschließungen und die Abgaben an die Krone.

Dominic las weiter und entdeckte eine Klausel, die es den Kaufleuten gestatten würde, in Friedenszeiten ihre Waren in fremden Ländern zu verkaufen, ohne hohe Steuern und Zölle zahlen zu müssen. Ein weiterer Artikel schlug eine Reform des Rechtswesens vor, und die letzte Klausel besagte, dass auch königliche Minister und Angehörige der Regierung künftig davon abgehalten werden sollten, ihre Macht zu missbrauchen.

Dominic war verblüfft über die Verwegenheit der Artikel und bezweifelte, dass der König seine Unterschrift aus freien Stücken leisten würde. Nach seinem Dafürhalten würde König John nur einwilligen, um einen drohenden Bürgerkrieg abzuwenden. Doch selbst unter diesen Umständen würde ein so stolzer und von sich selbst eingenommener Mann wie John Lackland niemals die letzte Klausel akzeptieren, die seinen Untertanen im Prinzip gestattete, ihrem König den Krieg zu erklären.

»Was meint Ihr, Dragon?«, fragte Ashford, als Dominic seine Lektüre beendete. »Stephen Langton war einer der Männer, die diese Artikel abgefasst haben. Auch war es sein Einfall, fünfundzwanzig Barone zu bestimmen, die über die Einhaltung der Klauseln wachen sollen.«

Dominic blieb nachdenklich. Er wusste, dass Langton, der mächtige Erzbischof von Canterbury, sich in seinen Predigten gegen die absolute Monarchie wandte, und sah deutlich, welchen Einfluss er insbesondere auf die Aufnahme des letzten Artikels ausgeübt haben musste.

Nach langem, gespanntem Schweigen wiederholte Ashford die Frage.

»Ich stimme mit den meisten Forderungen überein«, gab Dominic zu, »doch König John wird sein Siegel niemals unter ein Dokument setzen, das seine Macht in solchem Maß beschneidet.«

»Damit mögt Ihr recht haben«, sagte Blayne of Draymore. »Doch wir glauben, dass der König weiß, welche Folgen es für ihn haben würde, die Treue seiner Barone zu verlieren. Nachdem die Kirche im vergangenen Jahr den Bann gegen den König aufhob, hat uns Stephen Langton geführt und beigestanden. Unsere Forderungen fußen auf der Krönungsurkunde von Johns Urgroßvater, König Henry I.«

»Werdet Ihr Euch der Sache anschließen?«, fragte Ashford.

»Ich werde darüber nachdenken«, sagte Dominic ausweichend.

»Selbstverständlich«, räumte Ashford ein, »müssen wir den rauen Winter abwarten, ehe wir etwas unternehmen. Doch immerhin können wir unseren Marsch gegen London und Westminster vorbereiten, falls er erforderlich sein sollte. Dabei käme uns die Unterstützung Eurer Ritter sehr gelegen, Dragon.«

»Ich werde Euch meine Entscheidung wissen lassen«, sagte Dominic.

Während die anderen Barone über einzelne Artikel des Schriftstücks sprachen, schweiften Dominics Gedanken ab. Zwar stimmte er mit den Forderungen überein, dennoch hielt ihn sein Ehrgefühl davon ab, sich den aufständischen Edelmännern anzuschließen.

Er war ein Ritter und Vasall des Königs und nahm seinen Treueschwur ernst. John hatte ihm Dragonwyck gegeben, um sich seiner Loyalität zu versichern.

Ja, er würde über das Ansinnen der Barone nachdenken, doch es müsste sich schon etwas Außergewöhnliches ereignen, damit er seinen König verriete, gleichgültig, wie ungerecht dessen Gesetze auch sein mochten.

Rose und die anderen Ladys hatten sich im Kaminzimmer versammelt, um zu plaudern und einander über die neuesten Familienereignisse zu unterrichten.

»Wir waren entsetzt, als wir von deiner Vermählung mit Lord Dragon hörten, Rose«, sagte Cambra of Ashford. »Bist du sehr unglücklich, meine Liebe? Es ist wahrlich eine Schande, dass Dragon deine Mutter und Schwester gezwungen hat, ihr Heim zu verlassen.«

Rose schwieg. Ihr war unbehaglich zumute. Sie hatte sich bemüht, das Gespräch in Gang zu halten, ohne über persönliche Dinge reden zu müssen. »Mama und Starla sind freiwillig ins Kloster gegangen. Ehe Papa nach London aufbrach, hat er Starla versprochen, dass sie Nonne werden dürfe, und Dragon gab ihr die Erlaubnis dazu. Mama begleitete Starla, weil sie in aller Stille um Papa trauern wollte.«

»Ist Lord Dragon wirklich ein solcher Teufel?«, fragte Cambra leise. »Umgibt ihn der Ruf des furchtlosen Kriegers und unermüdlichen Liebhabers zu Recht?«

»Mir würde es nichts ausmachen, mit einem solchen Mann verheiratet zu sein«, bemerkte Aleta of Draymore. »Doch ich traute meinen Augen kaum, als ich Lady Veronica unter den Gästen sah. Rose, du weißt doch sicher, dass sie die Mätresse deines Gemahls war?«

»Dominic hat sie nicht nach Dragonwyck eingeladen«, sagte Rose.

»Es ist meine Schuld«, erklärte Cambra. »Veronica ist meine Kusine, und ich lud sie ein, das Weihnachtsfest mit uns zu verbringen, ehe ich vom Fest auf Dragonwyck erfuhr. Ich war dafür, dass wir die Einladung ausschlagen, doch mein Gemahl wollte nichts davon hören. Er und die anderen Barone wollen Lord Dragon dazu bewegen, dass er sich ihrem Kampf gegen den König anschließt.«

Rose erbleichte.

»Sprichst du von den Artikeln der Barone, an denen auch mein Vater gearbeitet hat?«

»Ja«, sagte Cambra.

»Dieses Schriftstück hat meinem Vater das Leben gekostet. Ich hatte angenommen, mit seinem Tod wäre die Sache fallen gelassen worden.«

»Im Gegenteil«, versicherte ihr Mary of Sheldon. »Deines Vaters Tod hat die Barone nur in ihrer Entscheidung bestärkt, sich gegen den König durchzusetzen. Wenn sie aufgeben, wäre dein Vater umsonst gestorben.«

»Aber warum bitten sie Dragon um Hilfe? Er ist ein Ritter des Königs. Befürchten sie nicht, dass er sie verrät?«

»Mein Gemahl kennt Lord Dragon und vertraut darauf, dass er das Geheimnis wahren wird«, erklärte Cambra.

»Vielleicht ist er aber auch zu vertrauensselig«, sagte Rose grimmig.

Sie äußerte sich nicht weiter, war sich aber sicher, dass der König den Besitz ihres Vaters nicht ohne Grund auf Dragon übertragen hatte. Vielleicht sollte er die Pläne der rebellischen Barone auskundschaften.

Kalte Furcht ergriff von Rose Besitz. Sie bezweifelte, dass sich Dragon den Baronen anschloss, aber was sollte werden, wenn er es doch tat?

Wenn auch er wegen der Artikel der Barone sein Leben verlor, könnte sie es nicht ertragen.

11

Rosen spenden dem Herzen Trost.

William Langham

Am ersten Januar wurden die Leibeigenen und freien Bauern aus dem Dorf zu einem Fest geladen und erhielten Geschenke von ihrem Herrn. Neben den üblichen Festtagsspeisen für die Gäste wurden Spanferkel, Fasane und gefüllte Wildschweinköpfe aufgetischt. Als Beilage gab es Erbsen, Bohnen und Zwiebeln mit verschiedenen Soßen.

Im Anschluss an das Mahl, ehe Spiel und Tanz begannen, überreichte Dominic seinen Untergebenen Stoffe und Lebensmittel als Geschenk und erhielt dafür die jährlichen Abgaben an Brot, Hühnern und Bier, das die Bauern selbst brauten. Die Burgritter schienen über ihre neuen Waffenröcke und Umhänge sehr erfreut zu sein, die Dominic in Kisten in einem der Lagerräume entdeckt hatte.

Rose schenkte Emily und Blythe mit Juwelen besetzte Haarnadeln, die sie im Sommer einem fahrenden Händler abgekauft hatte.

»Mein Geschenk für dich ist noch nicht eingetroffen«, sagte Dominic, als alle Gaben verteilt waren.

»Ich habe nichts für dich«, antwortete Rose. »Keines der Tuche war fein genug für einen neuen Waffenrock für den Burgherrn.«

»Wenn wir uns später ins Schlafgemach zurückziehen, wirst du sicher einen Weg finden, mich zu beschenken«, sagte Dominic anzüglich.

Ehe Rose antworten konnte, wurden sie und Dragon aufgefordert, den Tanz zu eröffnen. Mitten in einem schwungvollen Rundtanz hörte Rose plötzlich Stimmen am Portal. Sie fragte sich, wer wohl angekommen sein mochte. Vermutlich suchte ein Reisender Unterschlupf vor der Kälte. Doch als sie sah, dass zwei Frauen den Saal betraten, blieb sie wie angewurzelt stehen.

Dann jedoch eilte sie den Neuankömmlingen mit einem strahlenden Lächeln entgegen. »Mama! Starla!«

Freudentränen liefen ihr über die Wangen, als sie ihre Mutter und Schwester umarmte und sie dann auf Armeslänge von sich hielt, um sie anzusehen. Starla war mit dem weißen Habit einer Novizin und einem einfachen Wollumhang bekleidet, Lady Nelda hingegen trug dem Anlass entsprechend eine reich verzierte Robe und ein pelzgefüttertes Cape.

»Wie kommt ihr hierher? Ich bin ja so froh, euch zu sehen.«

»Lord Dragon schickte Sir Eric, um uns über die Festtage nach Hause zu holen.«

»Es war Dragons Einfall?«, fragte Rose verblüfft.

»Mein Geschenk für dich«, sagte Dominic, der hinter ihr stand. »Lady Nelda, Starla, willkommen zu Hause. Ich wusste, dass die Feiertage für Rose ohne ihre Familie nicht vollkommen sein würden.«

»Du hast das für mich getan?«, fragte Rose mit Tränen in den Augen. »Kein anderes Geschenk hätte mir mehr bedeuten können. Ich danke dir, Dominic.«

Rose zupfte ihre Mutter am Arm. »Komm und begrüße unsere Gäste, Mama. Die meisten von ihnen kennst du ja von früher. Das Klosterleben scheint euch gut zu bekommen, ihr seht beide wunderbar aus. Starla, bist du glücklich?«

»Sehr glücklich«, antwortete Starla scheu. »Aber ich glaube, Mama würde gern nach Hause zurückkehren.«

»Das lässt sich machen«, sagte Dominic.

»Ich werde es mir überlegen«, sagte Lady Nelda. »Im Augenblick genieße ich die Einsamkeit des Klosters. Doch vielleicht möchte ich eines Tages zurückkommen, wenn meine Tochter mir einen Enkel schenkt.«

»Mama!«, flüsterte Rose und errötete. – Dominic lachte. »Ich will tun, was in meiner Macht steht.«

Als die Damen von alten Bekannten umringt wurden, schlenderte Dominic auf einige der Barone zu, die sich miteinander unterhielten.

Bevor er die Herren jedoch erreichte, fing Veronica ihn ab und zog ihn in einen dunklen Alkoven. Als Rose das sah, wandte sie sich wutentbrannt ab.

»Hoffentlich ist es wichtig, Veronica«, sagte Dominic, als er Veronica in das Halbdunkel folgte. »Fasse dich kurz, ich habe nicht viel Zeit.«

»Es ist wichtig«, hauchte Veronica, als sie vor neugierigen Blicken geschützt waren. »Ich habe ein Geschenk für dich und möchte es dir geben.«

»Ich habe kein Geschenk erwartet«, sagte Dominic.

»Wie dem auch sei, du bekommst es.« Sie griff in die Tasche ihres Kleides und zog ihre geschlossene Faust hervor. »Ich hoffe, es gefällt dir«, sagte sie und öffnete die Hand.

Ungläubig staunend betrachtete Dominic die juwelenbesetzte Brosche auf Veronicas Handfläche. Sie war aus fein ziseliertem Gold gearbeitet. Unzählige Diamanten umgaben einen großen Rubin.

»Ich kann ein so kostbares Geschenk nicht annehmen.«

»Ich habe es nicht gekauft«, erklärte Veronica. »Die Brosche gehörte meinem Bruder, der auf dem Kreuzzug einem Fieber erlag. Ich wollte schon immer, dass du sie bekommst.«

»Hebe sie für deinen künftigen Gemahl auf. Überhaupt bin ich erstaunt, dass König John noch keinen Mann gefunden hat, der deiner Hand würdig ist.«

»Wie du weißt, bin ich Witwe. Wie die anderen wohlhabenden Witwen, die sich dem Befehl des Königs nicht fügen wollen, habe ich mir das Recht erkauft, meinen Gemahl selbst zu erwählen.«

Sie drängte sich an ihn. Dominic spürte ihre weichen Brüste

an seinem Körper, roch ihren vertrauten Duft und fühlte sich gefangen. Eine solche Lage schätzte er keineswegs.

Veronica befestigte die Brosche an seinem Umhang. »Nimm sie an, Dragon. Ich möchte, dass du sie trägst.«

»Veronica, das kann ich nicht. Was würde Rose denken? Das Schmuckstück ist viel zu wertvoll für ein Geschenk unter Freunden.«

»Nun, wir sind weit mehr als Freunde«, erinnerte sie ihn. »Was hast du denn von deiner Gemahlin erhalten? Sicher nichts halb so Schönes.«

»Du stellst meine Geduld auf eine harte Probe, Veronica.«

Sie beachtete seine Bemerkung nicht. »Jedermann spricht darüber, was du für Rose getan hast. Ihre Mutter und Schwester nach Dragonwyck zu bringen, war eine freundliche Geste.« Sie warf den Kopf zurück. »Freundlichkeit steht dir nicht zu Gesicht. Was hat diese Hexe aus meinem wilden Drachen gemacht?«

Hatte er sich wirklich so verändert? Galt es als ein Zeichen der Schwäche, wenn ein Mann seiner Gemahlin eine Freude machte? Dominic beschloss, noch einmal in Ruhe darüber nachzudenken. Im Augenblick musste er jedoch vor allem Veronica loswerden, ehe Rose abermals das Schwert zog. Er lächelte.

Veronica schien das Lächeln zu bemerken, denn sie runzelte die Stirn und fragte: »Belustige ich dich, Dragon?« Sie streichelte seine Wange. »Ich würde lieber dein Verlangen wecken als deinen Humor.« Sie ließ die Hand abwärts gleiten, über seine Brust und noch tiefer. »Wir wollen doch einmal sehen, ob du mich noch willst.«

Dominic griff nach ihrer Hand. »Lass von mir ab, Veronica. Hast du denn keine Scham?«

»Ich brauche dich«, flüsterte Veronica. »Komm heute Nacht zu mir. Ich werde dich auch nicht verletzen, wie sie es tat.« Anzüglich blickte sie auf seine Lenden. »Bei mir würdest du nur an einer Stelle Qualen leiden, und es wäre mir ein Vergnügen, sie zu lindern.«

Dominic überraschte sich selbst, denn er empfand nichts. »Ich muss gehen, Veronica. Bitte entschuldige mich.«

Dominic verließ den Alkoven und vergaß völlig die Brosche, die noch immer an seinem Umhang steckte. Die Gäste schienen das Schmuckstück nicht zu bemerken, und Rose, der die Brosche sicher nicht entgangen wäre, hatte sich mit ihrer Mutter und Schwester in die Kemenate zurückgezogen.

Im Kaminzimmer saßen Rose und Starla zu beiden Seiten ihrer Mutter und führten ein vertrauliches Gespräch.

»Bist du glücklich, Rose?«, fragte Lady Nelda. »Ist Lord Dragon gut zu dir?«

»Es war sehr freundlich von ihm, uns nach Dragonwyck zu holen«, fügte Starla hinzu. »Er muss dich sehr schätzen.«

»Ich bin nicht *unglücklich«,* sagte Rose nach langem Zögern. »Dragon hat mir nichts zuleide getan, obwohl ich seinen Zorn oft auf mich lenke.«

»Was hast du getan, Tochter, um ihn aufzubringen?«, fragte Lady Nelda. »Ich hoffte, du würdest mit deinem Gemahl Frieden schließen.«

»Lord Dragon wirkt nicht mehr so grimmig und furchterregend wie am ersten Tag«, bemerkte Starla.

Rose seufzte. Es würde ihr guttun, jemandem von ihrer Ehe zu erzählen. Und wer könnte sie besser verstehen als ihre Mutter und Schwester, die sie liebten?

»Dragon ist in mancher Hinsicht sehr freundlich zu mir«, begann sie, »doch er ließ mich von Anfang an wissen, dass er eine andere Frau liebte und gern geheiratet hätte.«

»Es muss schwierig sein, zu wissen, dass dein Gemahl eine andere Frau liebt«, sagte Starla mitfühlend. Sie schauderte. »Ich danke dir, dass du mich vor diesem Schicksal bewahrt hast. Lord Dragons Zorn muss furchtbar sein.«

Lady Nelda lachte. »Mag sein, aber ich beneide auch Seine Lordschaft nicht darum, Zielscheibe von Rose' Ärger zu werden, mit dem ich so meine Erfahrung habe.«

»Wir kommen gut miteinander aus«, räumte Rose ein. Was würden sie von ihr denken, wenn sie gestand, dass sie Dragon mit dem Schwert verletzt hatte? Rose empfand tiefe Reue, bis sie sich wieder daran erinnerte, wie mühelos Veronica Dominic in den Alkoven gelockt hatte.

Was war zwischen ihnen vorgefallen? Hatten sie sich nur miteinander unterhalten? Hatte Dragon seine Geliebte geküsst und ihr gesagt, dass er sie liebte und wünschte, er wäre frei, sie zu heiraten?

»Rose? Was hast du, mein Kind? Du scheinst plötzlich so abwesend zu sein. Du bist unglücklich, das sehe ich. Willst du mir nicht sagen, was dich bedrückt?«

»Was könnte eine Frau mehr beglücken, als zu wissen, dass ihr Gemahl eine andere liebt?«, platzte Rose heraus. »Dragons Mätresse befindet sich auf Dragonwyck, Mama, und es zerreißt mir das Herz.«

»Dragons Mätresse ist hier? Auf Dragonwyck?«, fragte Starla entsetzt. »Wie schrecklich! Waren sie … denn … zusammen?«

»Dragon streitet es ab, aber ich weiß nicht, ob ich ihm vertrauen kann.«

»Ich kann nicht glauben, dass er so grausam sein würde, seine Geliebte in euer Heim zu bringen!«, rief Lady Nelda aus. »Da dein Vater nicht mehr unter uns ist, um ihn zurechtzuweisen, werde ich mit ihm sprechen.«

»Er wird es abstreiten, Mama«, sagte Rose. »Er schwor mir, dass er sie nicht nach Dragonwyck eingeladen hat. Ich möchte ihm ja glauben, doch ich sehe die beiden ständig zusammen.«

»Für eine Frau, die zu ihrer Ehe gezwungen wurde, scheinst du erstaunlich eifersüchtig zu sein«, bemerkte Lady Nelda. »Empfindest du etwas für deinen Gatten?«

Rose hob trotzig das Kinn. »Nein, Mama, du irrst dich. Dragon ist ein Ritter des Königs. Ich könnte nichts für einen Mann empfinden, der dem König treu ergeben ist, der Papa auf dem Gewissen hat.«

»Nun, du scheinst mir ein wenig zu heftig zu protestieren,

Tochter«, sagte Lady Nelda. Als Rose aufbegehren wollte, fügte sie hinzu: »Starrköpfigkeit ist keine Tugend, Rose, und verhilft dir auch nicht zu einem glücklichen Leben. Wenn du Lord Dragon zugetan bist, solltest du es ihn wissen lassen.«

Rose zuckte mit den Schultern. »Das … kann ich nicht, denn ich weiß nicht, was ich empfinde. Mein Leben mit Dragon ist alles andere als ruhig. Alles hat sich verändert, seit ich gezwungen war, ihn zu heiraten.«

»Reden die Ladys etwa über mich?«, fragte Dominic und betrat das Kaminzimmer.

Rose sah ihn erstaunt an. »Ich dachte, du unterhältst unsere Gäste.«

»Es war ein langer Tag. Alle Gäste haben sich früh zurückgezogen, um für die morgige Jagd ausgeruht zu sein.«

»Dann sollten wir uns auch zu Bett begeben, Mylord«, sagte Lady Nelda und erhob sich.

»Sir Braden wartet unten, um Euch die Gemächer zu zeigen.«

»Ich danke Euch für alles, Lord Dragon. Die Feiertage mit Rose zu verbringen bedeutet uns viel.«

»Dies ist Euer Zuhause, Mylady. Es lag nie in meiner Absicht, Euch zu vertreiben. Es war Euer Wunsch, ins Kloster zu gehen.«

»Ja, das stimmt. Gute Nacht, Mylord.«

Lady Nelda wandte sich zum Gehen, als etwas ihre Aufmerksamkeit erregte. Rose folgte ihrem Blick zu Dragons Umhang mit der prachtvollen Brosche. Sie war sicher, das Schmuckstück zuvor nicht gesehen zu haben.

»Was für ein schönes Stück, Lord Dragon«, sagte Lady Nelda. »Ich habe noch nie einen so makellosen Rubin gesehen.«

Dominic blickte verwirrt auf die Brosche. Rose schwieg, bis Lady Nelda und Starla gegangen waren, und fragte dann: »Ich kann mich nicht daran erinnern, die Brosche schon einmal gesehen zu haben. Ist es ein Erbstück?«

Dominic wich der Frage aus. »Vergiss die Brosche. Freust du dich über mein Geschenk?«

»Es war eine wunderbare Überraschung«, sagte Rose. »Ich

vermisse Mama und Starla so sehr. Starla und ich sind wie zwei Teile eines Ganzen.«

»Hast du dich darum für sie geopfert?«

»Ich würde es jederzeit noch einmal tun.«

»Heißt das, du bereust es nicht, meine Frau geworden zu sein?«

»Nicht, was Starla anbetrifft.«

»Ich habe noch ein Geschenk für dich, wollte es dir jedoch nicht vor den Gästen geben.«

»Ein zweites Geschenk? Wann hattest du denn die Gelegenheit, es zu kaufen?«

»Ich brachte es mit nach Dragonwyck. Eigentlich wollte ich es meiner Braut am Tag unserer Vermählung geben, doch als wir heirateten, schien es mir unpassend zu sein.«

Rose hob die Brauen. »Warum willst du es mir jetzt geben?«

»Weil der rechte Augenblick gekommen ist.« Dominic ging zu seiner Truhe, hob den Deckel und nahm einen Samtbeutel heraus, den er Rose in die Hände legte.

»Was ist es?«

»Sieh es dir an.«

Rose zog an den Schnüren und griff in den Beutel hinein. Ihre Augen weiteten sich vor Staunen, als sie eine goldene Tiara in den Händen hielt, die über und über mit Diamanten, Rubinen und Smaragden verziert war.

»Ich hoffe, es gefällt dir«, sagte Dominic.

»Bist du sicher, dass du diesen Schmuck nicht für Veronica gekauft hast? Schließlich wolltest du sie zur Frau nehmen.«

Dominics Gesichtsausdruck verriet Rose, dass sie richtig vermutete. »Ich kaufte die Tiara für meine Gemahlin, alles andere zählt nicht. Findest du denn keinen Gefallen daran?«

»Es ist ein wunderschönes Stück«, sagte Rose und strich über die funkelnden Juwelen. »Doch ich kann kein Geschenk annehmen, das einer anderen zugedacht war.«

»Der Schmuck soll meiner Gemahlin gehören, Rose. Nimm ihn an.« Er nahm ihr die Tiara aus der Hand, entfernte den

Goldreif von Rose' Schleier und setzte ihr die Tiara auf. »Ich möchte sehen, wie sie dir steht. Hast du einen Spiegel? Dann kannst du dich davon überzeugen, dass die Tiara wie für dich gemacht ist.«

Rose ging zum Tisch, nahm einen metallenen Handspiegel und bewunderte das Schmuckstück. »Es ist wirklich wunderschön.«

»Es gehört dir, Rose, doch es wird deiner Schönheit nicht gerecht.«

Rose wollte seinen Schmeicheleien keinen Glauben schenken, doch Dominic klang so aufrichtig, dass sie ihren Vorsatz vergaß.

»Ich habe kein Geschenk für dich.«

Dominic ließ den Blick über ihren Körper gleiten, und seine funkelnden Augen verrieten die lustvollen Gedanken, die ihn bewegten. »Ich bin sicher, dir wird etwas einfallen, Liebste.«

Dominic lächelte, und schon hatte Rose das Gefühl, als stünden ihre Glieder in Flammen. Sein Blick war sinnlich und vielversprechend. Rose kannte diesen Blick und wusste, was sie zu erwarten hatte. Dragons Leidenschaft bestand aus höchster Lust und überwältigenden Gefühlen. Wie sollte sie diese Mischung nur ertragen?

Dominic nutzte ihre Verwirrung aus, indem er Rose in die Arme zog und leidenschaftlich küsste. Mit der Zungenspitze liebkoste er ihre vollen Lippen und teilte sie dann sanft. Rose widersetzte sich ihm nicht, als er sie zum Bett trug.

»Wir haben zu viel an«, sagte er leise, öffnete die Brosche, die Veronica ihm geschenkt hatte, und legte den Umhang ab.

Rose betrachtete die Brosche nachdenklich. Irgendetwas an dem kostbaren Schmuckstück störte sie. Doch als sich Dominic zu ihr hinunterbeugte und sie abermals küsste, vergaß sie alles um sich herum. Sie erwiderte seinen Kuss voller Hingabe, tauchte ihre Hände in sein dunkles Haar und schmiegte sich an ihn.

»Warte, Liebste«, flüsterte Dominic an ihren Lippen. »Ich will mich erst entkleiden.«

Widerwillig entließ Rose ihn aus ihrer Umarmung, doch schon wenige Augenblicke später kehrte er zu ihr zurück, nackt und aufs Äußerste erregt.

»Richte dich auf, Liebste. Ich möchte auch dich nackt sehen.«

Rose konnte seiner verführerischen Aufforderung nicht widerstehen, und als auch sie sich ihrer Kleider entledigt hatte, streckte sie die Arme nach Dominic aus und zog ihn über sich. Rose genoss das Gefühl seiner warmen Haut und seiner kräftigen Muskeln an ihrem Körper, seufzte und gab sich seinen Liebkosungen hin. Als sie die lustvollen Qualen nicht länger ertragen konnte, öffnete sie einladend ihre Schenkel.

Mit einem einzigen kraftvollen Stoß drang Dominic tief in sie ein, so tief, dass Rose glaubte, er berühre sogar ihre Seele. Sie schlang die Beine um seine Mitte und wollte ihn festhalten, für immer. Jede Faser ihres Körpers war erfüllt von dem unendlichen Glücksgefühl, ihn in sich zu spüren.

Rose spürte das schnelle Pochen seines Herzschlags und hörte, wie ihr Herz den Takt aufnahm. Dominic hob ihre Hüften an, ließ sich noch tiefer in sie sinken, füllte sie ganz aus. Rose klammerte sich an ihn und verlor sich in seiner Leidenschaft, während Dominic sie zum Gipfel der Lust führte. Sie spürte, dass auch er der Erfüllung nahe war, und streckte sich ihm entgegen, um alles von ihm zu bekommen, was er zu geben hatte.

Schließlich lagen sie eng umschlungen beieinander und lauschten ihren heftigen Atemzügen in der Stille des Schlafgemachs.

Die Tage vergingen wie im Fluge mit Jagden, Festbanketten und anderen Lustbarkeiten. Dragon beriet sich noch zweimal mit den anderen Baronen, doch Rose wusste nicht, wie er sich entschieden hatte.

Am Morgen des letzten Festtages erhob sich Dominic früh, um an der letzten Jagd teilzunehmen. Obwohl Rose traurig war, dass ihre Mutter und Schwester sie nun bald wieder verlassen würden, versuchte sie, sich ihren Kummer nicht anmerken zu lassen.

»Es ist heute Morgen sehr kalt«, sagte Rose, als sie Dragon beim Ankleiden zusah. »Nimm den pelzgefütterten Umhang.«

Dominic blickte sie nachdenklich an. »Es ist nett von dir, dass du dich um mich sorgst.«

Errötend antwortete Rose: »Nun, du hast Mama und Starla nach Dragonwyck gebracht. Ich versuche nur, deine Freundlichkeit zu erwidern.«

»Beide sind mir willkommen, falls sie bleiben möchten«, sagte Dominic, während er den Umhang anlegte und ihn mit einer schlichten Silberbrosche schloss.

»Ich weiß und danke dir dafür. Vielleicht wird Mama eines Tages zurückkehren, doch Starla ist im Kloster sehr glücklich.«

»Bekomme ich einen Kuss, damit mir das Jagdglück hold ist?«, fragte Dominic neckend.

»Wenn du möchtest«, antwortete Rose und spitzte die Lippen.

»Ich möchte es.« Dominic zog Rose an sich und gab ihr einen innigen Kuss anstelle des flüchtigen, den sie erwartet hatte. Es passte zu ihm, mehr von ihr zu verlangen, als sie ihm anbot.

Verwirrt blickte Rose ihm nach, erhob sich dann, um sich zu waschen und anzukleiden. Da es kühl war, nahm sie ihren wollenen Umhang vom Haken und legte ihn sich um die Schultern. Als sie nach einer Spange suchte, mit der sie den Umhang befestigen konnte, fiel ihr Blick auf Dragons Brosche. Sie nahm das Schmuckstück zur Hand und bewunderte es. Seit dem Abend, an dem ihr die Brosche aufgefallen war, hatte Dragon sie nicht mehr getragen. Rose steckte sich die Brosche an. Sie glaubte nicht, dass es ihm etwas ausmachen würde, da er sie selbst nicht trug. Anschließend verließ Rose die Kemenate, um den Tag zu beginnen.

Die Herren waren bereits zur Jagd aufgebrochen, also besuchte Rose mit den anderen Damen die Morgenmesse. Danach versammelten sie sich im Rittersaal, um das Morgenmahl einzunehmen.

»Alle scheinen sich prächtig zu unterhalten«, sagte Emily, als sie sich auf dem Weg in die Burg zu Rose gesellte. »Doch ich muss gestehen, dass ich froh bin, wenn die Gäste uns verlassen. Diese zwölf Tage waren sehr anstrengend.«

»Für uns alle«, stimmte Rose zu. »Ich bin sicher, die Köchin wird ebenfalls erleichtert sein. Die Verpflegung der Gäste hat unsere Vorräte stark beansprucht, und die Küchenhilfen sind erschöpft.«

Rose ging in den Rittersaal und nahm ihr Morgenmahl ein, das aus Brot und Bier bestand. Die Hauptmahlzeit des Tages würde mittags aufgetragen werden, wenn die Herren von der Jagd zurückkehrten. Rose tauchte ein Stück Brot in ihren Bierkrug und dachte an Dragon, als Veronica sich neben sie setzte.

»Guten Morgen«, sagte Rose mit weitaus mehr Herzlichkeit, als sie empfand. Sie konnte Dragons frühere Geliebte nicht ausstehen. »Benötigt Ihr Hilfe beim Packen? Wenn Eure Zofe nicht allein zurechtkommt, schicke ich ihr gern jemanden, der ihr zur Hand geht.«

»Da bin ich sicher«, erwiderte Veronica schnippisch.

Rose beachtete die Bemerkung nicht. »Ich hoffe, der Besuch auf Dragonwyck hat Euch gefallen.«

»Ja, durchaus. Mehr, als Ihr ahnt«, sagte Veronica geheimnisvoll.

Plötzlich bemerkte Rose, dass Veronica unverwandt auf die Brosche starrte. Lächelnd sagte sie: »Ein schönes Stück, nicht wahr?«

»In der Tat«, zischte Veronica. »Es war mein Geschenk an Dragon. Die Brosche hat meinem verstorbenen Bruder gehört. Weiß Dragon, dass Ihr sie tragt?«

»Er hat sie von Euch erhalten?«

»Ja, hier im Rittersaal, an dem Tag, an dem die Geschenke ausgetauscht wurden.«

»Und er hat das Geschenk angenommen?«

Veronica lächelte selbstgefällig. »Er trug sie doch, nicht wahr?«

Mit zitternden Händen löste Rose die Brosche von seinem Umhang und warf sie Veronica vor die Füße. »Hier! Nehmt Eure Brosche mit zurück nach London. Dragon braucht Eure Geschenke nicht.«

»Seid Ihr dessen gewiss? Schließlich hat er die Brosche behalten. Was habt Ihr ihm denn geschenkt?«

»Das braucht Euch nicht zu kümmern.«

»Ich habe mich mit einigen der anderen Gäste unterhalten«, bemerkte Veronica, »die mit mir übereinstimmten.«

Rose sah sie misstrauisch an. »Worin?«

»Darin, dass Ihr von gewalttätiger Natur seid. Wer Euch schon länger kennt, hält Euch für launisch und unberechenbar. Schon als Kind sollt Ihr so gewesen sein. Man war entsetzt, als ich davon berichtete, was Ihr Eurem Gemahl angetan habt.«

Erstaunt hob Rose die Brauen. »Ich habe nichts getan.«

»Nein? Dominic sagte, Ihr hättet ihn verwundet. Ein Wunder, dass er Euch nicht getötet hat.«

»Wie könnt Ihr es wagen, mich vor meinen Gästen schlecht zu machen!«

Veronica überging Rose' Empörung. »Wusstet Ihr, dass Dragon ernsthaft daran denkt, Euch einzusperren, damit Ihr niemandem mehr Schaden zufügen könnt?«

Rose stand so hastig auf, dass ihr Stuhl krachend zu Boden fiel. »Entschuldigt mich. Die Pflicht ruft.«

Sie wollte Veronica einfach keinen Glauben schenken. Dominic hatte nie angedeutet, dass er sie für gefährlich hielt. Mochte sie ihn auch mit dem Schwert bedroht haben, so bedeutete dies noch lange nicht, dass sie den Verstand verloren hatte.

Während Rose die Vorbereitungen für den letzten Festtag traf, kehrten ihre Gedanken immer wieder zu Veronica und der Brosche zurück. Warum hatte Dominic das Geschenk angenommen? Es ärgerte Rose, dass sie ihm nichts hatte geben können, während Veronica ihm ein Andenken geschenkt hatte, welches ihr offenbar viel bedeutete.

Doch noch schlimmer war die Vorstellung, dass Dominic ihren Geisteszustand mit seiner Mätresse besprochen hatte. Dieser Umstand brachte Rose so sehr auf, dass sie am liebsten wieder zum Schwert gegriffen hätte. Sie lächelte grimmig. Diesmal jedoch würde sich Veronica vor der Schwertspitze befinden.

Als sich die Ladys in ihre Gemächer zurückgezogen hatten, um zu packen, ehe die Herren zurückkehrten, ging Rose in die Kemenate hinauf, um über alles nachzudenken.

Wie brachte es Dragon fertig, sie so leidenschaftlich zu nehmen, wenn er Veronica liebte? Er log so geschickt und liebte so innig, dass es ihr unmöglich war, ihn zu verstehen.

Rose hörte Dominics Schritte auf der Galerie. Offenbar war die Jagd vorbei. Zornig wandte sie sich der Tür zu. Dragon würde ihr einiges erklären müssen, und diesmal konnte er sich nicht mit seinem Charme aus der Sache herauswinden.

Als Dominic in Rose' Gesicht blickte, wusste er, dass etwas seine Gemahlin erzürnt hatte, und er brauchte nicht lange über den Grund nachzudenken. Veronica. Glücklicherweise würde sie Dragonwyck morgen verlassen.

»Was ist geschehen?«, fragte er und zog sich die Handschuhe aus.

»Erzähle mir von der Brosche«, forderte Rose ihn ruhig auf. »Warum hast du das Geschenk einer Frau angenommen, die du angeblich nicht mehr begehrst?«

»Ich versuchte, ihr den Schmuck zurückzugeben, doch sie wollte ihn nicht annehmen.« Dominic warf einen Blick auf den Tisch, auf dem die Brosche gelegen hatte, konnte sie jedoch nicht entdecken. »Ich will die Brosche zurückgeben, bevor Veronica uns morgen verlässt.« Er legte den Umhang ab und ließ ihn auf eine Sitzbank fallen. »Wo ist sie? Ich könnte schwören, dass ich sie auf den Tisch gelegt hatte.«

»Ich trug sie heute Morgen, weil ich meine Spange nicht finden konnte. Ich dachte, es würde dir nichts ausmachen.«

Dominic stöhnte auf. »Kein Wort weiter. Veronica hat sie an dir entdeckt?«

»Ja, sie sah die Brosche und fand besonderes Vergnügen dabei, mir zu sagen, dass sie dir das Schmuckstück schenkte. Ein Andenken nannte sie es. Gib dir keine Mühe, Dominic, ich werde deinen Lügen keinen Glauben schenken. Du hast geschworen, Veronica nicht mehr zu begehren, doch nun kommt die Wahrheit ans Licht. Bitte sehr, du kannst sie haben. Morgen werde ich meine Mutter und Starla ins Kloster begleiten.«

Rose begann, ihre Kleider zusammenzupacken. »Du kannst die Kemenate von nun an mit ihr teilen, wenn du es wünschst. Und wenn du mich für verrückt erklären lassen willst, nur zu. Deine Geliebte glaubt ohnehin, ich hätte den Verstand verloren.«

Dominic packte Rose am Arm und drehte sie zu sich herum. »Du hast mein Gespräch mit Veronica belauscht, aber hast du auch gehört, dass ich ihr zustimmte? Rose, du wirst Dragonwyck nicht verlassen. Du bist meine Frau und gehörst an meine Seite. Außerdem passt deine Eifersucht nicht zu dir.«

»Ich bin nicht eifersüchtig, sondern nur zornig und deiner Lügen überdrüssig. Ich weiß, dass du mir nicht zugetan bist, doch versuche wenigstens, es nicht so offen zu zeigen.«

»Wo ist die verfluchte Brosche? Ich werde sie Veronica jetzt gleich zurückgeben.«

»Bemühe dich nicht, Veronica hat sie bereits. Und nun lass mich los. Das Festmahl beginnt bald, man braucht mich im Saal.«

Dominic hielt sie nicht zurück. Rose befand sich nicht in der Stimmung, ihm zuzuhören, gleichgültig, was er ihr zu sagen hatte. Ausgerechnet dieses Gespräch zwischen ihm und Veronica hatte sie mit anhören müssen! Dabei verhielt es sich nicht so, wie Rose glaubte. Er hatte Veronicas albernem Geschwätz keinerlei Beachtung geschenkt. Rose war alles andere als wahnsinnig. Dominic lächelte. Stattdessen war sie allerdings zweifellos eifersüchtig. Betrachtete man die Umstände, konnte ihm ihre Eifersucht zum Vorteil gereichen.

Dominic wusch sich und kleidete sich um, ehe er in den Rittersaal hinunterging, um mit seinen Gästen das Dreikönigsfest zu feiern. Er hoffte, dass er und Rose Frieden schließen würden, sobald die Gäste abgereist waren. Seit dem Tag ihrer unerwarteten Ankunft war Veronica ein Stachel in seinem Fleisch gewesen. Dominic konnte sich beim besten Willen nicht vorstellen, dass er einmal den Wunsch gehegt hatte, sie zu heiraten.

Die Barone drängten abermals darauf, dass Dominic sich ihnen anschloss. Immer wieder sprachen sie von der Bedeutung des Dokuments und davon, wie entscheidend Lord Dragons Unterstützung sein würde, doch Dominic befand sich in einer schwierigen Lage. Er hoffte inständig, dass König John bald einlenkte, denn wenn es zu einem Bürgerkrieg kam, würde Dominic sich für eine Seite entscheiden müssen.

Der König hatte ihm Dragonwyck nicht ohne Grund verliehen. John erwartete, dass Dominic ihn von dem Vorhaben der Barone unterrichtete, doch er brachte es nicht über sich, das Vertrauen von Edelmännern zu missbrauchen, die nur forderten, was recht und billig war. Keiner der Artikel der Barone forderte den Verrat an der Krone, die Gefahr der Rebellion bestand allein darin, dass die Männer fest entschlossen waren, nach London zu marschieren, falls der König das Dokument nicht unterzeichnete.

»Du bist so nachdenklich, Dominic. Darf ich hoffen, dass du an mich denkst?«

Dragon blickte in Veronicas blitzende Augen und fröstelte plötzlich. »Welche Märchen hast du meiner Gemahlin erzählt, Veronica?«

»Ich sagte nichts als die Wahrheit. Wir sind ein Liebespaar; das brauchst du nicht abzustreiten. Rose ist nicht dumm.«

»Es ist vorbei, Veronica. Wir sind kein Liebespaar mehr. Warum willst du es denn nicht einsehen?«

Veronica sah ihn verblüfft an. »Hast du etwa Zuneigung zu der Frau gefasst, mit der du diese Zwangsehe eingegangen bist?

Behaupte nicht, dass du sie liebst, denn das glaube ich dir nicht.«

»Liebe ist ein großes Wort und ein noch viel größeres Gefühl«, sagte Dominic nachdenklich. »Rose unterscheidet sich von allen Frauen, die ich je kannte. Wäre sie als Mann geboren, würde man sie heute als tapferen Ritter schätzen. Ich behaupte nicht, sie zu lieben, doch man muss einer Frau keine Liebe entgegenbringen, um sie zu bewundern.«

»Auch mich hast du einmal bewundert.«

»Ja, und ich empfinde noch heute so. Dennoch ist unser Verhältnis beendet. In unser beider Leben hat sich viel verändert.«

»In deinem vielleicht, Dragon, doch mein Leben ist noch dasselbe, ebenso wie meine Gefühle für dich. Ich werde Dragonwyck morgen verlassen, doch ich versichere dir, dass wir uns nicht zum letzten Mal sahen.«

Veronica rauschte davon, und Dominic blickte ihr leise fluchend nach. Wenn es nach ihm ginge, konnte der morgige Tag gar nicht früh genug anbrechen.

12

Rosen werden auf ewig eines
der Geheimnisse des Lebens bleiben.

Anonym

Die Gäste verließen Dragonwyck, und das Leben kehrte in seine gewohnten Bahnen zurück. Rose vermisste ihre Mutter und Starla, respektierte jedoch ihren Wunsch, im Kloster zu bleiben. Ihre Drohung, die beiden zu begleiten, blieb unerfüllt, denn Dominic weigerte sich, sie gehen zu lassen. Rose fügte sich ohne Widerrede; sie hoffte, dass ihr Leben mit Dragon ohne Veronicas Anwesenheit angenehmer verlaufen würde.

Neben den täglichen Kampfübungen mit seinen Rittern kümmerte sich Dominic um das Wohl seiner Untergebenen, hielt regelmäßig ein Burggericht ab und versah die unzähligen Pflichten, die einem Burgherrn oblagen.

Rose verrichtete die Arbeiten, die einst Sache ihrer Mutter gewesen waren. Auch ihre Tage waren von den vielen Aufgaben einer Burgherrin erfüllt, die Abende verbrachte sie mit Dominic in der Kemenate. Sie saßen am Kamin und unterhielten sich, manchmal zu zweit, oft aber auch mit Gästen.

Die Nächte allerdings gehörten ihnen allein.

Dominic war ein unermüdlicher und erfahrener Liebhaber, und Rose genoss die zärtlichen Stunden mit ihm. Falls er sich nach Veronica sehnte, während er sie in den Armen hielt, zog Rose es vor, nichts davon zu wissen. Ihr Leben mit Dominic fügte sich zum Besten, und sie wollte, dass es dabei blieb.

Kurz nach dem Dreikönigsfest stattete ein Berater des Königs Dragonwyck einen Besuch ab. Sir Garth zeigte sich besonders interessiert an den Hausgästen, die Dominic beherbergt hatte, und erkundigte sich eingehend nach dem Zweck ihres Besuchs. Obwohl Dominic davon wenig beeindruckt zu sein schien, sorgte sich Rose insgeheim um ihn. Sir Garth' Fragen ähnelten in Tonfall und Beharrlichkeit einer Inquisition.

»Was wollte er von dir?«, fragte sie, nachdem sich Sir Garth verabschiedet hatte.

Dominic zuckte mit den Schultern. »Er ist ein Lakai des Königs und war vermutlich beleidigt, weil ich ihn nicht eingeladen hatte. Nun wollte er mir beweisen, wie wichtig seine Stellung bei Hofe ist. Du brauchst dir keine Sorgen zu machen, Liebste.«

Rose konnte nur hoffen, dass Dominic recht behielt.

Der Januar verging wie im Fluge. Die Zeit der Instandsetzungen war gekommen. Wann immer es das Wetter erlaubte, wurden die Zäune, Scheunen und Lagerschuppen ausgebessert. Dann nahte der Februar und damit der Aschermittwoch, der letzte Tag vor Beginn der Fastenzeit, an dem ein Fest für die Burgbewohner abgehalten wurde. Weizen und Roggen, die zu Michaeli gesät worden waren, streckten bereits ihre grünen Spitzen aus der Erde, und Rose freute sich auf die Osterzeit und den Frühlingsbeginn. Der Neubeginn in der Natur ließ sie darauf hoffen, dass auch ihr Verhältnis zu Dominic wachsen und erblühen würde.

Nie zuvor war Dominic so zufrieden gewesen. Dragonwyck gedieh prächtig unter seiner Herrschaft, und die Vermählung mit Rose hatte sich als unerwartet erfreulich erwiesen. Mit ihr das Bett zu teilen war ihm mehr Vergnügen als Pflicht, sodass er sich kaum mehr vorstellen konnte, jemals eine andere Frau begehrt zu haben.

Seine neue Stellung als Baron mit Landbesitz brachte ihn allerdings in eine heikle Lage. Am liebsten hätte er sich der Sache der Rebellen angeschlossen, doch sein Ehrgefühl untersagte es ihm. Andererseits wäre es seine Pflicht gewesen, dem Befehl des Königs zu gehorchen und ihn über das Vorhaben der

Barone zu unterrichten. Doch auch das brachte Dominic nicht über sich, obwohl es bedeutete, die Krone zu hintergehen. Es schien, als könne Dominic nichts unternehmen, ohne Schuld auf sich zu laden.

Im April wurde mit großer Freude das Osterfest gefeiert. Am Dienstag nach Ostern jedoch erreichte ein Bote des Königs Dragonwyck. Dominic hatte keine Botschaft erwartet und verspürte leises Unbehagen, als der Gesandte ihm eine Pergamentrolle aushändigte, die das Siegel des Königs trug. Er schickte den Mann in die Küche, auf dass er sich von der anstrengenden Reise erfrischte, dann winkte er Rose zu sich heran und brach das Siegel.

»Was ist das, Dominic?«

»Eine Botschaft des Königs.«

»Was will er von dir?«

Dominic fluchte leise. »Es gibt einen Aufstand an der walisischen Grenze. Die Barone des Westens haben den König um Hilfe gebeten. Nun will John, dass ich sogleich meine Ritter versammle und nach Westminster reite.«

»O nein! Wie lange wirst du fortbleiben?«

»Das weiß ich nicht.«

»Musst du denn unbedingt gehen?«

»Ja. Als Vasall des Königs habe ich einen heiligen Eid geschworen, England zu verteidigen.«

»Ich werde dich vermissen, doch du brauchst dir um Dragonwyck keine Sorgen zu machen. Ich kann die Burg verteidigen, falls es erforderlich sein sollte.«

Dominic lächelte angesichts ihrer Tapferkeit. »In dir wohnt der Geist eines Kriegers, Liebste. Ich zweifle nicht an deinen Fähigkeiten, doch du wirst die Burg mit mir verlassen. König John befahl mir, auch dich nach Westminster zu bringen.«

Er bemühte sich, Rose nicht zu beunruhigen, doch der Befehl des Königs erregte sein Misstrauen. Was wollte John von Rose? Eine schreckliche Ahnung beschlich Dominic. Möglicherweise wollte der König Rose als Geisel behalten. Doch aus welchem Grund? Dominic hatte sich nichts zuschulden kommen lassen.

Es sei denn …

Nein, der König konnte unmöglich davon wissen, dass die Barone Dominic ins Vertrauen gezogen und gebeten hatten, sich ihnen anzuschließen. An den Unterredungen hatte niemand teilgenommen, der nichts mit den Artikeln der Barone zu tun hatte.

»Du beliebst zu scherzen.« Rose betrachtete das Pergament misstrauisch. »Was kann König John von mir wollen? Es wäre für ihn viel vorteilhafter, wenn ich auf Dragonwyck bliebe. Geh ohne mich, Dominic. Ich ziehe es vor, hier zu bleiben.« Ein scharfer Unterton schlich sich in ihre Stimme. »Ich fürchte, wenn ich dem König unter die Augen treten müsste, würde ich ihm ins Gesicht spucken. Ich kann ihm nicht vergeben, dass er für den Tod meines Vaters verantwortlich ist.«

Angst stieg in Dominic auf. Er wusste, dass es mit Rose' Anwesenheit in Westminster ein böses Ende nehmen würde. Der Befehl des Königs war im höchsten Maße verdächtig.

Außerdem sorgte sich Dominic um Rose' feindselige Haltung dem König gegenüber. Wenn er nach Wales ziehen musste, war Rose schutzlos den Launen König Johns ausgeliefert. Dominic verspürte plötzlich den dringenden Wunsch, mit Rose an einen Ort zu fliehen, an dem der König ihr nichts anhaben konnte.

»Versprich mir, dass du König John den gebührenden Respekt zollst«, bat Dominic.

Rose blickte ihn zweifelnd an. »Das wird nicht leicht sein.«

»Versprich es mir, Rose. Schwöre, dass du nichts tun wirst, das ihn verärgern könnte.«

»Nun gut«, sagte sie zögernd.

Allerdings trug der Klang ihrer Stimme nichts zu Dominics Beruhigung bei.

»Wann brechen wir auf?«, fragte Rose.

»Morgen bei Tagesanbruch. Wirst du es schaffen, alle Vorbereitungen zu treffen? Wir werden wenig Gepäck mitnehmen, aber ich sorge dafür, dass uns ein Wagen mit deinen Kleidern folgt.«

»Ich werde bereit sein, obwohl mir der Gedanke nicht behagt.«

Rose zog sich sogleich in die Kemenate zurück. Dominic unterrichtete Raj von den Reiseplänen und sprach mit dem Burgvogt und Sir Eric, denen er Dragonwyck während seiner Abwesenheit anvertrauen wollte. Nachdem er sich lange mit den drei Männern beraten hatte, folgte Dominic Rose in die Kemenate. Er beabsichtigte, seine Gemahlin den ganzen Tag lang bis tief in die Nacht hinein zu lieben.

Bei Sonnenaufgang verließen die Reisenden die Burg. Der Himmel war bewölkt und verhieß Regen. Zehn Ritter und ihre Knappen begleiteten Dominic, die anderen blieben zurück, um Dragonwyck zu verteidigen. Pater Nyle gab der Gesellschaft zum Abschied den Segen, und Emily und Blythe verabschiedeten sich mit Tränen in den Augen.

Dominic sah, dass Rose verstohlen gähnte, bereute es jedoch nicht, sie bis kurz vor Morgengrauen wach gehalten zu haben. Auf der Reise, die eine Woche dauern würde, wollte er versuchen, für Rose und seine Leute Quartier in Klöstern und Schlössern zu finden, die auf dem Weg lagen. Doch er bezweifelte, dass er und Rose dort die Zweisamkeit finden würden, die sie auf Dragonwyck genossen. Und auch in Westminster würde sich die Gelegenheit vielleicht nicht ergeben.

Rose war erschöpft, tat jedoch ihr Bestes, um mit den Männern mitzuhalten. Sie lächelte, als sie daran dachte, dass sie Dominic hätte zurückweisen sollen, als er sie in der vergangenen Nacht zum dritten Mal geweckt hatte, um sie zu lieben. Doch sie hatte ihn ebenso begehrt wie er sie. Ihr Liebesakt war leidenschaftlich und beinahe verzweifelt gewesen. Dragon hatte sie mit seinen Händen und Lippen zu höchster Verzückung geführt, und Rose spürte in ihren Gliedern noch immer das erregende Glühen des Feuers, das er in ihr entfacht hatte.

»Geht es dir gut, Rose?«, fragte Dominic und schloss zu ihr auf.

Gerührt von seiner Fürsorge, schenkte Rose ihm ein tapferes Lächeln. »Ja, Dominic.«

Sie beobachtete Dominic genau und nahm deutlich seine Unruhe wahr. Sie sorgte sich nicht um die Dinge, die er ihr über den Befehl des Königs erzählt hatte, sondern um das, was er ihr verschwieg. Rose freute sich nicht im Mindesten darauf, den Königshof zu besuchen. Sie hatte Dominic versprochen, den König nicht zu verärgern, doch es würde ihr schwerfallen, ihre Abneigung gegen John Lackland zu verbergen.

In den darauf folgenden Tagen trieb Dominic die Reisegesellschaft zur Eile an, doch Rose hielt die Anstrengungen ohne Mühe aus. Das Glück wollte es, dass sie an jedem Abend einen Unterschlupf fanden, entweder in einem Kloster oder bei einem gastfreundlichen Baron. Oft teilte sich Rose ein Gemach mit den Töchtern des jeweiligen Edelmannes, während Dominic bei seinen Rittern nächtigte. Auch in den Klöstern wurden ihnen getrennte Zellen zugewiesen, in denen sie die Nächte verbrachten.

Ohne Zwischenfälle erreichten sie das Umland Londons und begaben sich auf schnellstem Wege nach Westminster. Die bevorstehende Begegnung mit dem König erfüllte Rose mit Unruhe, und auch Dominic wirkte nicht eben glücklich.

Er schien ihre Sorge zu spüren und sagte: »Keine Angst, Liebste. Auch der König ist nur ein Mann.«

»Ja, aber ein Mann mit der Macht, über Leben und Tod zu entscheiden«, erwiderte Rose. »Sein Befehl wundert mich. Ich kann mir nicht erklären, warum er mich sehen wollte.«

»Vielleicht möchte er dich nur kennenlernen.«

»Das glaubst du ebenso wenig wie ich. Was soll ich denn tun, während du in die Schlacht ziehst?«

»Du wirst dich in deinen Gemächern aufhalten, es sei denn,

der König ruft dich zu sich. Raj wird bei dir bleiben und dich beschützen.«

»Das wird ihm nicht gefallen.«

»Raj wird tun, was ich ihm sage.«

Plötzlich erhoben sich die Tore von Westminster vor ihnen, und Rose lenkte ihren Zelter näher an Dominics Streitross heran. Sie fühlte sich nicht sicher an diesem Ort, der so weit von ihrem Zuhause entfernt war.

Sie ritten durch die geöffneten Tore in den Schlosshof und übergaben die Zügel ihrer Pferde den Knappen. Dann wurden sie von einem Palastwächter ins Schloss geführt, der Dominic erkannte.

»Der König erwartet Euch, Lord Dragon. Folgt mir.« Er führte Dominic und Rose durch ein Labyrinth aus Kammern und Fluren zu den Gemächern des Königs.

»Alles ist so prunkvoll hier«, flüsterte Rose und betrachtete die vielen Zeichen des Wohlstands. Der Gang war mit weichen Teppichen ausgelegt, an den Wänden hingen Gemälde, und überall standen goldene Statuen.

»Wenn es um seine eigenen Wünsche geht, lässt sich der König nicht lumpen«, raunte Dominic ihr zu.

»Wartet hier«, sagte der Wächter. »Ich will sehen, ob der König Euch jetzt zu empfangen wünscht.«

Sie mussten sich nicht lange gedulden. Der Wächter kehrte zurück und verkündete, dass der König Lord und Lady Dragon empfangen wolle, jedoch nur sie allein.

»Ich folge meinem Herrn«, sagte Raj und verschränkte die Arme vor seiner breiten Brust.

»In den Gemächern des Königs wird mir nichts geschehen, Raj«, sagte Dominic. »Warte bei den anderen.«

Widerwillig trat Raj zurück.

Dominic bot Rose den Arm und nickte dem Wächter zu. Die Türen öffneten sich, und sie gingen auf den prunkvollen Thron zu, auf dem König John in all seinem übertriebenen Pomp Platz genommen hatte.

Der König bedachte Dominic mit einem missmutigen Blick. »Da seid Ihr ja endlich«, sagte er ohne eine Spur der Herzlichkeit, mit der er Dominic bei der letzten Audienz überschüttet hatte.

Dominic verneigte sich tief, und Rose brachte einen annehmbaren Hofknicks zustande. »Wir verließen Dragonwyck, gleich nachdem wir Eure Nachricht erhielten, Majestät.«

»Stellt mir Eure Frau vor.«

»Sire, dies ist meine Gemahlin, Rose of Dragonwyck.«

König John musterte Rose eingehend und lächelte. »Ein schönes Mädchen. Ich habe Euch wahrlich einen Gefallen erwiesen, Dragon.«

Im Thronsaal befanden sich etliche Höflinge mit ihren Damen, die unauffällig näher kamen, um die Unterhaltung zu belauschen. Als der König es bemerkte, verscheuchte er die Zuhörer mit einer ungeduldigen Handbewegung.

»Blutsauger«, murmelte er. »Nun, Dragon, wollen wir auf den Kern der Sache zu sprechen kommen?«

Dominic sah ihn arglos an. »Wovon sprecht Ihr, Sire?«

»Mir ist zu Ohren gekommen, dass Ihr die Aufrührer zum Weihnachtsfest nach Dragonwyck eingeladen habt, und dennoch hörte ich nichts von Euch. Planen sie nun, einen Bürgerkrieg anzuzetteln, oder nicht? Ich dachte, Ihr wüsstet, dass Euer Besitz an eine Bedingung geknüpft war. Ich kann Euch Dragonwyck jederzeit wieder aberkennen.«

Dominic bedachte Rose mit einem kurzen Blick. »Die Barone haben mich nicht ins Vertrauen gezogen.«

»Ihr lügt!«, schrie der König, sprang auf und rang die Hände. »Ich weiß bereits von den Artikeln der Barone, und wenn die Rebellen glauben, dass ich mein Siegel unter dieses Dokument setze, befinden sie sich in einem traurigen Irrtum. Ich dachte, Eure Königstreue sei unerschütterlich, Dragon. Nur aus diesem Grunde gab ich Euch Dragonwyck. Ich erwartete, dass Ihr mich von den Vorhaben meiner aufrührerischen Barone unterrichten würdet.«

Dominic regte sich unbehaglich. »Ja. Sire.« – »Die Wahrheit, Dragon! Was haben Euch die Barone über ihre Pläne erzählt?«

»Sie zeigten mir die Artikel und baten mich um Unterstützung ihrer Sache.«

Dominic sah, dass Rose erschrocken zusammenzuckte, und stellte sich vor sie, um sie vor den misstrauischen Blicken des Königs zu schützen.

»Aha! Nun kommen wir weiter. Was habt Ihr also geantwortet?«

»Ich sagte den Baronen, dass ich der Krone die Treue halte.« Zwar sagte Dominic nicht die ganze Wahrheit, doch die Ausflüchte mussten im Augenblick genügen.

Der König schien ein wenig besänftigt zu sein. »Seid Ihr sicher?«

»Allerdings, Sire.« Im Stillen beglückwünschte sich Dominic dazu, den Baronen keine Versprechungen gemacht zu haben.

»Warum habt Ihr mich davon nicht in Kenntnis gesetzt?«

»Zu welchem Zweck, Sire? Ihr wusstet bereits von den Artikeln.«

»Haben die Barone erwähnt, dass sie gen London marschieren wollen? Muss ich mich auf einen Bürgerkrieg vorbereiten?«

»Sie weihten mich nicht in ihre Pläne ein. Die Barone vertrauen mir nicht«, log Dominic. »Warum sollte ein Ritter des Königs sich mit einigen aufrührerischen Edelmännern gemein machen?«

»In der Tat, warum?«, erwiderte der König die Frage.

Beklommen musste Dominic mit ansehen, wie sich der König plötzlich Rose zuwandte.

»Nun, was haltet Ihr von dem Ehemann und Beschützer, den ich Euch sandte, Mylady?«

»Ich hätte weder eines Gemahls noch eines Beschützers bedurft, wenn mein Vater noch am Leben wäre, Sire«, gab Rose zurück.

John kniff die Augen zu schmalen Schlitzen zusammen. »Euer Weib besitzt Temperament, Dragon. Allerdings sollte man meinen, Ihr hättet sie in der Zwischenzeit gezähmt. Ihr Ton gefällt mir nicht.«

»Vergebt Rose, Sire. Sie hat sich noch nicht mit dem Ableben ihres Vaters abgefunden.«

»Edwyn of Ayrdale war ein Verräter«, sagte König John. »Seine Hinrichtung sollte den anderen Baronen eine Lektion erteilen. Unglücklicherweise sind sie jetzt allerdings entschlossener als je zuvor.«

»Mein Vater war kein Verräter!«, begehrte Rose auf. »Er war …«

»Rose, sei still!«, unterbrach Dominic ihren Satz.

»Hört auf Euren Gemahl, Mylady«, warnte der König. »Ich habe nur wenig für ungehorsame Frauen übrig.«

»Es gibt nichts, was ich Euch noch sagen könnte, Sire«, stellte Dominic fest. »Es würde mich freuen, wenn Rose nach Dragonwyck zurückkehren dürfte.«

»Ich bin nicht der vertrauensselige Mann, für den Ihr mich haltet, Dragon.«

Vertrauensselig? Dominic hätte beinahe laut aufgelacht. »Schickt mich in Euren Krieg, doch lasst Rose gehen. Sie weiß nichts von den Artikeln der Barone.«

»Lady Rose wird als mein Gast in Westminster verweilen«, verkündete der König, »und Ihr macht Euch sogleich auf den Weg nach Wales.«

»Aber Sire …«

»Ich habe gesprochen, Dragon.«

»Meine Männer sind erschöpft, Sire. Wir haben soeben erst die lange Reise von Dragonwyck hinter uns gebracht.«

John sah Dragon durchdringend an und rieb sich das Kinn. Dann sagte er: »Nun gut, Ihr und Eure Männer bekommt den heutigen Tag, um auszuruhen. Enttäuscht mich nicht, Dragon.« Er deutete zur Tür. »Geht jetzt und schickt meinen Vogt zu mir.«

Dominic umfasste Rose' Arm und wollte sie mit sich nehmen, doch der König hielt ihn zurück. »Lasst Eure Gemahlin bei mir, Dragon. Mir steht der Sinn nach einer Unterredung mit ihr.«

Dominic drückte Rose tröstend den Arm und entfernte sich.

»Nun, Lady Rose, was wisst Ihr über die Artikel der Barone?«

»Nur sehr wenig, Sire«, antwortete Rose.

»Seid Ihr sicher? Habt Ihr Euren Vater nie mit den anderen Baronen darüber reden hören?«

»Ich bin eine Frau, Sire. Männer pflegen wichtige Dinge nicht mit ihren Ehefrauen und Töchtern zu besprechen.«

»Wichtige Dinge, ha! Ich will wissen, wann sich die Rebellen gegen die Krone erheben wollen, damit ich Vorbereitungen treffen kann. Meine Armee ist mit anderen Dingen beschäftigt, und ich kann mir keinen Bürgerkrieg erlauben.«

»Wenn Ihr einen Aufstand zu verhindern wünscht, Sire, dann unterzeichnet das Dokument«, schlug Rose vor.

»Ihr, Mylady, seid unverschämt.«

Dominic kehrte mit dem Vogt zurück und hörte eben noch des Königs letzte Worte. Schnell versuchte er, die Wogen zu glätten. »Bitte vergebt, Rose, Sire. Sie ist daran gewöhnt, offen ihre Meinung zu sagen.«

»Ihr seid zu nachgiebig, Dragon. Euer Weib bedarf einer Tracht Prügel.« König John wandte sich dem Vogt zu, einem kleinen, kahlköpfigen Mann, der Dominic in den Thronsaal gefolgt war. »Sir Wayland, weist Lord und Lady Dragon ein Gemach zu.«

»Sehr wohl, Sire. Mylady, Mylord, bitte folgt mir.«

»Darf ich um eine Unterredung unter vier Augen bitten, Sire?«, fragte Dominic.

»Wenn sie nicht zu lange dauert«, antwortete der König mürrisch.

»Folge Sir Wayland, Rose«, sagte Dominic. »Ich komme bald nach.«

Sie schüttelte den Kopf. »Nein, ich bleibe lieber bei dir.«

Dominic gab ihr einen sanften Stoß. »Geh, Rose. Bitte.«

Er wartete, bis Rose den Thronsaal verlassen hatte, und richtete dann das Wort an den König. »Ich möchte die Wahrheit wissen, Sire. Betrachtet Ihr Rose als Eure Geisel?«

John zuckte die Schultern und betrachtete scheinbar unbeteiligt seine Finger. »Ein König muss alles tun, um sich der Treue seiner Vasallen zu versichern. Eure Gemahlin steht unter meinem Schutz, bis Ihr Euch meines Vertrauens würdig erweist.«

»Ich war immer Euer treuer Diener, Sire. Genügt Euch mein Wort nicht?«

»Ich vertraue niemandem, Dragon. Ich schickte Euch nach Norden als mein Kundschafter und muss dann von meinem Vertrauten erfahren, dass Ihr die Rebellen in Eurem Haus empfangen habt. Ich wollte, dass Ihr das Vertrauen der Männer gewinnt und mir von ihren Plänen berichtet. Ihr habt mich enttäuscht, Dragon.«

»Es gab nichts zu berichten.«

»Das behauptet Ihr. Doch in diesen Tagen traue ich niemandem. Ich weiß, dass meine Barone erbost sind wegen meiner Auseinandersetzung mit dem Papst und wegen des Verlustes der Gebiete in Frankreich.«

Dominic fand, dass die Barone weitaus wichtigere Beschwerden hatten, behielt dies jedoch lieber für sich. Um für Rose' Sicherheit zu sorgen, durfte er sich der Sache der Barone keinesfalls anschließen. Er war ein Krieger, kein Politiker.

»Ihr könnt Euch glücklich schätzen, dass Dragonwyck noch Euer ist«, fuhr der König fort. Dann sah er Dominic nachdenklich an. »Ihr scheint Eurer Gemahlin sehr zugetan zu sein, obwohl sie nicht Lady Veronica ist. Stellt Eure Treue unter Beweis, und Lady Rose bleibt unversehrt.«

»Habe ich Euer Wort darauf, Sire?«

»Ja. Geht und gewinnt den Kampf gegen die Waliser für mich. Gebt mir keinen Grund, an Eurer Treue zu zweifeln, und alles wird gut.«

Dominic vertraute dem König nicht. John hatte kein Gewissen, und seine Grausamkeit und Hinterlist waren legendär. Die Steuern, die er erhob, richteten seine Untertanen zugrunde, der

König dachte nur an seinen eigenen Vorteil. Dominic hatte sein Leben der Verteidigung Englands geweiht, doch wenn John Rose auch nur ein Haar krümmte, würde er seinen Eid brechen und zu einem unnachgiebigen Verfechter der Artikel der Barone werden.

Unruhig ging Rose in dem kleinen Schlafgemach auf und ab und wartete auf Dragon. Der Gedanke, dass er sie bald verlassen musste, um gegen Wales zu ziehen, war ihr sehr schmerzlich. Dominic konnte verwundet werden oder Schlimmeres. Unglücklicherweise durften die Vasallen des Königs nicht darüber bestimmen, wohin sie zogen, um England zu verteidigen.

Rose hielt inne, als sich die Tür öffnete und Dominic eintrat. Jedoch vergaß sie ihre Begrüßungsworte, als sie in sein Gesicht blickte. Was mochte der König getan haben, das ihn so erzürnt hatte?

»Was ist geschehen, Dominic? Was hat König John gesagt? Konntest du ihn umstimmen? Lässt er mich abreisen?«

Sie spürte Dominics Verzweiflung, lief auf ihn zu und umarmte ihn.

»Der König lässt dich nicht gehen, Liebste.« Dominic zögerte, bebend vor Zorn. »Er glaubt, dass ich ihm über meine Beteiligung an den Artikeln nicht die Wahrheit gesagt habe.«

»Hat er recht?«

»Vielleicht«, antwortete Dominic ausweichend.

»Dennoch verstehe ich nicht, warum ich in Westminster bleiben soll.« Doch dann kam Rose ein erschreckender Gedanke. »Heilige Muttergottes, behält er mich etwa als Geisel?«

»Rose …«

Sie wich zurück. »Belüge mich nicht, Dominic.«

Er zog sie wieder in seine Arme. »Ja, du bist seine Geisel. Du musst in Westminster bleiben, bis ich sein Vertrauen zurückgewonnen habe.«

»Wie lange?«

»Das weiß ich nicht. Der König will nicht einsehen, dass ich die Barone nicht davon abhalten kann, nach London zu marschieren. Er glaubt, mich nach Wales zu senden würde die Barone von ihrem Vorhaben abbringen, doch ich habe keinerlei Einfluss auf ihre Entscheidungen. König John vertraut niemandem, am wenigsten seinen Baronen.«

Rose schauderte. »Ich hätte nie gedacht, das zugeben zu müssen, doch ich habe schreckliche Angst. Durch mein Benehmen dem König gegenüber und durch die Ansichten meines Vaters habe ich mich bereits zu seiner Feindin gemacht.«

»Ich hatte dich gewarnt, deine Zunge im Zaum zu halten, aber ich hätte wissen müssen, dass ich zu viel von dir verlange. Rose, zwar bewundere ich deinen Mut, doch hier am Hof wird er dich in Gefahr bringen. Du musst in deinen Gemächern bleiben, es sei denn, der König ruft dich zu sich. Außerdem wird Raj hier bleiben, um dich zu beschützen.«

»Ist er damit einverstanden?«

»Ich habe mit ihm gesprochen, nachdem ich den König verließ. Raj versuchte, mich umzustimmen. Doch im Gegensatz zu dir kann ich mich selbst schützen.«

Verärgert erwiderte Rose: »Du musst dich einer Armee entgegenstellen. Ich nicht.«

»Das soll meine Sorge sein, Liebste. Raj bleibt hier. Lass uns nun von angenehmeren Dingen sprechen.«

Rose schmiegte sich an ihn. »Wovon zum Beispiel?«

»Ich möchte die Zeit, die uns noch bleibt, mit dir genießen. Bei Sonnenaufgang muss ich fort.«

»Ich werde für dich beten«, flüsterte Rose. Sie legte ihm die Arme um den Nacken. »Lass uns die Zeit nicht mit Worten vergeuden. Liebe mich, Dominic.«

»Das will ich tun, bis zu dem Augenblick, in dem ich dich verlassen muss.«

Eilig begann Dominic, Rose zu entkleiden, dann trug er sie zum Bett. Mit beinahe verzweifelter Sehnsucht wartete sie darauf, dass auch er seine Kleidung ablegte und zu ihr kam. Wenn die Nacht endete, würde Dragon dem Tod ins Auge blicken, und Rose würde ihn vielleicht nie wieder in den Armen halten.

Als er sich neben sie legte, zog Rose ihn an sich und hob das Gesicht seinem Kuss entgegen. Dominic nahm ihre Lippen in Besitz, doch in seinem Kuss lag mehr als nur körperliches Verlangen, denn die drängende Zärtlichkeit seiner Liebkosungen entflammten in Rose die Liebe, die schon so lange in ihrem Herzen schlummerte.

Rose ließ ihre Hände über Dominics warme Haut gleiten, während sie überall seine Küsse spürte: auf den Lippen, dem Hals und zwischen den Brüsten. Als er schließlich zu ihrem Mund zurückkehrte, öffnete sie hingebungsvoll die Lippen und stöhnte auf, als seine Zungenspitze in sie eindrang.

Dominic war so erregt, dass er befürchtete, sein Begehren nicht lange genug bezähmen zu können, um Rose zu ihrem Recht kommen zu lassen. Er liebkoste die Stelle zwischen ihren Schenkeln und wollte kurz darauf in sie eindringen, doch Rose stieß ihn sanft von sich und setzte sich auf.

Fragend blickte Dominic sie an. »Ich dachte, du wärst bereit für mich.«

Ihr verführerisches Lächeln ließ sein Herz einige Schläge überspringen. »Das bin ich auch, doch diesmal will ich dich lieben.«

Verblüfft hob Dominic die Brauen. Rose war nicht Veronica; er bezweifelte, dass sie wusste, wie sie ihm Lust bereiten konnte. Schließlich war sie unschuldig gewesen, bis er ihr die Jungfräulichkeit geraubt hatte.

»Das ist nicht nötig, Liebste.«

»Doch, das ist es«, beharrte Rose. »Und nun sei still und lass mich dich erfreuen.«

Dominic vergaß alle Bedenken, als sich Rose über ihn beugte und ihre Zungenspitze über seinen Hals und seine Brust gleiten ließ. Ein leises Stöhnen entrang sich seiner Kehle. Rose zog eine Spur von Küssen an seiner Brust und seinem flachen Bauch hinunter und liebkoste dann seinen Nabel. Unwillkürlich streckte sich Dominic ihr entgegen. Die Empfindungen, die sie in ihm auslöste, waren so stark, dass er nicht anders konnte als seine Hände in ihr seidiges Haar zu tauchen, um sie an der Stelle festzuhalten.

Doch dann musste Dominic feststellen, dass Rose noch mehr wollte, denn sie ließ ihre Lippen tiefer und tiefer gleiten. Er glaubte, vor Lust vergehen zu müssen, als Rose mit ihren warmen Lippen seine Männlichkeit berührte und dann die Zungenspitze darübergleiten ließ.

Dominic stieß einen leisen Fluch aus und versuchte, sie von sich zu schieben. »Du sagtest, du wolltest mich lieben, nicht quälen. Rose, du bist die Fleisch gewordene Verführung und ich dein williger Sklave. Wo hast du das gelernt?«

Sie lächelte schüchtern. »Nun, du hast von mir gekostet, also warum sollte ich es dir nicht gleichtun?«

Unvermittelt umfasste Rose Dominics Hüften, hielt ihn fest und beugte sich dann zu ihm hinab, um das Werk der Verführung fortzusetzen. Dominic legte den Kopf in den Nacken, schloss die Augen und ballte die Hände zu Fäusten, Rose brachte ihn schier um den Verstand! Rau flüsterte er ihren Namen, als sie eine besonders empfindsame Stelle fand.

»Genug!«, rief er schließlich, zog Rose zu sich hinauf und bedeckte ihren Körper mit dem seinen. »Jetzt lass mich dich beglücken.«

Dominic trug Rose mit Händen und Lippen nahe an den Gipfel der Lust heran. Ihr leises Stöhnen und Flehen klang wie Musik in seinen Ohren, als er zärtlich den Mittelpunkt ihrer Weiblichkeit küsste.

»Jetzt, Dominic, bitte!«, rief Rose und wand sich unter ihm. »Ich kann nicht länger warten.«

»Ich auch nicht, Liebste«, sagte Dominic rau, nahm Rose in die Arme und drang mit einem einzigen tiefen Stoß in sie ein. Dann zog er sich zurück und erfüllte sie abermals tief und fest. Er hörte, dass sie verzückt den Atem anhielt, und er verlangsamte seine Bewegungen, ließ sie verführerischer und sinnlicher werden. Sein Begehren wuchs, schien ihn schließlich ganz einzuhüllen und gleichzeitig seine Sinne zu durchdringen.

Wieder und wieder nahm er Rose in Besitz und trug sie so mit sich zum Höhepunkt der Leidenschaft. Schließlich spürte er, wie sie unter ihm erzitterte und sich in hilflosem Entzücken an ihn klammerte. Die Hitze ihres Körpers umgab und besiegte ihn, als sie den Gipfel erreichte. In dem Augenblick, als auch er zur Erfüllung gelangte, hatte Dominic das Gefühl, er und Rose seien zu einem einzigen Wesen verschmolzen.

Dominic regte sich, doch seine Augen blieben geschlossen, er schien zu schlafen. Rose betrachtete sein Gesicht und versuchte, sich seine Züge genau einzuprägen: die markante Linie seines Kinns, die ausgeprägte Nase und die sinnlich geschwungenen Lippen. Sie wollte sich auf ewig an jede makellose Einzelheit erinnern.

Ich liebe dich, Dominic.

13

Es gibt nichts Lieblicheres als eine erblühte Rose.

Anonym

Als Rose erwachte, war Dominic bereits fort, und sie würde ihn vielleicht niemals wiedersehen. Ein verzweifelter Aufschrei entrang sich ihrer Kehle, doch kaum hatte der Laut die Stille des Gemachs durchdrungen, als die Tür krachend aufflog und Raj besorgt zu ihr eilte.

»Was ist, Herrin? Seid Ihr krank?« Er sah sich hastig im Gemach um. »Hat Euch jemand verletzt?«

Rose setzte sich im Bett auf und zog sich die Decke bis ans Kinn. »Ich habe nur schlecht geträumt, Raj. Ist Lord Dragon schon aufgebrochen?«

»Ja, Herrin. Bereits vor Stunden.«

»Er hat mich nicht geweckt«, klagte Rose und wischte sich eine Träne ab. »Ich fürchte um ihn, Raj.«

»Ja, Herrin, ich auch«, gestand Raj.

»Vielleicht solltest du ihm folgen.«

Raj dachte über den Vorschlag nach, schüttelte dann jedoch den Kopf. »Das kann ich nicht. Ich gab mein Versprechen, in Westminster zu bleiben, um Euch zu dienen und zu beschützen. Wenn Ihr meiner Hilfe nicht bedürft, werde ich wieder auf meinen Posten vor der Tür zurückkehren.«

»Warst du die ganze Nacht dort?«

»Ja, und so wird es jede Nacht sein. Soll ich eine Zofe rufen, die Euch beim Ankleiden hilft?«

»Ich möchte erst ein Bad nehmen, Raj. Könntest du dafür sorgen?«

»Ja, Herrin.« Raj verließ das Gemach weit weniger stürmisch, als er es betreten hatte.

Bei der Zofe, die Rose zugeteilt worden war, handelte es sich um ein farbloses junges Mädchen mit braunen Haaren, das Lillian hieß. Sie war freundlich und gehorsam, wusste jedoch nichts über die Pflichten einer Zofe. Rose mochte sie auf Anhieb und vermutete, dass der König ihr Lillian geschickt hatte, weil er sie nicht für wichtig genug hielt, um einer erfahrenen Zofe zu bedürfen. Doch sie war zufrieden mit Lillian, die sehr schnell lernte, und hielt es nicht für nötig, sich zu beschweren.

In den Tagen nach Dragons Abreise blieb Rose in ihren Gemächern. Es schien niemanden zu stören, dass sie ihre Mahlzeiten allein einnahm, was vermutlich auf Rajs einschüchternde Erscheinung zurückzuführen war. Nach einigen Tagen der Einsamkeit langweilte sich Rose jedoch so sehr, dass sie Lillian nach einem abgeschiedenen Garten fragte, in dem sie spazieren gehen und frische Luft schöpfen konnte.

»Es gibt einen kleinen Küchengarten«, sagte Lillian. »Niemand geht dorthin außer den Küchenmägden und dem Gärtner. Und es gibt eine Bank, auf der Ihr den Sonnenschein genießen könnt.«

»Wunderbar«, sagte Rose und schlug vor Freude die Hände zusammen. »Ich bin es leid, nichts zu tun zu haben. Die frische Luft wird mir guttun.«

»Ich zeige Euch den Weg, Mylady.«

Als Rose Raj von ihrem Vorhaben unterrichtete, wandte er ein: »Lord Dragon sagte, Ihr sollt in Euren Gemächern bleiben, es sei denn, der König ruft Euch.«

Rose verteidigte sich. »Ich verliere noch den Verstand, wenn ich diese kleine Kammer nicht verlassen kann. Sicher verstehst du das, Raj. Ich brauche frische Luft, und das Wetter ist zu schön, um es nicht zu nutzen. Außerdem sagte Lillian, dass für gewöhnlich niemand außer den Bediensteten den Küchengarten betritt.«

»Nun gut. Herrin«, sagte Raj missbilligend, »ich werde Euch begleiten.«

Rose war von dem kleinen, abgeschiedenen Garten entzückt, und der Duft der Kräuterbeete schien ihre aufgewühlte Seele ein wenig zu beruhigen. Seit Dominic vor zwei Wochen gegen Wales gezogen war, hatte sie nichts mehr von ihm gehört, und auch Raj gelang es nicht, Neuigkeiten von der Schlacht an der walisischen Grenze zu erfahren. Also blieb Rose nichts anderes übrig, als zu warten und sich Sorgen zu machen.

Der erste Ausflug in den Garten gefiel Rose so gut, dass sie die Spaziergänge zwischen den gepflegten Beeten und Büschen zur täglichen Gewohnheit machte. Eines Tages kam Lillian früher zurück als gewöhnlich, um Rose abzuholen, da der König sie zu einer Unterredung bat.

»König John will mich sprechen?«, fragte Rose staunend.

Lillian nickte heftig. »Die Wache richtete mir aus, dass Seine Majestät Euch sogleich zu sehen wünscht, Mylady.«

Rose sah Raj besorgt an und verließ den kleinen Garten. Dieser Spaziergang mochte vielleicht die letzte friedliche Stunde gewesen sein, die sie in Westminster verbringen würde.

»Ich begleite Euch, Herrin«, sagte Raj und folgte Rose.

Als sie den Thronsaal erreichten, trat ein Wächter zwischen Rose und Raj. »Ich werde die Lady zum König bringen.«

Lillian eilte sogleich von dannen, doch Raj blieb an Rose' Seite. Der Befehl des Palastwächters schien ihn wenig zu beeindrucken.

»Du«, sagte der Wächter und deutete mit der Spitze seiner Lanze auf Raj, »geh an deine Arbeit!«

Raj richtete sich zu seiner vollen, beeindruckenden Größe auf. »Ich gehe mit meiner Herrin.«

Der Wächter hob zu protestieren an, wich dann jedoch vor Rajs grimmigem Gesichtsausdruck zurück.

Rose betrat den Saal, ging auf den Thron zu und machte einen annehmbaren Knicks. »Ihr wünscht mich zu sprechen,

Euer Majestät? Habt Ihr Nachricht von Lord Dragon erhalten? Geht es ihm gut?«

»Es gibt keine Neuigkeiten, also vermute ich, dass die Waliser meiner Armee noch immer Kummer bereiten. Dass ich Euch rufen ließ, hat nichts mit Lord Dragon zu tun.«

Rose spürte, dass ihr Herz schneller zu pochen begann. »Warum habt Ihr mich zu Euch befohlen, Sire?«

»Mir ist aufgefallen, dass Ihr weder an den Mahlzeiten noch an den Lustbarkeiten teilnehmt, die täglich meinen Hofstaat erfreuen.«

»Ich ziehe es vor, allein zu speisen. Es scheint mir unziemlich zu sein, mich an Tanz und Vergnügungen zu erfreuen, während mein Gemahl in Euren Krieg zieht.«

Der König kniff die Augen zu schmalen Schlitzen zusammen. »Seht Euch vor, Madam. Wählt Eure Worte sorgfältig, wenn Ihr mit mir sprecht.« Er blickte auf Raj und hob erstaunt die Brauen. »Warum ist Dragons Diener hier?«

»Mein Herr wünschte, dass ich in Westminster bleibe, um Lady Rose zu beschützen«, sagte Raj, ohne zum Sprechen aufgefordert zu sein.

»Lady Rose steht unter meinem Schutz. Sie benötigt keinen Wächter. Ich gestatte dir, dich deinem Herrn an der walisischen Grenze anzuschließen.«

»Nur mein Herr gibt mir Befehle«, beharrte Raj.

John erhob sich halb von seinem Thron, und Rose fürchtete um Rajs Leben.

»Sire, ich bitte um Vergebung für Raj. Er ist nicht an unsere Bräuche gewöhnt und kennt nur Lord Dragon als seinen Herrn, dem er die Treue geschworen hat.«

Ein wenig beschwichtigt, nahm der König wieder Platz. »Du darfst dich glücklich schätzen, fremder Mann, dass deine Herrin so gewinnend für dich spricht.«

»Aus welchem Grund wolltet Ihr mich sehen, Sire?«, fragte Rose, um von Raj abzulenken.

»Nun, Mylady, ich wünsche, dass Ihr an den Festlichkeiten

während der Kreuzwoche teilhabt. Ich bin sicher, die drei Tage mit Banketten und Lustbarkeiten werden Euch aufheitern. Obgleich die Festmahle sich an Opulenz nicht mit dem Weihnachtsfest messen können, werdet Ihr sicherlich etwas finden, das Euren Gaumen kitzelt. Ferner gebe ich Euch die Gelegenheit, alte Freunde wiederzutreffen und neue Bekanntschaften zu schließen.«

»Das ist sehr unwahrscheinlich«, wisperte Rose.

»Wie meint Ihr? Sprecht lauter.«

»Ich kenne niemanden in London.«

»Wie dem auch sei, ich rechne mit Eurem Erscheinen. Habe ich mich deutlich genug ausgedrückt?«

»Allerdings, Sire«, antwortete Rose und bemühte sich, ihren Ärger zu bezähmen.

Der König wedelte mit der Hand. »Ihr dürft Euch entfernen.«

Rose zögerte. »Seid Ihr sicher, dass es keine Nachrichten aus Wales gibt?«

»Das sagte ich doch!«, herrschte John sie an. »Ihr stellt meine Geduld auf die Probe, Mylady. Geht jetzt, ehe ich das Versprechen breche, das ich Lord Dragon gab.«

Rose floh aus dem Thronsaal, dankbar für Rajs Geleitschutz. Hinter sich hörte sie Gelächter, kümmerte sich jedoch nicht um den Spott der Höflinge. Für des Königs Lakaien empfand sie nichts als Verachtung.

Lillian half Rose, sich für das abendliche Bankett anzukleiden. Das Gepäck war aus Dragonwyck eingetroffen, und erleichtert stellte Rose fest, dass sie die Geistesgegenwart besessen hatte, einige festliche Roben einzupacken, die sie bei Hofe tragen konnte.

»Ihr seht bezaubernd aus, Mylady«, sagte Lillian und trat einige Schritte zurück, um Rose zu bewundern. »Das scharlachrote Überkleid steht Euch ausgesprochen gut zu Gesicht. Habt Ihr Euren Schmuck mitgebracht?«

Rose besaß nur wenig Schmuck, da ihre Mutter und Starla die meisten Juwelen mit ins Kloster genommen hatten. Immerhin hatte sie die goldene Tiara bei sich, die Dragon ihr geschenkt hatte. Rose holte das Schmuckstück aus ihrer Kleidertruhe und gab es Lillian.

»Das ist alles, was ich besitze.«

Lillian betrachtete die Tiara voller Bewunderung und setzte sie Rose dann auf, um den dünnen Schleier auf ihrem Haar zu befestigen. »So«, sagte sie, »nun ist alles vollkommen. Werdet Ihr den Festsaal allein finden, Mylady?«

»Raj begleitet mich hinunter«, sagte Rose.

Der hünenhafte Diener wartete bereits vor der Tür. Rose lächelte, als Raj sie flüchtig musterte und zufrieden nickte. Dann bot er ihr galant den Arm und geleitete sie zum Festsaal. Als Rose die Treppe hinunterschritt, bemühte sie sich nach Kräften, das Beben ihrer Glieder zu unterdrücken. Einen Abend mit John Lacklands ausschweifendem Hofstaat zu verbringen behagte ihr nicht im Mindesten.

Als Rose den Saal betrat, herrschte einige Augenblicke lang gespanntes Schweigen, dann jedoch setzten die Gäste ihre Unterhaltung fort. Ein Page brachte Rose zu ihrem Platz am unteren Ende der Tafel, und sie setzte sich eilig, froh darüber, der Aufmerksamkeit des Königs entgangen zu sein. Doch als sie zur anderen Seite des Tisches blickte, stellte sie verblüfft fest, dass sie Veronica of Wynwood gegenübersaß, Dragons ehemaliger Mätresse.

»Lady Rose, ich hörte schon, dass Ihr in Westminster zu Gast seid, konnte es aber kaum glauben«, sagte Veronica mit gespielter Besorgnis in der Stimme. »Man erzählt sich, König John hielte Euch als Geisel. Ist das wahr? Was hat Dragon getan, um den König so zu verärgern? Soweit ich weiß, ist er seinem Eid immer treu geblieben.«

»Ja, das stimmt, Lady Veronica«, antwortete Rose kühl. »Die Verdächtigungen des Königs entbehren jeder Grundlage.«

Veronicas Augen blitzten heimtückisch. »Wenn der König Dragon nicht mehr vertraut, ist es nur Eure Schuld. Wenn ihm etwas zustößt, habt Ihr ihn auf dem Gewissen.«

Rose' scharfe Erwiderung wurde von Fanfarenklängen unterbrochen, die den Beginn des Festmahls ankündigten. Sogleich trug eine Reihe von Dienern große Platten mit erlesenen Köstlichkeiten auf, Austernsuppe, Steinbutt in Hummersoße, Kalbsbries, gebratene Schwäne und Pfauen, Kuchen und Puddings mit Rosen- und Veilchenzucker, Datteln, Feigen, Orangen, Rosinen und Granatäpfel aus fernen Ländern waren nur einige der Gänge, die den Gästen angeboten wurden. Anstelle des üblichen Bieres wurde Wein serviert, und das Brot bestand aus fein gemahlenem weißen Mehl. Rose aß nur wenige Bissen von dem Teller, den sie sich mit Sir Aaron of Trent, ihrem Tischherrn, teilte. Der eingebildete junge Ritter überschüttete Rose förmlich mit Aufmerksamkeiten, doch sie bemühte sich, ihn so gut es ging zu ignorieren. Stunden später, als die Gäste sich nach Herzenslust an den Speisen gütlich getan hatten, wurden die Tafeln entfernt, damit Tanz und Spiel beginnen konnten. Rose hoffte, sich unter die Gäste mischen und dann unauffällig verschwinden zu können. Doch es sollte nicht sein.

»Lady Rose, Ihr wollt doch sicher nicht auf den Tanz verzichten«, sagte Veronica, die plötzlich neben ihr stand.

»Vergnügungen sind nicht nach meinem Geschmack«, behauptete Rose. »Außerdem fühle ich mich zu erschöpft, um daran teilzunehmen.«

Veronica ließ ihren Blick anzüglich über Rose' schlanke Gestalt gleiten. »Erwartet Ihr ein Kind?«, fragte sie abfällig.

Die Frage verblüffte Rose, und es dauerte eine ganze Weile, ehe sie wieder einen klaren Gedanken fassen konnte.

»Nun?«, beharrte Veronica, als Rose nicht antwortete. »Es wäre allerdings sehr bedauerlich, falls Ihr tatsächlich ein Kind unter dem Herzen tragen solltet.«

»Warum?«, fragte Rose, als sie sich wieder gefasst hatte.

»Es ist mir zu Ohren gekommen, dass der König mit dem Gedanken spielt, Eure Ehe aufzulösen. Er will Dragonwyck an einen anderen Ritter abgeben, sobald er einen gefunden hat, der die rebellischen Barone zu beeinflussen vermag.«

»Ihr lügt!«, zischte Rose aufgebracht. – Veronica lächelte überheblich. »Das habe ich nicht nötig. Außerdem behaupte ich nicht, dass die Gerüchte wahr sind, obgleich der Hofklatsch für gewöhnlich aus ausgezeichnet unterrichteten Quellen stammt. Sobald Dragon von Euch befreit ist, wird er mich zur Frau nehmen. Schließlich war das schon immer seine Absicht.«

Rose widersprach Veronicas Behauptung nicht. Dominic hatte selbst zugegeben, Veronica zu lieben, und Rose wusste, dass er sie gefreit hätte, wenn der Befehl des Königs nicht dazwischengekommen wäre.

Sie kämpfte mit den Tränen, wollte sich jedoch keinesfalls vor Veronica eine Blöße geben. »Entschuldigt mich«, sagte sie und wandte sich von Dragons Mätresse ab.

»Wohin des Weges? Das Harfenspiel hat gerade erst begonnen, und es soll noch eine Vorstellung führender Schauspieler geben.«

Ohne eine Antwort eilte Rose aus dem Saal. Raj bedachte Veronica mit einem finsteren Blick und folgte seiner Herrin.

Lillian befand sich noch im Schlafgemach, als Rose eintrat.

»Ich hatte Euch nicht so früh zurückerwartet, Mylady. Ihr seht blass aus. Stimmt etwas nicht?«

»Allerdings. Sag mir die Wahrheit, Lillian, tuschelt die Dienerschaft über mich? Lady Veronica behauptete, man würde bei Hofe offen über meine Ehe mutmaßen. Es heißt, der König wolle meine Vermählung mit Lord Dragon für ungültig erklären.«

Lillian zuckte die Schultern. »Bei Hofe gibt es viel Klatsch und Tratsch, Mylady, doch er bedeutet nichts.«

»Hast du von den Gerüchten gehört?«

Nach langem Zögern antwortete Lillian schließlich: »Ja, Mylady, doch den Gerüchten darf man keinen Glauben schenken. Kümmert Euch nicht darum. Wollt Ihr zu Bett gehen? Soll ich Euch beim Auskleiden helfen?«

»Nein danke, Lillian. Ich möchte jetzt allein sein. Wir sehen uns morgen früh.«

Als Lillian gegangen war, legte sich Rose nicht gleich zur Ruhe. Sie war zu aufgewühlt. Falls der König ihre Ehe annullieren ließe, würde sie ins Kloster eintreten. Sie wollte keinen anderen Mann als Dragon. Trotz seiner Zuneigung zu einer anderen Frau hatte Rose sich unerwartet in ihn verliebt. Sie wusste, dass er auf seine Weise auch etwas für sie empfand, und hätte sich damit zufriedengegeben. Allerdings fragte sie sich, ob ihn die Auflösung der Ehe erfreuen würde. Ob es ihm wohl überhaupt etwas ausmachte, sie zu verlieren?

Veronicas Worte bekümmerten Rose so sehr, dass sie alle Vorsicht in den Wind schlug und beschloss, den König sogleich zur Rede zu stellen. Da die Festlichkeiten noch andauerten, verließ Rose auf der Stelle das Schlafgemach, ehe der Mut sie wieder verließ.

»Wohin geht Ihr, Herrin?«, fragte Raj.

»Schläfst du denn niemals?«, erwiderte Rose schroff.

»Ich nächtige vor Eurer Tür.«

»Nun, Raj, ich habe beschlossen, zum Fest zurückzukehren«, erklärte Rose. »Es war töricht von mir, mich durch Lady Veronicas Worte aus der Fassung bringen zu lassen.« Sie straffte die Schultern. »Ich bin kein Feigling.«

Raj lächelte leise. »Alles andere als das, Herrin. Geht voran, ich bleibe dicht hinter Euch.«

Rose versuchte gar nicht erst, Raj davon abzuhalten, sie zu begleiten. Es hätte nichts genutzt. Er würde sie zum Festsaal bringen und vor der Tür warten, bis sie bereit war, in ihr Gemach zurückzukehren.

Als sie den Saal betrat, entdeckte sie sogleich den König, der auf seinem prächtigen Thron saß und einen Weinkelch in der Hand hielt. Er schien andächtig den Klängen der Harfenmusik zu lauschen. Entschlossen bahnte sich Rose einen Weg zwischen den Höflingen, Rittern und ihren Damen hindurch, bis sie schließlich zur Rechten des Königs stand. Als die letzten Töne der Musik verklungen waren, trat sie vor und bat den König um eine Unterredung.

»Jetzt, Mylady?«, fragte John gereizt. »Es scheint mir weder der Ort noch die Zeit für ein ernsthaftes Gespräch zu sein.«

»Ich bitte nur um einen Augenblick Gehör, Sire«, sagte Rose.

Der König warf einen Blick auf die vielen neugierigen Zuhörer und seufzte. »Nicht hier. Wir ziehen uns zurück. Folgt mir, Mylady.«

John verließ den Festsaal. Als einige Wachen Anstalten machten, ihm zu folgen, winkte er ab. »Wartet hier.«

Rose folgte dem König in einen kleinen Nebenraum und wartete auf die Erlaubnis zu sprechen.

»Nun, Mylady, was ist von so großer Wichtigkeit, dass Ihr mich von meinen Gästen fernhaltet?«

Rose holte tief Atem und sagte dann: »Ich hörte einige Gerüchte und möchte wissen, ob sie der Wahrheit entsprechen.«

Die Miene des Königs verfinsterte sich. »Ihr habt mein Fest unterbrochen, weil Euch Klatsch zu Ohren gekommen ist? Wie könnt Ihr es wagen!«

Tapfer kämpfte Rose gegen die Furcht an, die in ihr aufstieg. Sie würde sich von diesem verabscheuungswürdigen Mann keinesfalls einschüchtern lassen.

»Ich bitte Euch, Sire, weist mich nicht ab, ehe ich meine Frage gestellt habe.«

Der König lächelte lüstern und musterte Rose von Kopf bis Fuß. »Ihr seid eine schöne Frau. Zu schade, dass ich Euch mit einem meiner Ritter vermählt habe.« Mit den Fingerspitzen hob er Rose' Kinn und betrachtete ihr Gesicht mit Bedauern. »Ich hätte Euch zum Mündel der Krone erklären und in mein Bett holen sollen.«

Vorsichtig schob Rose seine Hand zurück und entfernte sich einige Schritte. »Bitte, Sire, ich bin die Frau Eures treuen Vasallen. Darf ich offen sprechen?«

»Tut Ihr das nicht immer?«, fragte der König spöttisch. »Nun gut, Mylady, ich bin heute Abend ausgezeichneter Laune, also mögt Ihr Eure wichtige Frage stellen.«

»Beabsichtigt Ihr, meine Vermählung mit Lord Dragon aufzulösen?«

Der König lächelte, doch sein Blick blieb finster. »Was bringt Euch auf diesen Gedanken?«

»Lady Veronica trug mir dieses Gerücht mit Genuss zu, doch ich ziehe es vor, die Wahrheit aus Eurem Munde zu hören.«

»Ich plane nicht, Eure Ehe zu beenden, Lady Rose. Als ich zuletzt mit Dragon sprach, gewann ich den Eindruck, dass er mit Euch zufrieden ist. Solange er sich treu um England verdient macht, besteht keine Gefahr für Eure Verbindung. Beantwortet das Eure Frage?«

Erleichtert atmete Rose auf und knickste höflich. »Ja, Sire. Ich danke Euch für Eure Aufrichtigkeit. Vergebt mir die Störung Eures Festes.« Sie wandte sich zum Gehen.

»Wartet! Ich wollte eigentlich erst morgen mit Euch sprechen, doch da Ihr nun einmal hier seid, kann ich Euch die Neuigkeiten auch jetzt mitteilen.«

Rose blieb stehen und blickte den König ängstlich an. »Ihr habt Nachrichten, Euer Majestät?«

»Ein Bote aus Wales erreichte heute Westminster. Er berichtet, dass die Schlacht noch immer heftig tobt. Die walisischen Rebellen scheinen sehr hartnäckig zu sein.« Er zögerte. »Es gibt etwas, das Ihr wissen solltet.«

Rose hielt den Atem an. »Ist Dragon … geht es ihm gut?«

»Soweit ich weiß, Mylady. Sollte Dragon im Kampfe fallen, werde ich von meinem Recht als Euer Lehnsherr Gebrauch machen und Euch mit einem anderen vermählen. Solange Dragon lebt und mir die Treue hält, bleibt Eure Ehe bestehen.« John machte eine wegwerfende Geste. »Geht jetzt, ehe ich es mir anders überlege.«

Aufgewühlt eilte Rose in den Festsaal zurück.

»Lady Rose, ich dachte, Ihr hättet Euch bereits zurückgezogen.«

Erschrocken fuhr Rose herum. Sie stand direkt vor Aaron of Trent. »Ich habe Euch nicht nahen sehen.«

»Vergebt mir, dass ich Euch erschreckt habe. Darf ich Euch auf ein Wort bitten?«

»Ein anderes Mal vielleicht.« Sie wandte sich um.

Aaron ergriff ihren Arm und zog sie in einen kleinen Alkoven, der durch einen Vorhang vom Festsaal getrennt war. »Es fällt mir schwer, zu glauben, dass Ihr tatsächlich so schüchtern seid, wie es den Anschein hat, Mylady. Lady Veronica erzählte mir von Euren zahlreichen Liebhabern. Ich trachte danach, einer von ihnen zu werden.«

Rose blickte ihn voller Entrüstung an. »Lady Veronica irrt sich. Ich bin meinem Gemahl treu.«

»Lord Dragon ist aber nicht zugegen. Außerdem ist es kein Geheimnis, dass Eure Verbindung keine Liebesheirat war. Dragon hätte einer anderen den Vorzug gegeben. Nehmt mich als Euren Galan, Lady Rose. Ich verspreche, dass Ihr es nicht bereuen werdet.«

»Lasst mich los!«, rief Rose zornig, als Aaron sie an sich ziehen wollte.

Er betrachtete sie lüstern. »Ihr braucht Euch vor mir nicht zu verstellen, Mylady.«

Wie durch ein Wunder tauchte Raj plötzlich in dem Alkoven auf. »Meine Herrin verstellt sich nicht«, sagte er und befreite Rose aus Aarons Umklammerung.

Der Ritter blickte in Rajs funkelnde Augen und erbleichte. »Wer, zum Teufel, seid Ihr?«

»Lady Rose' Beschützer.« Raj fuhr sich mit der Fingerspitze quer über die Kehle. »Belästigt Ihr sie noch einmal, schlage ich Euch den Kopf ab. Haben wir uns verstanden, Ritter?«

Aaron wich ängstlich zurück. »Ja. Ich wollte der Lady nicht zu nahe treten. Vergebt mir, Lady Rose.« Er eilte davon wie von Furien gehetzt.

»Danke, Raj«, sagte Rose. »Er hatte sich mir schon den ganzen Abend lang aufgedrängt. Ich möchte jetzt in meine Gemächer zurückkehren.«

»Hat der König etwas über Lord Dragon erfahren?«

»Nein, und ich mache mir Sorgen um ihn. Glaubst du, dass es ihm gut geht?«

Raj bemühte sich, Rose zu beschwichtigen, doch seine bekümmerte Miene spendete ihr nur wenig Trost. Der Gedanke, Dominic könnte in der Schlacht fallen, ängstigte Rose zutiefst. Nein, Dragon würde nicht sterben. Er war zu stark und kampferprobt, als dass ihn die Waliser besiegen konnten. Bald schon würde er zu ihr zurückkehren. Um ihrer Seele willen musste sich Rose an die Hoffnung klammern.

Die folgenden Tage verbrachte Rose damit, sich unauffällig zu verhalten. Noch immer unternahm sie ihre Spaziergänge im Garten, wenn es das Wetter zuließ, nahm jedoch weiterhin ihre Mahlzeiten allein ein. Es erreichte sie keine Nachricht von Dragon.

Eine Woche verging, dann eine zweite. Eines Nachts erwachte sie schreiend. Der Albtraum, der sie aus dem Schlaf gerissen hatte, war ihr so wirklich erschienen, dass sie meinte, das Blut riechen und die Schreie der Sterbenden hören zu können. Rose schlug die Hände vors Gesicht und schluchzte.

Jäh öffnete sich die Tür, und Raj stürmte mit gezogenem Schwert in der Hand ins Schlafgemach. In der anderen Hand hielt er eine brennende Kerze, mit der er alle Winkel nach einem Angreifer ausleuchtete. »Ich hörte Euch schreien, Herrin. Hat Euch jemand bedroht?«

Rose sah Raj durch einen Tränenschleier an. »Es ist Dragon. Ihm ist etwas zugestoßen.«

Besorgt trat Raj ans Bett und setzte die Kerze auf dem kleinen Nachttisch ab. »Woher wisst Ihr das, Herrin? Hat Euch der König benachrichtigt?«

»Nein. Ich hatte einen Traum, Raj, doch es war weit mehr als das. Ich roch Blut und sah ein grauenhaftes Gemetzel.«

»Habt Ihr Lord Dragon im Traum gesehen?«

»Ja, klar und deutlich. Er war in einen schrecklichen Kampf verstrickt. Überall fielen seine Männer tödlich getroffen. Er besiegte einen der Feinde und eilte sogleich einem anderen Ritter zu Hilfe, der von mehreren Walisern angegriffen wurde, als plötzlich … o Gott, es war so entsetzlich.«

»Was habt Ihr dann gesehen, Herrin?«, fragte Raj, aufs Äußerste besorgt.

»Ich sah, wie einer der Rebellen seine Lanze warf. Sie drang in Dragons Körper trotz Kettenhemdes ein. Ich sah ihn fallen. Blut strömte aus der Wunde … und dann erwachte ich.«

»Es war nur ein Traum, Herrin.«

»Nein, Raj, Dragon ist in Gefahr, das fühle ich tief in meinem Herzen. Du musst ihn suchen. Er braucht dich.«

»Aber ich muss Euch beschützen, Herrin. Ich gab Lord Dragon mein Wort.«

»Dragon braucht dich dringender als ich, Raj. Wenn du nicht zu ihm gehst, wird er sterben.«

Der Hüne erbleichte. »Ihr klingt überzeugt. In meiner Heimat nimmt man Vorahnungen sehr ernst.«

Erleichtert atmete Rose auf. »Dann wirst du ihn also suchen?«

»Doch wer wird Euch beschützen, wenn ich fort bin?«

»Ich kann mich selbst verteidigen«, erwiderte Rose grimmig.

Einen Herzschlag lang zögerte Raj und nickte dann nachdenklich. »Wenn Ihr es wünscht, Herrin, werde ich Lord Dragon finden.«

»Es ist mein Wunsch, Raj. Wann kannst du abreisen?«

»Sofort.«

»Ich danke dir, Raj. Du darfst Dragon nicht sterben lassen. Allein auf dich kann ich mich verlassen.«

Rose konnte in dieser Nacht keinen Schlaf mehr finden. Sie ging bis zum Morgengrauen unruhig auf und ab, versuchte jedoch, sich vor Lillian nichts anmerken zu lassen, als die Zofe am Morgen erschien, um ihr beim Ankleiden zu helfen.

»Wo ist denn Euer Wächter, Mylady?«, fragte Lillian arglos. »Er stand nicht vor der Tür, als ich kam.«

»Ich habe ihn um einen Dienst gebeten«, sagte Rose ausweichend.

Obwohl niemand ein Wort über Rajs Verschwinden verlor, war Rose sicher, dass seine Abwesenheit bemerkt wurde. Schließlich war es schwer, einen Mann wie Raj zu übersehen. Glücklicherweise kümmerte sich König John jedoch nur wenig um das Kommen und Gehen der Dienerschaft.

Rose kam schier um vor Sorge um Dragon. Würde Raj ihn rechtzeitig finden? Lebte er noch? Oder handelte es sich bei der Vorahnung nur um die Sorgen einer liebenden Frau? Die Wochen vergingen, doch Rose' Fragen blieben unbeantwortet.

Als Rose eines Tages schließlich zum König gerufen wurde, erschrak sie zutiefst. Ohne sich um den Zustand ihres Kleides oder ihrer Frisur zu kümmern, eilte sie davon und wurde sogleich in den Thronsaal gebeten.

»Majestät«, begrüßte sie den König mit einem ungeschickten Knicks. »Habt Ihr Nachricht von meinem Gemahl?«

Die ernste Miene des Königs ließ Rose das Schlimmste vermuten. Er schürzte schweigend die Lippen und klopfte sich nachdenklich mit dem Finger aufs Kinn. Nach einer Weile ertrug Rose die Anspannung nicht mehr.

»Sire, bitte, ist etwas mit Lord Dragon geschehen?«

»Sir Derek of Fenmore kehrte soeben mit freudiger Kunde aus Wales zurück. Meine Armee war siegreich. Die walisischen Rebellen haben die Waffen gestreckt und sind über die Grenze geflohen.«

»Gelobt sei Gott«, sagte Rose erleichtert. »Wird Lord Dragon bald zurückkehren?«

»Fasst Euch, Mylady, ich habe Euch etwas mitzuteilen.«

»Wurde er verwundet, Sire?«, fragte Rose ängstlich. »Dann muss ich zu ihm.«

»Es ist schlimmer, Mylady, viel schlimmer«, sagte John. Das Bedauern in seiner Stimme verriet sein schlechtes Gewissen. »Lord Dragon wurde schwer verwundet, und man glaubt nicht, dass er überleben wird.«

Rose wurde bleich und wankte. »Nein, ich kann es nicht glauben! Ich würde es hier fühlen«, sie legte sich die Hand aufs

Herz, »wenn Dragon tot wäre. Darf ich mit Sir Derek sprechen, Sire?«

»Ja, Mylady, wenn Ihr es wünscht.«

Ein Ritter trat vor. Rose hatte seine Anwesenheit bislang nicht bemerkt, so sehr hatte sie sich auf die Worte des Königs konzentriert. Kettenhemd und Umhang des Mannes waren staubig, und seine Züge spiegelten seine Erschöpfung wider.

Derek of Fenmore verneigte sich vor dem König und wandte sich dann an Rose. »Mylady, ich bringe traurige Kunde. Lord Dragon ist ein wahrer Held und wird schmerzlich vermisst werden.«

Rose begann zu zittern. »Habt Ihr ihn sterben sehen? Wart Ihr Zeuge seines letzten Atemzuges?«

»Ich sah ihn fallen, Mylady. Eine Lanze traf ihn in die Seite, und die Wunde war tödlich.«

»Doch Ihr habt nicht gesehen, dass er starb?«, beharrte Rose. »Bitte, Sir, ich muss es wissen.«

»Nein, Mylady, doch sein Ableben stand unmittelbar bevor.«

»Wo ist er jetzt?«

»Seine Ritter brachten ihn nach Dragonwyck. Es war sein letzter Wille, auf seinem eigenen Grund und Boden bestattet zu werden. Die Männer legten ihn auf einen Wagen und zogen sogleich gen Dragonwyck.«

»Vielleicht lebt er noch«, sagte Rose. »Schließlich habt Ihr ihn nicht sterben sehen.«

»Ich sah seine Wunde, Mylady, und in sein Antlitz trat der Schatten des Todes. Es tut mir unendlich leid. Lord Dragon war ein großer Recke und treuer Diener Englands.«

Hasserfüllt sah Rose den König an. »Es ist nur Eure Schuld!«, rief sie. »Ihr habt an Dragons Treue gezweifelt und ihn in den Tod geschickt. Noch in dieser Stunde werde ich abreisen und nach Hause zurückkehren. Ich glaube nicht, dass er tot ist, ehe ich nicht seinen Leichnam gesehen habe.«

»Ich trauere mit Euch, Mylady, doch ich kann Euch die Abreise nicht gestatten.«

»Was? Wie könnt Ihr es wagen, mir diesen Wunsch abzuschlagen?«

»Wir müssen auf Nachricht von Dragonwyck warten. Falls Lord Dragon überleben sollte, dürft Ihr zu ihm zurückkehren, doch falls mich die Kunde von seinem Tode erreicht, werde ich einen neuen Gemahl für Euch auswählen. Dragonwyck darf nicht ohne Schutz bleiben.«

»Dragon lebt, ich weiß es genau! Ich muss zu ihm.«

»Ihr werdet *nicht* gehen«, sagte der König zornig.

»Wenn Dragon tatsächlich nicht mehr am Leben sein sollte, wäre es sehr grausam von Euch, mich noch in der Trauerzeit mit einem anderen zu vermählen.«

Es herrschte angespannte Stille, doch schließlich sagte der König: »Nun gut, Mylady. Falls die Kunde lautet, dass Lord Dragon tot ist, erlaube ich Euch eine kurze Trauerzeit, ehe ich Eure Hand einem anderen Ritter gebe. Ihr könnt jetzt gehen.«

Rose begehrte auf. »Aber, Sire …«

»Genug! Ich habe all Eure Einwände gehört, Mylady. Muss ich Euch erst aus dem Thronsaal werfen lassen?«

Da Rose befürchtete, ihren Hass auf den König von England nicht länger im Zaume halten zu können, eilte sie aus dem Saal. Doch sie würde seinem Befehl nicht gehorchen. Es würde einen Weg geben, aus dem Schloss zu entkommen und nach Dragonwyck zurückzukehren. Tief in ihrem Herzen spürte Rose, dass Dragon sie brauchte.

14

Als die Liebe auf die Erde kam,
erschuf der Frühling Rosen, sie zu betten.

Thomas Campbell

Nie zuvor hatte Rose sich so hilflos gefühlt. Dominic brauchte sie, und der König weigerte sich, sie gehen zu lassen. Rose klammerte sich allein an die Hoffnung, dass sich Raj in Dominics Nähe befand. Sie musste daran glauben, dass Raj ihn noch lebend gefunden hatte und dafür sorgte, dass er am Leben blieb. Etwas anderes wollte sie einfach nicht wahrhaben, denn dann würde sie den Glauben an Gott und seine Güte verlieren.

König Johns Gleichgültigkeit erzürnte und entsetzte sie. Er hatte sich große Mühe gegeben, dafür zu sorgen, dass sie Westminster nicht verließ, und die Palastwachen angewiesen, sie aufzuhalten, falls sie ohne die Erlaubnis des Königs abzureisen versuchte. Rose dachte daran, über die hohe Mauer des Küchengartens zu klettern, sah jedoch ein, dass sie sich dabei vermutlich den Hals brechen würde.

Als sich die Nachricht über Dragons vermutliches Ableben am Hof verbreitet hatte, erwartete der König nicht mehr, dass Rose an den Banketten teilnahm. Sie blieb in ihren Gemächern und wartete auf Nachricht von Dragonwyck.

Dennoch gelang es niemandem, Rose davon zu überzeugen, dass sie Witwe war, und sie suchte unermüdlich nach Möglichkeiten, aus dem Schloss zu entkommen. Dominic hatte ihr einen kleinen Beutel mit Goldmünzen dagelassen, die genügen würden, um den Heimweg zu überstehen, selbst wenn sie sich dazu ein Pferd kaufen musste. Doch Rose hoffte, dass dies nicht nötig war. Sie beabsichtigte, ihre eigene Stute aus den Ställen des Königs zu stehlen. Wie sie dazu allerdings aus dem Palast hinausgelangen sollte, wusste sie noch nicht.

Zwei Wochen darauf erwachte Rose eines Nachts mit dem sicheren Gefühl, dass sie sich nicht allein im Schlafgemach befand. Ängstlich öffnete sie die Augen und sah, dass sich eine Gestalt über das Bett beugte. Rose wollte schreien, doch der Eindringling verschloss ihr schnell mit seiner großen, rauen Hand den Mund. Dann hörte sie eine vertraute Stimme flüstern und beruhigte sich augenblicklich.

»Ich bin es, Herrin, Raj. Nickt, wenn Ihr mich versteht, dann gebe ich Euch frei.«

Rose nickte, und Raj entfernte seine Hand. Sie setzte sich auf. Rajs Züge wurden allein vom Mondlicht erhellt, das durch das Fenster fiel. Er sah erschöpft und abgemagert aus, als wäre er lange Zeit ohne Nahrung und Schlaf geritten.

»Hast du Dragon gesehen?«, fragte Rose ohne lange Vorrede. »Ist mein Gemahl noch am Leben? Der König behauptete, er sei tot, doch ich weigerte mich, es zu glauben.«

»Es ist viel geschehen, seit ich das Schloss verließ, Herrin«, begann Raj. »Ich dachte über Euren Traum nach und kam zu dem Schluss, dass es sich in der Tat um eine Vorahnung handeln musste. Dann fragte ich mich, wohin mein Herr wohl gebracht werden wollte, wenn er schwer verwundet wäre. Als ich aus Westminster ritt, fand ich die Antwort.«

»Dominic würde nach Hause wollen, nach Dragonwyck«, flüsterte Rose. »Derek of Fenmore kehrte aus Wales zurück und überbrachte die Nachricht von Dragons Tod. Er berichtete, dass Dragon fiel und von seinen Rittern verlangte, sie sollten ihn nach Dragonwyck bringen, um ihn dort zu bestatten. Ich fürchtete schon, du würdest ihn nicht finden.«

»Ich traf nur einen Tag nach meinem Herrn auf Dragonwyck ein. Er lebte noch, war jedoch sehr schwach.«

Rose stöhnte auf und wiegte sich vor und zurück. Immer wieder sagte sie: »O Gott, o Gott, o Gott, er muss leben. Raj, sag mir nicht, dass Dominic tot ist. Ich könnte es nicht ertragen.«

»Lord Dragon lebte, als ich vor einer Woche Dragonwyck verließ. Pater Nyle und ich wendeten unsere spärlichen Heilkünste an, um ihm zu helfen, doch die Wunde hatte sich entzündet, und er wurde vom Fieber geschüttelt.«

»Warum hast du ihn allein gelassen?«, fragte Rose entsetzt.

»Mein Herr ruft im Fieber Euren Namen, Mylady. Er braucht Euch. Fürchtet Euch nicht, ich ließ ihn in guten Händen zurück. Der heilige Mann sagte, dass Eure Mutter Lord Dragon mit ihren Heilkünsten retten könne. Sie befindet sich jetzt auf Dragonwyck.«

»Meine Mutter hat das Kloster verlassen, um Dominic zu helfen?«, fragte Rose erstaunt.

»Ja. Als ich ihr von seiner Verwundung berichtete, zögerte sie keinen Augenblick. Sie brachte sogar eine Nonne mit sich, die sich noch besser auf heilende Kräuter versteht.«

»Gott sei Dank«, flüsterte Rose erleichtert.

»Als sie auf Dragonwyck eintrafen, verließ ich die Burg sogleich, um Euch zu holen.«

»Ich darf Westminster nicht verlassen«, klagte Rose. »Der König hat es mir verboten. Ich muss hierbleiben, bis der König erfährt, dass Dragon noch am Leben ist. Sollte er sterben, will John mich mit einem anderen Ritter vermählen.« Sie schluchzte auf. »Ich könnte es nicht ertragen.«

»Das hatte ich befürchtet«, sagte Raj, »und bei Eurer Mutter Rat gesucht.«

»Mama kann nichts daran ändern«, sagte Rose niedergeschlagen.

»Ihr unterschätzt sie«, erwiderte Raj. »Seht.« Er deutete auf eine vermummte Gestalt, die nahe der Tür kauerte. Raj winkte sie heran.

Rose runzelte die Stirn. »Das verstehe ich nicht, Raj. Wen hast du da mitgebracht?«

Die Gestalt trat ans Bett und zog die Kapuze ihres Umhangs

zurück. Das Mondlicht ließ vage goldblonde Locken erkennen. Rose blickte in das Gesicht der Frau und sah ihr eigenes Spiegelbild. »Starla!«, rief sie. »Was, um alles in der Welt, tust du hier?«

Starla stürzte sich in Rose' ausgebreitete Arme. Die Schwestern hielten einander fest, blickten einander dann in die Augen und umarmten sich aufs Neue.

»Ich bin gekommen, um dir zu helfen«, sagte Starla. »Raj erklärte mir deine Lage, als er Mama aus dem Kloster holte. Gemeinsam heckten wir einen Plan aus, damit du nach Dragonwyck zurückkehren kannst.«

»Wie? Ich bin ganz verwirrt.«

»Ganz einfach. Ich nehme deinen Platz hier im Palast ein.«

Mit Tränen in den Augen sah Rose ihre Schwester an. »Das würdest du für mich tun?«

»Warum nicht? Schließlich hast du dich um meinetwillen geopfert.«

»Ich würde dies nie von dir verlangen, Starla.«

»Aber ich biete es dir an, Schwester. Raj kann dich aus dem Palast bringen, wie er mich hineingeschmuggelt hat.«

»Bist du dir ganz sicher?«

Obwohl Starlas Stimme bebte, sagte sie voller Entschlossenheit: »Ja, das bin ich.«

»Ich sorge für frische Pferde und komme Euch dann holen«, sagte Raj. »Nehmt nur mit, was Ihr für die Reise braucht. Lady Starla kann die Kleider anziehen, die Ihr zurücklasst, denn sie hat nur bei sich, was sie am Leibe trägt.«

Rose stand auf und zündete eine Kerze an. Während sie sich ankleidete und einige wenige Habseligkeiten in einem Kissenbezug verschnürte, erklärte sie ihrer Schwester alles, was diese bei Hofe wissen musste. Sie begann mit der Zofe Lillian und ging dann die Namen der Menschen im Palast durch, mit denen Starla womöglich etwas zu tun bekommen könnte.

»Niemand wird etwas dagegen haben, dass du dich in deinen Gemächern aufhältst«, sagte sie. »Der Hofstaat weiß um meine Lage. Seit man von Dragons bevorstehendem Tod weiß, stört man mich kaum noch in meiner Abgeschiedenheit. Allerdings gibt es einen kleinen Garten hinter der Küche, in dem ich oft verweile, wenn die Sonne scheint. Du kannst Lillian bitten, dich dorthin zu führen. Falls der König dich zu sich rufen sollte, musst du versuchen, dich so zu verhalten, wie ich es tun würde. Zolle ihm Respekt, aber sei nicht zu unterwürfig.« Rose zögerte und rief dann verzweifelt: »O Starla, ich fürchte, der Plan wird misslingen!«

»Aber nicht doch. Schließlich trete ich nicht zum ersten Mal an deine Stelle. Beeile dich, Rose. Ihr müsst den Palast weit hinter euch gelassen haben, wenn die Sonne aufgeht.«

Rose griff nach ihrem Bündel und umarmte Starla. »Raj wird zurückkehren, sobald ich auf Dragonwyck eingetroffen bin. Er wird dich beschützen. Denke an die Dinge, die ich dir erklärt habe, und bete für Dominic. Er muss überleben, denn sonst stirbt mein Herz mit ihm.«

»Ich werde jeden Tag für seine Genesung beten«, versprach Starla. »Du musst ihn wirklich sehr lieben, Rose. Als er auf Dragonwyck ankam, wirkte er so furchterregend, kalt und selbstsicher, dass ich um dein Leben fürchtete. Wenn dich dein aufbrausendes Temperament schon nicht in Schwierigkeiten brachte, wusste ich doch, dass es deiner scharfen Zunge gelingen würde. Ich bin froh, dass du dich mit Lord Dragon nun doch verstehst.«

»Merke auf, Starla, es gibt etwas, das wir noch nicht besprochen haben«, sagte Rose nach einigen Augenblicken des Nachdenkens. »Lady Veronica. Manchmal nimmt sie an den Hofessen teil und tut dann alles in ihrer Macht Stehende, um mich zu verletzen. Immer wieder erinnert sie mich daran, dass sie einmal Dragons Geliebte war und dass er sie heiraten wollte. Ich weiß nicht, ob Dragon noch immer Gefühle für sie hegt, doch es stimmt mich zuversichtlich, dass er im Fieber meinen Namen ruft und nicht Veronicas.«

»Auch dafür werde ich beten«, sagte Starla. »Geh jetzt und sorge dich nicht um mich. Ich werde alles meistern.«

Rose ging zur Tür. »Ich werde dir diese Tat nie vergessen, Starla.«

»Nur durch dein Opfer hat sich mein Traum erfüllt, und ich werde bald zur Nonne geweiht werden. Haben wir einander denn nicht immer geholfen? Du bist ein Teil von mir, so wie ich ein Teil von dir bin.«

Da Rose fürchtete, abermals in Tränen auszubrechen, öffnete sie schnell die Tür und schlich sich hinaus. Obwohl der Korridor im Dunkeln lag, spürte sie Rajs Gegenwart und hatte keine Angst, als er ihre Hand nahm.

»Folgt mir, Herrin. Und gebt keinen Laut von Euch, damit uns die Wachen nicht hören.«

Raj führte Rose die Dienstbotentreppe hinunter, durch einen langen Gang in die Küche, ohne dass die Palastwachen etwas bemerkten. Ein Küchenjunge schlief neben dem Ofen, regte sich jedoch nicht, als die beiden sich durch die Hintertür hinaus in den Garten schlichen. Rose kannte den Weg inzwischen so gut, dass sie kein Licht brauchte, um ihre Schritte zu setzen.

Allerdings hatte sie keine Ahnung, wie Raj sie aus dem Palast bringen wollte, da die Gartenmauer zu hoch war, um sie zu überwinden. Als sie draußen im Mondlicht standen, kleidete Rose ihre Sorge in Worte.

»Keine Angst, Herrin«, flüsterte Raj. »Während Ihr Eure Spaziergänge im Garten unternommen habt, konnte ich mich ein wenig umsehen und fand ein kleines Gartentor, das von Efeu und Weinlaub überwuchert war. Eines Nachts, als das Schloss in tiefem Schlaf lag, kehrte ich in den Garten zurück, schnitt die Ranken ab und stellte fest, dass ich ein unscheinbares Tor zur Freiheit gefunden hatte. Ich ahnte, dass mir dieses Wissen eines Tages sehr gelegen kommen würde.«

»Es wundert mich nicht, dass Lord Dragon so viel von dir hält, Raj. Du bist ein Mann voller Überraschungen. Führe mich zu dem Tor.«

Raj fand das Gartentor und nestelte am Riegel. Wenig später schwang die eiserne Pforte laut quietschend auf. Er führte Rose hindurch und verschloss das Tor dann sorgfältig. Rose' Stute und ein weiteres Pferd warteten angehalftert im Schatten der Gartenmauer und grasten friedlich. Raj half Rose in den Sattel, saß dann selbst auf und flüsterte ihr zu, dass sie warten solle, bis die Turmwache ihnen den Rücken zukehrte.

Nach schier endlos scheinendem Warten gab Raj ihr schließlich ein Zeichen. Sie wagten sich aus dem Mauerschatten und ritten in die Nacht hinaus.

Als Rose die Türme Dragonwycks entdeckte, fühlte sie sich unendlich erschöpft. Die tägliche Wegstrecke, die Raj vorgegeben hatte, war überaus beschwerlich, aber notwendig gewesen. Des Nachts waren sie in kleinen Gasthöfen eingekehrt oder hatten in verlassenen Scheunen geschlafen. Wenn sich die Pferde nicht hätten ausruhen müssen, wäre Rose ohne Schlaf ausgekommen, um schneller bei Dominic zu sein.

»Wir sind bald da, Raj«, sagte Rose ängstlich. »Wenn nun auch Mama Dragon nicht zu retten vermochte? Was wäre ...«

»Grämt Euch nicht, Herrin«, erwiderte Raj ruhig. »Lord Dragon ist ein starrsinniger Mann. Sein Lebenswille wird über den finsteren Schatten des Todes siegen.«

»Hoffentlich hast du recht.«

Mit klopfendem Herzen ritt Rose auf die Zugbrücke zu. Bald würde sie Dominic sehen und in den Armen halten. Daran musste sie einfach glauben.

Die Zugbrücke war hochgezogen und verwehrte jedermann den Eintritt, wurde jedoch rasch herabgelassen, als Raj die Wachen rief. Er und Rose trabten klappernd über die hölzernen Bohlen und durch das Burgtor. Am Portal saß Rose ab und rannte die Stufen hinauf. Dann öffnete sich die große Tür, und sie durfte endlich ihrer Mutter in die Arme sinken.

»Ich bin zu Hause, Mama«, schluchzte Rose an Lady Neldas Schulter.

»Die Wachen haben euch erkannt und mich sogleich benachrichtigt, mein Kind.«

»Mama, ich muss es augenblicklich wissen. Ist Dominic noch am Leben?«

»Ja, Rose. Schwester Agatha und ich vermochten ihn am Leben zu erhalten, doch das Fieber schüttelt ihn noch immer. Dich zu sehen wird ihm mehr helfen als alle Heiltränke, die wir brauen könnten. Geh zu ihm, Rose. Er ruft nach dir.«

Rose löste sich aus Lady Neldas Umarmung und eilte die Treppen zur Kemenate hinauf. Kurzerhand schürzte sie den Rock, um nicht über den bodenlangen Saum zu stolpern. Auf der Galerie begegnete sie Blythe und Emily, rannte jedoch mit einem hastigen Gruß an ihnen vorbei. Dann stieß sie die Tür zur Kemenate auf, hastete durch das Kaminzimmer und stürzte ins Schlafgemach.

Eine Nonne kniete mit gesenktem Haupt am Bett, die Hände zum Gebet gefaltet. Als Rose eintrat, erhob sie sich.

»Ich bin Schwester Agatha«, sagte sie, »und Ihr müsst Rose sein. Es ist gut, dass Ihr gekommen seid. Ich fürchte, wir werden Euren Gemahl verlieren.«

»Nein!«, rief Rose. »Geht jetzt. Lasst mich mit ihm allein.«

Schwester Agatha schürzte missbilligend die Lippen und verließ das Gemach mit aller Würde, die ihr zu Gebote stand. Rose wusste, dass sie sich ungehörig verhalten hatte, doch wie konnte die Nonne zu behaupten wagen, Dragon würde sterben! Gleich darauf schob sie den Gedanken an die Nonne von sich und trat ans Bett. Dominics Anblick entsetzte sie. Sein Gesicht war blass und eingefallen, auf seinen Wangen lag eine unnatürliche Röte. Sie legte ihm die Hand auf die Stirn und zuckte vor Schreck zusammen. Wie konnte ein Mann so vor Fieber glühen und dennoch leben?

Rose kniete sich neben das Bett und flüsterte Dominics Namen. Er regte sich nicht. Ein wenig lauter wiederholte sie sich, und dieses Mal wand er sich unruhig im Fieberschlaf. Rose hoffte, dass er sie gehört hatte.

* * *

Dominics Glieder waren schwer und nutzlos, seine Augen brannten, und er fühlte sich, als lodere sein Körper im Höllenfeuer. Aus weiter Ferne schien jemand seinen Namen zu rufen. Rose? Nein, nicht Rose. Angestrengt zog er die dunklen Brauen zusammen und suchte nach einem zusammenhängenden Gedanken. Er glaubte, sich schwach zu erinnern, dass der König Rose als Geisel hielt, und ein verzweifelter Schrei entrang sich seiner trockenen Kehle. Er durfte nicht … würde nicht sterben, ehe er ihr liebliches Antlitz ein letztes Mal gesehen hatte.

»Dominic, kannst du mich hören?«

Er regte sich und versuchte, die Augen zu öffnen. Dominic spürte ihre Gegenwart, fürchtete jedoch, das Fieber gaukle ihm Trugbilder vor. Er war müde, so unendlich müde, und hatte so große Schmerzen. Selbst die Lider aufzuschlagen wollte ihm nicht gelingen.

»Dominic, öffne die Augen und sieh mich an. Ich bin hier, an deiner Seite. Du darfst nicht sterben, Dominic. Bitte stirb nicht.«

Ihr Flehen drang allmählich zu seinem geschwächten Geist durch, und Dominic bemühte sich abermals mit aller Kraft, die Augen zu öffnen. Zuerst sah er nichts als einen blutroten Schleier. Doch allmählich klärte sich sein Blick, und Dominic erblickte Rose' Gesicht. Es schien über ihm zu schweben. Er wollte sprechen, brachte jedoch kein Wort heraus.

»Nein, sag nichts«, beschwichtigte ihn Rose und legte ihm sanft den Finger auf die Lippen. Dann hielt sie ihm einen Kelch an den Mund, sodass er einige Schlucke kaltes Wasser trinken konnte. »Ist es so besser?« Abermals versuchte er erfolglos zu sprechen. »Bleibe ruhig, Dominic, und lass mich das Reden übernehmen. Du wirst *nicht* sterben, Dominic Dragon. Das lasse ich nicht zu.«

Endlich brachte Dominic einige kaum hörbare Worte heraus. »Wie kommst du hierher?«

»Raj hat mich geholt.«

»Der König …«

»… wird nichts davon erfahren. Starla ist im Palast und hat meinen Platz eingenommen. König John weigerte sich, mich gehen zu lassen, also nahm Raj die Dinge in die Hand und brachte Starla nach Westminster. Der König hält dich für tot. Jedermann bei Hofe glaubt, du seiest gefallen, doch ich wusste es besser. Sobald du wieder gesund bist, Liebster, muss ich nach Westminster zurückkehren und Starla erlösen, damit sie ins Kloster zurückkehren kann.«

Dominic hatte Mühe, all die Neuigkeiten zu verstehen. Ihm schwirrte der Kopf, und die entsetzlichen Schmerzen, die ihn seit seiner Verwundung auf dem Schlachtfeld begleitet hatten, verwirrten seine Gedanken. Nur mit bloßer Willenskraft hatte er sich am Leben erhalten, um Rose noch einmal zu sehen. Doch nun, da sie an seiner Seite war, durfte er den Kampf endlich aufgeben und schlafen – für immer.

Dominic seufzte leise und begann hinüberzugleiten, wurde jedoch von Rose' zorniger Stimme in die Wirklichkeit zurückgeholt.

»Verdammt, Dragon! Du darfst nicht sterben. Ich brauche dich! Ich möchte dir Kinder schenken, und Dragonwyck wird ohne seinen Herrn verkümmern. Wenn du mich jetzt allein und schutzlos zurücklässt, wird mich der König mit einem seiner Lakaien vermählen.«

Ihre Worte schienen eine kleine Flamme des Lebenswillens in Dominic zu entzünden, und er fand mühsam den Weg aus der Finsternis zurück ins Licht. Zwar leuchtete es nur schwach, doch es war da, ebenso wie Rose, die ihn von der Schwelle des ewigen Schlafes zurückrief.

Dominic spürte, dass etwas Kühles seine fieberheiße Haut berührte, und öffnete unter großer Anstrengung die Augen. Rose beugte sich über ihn und legte ihm ein feuchtes Leintuch auf die Stirn. Dann fielen ihm die Augen abermals zu, und als er sie das nächste Mal öffnete, stand Lady Nelda neben Rose.

»Wie geht es ihm?«, fragte Lady Nelda.

»Er wird es überstehen, Mama«, verkündete Rose. »Ich weigere mich, ihn sterben zu lassen.«

Hätten die Schmerzen ihn nicht in ihrem quälenden Griff gehalten, wäre Dominic zum Lächeln zumute gewesen. Seine Kriegerprinzessin nahm es selbst mit dem Tod auf. Sie würde dem Gevatter einen erbitterten Kampf liefern. Er fragte sich, ob Rose ihn liebte. Dass sie so erbittert um sein Leben kämpfte, schien ein gutes Zeichen zu sein. Außerdem hatte sie ihre geliebte Schwester den Gefahren des Königshofes ausgesetzt, damit sie in der Stunde der Not zu ihm eilen konnte. Dieser Umstand verriet viel über ihre Empfindungen.

Dominic begann abermals, auf dem Meer aus Schmerz davonzutreiben.

»Dominic, wach auf. Mutter hat dir etwas Brühe gebracht. Sie sagte, dass du sie bis zum letzten Tropfen austrinken musst. Öffne den Mund.«

Dominic wandte sich ab. »Nein, die Schmerzen sind zu groß.«

»Ich habe heute Morgen den letzten Eiter aus der Wunde entfernt«, sagte Lady Nelda. »Daher hat er große Schmerzen. Doch Schwester Agatha und ich sind der Meinung, dass er dringend Flüssigkeit braucht, um zu überleben.«

»Seit wann befindet er sich schon in diesem Zustand?«, fragte Rose.

»Er war dem Tode nahe, als Raj mich nach Dragonwyck brachte. Die Wunde hatte sich entzündet, doch wir konnten schon eine Verbesserung feststellen, seit wir begannen, ihn zu behandeln. Ich hoffte, das Fieber würde bald abklingen. Wenn es noch lange andauert, können wir nichts mehr für ihn tun.«

Rose nahm ihrer Mutter die Schale voll Brühe aus der Hand, setzte sich auf die Bettkante und fütterte Dominic geduldig. Kaum hatte sie ihm den letzten Löffel verabreicht, schlossen sich seine Lider, und er schlief erschöpft ein.

»Hat ihn das Essen zu sehr angestrengt?«, fragte Rose besorgt.

»Er braucht viel Schlaf«, beruhigte sie Lady Nelda. »Auch du musst erschöpft sein, Rose. Der Ritt von London nach Dragonwyck war sicher sehr kräftezehrend. Du solltest ein Bad nehmen, etwas essen und dann schlafen. Ruhe dich aus, solange du willst. Schwester Agatha und ich werden uns um deinen Gemahl kümmern. In deinem alten Schlafgemach wartet bereits ein gefüllter Zuber auf dich.«

»Nein, das kann ich nicht tun. Was ist, wenn …«

»Ich werde Lord Dragon nicht sterben lassen«, versicherte Lady Nelda. »Geh jetzt, Tochter. Falls sich sein Zustand verschlechtern sollte, werde ich dich holen.«

Rose war in der Tat erschöpft, und der Gedanke an ein heißes Bad erschien ihr geradezu himmlisch. Doch es fiel ihr nicht leicht, von Dominics Seite zu weichen, nachdem sie die weite Reise unternommen hatte, um bei ihm zu sein. Schließlich vermochte Lady Nelda sie jedoch zu einer Ruhepause zu bewegen, und Rose verließ die Kemenate mit einem letzten Blick auf ihren Gemahl.

Emily und Blythe warteten schon in ihrem früheren Schlafgemach auf sie. Offenbar ahnten die Damen, dass Rose zu erschöpft zum Sprechen war, denn sie plauderten mit ihr über belanglose Dinge, die keiner Antwort bedurften, während sie Rose beim Auskleiden halfen. Diese vermochte kaum noch die Augen offen zu halten. Immer wieder sank ihr Kopf gegen den Rand des Badezubers, als Emily sie sanft wusch. Dann half ihr Blythe aus dem Wasser, trocknete sie ab und zog ihr ein Nachthemd über den Kopf. Kaum hatte Rose sich ins Bett gelegt, schlief sie bereits tief und fest.

Irgendjemand rüttelte an ihrer Schulter, und Rose fragte sich, warum man sie schon wieder weckte, obwohl sie doch gerade erst eingeschlafen war. Dann erinnerte sie sich an das Versprechen ihrer Mutter, sie zu holen, falls es Dominic schlechter ging, und sie fuhr erschrocken auf. Ängstlich blickte sie in das Gesicht ihrer Mutter, die neben dem Bett stand.

»Mama, was ist geschehen? Hat Dragon … Ist er …«

»Rose, wach auf und komm schnell in die Kemenate, wenn du dich angekleidet hast.«

»Wie lange habe ich geschlafen?«

»Eine Nacht und einen Tag!«, rief ihr Lady Nelda über die Schulter zu, ehe sie davoneilte.

Hastig kleidete Rose sich an und rannte dann voller Sorge über die Galerie zur Kemenate. Als sie atemlos Dominics Krankenlager erreichte, vermochte sie ihn nur ungläubig anzustarren. Man hatte ihn frisch rasiert, und er saß an etliche Kissen gelehnt im Bett. Zwar war er noch immer blass, doch die beängstigende Fieberröte war aus seinen Wangen gewichen. Zaghaft lächelte er Rose an.

Sie streckte die Hand aus und berührte seine Stirn, die sich kühl und trocken anfühlte.

»Du bist wirklich hier«, sagte Dominic mit schwacher Stimme. Sie war kaum als die seine zu erkennen. »Ich dachte schon, ich hätte nur geträumt.«

»Es war kein Traum, Dominic. Ich bin bei dir.«

»Wie?«

Zwar hatte Rose ihm schon am ersten Tag von ihrem Abenteuer berichtet, doch offenbar war er noch zu krank gewesen, sich jetzt daran zu erinnern. »Der König weigerte sich, mich gehen zu lassen, also brachte Raj meine Schwester in den Palast, die sich zur Stunde für mich ausgibt. Ich bleibe auf Dragonwyck, bis du genesen bist, dann aber muss ich nach Westminster zurückkehren.«

Dominic streckte die Hand nach ihr aus. Rose umfasste sie und presste sie zärtlich an seine Brust. »Ich bin froh, dass du da bist«, sagte er rau. »Ich glaubte nicht mehr daran, dich noch einmal sehen zu dürfen. Ja, ich wusste nicht einmal, ob ich Dragonwyck noch lebend erreichen würde. Was ist an jenem Tag geschehen? Sind die Waliser geschlagen? Haben wir die Schlacht gewonnen?«

»Die Armee des Königs gewann mehr als nur die Schlacht. Der Aufstand ist beendet, und die walisischen Rebellen haben sich zurückgezogen. Ein Bote überbrachte dem König die Botschaft und behauptete, du seiest im Kampf gefallen.«

Dominic drückte ihre Hand. »Das wäre ich auch um ein Haar.«

»Wie fühlst du dich?«

»Als hätte man mich aus dem Höllenfeuer gezogen.«

»Hast du Schmerzen?«

»Ein wenig.«

Rose erkannte an seinem Tonfall, dass ihn die Wunde viel mehr schmerzte, als er zugeben wollte. »Wenigstens siehst du schon etwas besser aus, da das Fieber nun abgeklungen ist.«

»Dafür muss ich deiner Mutter und Schwester Agatha danken.«

»Und Raj. Ohne ihn wären Mama und die Nonne jetzt nicht hier. Raj ist dir ein guter Freund gewesen, Dominic.«

»Der Tag, an dem ich Raj traf, stand unter einem guten Stern. Wo ist er? Warum hat er mich noch nicht besucht?«

»Ich habe ihn nach Westminster zurückgeschickt, damit er auf Starla achtgibt. Ich hoffe, meine arme, unschuldige Schwester hält sich von Lady Veronica fern.«

Zorn blitzte in Dominics Augen auf. »Hat Veronica etwas getan, dich zu verletzen?«

»Ich möchte jetzt nicht über sie sprechen«, sagte Rose. »Außerdem musst du dich ausruhen.«

Sie beugte sich vor, um ihn auf die Wange zu küssen, doch im letzten Augenblick wandte Dominic den Kopf, sodass der Kuss seine Lippen erreichte. Sie küssten sich nur kurz, jedoch sehr zärtlich, Rose war ergriffen von der innigen Liebkosung. Zum ersten Mal, seit sie Dragonwyck erreicht hatte, wusste sie, dass Dominic wieder gesund werden würde.

Dominics Genesung machte langsame, aber deutliche Fortschritte. Jeder Tag bot ihm neue Herausforderungen, die er geduldig meisterte. Er wusste, dass allein Rose ihn durch ihre Anwesenheit vor dem sicheren Tod gerettet hatte.

Eine Woche nach Rose' Ankunft verabschiedeten sich Lady

Nelda und Schwester Agatha von ihm. Dominic bat Lady Nelda zu bleiben, doch sie bestand darauf, in die Abgeschiedenheit des Klosters zurückzukehren. Als Zeichen seiner Dankbarkeit übergab Dominic der Nonne eine großzügige Spende für ihren Orden.

Die Wunde war nun nicht mehr entzündet, und es gelang Dominic, hin und wieder für kurze Zeit auf einem Stuhl zu sitzen. Allmählich verließ ihn die Geduld. Er war nur allzu erpicht darauf, seine Kräfte endlich wieder mit Schwert- und Kampfübungen zu stärken. Am meisten jedoch sehnte er sich danach, Rose endlich wieder lieben zu können.

Nach einigen Tagen brachte Dominic es bereits fertig, in der Kemenate auf und ab zu gehen. Als er eines Abends die Treppe hinunterstieg, um mit Rose und seinen Rittern das Abendmahl einzunehmen, wurde er von Jubel und Applaus begrüßt. Dies, so beschloss Dominic, war die Nacht, in der Rose wieder ihm gehören sollte.

»Du siehst gut aus, Dominic«, sagte Rose, als er neben ihr an der Tafel Platz nahm. »Wie fühlst du dich?«

Er lächelte sie spitzbübisch an. »Ich bin bereit, mich wieder den Herausforderungen des Lebens zu stellen. Reiten, Schwertkämpfe, leidenschaftliche Liebesnächte mit meiner Gemahlin.« Dominic liebte es, zu sehen, wie hübsch Rose errötete.

»Es ist zu früh«, erwiderte sie. »Deine Wunde …«

»… heilt prächtig. Zwar gebe ich zu, dass ich noch nicht wieder ganz bei Kräften bin, dennoch verspreche ich dir, dass du nicht enttäuscht sein wirst. Ich möchte dich heute Nacht in meinem Bett haben.«

»Ist das klug, Dominic?«

»Es ist nicht nur eine ausgesprochen weise, sondern auch eine dringend erforderliche Entscheidung. Ich musste meine Frau schon zu lange entbehren.«

»Du weißt, was ich meine. Ich habe das Bett nur nicht mit dir geteilt, um dir keine Schmerzen zuzufügen.«

Zärtlich ergriff er ihre Hand und führte sie zu seinem Schoß.

»Nun, im Augenblick bereitet mir allein die Sehnsucht nach dir unendliche Pein.«

Rose errötete noch tiefer, entzog ihm ihre Hand und blickte angestrengt auf den Teller, den sie mit ihm teilte. »Halte dich zurück, bitte.«

Seufzend füllte Dominic den Teller mit Speisen. Sein Appetit war zurückgekehrt, und er aß mit Genuss. Hin und wieder wählte er einen besonders zarten Bissen aus, um Rose damit zu füttern. Sie sah bezaubernd schamhaft aus, und es kostete Dominic alle Willenskraft, sie nicht sogleich zu packen und mit sich in die Kemenate zu nehmen. Am liebsten hätte er sie auf die Arme gehoben und hinaufgetragen, fürchtete jedoch, dass seine Kräfte dazu noch nicht ausreichten. Bald, nahm er sich vor. Sehr bald.

Nach dem letzten Gang erhob sich Dominic sogleich und bot Rose den Arm.

»Cynric der Barde ist zurückgekehrt«, sagte Rose. »Wollen wir nicht warten, bis er seine wundersamen Geschichten zum Besten gegeben hat?«

»In unserem Schlafgemach wird sich viel Wundersameres abspielen.«

Zielstrebig ging Dominic auf die Treppe zu und zog Rose sanft mit sich. Als sie das Schlafgemach erreicht hatten, schloss Dominic die Tür und betrachtete Rose voller Sehnsucht.

»Du hast Schreckliches erlitten«, sagte sie. »Ich möchte dir keine Schmerzen zufügen.«

Er zog sie an sich. »Ja, ich habe manches erduldet, würde jedoch noch größere Qualen leiden, wenn ich dich heute Nacht nicht lieben könnte. Küss mich, Rose.«

Ihr süßer, verführerischer Duft schien Dominic einzuhüllen wie ein zarter Nebelschleier. Rose presste ihren Mund auf den seinen, doch es genügte ihm nicht. Zärtlich drängte er seine Zungenspitze zwischen ihre weichen Lippen, und Rose öffnete sich für seinen hingebungsvollen Kuss. In Dominic erwachte ein brennendes Verlangen, als er ihre Süße kostete und ihre

Wärme spürte. Er beendete den Kuss und begann sich hastig zu entkleiden.

»Hilf mir«, bat er atemlos, als er sich des Waffenrocks entledigen wollte. Die Wunde brannte wie Feuer, doch er würde sich von den lächerlichen Schmerzen nicht abhalten lassen.

Rose zog ihm den Rock über den Kopf und warf ihn achtlos beiseite. »Ich wusste doch, dass es zu früh ist.«

»Nein, Liebste, es ist nicht zu früh, aber ich brauche deine Hilfe.«

Rose betrachtete ihn ungläubig. Sie konnte kaum fassen, dass er an seinem Vorhaben festhielt. »Du willst mich lieben, obwohl es dir Schmerzen bereiten wird?«

»Ja, mehr als alles andere.«

Dominic setzte sich auf die Bettkante und hob einen Fuß. »Bitte hilf mir mit den Stiefeln, Liebste.«

In Dominics dunklen Augen funkelte Leidenschaft, während Rose ihm Stiefel und Strümpfe auszog. Dann öffnete er die Schnürungen seiner Beinkleider und entledigte sich dieses letzten Hindernisses rasch.

Plötzlich erlangte er eine erstaunliche Einsicht. Er hatte sich hoffnungslos, tief und auf ewig in seine Gemahlin verliebt. Die Erkenntnis raubte ihm schier den Atem.

»Dominic, stimmt etwas nicht? Du siehst so … seltsam aus. Ich wusste doch, dass dies kein guter Einfall war.«

»Es ist der beste Einfall von allen. Bitte entkleide dich, Liebste. Ich möchte dich in all deiner lieblichen Nacktheit bewundern.«

Mit klopfendem Herzen beobachtete Dominic, wie Rose sich ihrer Kleider entledigte. Dann legte er sich auf das Bett und streckte die Hand nach ihr aus. Rose zögerte kaum einen Lidschlag lang, ehe sie zu ihm kam.

15

Pflücket die Rose der Liebe noch zu ihrer Zeit.

Edmund Spenser

Nur allzu deutlich erinnerte sich Dominic an den Tag, an dem der König ihm befohlen hatte, eine der Töchter Edwyn of Ayrdales zu heiraten. Wie verärgert er darüber gewesen war! Damals hatte er Veronica begehrt, nicht Rose. Doch bereits nach der ersten Liebesnacht mit seiner Gemahlin war Veronica gänzlich aus seinen Gedanken verschwunden. Wenn er Rose liebte, erschien es ihm jedes Mal wie eine Offenbarung. Es öffnete ihm die Augen für die Erkenntnis, dass sie füreinander wie geschaffen waren.

Nun, da er Rose in den Armen hielt und sich ihr nackter Körper so süß an den seinen schmiegte, vergaß Dominic alles um sich her bis auf den sehnlichen Wunsch, abermals ihre Leidenschaft und Hingabe zu kosten, sie mit seinen Lippen und Händen zu erregen und sie so zu besitzen, wie ein Mann die Frau, die er liebte, nur besitzen konnte. Sanft umfasste er ihr Gesicht und küsste sie.

Rose seufzte leise und erwiderte Dominics leidenschaftlichen Kuss. Sie zweifelte nicht daran, dass sie bislang nur einen Teil der Freuden entdeckt hatte, die in der Verbindung mit ihm auf sie warteten. Ihm gehörte ihr Herz, und die Zukunft erschien ihr strahlend und voller Verheißung.

Rose legte all ihre Empfindungen und Sehnsüchte in den Kuss hinein.

Sie spürte Dominics Lippen drängend und feurig auf den

ihren, es schien sich nicht um den Kuss eines Mannes zu handeln, der noch vor wenigen Wochen dem Tode nahe gewesen war. Fordernd erkundete Dominic ihren Mund, und Rose kostete seinen Atem, ließ sich von ihm berauschen.

Er umfasste ihr Kinn und hob ihren Kopf ein wenig an, um seinen Angriff auf ihre Sinne noch besser fortführen zu können. Sein Kuss raubte ihr schier den Atem. Ihre Herzen schlugen in raschem Gleichklang, und Rose bog sich ihrem Liebsten verlangend entgegen. Sie wollte mehr von ihm, und Dominic gehorchte, indem er seine Hände das zärtliche Spiel der Verführung beginnen ließ.

Er liebkoste ihre rosigen Brustspitzen, und Rose erschauerte, als sich seine Hand scheinbar ruhelos und drängend zwischen ihre Schenkel schob und den Mittelpunkt ihrer Weiblichkeit erkundete. Ihr lustvolles Stöhnen mischte sich mit dem seinen. Rose bemühte sich, Vorsicht walten zu lassen, doch offenbar spürte Dominic keinen Schmerz, denn er presste seinen Körper fest an den ihren. Halb außer sich vor Begehren, wand sich Rose in seinen Armen, während er sie küsste, streichelte und der Erfüllung immer näher brachte.

Als sich Dominic endlich zwischen ihre Schenkel schob und tief in sie eindrang, vermochte Rose nur mit Mühe einen Schrei zu unterdrücken. Köstliche, überwältigende Lust durchflutete sie. Sie bäumte sich jedem seiner leidenschaftlichen Stöße entgegen, während sie sich gleichzeitig hilflos an seine Schultern klammerte.

Seltsam, dachte Rose in einem flüchtigen Augenblick der Klarheit, noch vor Kurzem hatte es Dominic Dragon nicht in ihrem Leben gegeben. Sie hatte nicht gewusst, dass die Liebe so große Freuden für eine Frau bereithielt. Dann jedoch vergaß sie alles um sich herum, als Dominic zärtliche Koseworte flüsterte. Er nannte sie seinen Schatz, die einzige Liebe seines Lebens.

Rose stöhnte und rang nach Atem, während sie von Empfindungen gepeinigt wurde, die beinahe zu wunderbar waren, um sie noch länger zu ertragen. Von Liebe zu Dominic erfüllt, fragte sie sich abermals, wie sie ohne ihn eigentlich hatte existieren können.

Versonnen berührte sie sein markantes Kinn. »Ich möchte nicht, dass dieser Augenblick je endet.«

»Ich auch nicht«, flüsterte Dominic rau. »Du raubst mir den Verstand, Liebste.«

Doch schließlich musste das atemlose Warten ein Ende nehmen. Dominic hatte sie auf den Gipfel des Entzückens geführt, und es gab kein Zurück mehr. Rose erreichte die Erfüllung, gab sich dem Gefühl hin, weit über die Sterne des Firmamentes hinausgetragen zu werden, und fiel dann atemlos und benommen in die Wirklichkeit zurück. In Dominic brach zur gleichen Zeit ein Sturm der Lust los, sodass er mit Rose gemeinsam den Gipfel erreichte.

Viel, viel später, als sich Rose schläfrig an Dragons unverletzte Seite schmiegte, staunte sie darüber, dass sie die Erfüllung noch ein zweites Mal erfahren hatte. Abermals hatte Dominic sie geliebt, und sie hatte sich ihm freudig hingegeben. Auch am anderen Morgen hätte er ihr noch einmal Freude geschenkt, wenn sie nicht schnell aus dem Bett gesprungen wäre, als er die Arme nach ihr ausstreckte. Doch in seinen Zügen zeigten sich die Anstrengungen der vergangenen Nacht, und Rose fürchtete, dass er seine Kräfte zu sehr beansprucht hatte.

Ihr Gemahl, so dachte sie zärtlich, kannte keine Grenzen, wenn es darum ging, seine Lust zu befriedigen. Nicht dass es ihr etwas ausmachte, verfügte sie doch über genügend Leidenschaft, um ihm eine ebenbürtige Gespielin zu sein. Aber sie war auch nicht eben erst knapp dem Tode entronnen. Schnell wusch sie sich im Dämmerlicht des Morgens und kleidete sich an.

»Wohin gehst du, Liebste?«

»Der Haushalt der Burg erledigt sich nicht von selbst. Es ist früh, also kannst du noch ein wenig schlafen.«

»Komm ins Bett zurück.«

Sie schüttelte den Kopf. »Nein, du bist kein Mann, der sich zu mäßigen versteht, und ich fürchte, dass du dich überanstrengst, wenn wir uns jetzt noch einmal lieben. Du bist noch immer nicht bei Kräften.«

Dominic lächelte anzüglich. »Kam ich dir denn in der Nacht so schwach vor?«

»Du weißt genau, dass dem nicht so war, trotzdem könntest du einen Rückfall erleiden.«

Dominic versuchte, sich zu erheben, sank dann aber in die Kissen zurück. »Nun gut, aber erwarte nicht von mir, dass ich das Bett hüte. Ich werde mit dir das Morgenmahl einnehmen und mich dann endlich wieder im Schwertkampf üben.«

»Männer«, raunte Rose, als sie die Kemenate verließ. Dachten sie denn an nichts anderes als den Krieg und die Liebe?

Gähnend streckte sich Dominic im Bett aus und dachte an die Freuden der vergangenen Nacht. Er hatte in Rose eine wilde Leidenschaft entfesselt, die sein eigenes Verlangen ins schier Unermessliche steigerte.

Mit einem sanften Lächeln erinnerte sich Dominic an die erstaunliche Erkenntnis der letzten Nacht. Hatte er Rose gesagt, dass er sie liebte? Während des Liebesspiels hatte er ihr so viele zärtliche Worte ins Ohr geflüstert, dass er sich nicht mehr an jedes einzelne erinnern konnte. Allerdings wusste er noch, dass Rose die Bekundungen seiner Zuneigung nicht erwidert hatte. War es ihre Absicht gewesen zu schweigen? Konnte sie sich ihm so bedingungslos hingeben, ohne Liebe für ihn zu empfinden? Dominic hielt das für unmöglich.

Er stand auf, reckte sich und stöhnte leise auf. In einem hatte Rose recht behalten. Mochte er sich auch auf dem Wege der Besserung befinden, seine alte Tatkraft und Stärke hatte er noch nicht zurückerlangt. Dennoch lag es nicht in seiner Natur, sich zu verhätscheln. Eine unbedeutende Wunde würde ihn keinesfalls von seinen Übungen abhalten.

Rose sorgte sich um Starla. Nun, da Dominic nicht länger an der Schwelle des Todes stand, musste sie so schnell wie möglich nach Westminster zurückkehren. Als Dominic sich zum Morgenmahl neben sie setzte, sprach sie ihre Befürchtungen aus.

»Ich habe an Starla gedacht«, begann Rose. »Ich muss nach Westminster zurück.«

Dominic führte gerade einen Löffel Haferbrei zum Munde, hielt jedoch inne und setzte ihn dann wieder in der Schüssel ab. »Du kannst Dragonwyck nicht verlassen, ehe ich in der Lage bin, dich zu begleiten.«

»Dominic, das kann nicht dein Ernst sein«, erwiderte Rose vorwurfsvoll. »Bis du eine Reise unternehmen kannst, vergehen noch Wochen. Starla weiß sich bei Hofe nicht zu helfen, und ich darf sie nicht im Stich lassen.«

»Dennoch wirst du nicht ohne mich nach London zurückkehren. Raj hätte es uns wissen lassen, wenn es Schwierigkeiten gäbe. Wir werden Dragonwyck gemeinsam verlassen, sobald ich kann. Der König weiß bereits, dass ich lebe, denn ein Bote wurde nach Westminster gesandt, um die Nachricht von meiner Genesung zu überbringen. Da John weiß, dass es mir gut geht, hat Starla nichts zu befürchten.«

»Dennoch habe ich Angst um sie. Starla und ich stehen einander sehr nahe und spüren sogar manchmal die Ängste und Schmerzen der anderen. Ich muss zu ihr.«

»Nein, Rose, ich verbiete es dir. Außerdem werde ich von Tag zu Tag kräftiger, also werden wir bald schon nach Westminster aufbrechen können.«

Rose presste die Lippen zusammen. Bald genügte ihr nicht, sie musste sofort nach Westminster zurückkehren. Ohne Dominics Erlaubnis abzureisen stellte jedoch eine Hürde dar.

Allerdings konnte sich Rose darauf verlassen, dass ihr die Vasallen Dragonwycks treu ergeben waren. Vielleicht gelang es ihr, einen Knappen oder einen Stallknecht davon zu überzeugen, dass er sie begleitete. Ja, diesen Plan würde sie verfolgen.

»Wenn du etwas im Schilde führst, Rose, lass den Gedanken fallen«, warnte Dominic. »Ich weiß, dass dein Blick nichts Gutes bedeutet.«

Rose bemühte sich, unschuldig dreinzusehen. »Ich führe nichts im Schilde, Dominic.«

Zwar bedachte Dominic sie mit einem misstrauischen Blick, sagte jedoch nichts weiter. Aufatmend wandte sich Rose wieder ihrem Haferbrei zu. Es gefiel ihr nicht, Dominic belügen zu müssen, doch er gebärdete sich schlicht zu widerspenstig. Starla durfte keinesfalls länger in Gefahr gebracht werden, als es unbedingt erforderlich war. Nach dem Morgenmahl stattete Rose sogleich den Ställen einen Besuch ab, in der Hoffnung, hier einen Knecht zu finden, der sie begleiten würde. Unglücklicherweise erwiesen sich die Männer als zu alt oder zu jung für ihre Zwecke. Rose brauchte einen Begleiter, der sie im Notfall verteidigen konnte. Entmutigt verließ sie die Ställe, um einen neuen Plan zu schmieden.

»Mylady, erinnert Ihr Euch noch an mich?«

Rose blickte auf und war erstaunt, in das Gesicht von Piers zu blicken, dem sie einst vor dem Burggericht beigestanden hatte. »Natürlich erinnere ich mich. Was tust du hier in den Ställen, Piers?«

»Es ist an mir, Lord Dragon zu dienen. Jeder Leibeigene schuldet seinem Herrn ein gewisses Maß an Arbeit, die er verrichten muss. Sir Braden hat mich den Ställen zugeteilt.« Er zuckte die Schultern. »Es macht mir nichts aus. Ich verdanke Euch und Lord Dragon mehr, als ich je abarbeiten könnte.«

Rose lächelte. »Wie geht es deiner Frau? Und kommst du mit deinem Schwiegervater zurecht?«

Piers strahlte. »Vella geht es gut, Mylady. Sie schließt Euch jeden Tag in ihre Gebete ein. Ohne Euren Einfluss hätte sie den Mann heiraten müssen, den ihr Vater für sie ausgesucht hatte. Algar und ich sind zwar keine Freunde geworden, doch er nimmt mich ohne Murren an.«

Plötzlich kam Rose in den Sinn, dass sie den Mann gefunden hatte, nach dem sie suchte. Obwohl sie mit einer ereignislosen Reise nach London rechnete, würde es Piers sicher überzeugen, wenn sie ihm erklärte, dass sie eines Beschützers bedurfte.

Doch würde Piers etwas tun, das nicht dem Wunsch Lord Dragons entsprach?

»Ihr seht bekümmert aus, Lady Rose. Kann ich etwas für Euch tun?«

Nach langem Zögern beschloss Rose schließlich, den jungen Mann ins Vertrauen zu ziehen.

»Kannst du ein Geheimnis bewahren, Piers?«

»Selbstverständlich, Mylady.«

»Ich habe es sehr eilig, nach London zurückzukehren, und brauche einen Begleiter. Zuerst wollte ich einen Stallburschen um Hilfe bitten, fand jedoch keinen, der meinen Ansprüchen genügte.«

Piers sah sie verblüfft an. »Aber es stehen Lord Dragon doch viele Ritter zur Verfügung, Mylady. Jeder von ihnen könnte Euch besser dienen als ich.«

»Nein, Piers. Es ist so«, gestand sie, »dass Lord Dragon mir untersagt hat, nach London zu reisen, ehe er in der Lage ist, mich zu begleiten. Du hast ihn sicher bereits gesehen und weißt, dass seine Genesung noch Wochen andauern könnte.«

»Könnt Ihr denn nicht warten? Ich will keineswegs Eure Beweggründe infrage stellen, Mylady, doch wird Euer Ungehorsam Lord Dragon nicht sehr erzürnen?«

Rose seufzte. »Ich will dir erklären, warum ich nicht warten kann.« Dann erzählte sie Piers von Starlas Opfer und ihrer Sorge um ihre Schwester.

»Wirst du mich nach Westminster geleiten und dann Starla zum Kloster zurückbringen, Piers? Ich werde dem Stallaufseher sagen, dass du den Rest deines Frondienstes in der Burg ableistest, damit er nicht denkt, du hättest einfach deinen Posten verlassen. Ich will dir nichts befehlen, Piers, es ist allein deine Entscheidung. Doch du hättest nichts von Lord Dragon zu befürchten, da ich alle Schuld auf mich nehmen würde. Was sagst du dazu?«

Piers schwieg so lange, dass Rose schon glaubte, er würde ihr Ansinnen ablehnen. Dennoch wollte sie nicht aufgeben, denn er war ihre letzte Hoffnung.

»Ich bin dir nicht böse, wenn du mich nicht begleitest, doch es wird mich auch nicht von der Reise abhalten.«

»Ich könnte Euch keinen Wunsch abschlagen, Mylady. Also werde ich Euch nach Westminster begleiten.«

Rose war erleichtert. »Kannst du ein Schwert führen?«

»Als Euer Vater noch lebte, unterrichtete er alle seine Vasallen in den Kampfkünsten, falls Ayrdale einmal angegriffen werden sollte. Ja, ich bin zwar nicht so geschickt mit dem Schwert wie ein Ritter, doch ich stehe durchaus meinen Mann.«

»Besitzt du ein Schwert?«

»Nein, Mylady, eine Waffe besitze ich nicht, nicht einmal einen Knüppel.«

»Dann gebe ich dir meines Vaters Gurt und Schwert. Kannst du heute Nacht reisefertig sein?«

»Heute Nacht, Mylady?«

»Ja. Führe meine Stute um Mitternacht zum hinteren Tor. Ich kann die Burg nicht verlassen, ehe Lord Dragon eingeschlafen ist. Du musst bis zum Morgengrauen auf mich warten. Sollte ich es nicht schaffen, mich aus der Burg zu schleichen, musst du in der nächsten Nacht wiederkommen. Und in der übernächsten, bis es mir gelingt, Dragonwyck unbemerkt zu verlassen.«

Sorgenvoll runzelte Piers die Stirn.

»Was geht dir durch den Sinn, Piers?«

»Ihr solltet nicht ohne eine Zofe reisen, Mylady. Zwar bin ich nur ein Leibeigener, doch man wird sich dennoch die Mäuler zerreißen. Darf ich einen Vorschlag machen, Mylady?«

»Hast du etwa plötzlich Bedenken, was die Reise betrifft?«

»Nein, doch ich halte es für das Beste, wenn Vella uns begleitet. Oder eine Eurer Zofen, falls Euch Vella nicht erwünscht ist.«

Rose dachte über seinen Vorschlag nach und befand ihn für gut. »Wird Vella denn einverstanden sein?«

»Ja. Sie steht ebenso in Eurer Schuld wie ich. Wir werden um Mitternacht am hinteren Burgtor auf Euch warten.«

Piers entfernte sich, und Rose suchte nach dem Aufseher, um

die Abwesenheit des Leibeigenen zu erklären. Dann kehrte sie in die Burg zurück, zufrieden, dass alles für die Reise vorbereitet war. Dominic würde sehr erzürnt sein, doch Rose hoffte inständig, dass er ihre Gründe verstand. Sie konnte sich einfach des Gefühls nicht erwehren, dass Starla ihre Hilfe brauchte.

An diesem Abend verbrachte Dominic mehr Zeit als sonst im Gespräch mit seinen Rittern. Die Stunden verstrichen, und schließlich ließ Rose schüchtern verlauten, dass sie sich gern mit ihrem Gemahl zur Nacht zurückziehen würde. Belustigt wünschte Dominic seinen Rittern eine gute Nacht und folgte Rose aus dem Saal.

»Es freut mich, dich so voller Ungeduld zu sehen«, neckte er. »Zwar hättest du ein wenig unauffälliger vorgehen können, doch ich bin sicher, dass mich meine Ritter um deine eifrige Wertschätzung beneiden.«

»Du hast einen anstrengenden Tag hinter dir«, erwiderte Rose. »Ich sorge mich nur um deine Gesundheit.«

Dominics Augen blitzten spitzbübisch. »Du brauchst mich nicht von deinen guten Absichten zu überzeugen, Liebste. Ich stehe nur zu gern zu deinen Diensten.«

Zärtlich legte Dominic ihr den Arm um die Taille, während sie die Treppe hinaufgingen. Rose wurde von Gewissensbissen geplagt, doch sie tröstete sich damit, dass sie ihn schließlich nur zu einem guten Zweck hinterging. Würde Dominic ihr vergeben? Noch lange nachdem Dominic sie in der Kemenate entkleidet und dann zärtlich und leidenschaftlich geliebt hatte, quälte sich Rose mit dieser Frage.

Erschöpft schlief Dominic gleich nach dem Liebesakt ein.

Rose wartete, bis in der Burg kein Geräusch mehr zu hören war, stand dann leise auf und kleidete sich an. Sie hatte bereits ein kleines Bündel mit dem Nötigsten geschnürt, das sie nun aus ihrer Truhe nahm. Dann ergriff sie das Schwert ihres Vaters und schlich sich die Dienstbotentreppe hinunter in die Küche. Dort plünderte sie die Speisekammer. Sie packte einen kleinen Laib Käse, Brot, einige Bratenreste, die vom Abendmahl übrig geblieben waren, Äpfel und eine Flasche Wein in einen kleinen Weidenkorb, der in einer Ecke stand. Dann legte sie ihr Kleiderbündel obenauf und verließ die Küche durch die Hintertür.

Vorsichtig schlich sich Rose zum hinteren Burgtor, hielt jedoch sogleich inne, als sie einen Ritter entdeckte, der dort Wache stand. Er erblickte sie, ehe sie noch in den Schatten eines Baumes huschen konnte, und winkte sie zu sich heran. Erleichtert stellte Rose fest, dass es sich um einen der Ritter ihres Vaters handelte.

»Lady Rose? Ich bin es, Sir Gerard. Piers und Vella warten vor dem Tor auf Euch.«

Rose wurde blass. »Ihr wisst von unserem Plan?«

»Ja. Sie erklärten mir Eure Lage, und ich ließ sie unbehelligt ziehen. Ich weiß, dass Ihr niemals etwas zu Dragonwycks Schaden unternehmen würdet, also werde ich niemandem verraten, dass ich Euch sah.«

»Ich danke Euch, Sir Gerard. Bewahrt mein Geheimnis, und ich verspreche Euch, dass Euch daraus kein Schaden entsteht.«

Sir Gerard öffnete das Tor, und Rose schlüpfte hinaus.

»Hier drüben, Mylady!«, rief eine Stimme leise.

Rose hatte den Zeitpunkt gut gewählt, denn die Nacht war mondlos und finster. Als sich ihre Augen an die Dunkelheit gewöhnten, entdeckte sie zwei Gestalten, die sich aus dem Schatten der Burgmauer lösten. Erleichtert eilte Rose auf Piers und Vella zu, um sie zu begrüßen.

»Gott sei Dank, ihr habt auf mich gewartet. Stehen die Pferde bereit?«

»Ja, Eure Stute Ladybird und zwei andere.«

»Wir sollten uns beeilen, Mylady«, mahnte Vella »ehe uns die Wachen bemerken und Lord Dragon rufen.«

Piers und Vella führten die Pferde heran. Rose überreichte Piers das Schwert, befestigte dann den Weidenkorb am Sattel ihrer Stute und ließ sich beim Aufsitzen helfen. Dann kletterten auch Vella und Piers in die Sättel, und die drei Reisenden entfernten sich in raschem Trab von Dragonwyck.

Immer wieder warf Rose besorgte Blicke über die Schulter. Sie fürchtete sich davor, von Dragons Männern eingeholt und zur Burg zurückgebracht zu werden. Sein Zorn würde fürchterlich sein.

Zwar kamen die drei in der Dunkelheit nur langsam voran, doch Rose stellte nach einer Weile erleichtert fest, dass keine Hufschläge von Verfolgern zu hören waren. Bei Tagesanbruch hieß Rose das junge Paar anhalten, um den Pferden eine kurze Ruhepause zu gönnen. Sie war gerade im Begriff abzusitzen, als sie spürte, wie der Waldboden dröhnend erzitterte. Dann hörte sie Männerstimmen, die einander etwas zuriefen. Mit einem erschrockenen Aufschrei deutete sie auf die Hügel, von denen eine Schar Reiter hinabstob und sie kurze Zeit später umzingelt hatte.

Piers sprang vom Pferd und zog tapfer sein Schwert, um seine Herrin zu verteidigen. Doch Rose erkannte das Wappen der MacTavishs, das die Angreifer trugen, und begriff, dass es sich nicht um Räuber handelte, sondern um den Clan ihres Onkels.

»Senke dein Schwert, Piers«, befahl sie. »Die Männer sind Verwandte meiner Mutter.«

Piers gehorchte, beäugte die Schotten jedoch wachsam. Gunn und Murdoc ritten heran.

»Ich grüße dich, Nichte. Darf ich hoffen, dass du nach mir Ausschau gehalten hast? Wir hörten, dass Lord Dragon im Kampf verwundet wurde. Es wäre zu schön, wenn er seinen Verletzungen erlegen wäre.«

»Guten Morgen, Onkel Murdoc. Mein Gemahl ist genesen und wohlauf, danke der Nachfrage. Meine Diener und ich befinden uns auf dem Wege nach London«, erklärte Rose. »Was führt euch auf englischen Boden?«

»Nach London?«, fragte Gunn spöttisch und lenkte sein Pferd nahe an Ladybird heran. »Vielleicht warst du ja in Wirklichkeit auf der Suche nach mir. Ist der Dragon Lord deiner bereits überdrüssig geworden?« Er bedachte Piers und Vella mit einem abfälligen Blick. »Hätte er dir nicht wenigstens anständigen Geleitschutz bieten können? Was hast du denn angestellt, um ihn so zu verärgern?«

»Das spielt keine Rolle«, mischte sich Murdoc ein. »Rose ist meine Nichte, und ich werde ihr in der Stunde ihrer Not beistehen.« Er nahm Rose die Zügel aus der Hand und begann die Stute mit sich davonzuführen.

»Nein, warte! Ich kann nicht mit dir kommen, Onkel. Starla braucht mich in London.«

Murdoc rieb sich verblüfft den Bart. »Was hat denn deine Schwester in London verloren? Und warum reist du allein? Auf diese Geschichte bin ich wirklich gespannt, und du wirst mein Gast sein, bis meine Neugier befriedigt ist.«

Dominic erwachte lächelnd und erinnerte sich daran, wie leidenschaftlich Rose ihn in der Nacht geliebt hatte. Er wünschte, sie hätte das Bett nicht bereits verlassen, fühlte sich jedoch andererseits erfrischt und brannte darauf, sich endlich wieder mit seinen Rittern im Kampf zu üben. Dominic wusste, dass Rose verärgert war, weil er ihr die Reise nach London verboten hatte, doch er konnte es nicht mit seinem Gewissen vereinbaren, ihr Leben zu gefährden. Rose würde ihm hoffentlich vergeben, und er betete, dass der König ihrer Schwester kein Haar krümmte.

Als Dominic sich wusch und rasierte, stellte er verwundert fest, wie hoch die Sonne bereits am Himmel stand. Er vermisste Rajs sichere Hand bei der Rasur, schaffte es aber, die Bartstoppeln mit der scharfen Klinge seines Messers allein zu beseitigen. Dann kleidete er sich schnell an und verließ die Kemenate.

Es beunruhigte Dominic nicht, dass er Rose nicht im Rittersaal antraf. Er hatte länger geschlafen als sonst, und sie kam sicher irgendwo in der Burg bereits ihren zahlreichen Pflichten nach. Er würde sie beim Mittagsmahl antreffen. Hastig aß Dominic einige Bissen Brot und eilte dann hinaus auf den Übungsplatz.

Der Vormittag verlief wie erwartet. Seine verletzte Seite erwies sich als schwach, es würde noch viele Tage dauern, ehe er das Schwert wieder mit seiner früheren Geschicklichkeit zu schwingen vermochte.

Um die Mittagszeit kehrte Dominic in die Burg zurück. Als er Rose nicht im Rittersaal antraf, ging er in die Kemenate hinauf, in der Hoffnung, sie dort zu finden. Vergeblich. Enttäuscht, jedoch nicht übermäßig besorgt kehrte er in den Rittersaal zurück. Lady Emily eilte auf ihn zu.

»Ist Rose krank, Mylord?«

»Krank? Wie kommt Ihr darauf?«

»Sie hat ihr Gemach noch nicht verlassen, dabei ist sie doch für gewöhnlich schon bei Morgengrauen auf den Beinen.«

Dominic überlief es kalt. »Soll das heißen, Ihr habt Rose heute noch nicht gesehen? War sie denn nicht bei der Morgenmesse?«

»Nein, und niemand hat sie seit gestern Abend mehr gesehen. Wir nahmen an, sie sei erkrankt.« Besorgt rang Emily die Hände. »Soll das bedeuten, dass sie nicht in ihrem Schlafgemach ist?«

»Ja, allerdings«, sagte Dominic nachdrücklich und ging davon, um mit dem Befehlshaber der Burgwache zu sprechen. Rose würde gefunden werden, und wenn man jeden Winkel der Burg auf den Kopf stellen musste.

Doch drei Stunden später wurde die Suche nach ihr erfolglos beendet. Dominic hegte langsam den Verdacht, dass Rose sich ihm widersetzt hatte und nach London geritten war. Zorn stieg in ihm auf, als er sich ausmalte, welcher Gefahr sie sich so leichtsinnig ausgesetzt hatte. Bedeutete ihre Sicherheit ihr denn gar nichts? Auch zuvor hatte sich Rose bereits ungehorsam verhalten, doch diese Torheit übertraf alles. Wenn er sie endlich zurückbekam, würde er ihr entweder den schönen Hals umdrehen oder sie küssen, bis sie die Besinnung verlor.

Dominic ging zu den Ställen, um mit den Pferdeknechten zu sprechen. Dort fand er etwas heraus, das ihn erschreckte. Rose' Stute war verschwunden, nebst zwei anderen Pferden. Die Angelegenheit wurde immer rätselhafter. Zwar tröstete es Dominic etwas, dass Rose wenigstens nicht allein ausgezogen war, doch er konnte sich nicht erklären, wer sie begleitet haben sollte, ohne ihn vorher um Erlaubnis zu bitten. Alle seine Ritter waren vollzählig versammelt.

»Vergebung, Mylord«, sagte der Stallaufseher, »aber ich glaube zu wissen, wer Lady Rose begleitet.«

»Dann sagt es mir, Mann! Was wisst Ihr über das Verschwinden meiner Gemahlin?«

»Mylord, ich habe mich nur entschlossen zu sprechen, weil ich es mir nie verzeihen könnte, wenn Lady Rose etwas zustößt.«

»Niemand wird Euch Schuld an den Vorfällen geben, wenn Ihr mir die Wahrheit sagt.«

»Zwar weiß ich nichts von den Plänen Eurer Gemahlin, doch ich sah sie gestern lange mit Piers sprechen. Danach kam Lady Rose dann zu mir und sagte, dass sie Piers' Dienste in der Burg benötige.«

»Piers? Ist das nicht der junge Leibeigene, der die Tochter des Freibauern geheiratet hat?«

»Ja, das ist er, Mylord.«

»Aber es fehlen drei Pferde. Wisst Ihr, wer Rose und Piers begleitet haben könnte?«

Der Aufseher blickte nachdenklich drein. »Vielleicht ist Piers' Frau mitgekommen, um Lady Rose Gesellschaft zu leisten.«

»Ja, das scheint mir einleuchtend«, stimmte Dominic zu. »Ich danke Euch für Eure Aufrichtigkeit und versichere Euch, dass wir Rose finden werden, ehe ihr ein Leid geschieht.«

Furcht regte sich tief in Dominics Innern, als er langsam zur Burg zurückging. Wenn Rose nun einen zu großen Vorsprung hatte? Oder wenn seine Ritter ihr nicht zu Hilfe kommen konnten, ehe ihr etwas zustieß? Piers war ein Bauer, im Kampf unerfahren, und konnte Rose keinesfalls beschützen, wenn sie von Räubern oder wilden Tieren angegriffen wurde. Dann wurde Dominic zornig. Er würde sich Piers' Kopf auf einem silbernen Tablett servieren lassen, wenn der junge Mann nach Dragonwyck zurückkehrte. Falls er zurückkehrte.

Dominic befragte jeden seiner Ritter, doch keiner von ihnen hatte gesehen, wie Rose die Burg verließ. Das Rätsel war noch immer ungelöst, als Dominic zehn Recken aussandte, um nach seiner Gemahlin zu suchen.

Verärgert ging Rose vor dem Kamin im Rittersaal ihres Onkels auf und ab. Onkel Murdoc, ihr eigen Fleisch und Blut, hielt sie in seiner Burg gefangen! Wie konnte er es wagen? Und was versprach er sich davon?

»Setz dich, Mädchen«, sagte Murdoc, »mir wird schon schwindlig, wenn ich dir zusehe.«

»Ich habe dir bereits erklärt, warum mich mein Weg nach London führt. Warum hältst du mich hier fest?«

»Als ich Dragonwyck verließ, sagte ich doch, dass du noch von mir hören würdest. Dich heute Morgen im Wald anzutreffen, war ein Glücksfall.«

»Was hattest du überhaupt auf englischem Boden zu suchen?«

Murdoc zuckte die Schultern. »Wir ritten über die Grenze, um Vieh zu stehlen«, gab er ohne eine Spur von Reue zu.

Rose wusste, dass die schottischen Lords, deren Ländereien an England grenzten, oft ihre Vorräte dadurch aufbesserten, dass sie das Vieh ihrer Nachbarn raubten. Offenbar bildete Onkel Murdoc keine Ausnahme.

»Aber das spielt jetzt keine Rolle, Mädchen. Du befindest dich endlich auf schottischem Boden, das ist das Wichtigste.«

»Ich werde nicht lange bleiben, Onkel. Meine Diener und ich müssen uns bald auf den Weg machen.«

Murdoc blickte auf. »Da kommt ja Gunn. Vielleicht möchte er auch ein Wörtchen mitreden.«

»Auch Gunn könnte nichts sagen, das mich von meinem Vorhaben abbringt.«

»Ich habe Rose' Diener an einen sicheren Ort gebracht«, sagte Gunn und setzte sich.

»Sehr gut, mein Junge. Rose möchte ihre Reise nach London

fortsetzen, aber ich bedeutete ihr schon, dass du dazu etwas zu sagen hast.«

Gunn betrachtete Rose lüstern. »Ja, so ist es. Der schottische Gerichtshof in Stirling hat deine Vermählung mit Lord Dragon für ungültig erklärt, da es eine Vereinbarung zwischen Murdoc und deinem Vater gab. Du wirst mich heiraten, wie dein Vater es wünschte.«

Rose hätte am liebsten laut aufgelacht, hielt es jedoch für klüger, die Belustigung zu unterdrücken. Was mochte ihren Onkel wohl veranlassen, zu glauben, sie würde seinen Stiefsohn ehelichen? Selbst wenn sie tatsächlich frei wäre, würde sie ihre Hand keinesfalls Gunn zum Bunde reichen.

»Ihr seid beide von Sinnen«, sagte sie hitzig. »Ich bin Engländerin. Eure Gesetze bedeuten mir nichts.«

»Aber deine Mutter ist Schottin«, erwiderte Murdoc. »Als dein einziger männlicher Verwandter ist es meine Pflicht, dafür zu sorgen, dass du einen Mann heiratest, dem ich vertraue. Und der Gerichtshof gab mir recht. Wir haben bereits nach einem Priester geschickt. Sobald er eintrifft, wird die Trauung stattfinden. Zwar sähe ich es lieber, wenn ihr nach schottischem Brauch vermählt würdet, doch ich will sichergehen, dass niemand die Rechtmäßigkeit dieser Verbindung anzweifeln kann.«

»Ich bin bereits verheiratet«, begehrte Rose auf. »Ferner kann ein schottisches Gericht nicht über mich verfügen. Vergiss diesen Plan, Onkel, denn ich werde meine Meinung keinesfalls ändern. Wo sind meine Diener? Ich will noch in dieser Stunde abreisen.«

Murdoc seufzte. »Du gebärdest dich ausgesprochen widerspenstig, Mädchen. Vielleicht solltest du einige Tage lang in Ruhe und Abgeschiedenheit über alles nachdenken.«

»Bin ich etwa deine Gefangene?«

»Aber nicht doch, Mädchen, du bist meine geliebte Nichte und ein hoch geschätzter Gast. Aber du musst sehr müde sein. Robina wird dich zu deinem Gemach begleiten.«

Murdoc rief nach seiner dritten Gemahlin, die er nach dem

Tode von Gunns Mutter geheiratet hatte, und wenig später eilte eine zierliche Frau mit ängstlichem Blick herbei, die sich die Hände an ihrer Schürze abtrocknete.

»Du hast mich gerufen, Murdoc?«

»Ja, was hat dich so lange aufgehalten? Wir haben einen Gast. Du erinnerst dich doch an Rose, die Tochter meiner Schwester Nelda?«

Robina schenkte Rose ein schüchternes Lächeln. »Willkommen, Rose. Ich wusste nicht, dass du uns besuchen würdest, sonst hätte ich längst ein Gemach für dich herrichten lassen. Wie geht es deiner Mutter und Schwester?«

»Sie befinden sich wohl, Robina. Doch du brauchst mir kein Schlafgemach zu geben, ich kann nicht länger bleiben. Ich will abreisen, sobald mir Onkel Murdoc sagt, wo meine Diener untergekommen sind.«

»Gunn«, sagte Murdoc, »unsere Rose scheint ein wenig scheu zu sein. Vielleicht solltest du sie zu ihrem Gemach geleiten.«

Rose wehrte sich heftig, als Gunn sie sich grob über die Schulter warf und die Treppe hinauftrug. Entsetzt eilte Robina den beiden hinterher.

16

Die Rose ist eines der Geheimnisse des Lebens.

Anonym

Dominic stand auf der Brustwehr und ließ den Blick über den Wald und die Hügel schweifen. Er fühlte sich so hilflos wie nie zuvor. Noch immer hatte er nichts von den Rittern gehört, die nach Rose suchten, und wusste vor Sorge nicht mehr ein noch aus. Vier Tage waren vergangen, und Dominic hatte sich bereits alle möglichen schrecklichen Dinge ausgemalt, die Rose zugestoßen sein konnten. Ohne sie würde sein Leben nicht mehr dasselbe sein. Er durfte sie einfach nicht verlieren. Dominic gestand sich ein, dass er seine tapfere Rose brauchte, damit sein Leben vollkommen war.

Immerhin war er nicht der Einzige, der sich um Rose sorgte. Lady Emily und Lady Blythe gingen mit traurigen Mienen ihrer Arbeit nach, und selbst die Burgritter schienen bekümmert zu sein. Immer wieder hielten sie von der Burgmauer aus nach ihrer Herrin Ausschau.

In der vergangenen Nacht hatte Dominic wach gelegen und darüber nachgesonnen, wie sehr er Rose vermisste. Dabei war er zu einem Entschluss gelangt. Er würde nicht mehr darauf warten, dass seine Genesung fortschritt, sondern selbst nach London aufbrechen und seine Gemahlin und ihre Schwester nach Hause holen. Die Wunde war fast verheilt, und seine Seite bereitete ihm keine allzu großen Schmerzen mehr, wenn er das Schwert schwang oder eine Lanze warf. Ja, Dominic fühlte sich stark genug, dem König entgegenzutreten.

Plötzlich entdeckte er einige Reiter, die sich der Burg näherten. Es handelte sich um seine Männer, die er ausgeschickt hatte, Rose zu finden. Doch Dominics Erleichterung wich sogleich neuer Sorge, als er sah, dass sie Rose nicht bei sich hatten. Dafür entdeckte er etwas anderes, nämlich einen großen, kräftigen Mann in farbenprächtigen Gewändern. Er trug einen Turban.

Raj!

Was hatte Raj auf Dragonwyck verloren? Er sollte doch in Westminster sein, um Starla zu beschützen. Dominic ahnte Schlimmes, als er die Treppen hinuntereilte, um Raj und die Ritter in Empfang zu nehmen.

»Wo ist meine Frau?«, fragte er, ehe die Männer Gelegenheit hatten abzusitzen.

»Wir konnten sie nicht finden«, sagte James of Bedford. »Wir wollten eigentlich den ganzen Weg nach London reiten, als wir auf Raj trafen, der sich auf dem Weg nach Dragonwyck befand.«

Dominic wandte sich an Raj. »Wie konntest du Rose schutzlos im Palast zurücklassen? Und wo ist Lady Starla? Würde mir bitte jemand erklären, was hier vor sich geht? Ich komme um vor Sorge.«

Rajs ernste Miene spendete Dominic wenig Trost. »Lady Rose ist nicht in Westminster, Herr. Wir wissen nicht, wo sie sich aufhält. Weder Eure Ritter noch ich sind ihr begegnet. Sir James erklärte mir die Lage, und ich stehe ebenfalls vor einem Rätsel.«

Dominic wurde blass. »Warum bist du gekommen, Raj? Wo ist Lady Starla?«

»Ich kam, um Lady Rose nach Westminster zu bringen, da Lady Starla ins Kloster zurückkehren möchte. Als der König von Eurer Genesung erfuhr, bestand er darauf, dass Lady Starla an allen Banketten teilnahm. Es fiel ihr nicht leicht, ihre Rolle zu spielen. Jede Nacht wartete ich am Gartentor auf Lady Rose, doch als sie nicht kam, fürchtete Lady Starla, dass ihr etwas zugestoßen sein könnte, und schickte mich aus, um Lady Rose zu finden.«

»Rose wollte nach Westminster zurückkehren, doch ich gestattete es ihr nicht, ohne mich abzureisen. Offenbar beschloss Rose, sich mir zu widersetzen, und verließ die Burg ohne meine Erlaubnis. Sie nahm nur zwei Leibeigene zum Geleit mit, Piers und seine Frau Vella. Seitdem hat niemand etwas von ihr gehört.«

Da Sir James und die anderen nichts Neues zu berichten hatten, ließ Dominic sie gehen und kehrte in den Rittersaal zurück. Raj folgte ihm.

»Was wollt Ihr jetzt tun, Herr?«

»Ich weiß es nicht. Vielleicht ...« Er schwieg, als Lady Emily und Lady Blythe zu ihm eilten.

»Wo ist Rose, Mylord?«, fragte Emily.

»Ich wünschte, ich wüsste es«, antwortete Dominic. »Raj sagt, sie befinde sich nicht in Westminster, und meine Ritter haben sie auch nicht gefunden.«

Mit ängstlicher Miene rang Emily die Hände, während Blythe die Tränen über die Wangen strömten. »Was kann nur mit ihr geschehen sein?«

»Ich weiß es nicht«, sagte Dominic gepresst. »Entschuldigt mich, Ladys, ich muss nachdenken. Aber ich versichere Euch, dass ich nichts unversucht lassen werde, um meine Gemahlin zu finden.«

»Mir gefällt diese Sache nicht«, bemerkte Raj, als sich die Damen zurückgezogen hatten.

Dominic ging zum Kamin und blickte gedankenverloren in die Glut. »Wenn Rose mich nun verlassen hat, Raj? Vielleicht hatte sie gar nicht die Absicht, nach Westminster zu reisen.«

»Warum sollte sie das tun? Habt Ihr Lady Rose etwas angetan?«

»Nichts, außer ihr zu untersagen, ohne mich die Burg zu verlassen.«

»Aber wohin sollte sie sich wenden? Lady Rose hängt sehr an ihrer Schwester und würde sie nie im Stich lassen.«

»Ich habe keine Lösegeldforderung erhalten, doch auch das

tröstet mich wenig.« Dominic verzog schmerzlich das Gesicht. »Eine Räuberbande könnte sie entführt haben. Vielleicht wollen sie etwas anderes als Lösegeld.« Plötzlich fuhr er zusammen und schlug sich vor die Stirn. »Teufel auch, warum ist mir das nicht gleich eingefallen?«

»Was denn, Herr?«

»Möglicherweise befindet sie sich in den Händen von MacTavish. Seine Ländereien grenzen an Dragonwyck, und er ist dafür bekannt, dass er immer wieder die Grenze nach England überquert, um Vieh zu stehlen. Vielleicht traf er auf Rose und verschleppte sie gegen ihren Willen.«

»Warum sollte der Schotte Eure Gemahlin gefangen halten, Herr? Das verstehe ich nicht.«

»Ich schon!« Dominic befand sich bereits auf dem Weg zur Tür.

»Wohin wollt Ihr, Herr?«

»Nach Schottland. Wenn Rose dort ist, werde ich sie finden. Finde Sir Eric und trage ihm auf, zwei Dutzend Ritter auszuwählen, die mich zu MacTavishs Besitz begleiten. Dann komm zu mir in die Waffenkammer. Wir brechen noch in dieser Stunde auf.«

Raj eilte zu Sir Eric und übermittelte Dominics Befehl. Dann ging er in die Waffenkammer und half Dominic dabei, Kettenhemd und Schwert anzulegen.

»Diesmal werde ich Euch begleiten, Herr. Als Ihr mich das letzte Mal zurückgelassen habt, wäre es um ein Haar Euer Ende gewesen.«

»Und was wird aus Lady Starla? Rose würde nicht wollen, dass ihre Zwillingsschwester schutzlos im Palast bleibt. Der König ist unberechenbar, niemand weiß, welche schurkischen Pläne er hegt.«

Dominic erkannte bereits an der finsteren Miene, dass Raj sich keinesfalls fügen würde.

»Ich begleite Euch«, wiederholte er. »Lady Starla kann sich behaupten, obwohl sie das Leben bei Hofe verabscheut. Besonders missfällt ihr Lady Veronica. Eure frühere Mätresse ist giftig wie eine Natter.«

Dominic antwortete nicht darauf, wusste er doch, dass Raj die Wahrheit sprach.

Raj wirkte nachdenklich, als er sich ein Messer in den Gürtel steckte und die Schärfe seines Krummsäbels überprüfte.

»Dich beschäftigt doch etwas, Raj. Was ist es?«, fragte Dominic.

»Vielleicht solltet Ihr Lady Nelda nach Westminster schicken. Wer könnte Lady Starla besser beschützen als sie?«

»Raj! Das ist ein ausgezeichneter Einfall. Warum habe ich nicht gleich daran gedacht? Geh zu Sir Cedric, ihm vertraut Lady Nelda. Erkläre ihm alles, was er wissen muss, und bitte ihn, Lady Nelda aus dem Kloster zu holen. König John würde es nicht wagen, sie abzuweisen, wenn sie ihm sagt, dass sie ihrer Tochter beistehen will, während ich mich von meinen Verletzungen erhole. Ich kenne den König. Er würde nichts tun, das seinem Ansehen in der Öffentlichkeit schaden könnte.«

Schon eine Stunde später brachen Dominic, Raj und zwei Dutzend bewaffneter Recken nach Schottland auf, während sich Sir Cedric zum Kloster begab, um Lady Nelda um Beistand zu bitten.

Bebend vor Zorn blickte Rose aus dem Fenster ihres Gemachs. Die Tür war verschlossen, nicht einmal Robina durfte ohne Murdocs Erlaubnis hereinkommen. An jedem der vier Tage ihrer Gefangenschaft hatte ein Wächter ihr Wasser und etwas zu essen gebracht, sich jedoch geweigert, ihre Fragen zu beantworten. Die Sorge um Piers und Vella brachte Rose schier um den Verstand. Falls ihr Oheim den beiden etwas zuleide getan hatte, würde sie ihm niemals vergeben.

Ein Schlüssel drehte sich klappernd im Türschloss herum, und gleich darauf stand Rose ihrem Onkel gegenüber, der ausgesprochen selbstzufrieden wirkte.

»Wie kannst du es wagen, mich hier festzuhalten?«, fuhr Rose ihn an, ehe er etwas sagen konnte. »Wenn ich bedenke, wie gern ich dich einst hatte!«

»Mädchen, das trifft mich zutiefst. Ich würde dir nie etwas zuleide tun. Du und deine Schwester seid für mich die Töchter, die ich nie hatte.«

»Dann beweise es mir und lass mich gehen.«

»Damit du zu Lord Dragon zurückkehren kannst? Nein, Mädchen, er ist nicht der richtige Gemahl für dich.«

»Aber Gunn hältst du für den richtigen? Ich bin nicht dumm, Onkel. Ich weiß genau, was du mit Gunn geplant hast. Welch großartige Leistung wäre es, wenn du ein Stück englischen Bodens für dich beanspruchen könntest. Das würde dir den Neid und Respekt aller schottischen Lords einbringen.«

»Du tust mir Unrecht, Nichte. Es ist allein dein Glück, das mir am Herzen liegt. Hast du denn schon vergessen, dass der englische König deinen Vater ermorden ließ und dann seinen Vasallen schickte, um dich zu heiraten und deine Heimat in Besitz zu nehmen? Gunn wäre dir ein guter Ehemann und könnte Ayrdale vor den Engländern beschützen.«

»Du scheinst einige Dinge zu übersehen, Onkel Murdoc. Meine Heimat ist und bleibt ein Teil Englands. Ich bin Engländerin und mit einem englischen Ritter vermählt. Gib deinen Plan auf. Wenn Dragon davon erfährt, wird sein Zorn furchtbar sein.«

»Du hast die Burg ohne seine Erlaubnis verlassen und sagtest selbst, dass du nach London reisen wolltest. Dragon wird dich nicht in Schottland vermuten. Wenn er erfährt, dass du nicht im Palast des Königs eingetroffen bist, wirst du längst Gunns Frau geworden sein und mit ihm die Hochzeitsnacht verbracht haben.«

»Nur über meine Leiche«, sagte Rose leise.

»Mädchen, ich sehe schon, dass du noch etwas Zeit zum Nachdenken brauchst. Wenn ich es nicht besser wüsste, müsste ich beinahe annehmen, du hättest dich mit Dragon abgefunden.«

Rose straffte die Schultern und rief: »Ich *liebe* Dragon! Nichts auf der Welt vermag das zu ändern.«

»Ach, du bist ebenso verblendet wie deine Mutter. Ich war gegen ihre Vermählung mit einem Engländer, doch sie umschmeichelte unseren Vater so lange, bis er der Ehe zustimmte.«

»Meine Mutter und mein Vater führten eine glückliche Ehe und liebten einander sehr. Was ist mit dir, Onkel? Hast du auch nur eine deiner drei Frauen geliebt?«

»Die Liebe ist das Spielzeug der Narren. Ich habe mich vermählt, um Erben zu zeugen, doch keine meiner drei Frauen hat mir je einen Sohn oder eine Tochter geschenkt. Glücklicherweise brachte meine zweite Frau Gunn mit in die Ehe, den ich als meinen Sohn annahm, als sich dann auch Robina als unfruchtbar erwies.«

»Robina ist sanft und gütig. Du solltest sie besser zu schätzen wissen.«

»Kümmere dich nicht um meine Gemahlin, Mädchen. Heirate Gunn, dann soll mein gesamter Besitz dir und ihm gehören, wenn ich einst die ewige Ruhe finde.«

»Ich will nichts von dir, Onkel. Lass mich und meine Diener frei, dann soll alles vergeben und vergessen sein.«

Murdoc seufzte. »Du warst schon immer ein widerspenstiges Mädchen. Deine scharfe Zunge hätte mich beinahe vergessen lassen, was ich dir sagen wollte. Pater Baen hat eingewilligt, die Trauung zu vollziehen, und ist auf dem Weg hierher. Dir bleiben noch ein oder zwei Tage, um wieder zu Verstand zu kommen, denn der Priester wird sich weigern, dich mit Gunn zu vermählen, wenn du nicht in die Ehe einwilligst.«

»Das wird niemals geschehen.«

Murdoc bedachte sie mit einem durchdringenden Blick. »Da irrst du dich. Hast du deine beiden Diener eigentlich sehr gern?«

»Piers und Vella?«

»Ja, so heißen sie wohl.«

Rose lief es eiskalt über den Rücken. »Du würdest es nicht wagen, ihnen etwas anzutun!«

»Da kennst du mich aber schlecht, Mädchen. Nun, die Entscheidung bleibt dir überlassen. Denke in aller Ruhe darüber nach.«

»Onkel, warte!«, rief Rose. »Wenn du Piers und Vella auch nur ein Haar krümmen solltest, wirst du es bereuen.«

Murdoc antwortete nicht, sondern schlug einfach die Tür hinter sich zu, sodass Rose allein zurückblieb. Sie wusste, dass ihr Onkel ein starrsinniger Mann war, doch nie zuvor hatte sie ihn so grausam erlebt. Sie fürchtete um das Leben ihrer Diener. Seit dem Tod ihres Vaters war eine Veränderung in Murdoc vor sich gegangen. Er war nicht länger der liebenswürdige Onkel, der seine Nichten verhätschelte, sondern ein Mann, der von Gier getrieben wurde. Er wollte Dragonwyck besitzen und würde vor nichts zurückschrecken, um sein Ziel zu erreichen.

Abermals trat Rose ans Fenster. Ihr knurrte der Magen, und sie fragte sich, ob Murdoc beabsichtigte, sie auszuhungern und so in die Knie zu zwingen. Dann hörte sie ein Geräusch an der Tür. Offenbar war ihr Onkel zurückgekehrt, um sie dazu zu zwingen, die Sünde der Bigamie zu begehen.

Der Schlüssel drehte sich, und die Tür wurde geöffnet. Rose atmete erleichtert auf, als sie in das besorgte Gesicht einer Frau blickte.

»Robina. Weiß Onkel Murdoc, dass du hier bist?«

Robina trat auf Zehenspitzen ein und schloss die Tür hinter sich. »Nein, Rose. Murdoc und Gunn sind auf der Falkenjagd. Ich wollte nur sehen, ob ich dir irgendwie helfen kann.«

»Du willst mir helfen?«

»Ja. Ich bin nicht mit den Dingen einverstanden, die Murdoc im Schilde führt. Er und Gunn sind aus dem gleichen Holz geschnitzt, obgleich sie keinerlei Blutsverwandtschaft verbindet. Ich weiß nicht, warum du hier bist oder was Murdoc ausheckt, aber ich bin dagegen, dass er dich hier wie eine Gefangene hält.«

»O Robina, ich danke dir«, sagte Rose und drückte ihr die

Hand. »Onkel Murdoc will unbedingt Dragonwyck besitzen und mich deshalb mit Gunn vermählen.«

»Dragonwyck? Den Namen kenne ich nicht.«

»Lord Dragon übernahm Ayrdale nach Vaters Tod und nannte den Besitz Dragonwyck. Onkel Murdoc behauptet, Papa habe mich schon vor vielen Jahren Gunn versprochen und meine Ehe mit Dragon sei ungültig.«

»Deshalb ist er also nach Stirling geritten«, sagte Robina nachdenklich. »Zwar ließ er mich wissen, dass er eine Petition bei Gericht einbringen wolle, verriet jedoch nicht, zu welchem Zweck.«

»Onkel Murdoc ist ein verschlagener Mann. Für mich als Engländerin gelten die schottischen Gesetze nicht. Ich könnte Gunn nicht heiraten, selbst wenn ich es wollte. Doch ich würde es auch niemals freiwillig tun, denn ich liebe meinen Gemahl.«

Robina lächelte, und Rose erkannte, dass Onkel Murdocs Frau noch viel jünger war, als sie für gewöhnlich wirkte. »Bist du glücklich mit Murdoc, Robina?«, fragte sie. »Hast du ihn aus Liebe geheiratet?«

»Meine Ehe war arrangiert, doch Papa hätte nie eingewilligt, wenn er gewusst hätte, dass Murdoc mich wie eine Zuchtstute hält. Wir sind seit zehn Jahren verheiratet.« Sie seufzte. »Ich fürchte, ich bin unfruchtbar.«

»Wirst du schlecht behandelt?«

Robina wandte den Blick ab. »Am Anfang war alles gut. Doch die Jahre vergingen, und als ich keinen Erben gebären konnte, veränderte sich Murdoc. Er setzte Gunn als seinen Erben ein und wurde mir gegenüber kühl. Zwar schlägt er mich nicht oft, doch wenn ich ihn verärgere, bekomme ich manchmal seinen Handrücken zu spüren.«

»Du solltest ihn verlassen, Robina. Die schottischen Gesetze billigen den Frauen weitaus mehr Rechte zu als die englischen. Würde dich dein Vater aufnehmen?«

»Ja, doch Murdoc würde mich nicht gehen lassen. Er fürchtet, Papa könnte meine Mitgift zurückverlangen. Doch genug von mir. Wie kann ich dir helfen?«

»Ich will nichts von dir verlangen, das dich in Schwierigkeiten bringen könnte, Robina, doch ich mache mir große Sorgen um meine Diener. Ich weiß nicht, was Onkel Murdoc mit ihnen gemacht hat, und ich wäre dir sehr dankbar, wenn du es für mich herausfinden könntest.«

»Aber das weiß ich doch schon, Rose. Sie sind im Nordturm eingesperrt, es geht ihnen gut.«

Rose atmete erleichtert auf. Allerdings hatte Murdoc angedeutet, dass Piers' und Vellas Leben von ihrer Einwilligung in eine Ehe mit Gunn abhing. Ob Robina es wagte, die beiden zu befreien?

»Ich fürchte um das Leben meiner Diener«, sagte sie leise. »Wenn ich Gunn nicht heirate, will Murdoc ihnen etwas antun. O Robina, ich weiß nicht, wie ich mich entscheiden soll. Mein Gemahl glaubt, ich sei auf dem Weg nach London. Hier wird er mich niemals vermuten.«

Robina sah verwirrt aus. »Das verstehe ich nicht.«

In wenigen Worten schilderte Rose ihr die Lage.

»Wie bedauerlich, dass ihr ausgerechnet auf Murdoc treffen musstet, als er sich auf einem seiner Raubzüge befand. Darf ich dich um einen Gefallen bitten?«, fragte Robina zaghaft. »Ich werde dich und deine Diener befreien, wenn ihr mich nach Dragonwyck mitnehmt. Glaubst du, dein Gemahl würde mir Unterschlupf gewähren und mir helfen, die Burg meines Vaters zu erreichen? Dort können mich dann meine sechs Brüder vor Murdoc beschützen. Sie mögen ihn nicht.«

»Befreie Piers und Vella und flieh mit ihnen nach Dragonwyck«, antwortete Rose. »Aber kümmert euch nicht um mich, das wäre zu gefährlich. Wenn du auf Dragonwyck ankommst, erzähle Dominic von meinem Geschick und bitte ihn, dir Geleitschutz zur Burg deines Vaters zu gewähren.«

»Ich muss gehen«, sagte Robina und beäugte unruhig die Tür. »Wenn Murdoc heute Abend eingeschlafen ist, werde ich sie befreien. Er weiß nicht, dass ich Schlüssel zu allen Räumen im Schloss besitze, also will ich mich hier lieber nicht ertappen lassen.«

»Viel Glück!«, rief Rose ihr leise nach. Robina verließ das Gemach und schloss die Tür ab.

Erfreut über die Hilfe dieser unerwarteten Verbündeten, schöpfte Rose endlich wieder ein wenig Hoffnung. Dragon wusste nicht, dass sie sich nicht auf dem Weg nach Westminster befand, und er hatte vermutlich seine Männer gen Süden geschickt, um sie zurückzuholen. Es würde wenigstens eine Woche dauern, bis die Reiter den Palast erreichten und erfuhren, dass sie nie dort angekommen war, und eine weitere Woche, bis sie Dominic die Nachricht überbringen konnten. Ehe man sie in Schottland vermutete, konnte es zu spät sein. Um Piers und Vella zu retten, musste Rose in die Ehe mit Gunn einwilligen. Wenn allerdings das Wohl des jungen Paares nicht mehr von ihrer Entscheidung abhing, würde sie Onkel Murdoc mit Vergnügen trotzen.

Als es Abend wurde, verspürte Rose abermals quälenden Hunger. Offenbar versuchte Murdoc doch, sie durch Nahrungsentzug gefügig zu machen. Plötzlich öffnete sich die Tür und Gunn betrat das Gemach.

»Was willst du hier?«, rief Rose zornig.

»Murdoc schickt mich. Er wünscht, dass du mit uns das Abendmahl einnimmst.«

Rose warf ihm einen finsteren Blick zu. »Ich ziehe es vor, in meinem Gemach zu speisen.«

Ihre Antwort schien Gunn zu gefallen. »Er dachte sich schon, dass du dich weigern würdest, und gab mir die Erlaubnis, dich notfalls in den Saal hinunterzutragen. Da kann ich wenigstens noch einmal Hand an dein hübsches Gesäß legen.«

Mit zwei langen Schritten war Gunn bei ihr, legte seine Pranken um ihre Taille und versuchte, sich Rose abermals über die Schulter zu werfen. Sie wehrte sich verzweifelt, doch es hatte keinen Zweck. Gunn schien ihre Fausthiebe und Tritte überhaupt nicht zu bemerken. Seine Hand arbeitete sich zu ihrer Hüfte vor, und Rose' Kampfgeist erwachte von Neuem. Als Gunn sie am Waschtisch vorbeitrug, entdeckte sie den irdenen Wasserkrug, ergriff ihn und zertrümmerte ihn auf seinem Schädel.

Gunn schüttelte benommen den Kopf und taumelte. Seine angeschlagene Verfassung machte ihn für einen Moment unaufmerksam, und Rose glitt von seiner Schulter. Sie hob trotzig das Kinn und sagte: »Das soll dir eine Lehre sein, mich nie wieder zu berühren. Ich finde auch allein den Weg in den Rittersaal.«

Mit diesen Worten drehte sie sich um und verließ hoch erhobenen Hauptes das Schlafgemach.

»Wo ist Gunn?«, fragte Murdoc, als Rose allein den Saal betrat.

»Er hat Kopfschmerzen«, antwortete Rose und verbiss sich ein Lächeln.

»Setz dich, Mädchen. Pater Baen ist eingetroffen. Er hat einen weiten Weg auf sich genommen, um dich mit Gunn zu vermählen. Willigst du nun in den Bund ein?«

Rose warf Robina einen verstohlenen Blick zu und entdeckte, dass Murdocs Frau kaum merklich den Kopf schüttelte. Sie beschloss, ihre Zunge zu hüten.

»Ich bin mir noch nicht sicher«, sagte Rose und nahm auf dem leeren Stuhl an Murdocs Seite Platz.

Ihr Onkel sah sie grimmig an. »Gunn und ich verlieren langsam die Geduld mit dir. Pater Baen kann nur kurz bei uns bleiben.«

»Bigamie verstößt sowohl in England als auch in Schottland gegen das Gesetz.«

»Das Gericht in Stirling hat deine Ehe für ungültig erklärt.«

»Dragon wird außer sich sein, wenn er erfährt, dass du mich entführt hast.«

Murdoc lächelte überheblich. »Sobald du mit Gunn vermählt bist, werden sich die anderen schottischen Lords mit mir verbünden. Dragonwyck ist nicht uneinnehmbar. Wenn Lord Dragon nicht freiwillig abzieht, werden wir die Burg belagern und ihn vertreiben.«

»Du irrst dich gewaltig, Onkel. Dragonwyck gehört zu England, also wirst du mich vergebens zur Bigamie zwingen. Der König wird nichts unversucht lassen, den Besitz für die Krone zu erhalten.«

»Ich bin kein Narr, Nichte. Jedermann weiß, dass der König mit seinen aufrührerischen Baronen alle Hände voll zu tun hat. England steht an der Schwelle eines Bürgerkrieges. Der König kann sich nicht mit Dragonwyck befassen, wenn seine unzufriedenen Untertanen den Thron bedrohen. Außerdem besitzt Lord Dragon viel Stolz. Glaubst du, er würde dich wieder zu sich nehmen, nachdem Gunn dich in seinem Bett gehabt hat?«

Mit grimmiger Entschlossenheit verkündete Rose: »Das wird niemals geschehen.«

In diesem Augenblick stolperte Gunn in den Rittersaal. »Wo ist sie? Wo steckt diese vermaledeite Hexe?«

Hastig schob Murdoc seinen Stuhl zurück und sprang auf. »Was ist geschehen? Du siehst furchtbar aus, mein Junge.«

»Frag *sie!*«, rief Gunn und deutete anklagend mit dem Finger auf Rose. »Die Hexe ist gefährlich.« Er taumelte einige Schritte vorwärts. »Aber jetzt geht es ihr an den Kragen.«

»Setz dich, Junge. Ich will der Sache auf den Grund gehen.«

Gunn ließ sich auf einen Stuhl sinken und starrte Rose finster an.

»Was hast du Gunn angetan, Nichte?«, fragte Murdoc grimmig.

»Er wagte es, mich anzurühren«, erwiderte Rose, »also habe ich ihm eine Lehre erteilt.«

»Die Hexe hat mir einen Krug auf den Kopf geschlagen!«, rief Gunn wütend und rieb sich die Stirn. »Gib sie mir jetzt, Murdoc, damit ich ihr Manieren beibringen kann.«

Murdoc betrachtete Rose voller Hochachtung. »So bist du mit Gunn umgesprungen? Du bist ein tapferes Mädchen, das muss ich dir lassen.« Er seufzte. »Allerdings war das nicht besondern klug, denn Gunn ist leider kein Mann, der sich leicht beschwichtigen lässt.«

Rose holte tief Atem, um Murdoc zu erklären, was sie von ihm und seinem Stiefsohn hielt, als Robina sich laut räusperte. Sie hat recht, befand Rose, die Männer zu verärgern half ihr nicht weiter.

»Wann soll die Hochzeit sein, Mädchen?«, fragte Murdoc, während er an einem Bissen des Rehbratens kaute. »Es muss bald geschehen, denn Pater Baen wird wie gesagt nur einen oder zwei Tage bei uns bleiben.«

»So lange kann ich nicht warten, der Hexe endlich zu zeigen, was ein Mann ist«, murmelte Gunn missmutig. »Die Vermählung findet noch heute statt.«

Zornig ließ Rose die Faust auf den Tisch niedersausen. »Ich werde Gunn nicht heiraten!«

»Du vergisst, dass ich dich in der Hand habe, Nichte. Schließlich willst du doch deine Diener wiedersehen, nicht wahr?« Rose nickte. »Dann solltest du mir gehorchen. Sobald du Gunns Frau geworden bist, können die beiden Dragon meine Forderungen überbringen.«

»Welche Forderungen, Onkel?«

»Dass er sich mit seinen Rittern schleunigst aus dem Staub macht und Dragonwyck freigibt.« Murdoc hob abwehrend die Hand. »Kein Wort mehr, Mädchen. Dein Geschnatter verdirbt mir den Appetit.«

Rose senkte den Kopf und konzentrierte sich auf ihr Mahl. Sie hoffte inständig, dass Dragon ihr nicht allzu sehr zürnte, weil sie Dragonwyk ohne seine Erlaubnis verlassen hatte, und dass sein Stolz ihn nicht davon abhalten würde, sie zu retten.

Die Tafel wurde aufgehoben, und Murdoc geleitete Rose zu ihrem Gemach. Dort ging sie unruhig auf und ab. Die Nacht brach herein, es wurde still in der Burg. Rose fragte sich, ob es Robina gelungen war, Piers und Vella aus ihrem Gefängnis zu befreien. Sie konnte nur abwarten, bis Murdoc das Verschwinden seiner Gemahlin entdeckte und Zeter und Mordio schrie.

Auch kurz vor Tagesanbruch hatte Rose noch keinen Schlaf finden können, als sie plötzlich ein leises Kratzen an der Tür vernahm.

»Rose, bist du noch wach?«

Sie eilte zur Tür. »Robina, warum bist du noch hier?«

Der Schlüssel klapperte im Schloss, und Robina trat ein. »Deine Diener weigern sich, ohne dich zu fliehen.«

»Dann konntest du sie also befreien?«

»Ja, aber Piers wollte nicht ohne dich gehen. Er und Vella warten am hinteren Burgtor. Beeile dich.«

»Du hättest meinetwegen nicht zurückkommen sollen.«

»Erkläre das besser deinen Dienern. Komm mit mir.«

Rose folgte Robina durch einen schmalen, von Fackeln erleuchteten Gang. Ihr Schlafgemach lag in einem kaum benutzten Flügel der Burg, daher würde Murdoc ihre Flucht sicher nicht bemerken. Dennoch liefen sie Gefahr, einem der Wächter über den Weg zulaufen. Furcht stieg in Rose auf, als sie neben Robina durch die stille Burg schlich.

»Wo sind die Wachen?«, flüsterte sie.

Robina kicherte leise. »Ich habe Baldrian in ihr Bierfass geschüttet. Sie werden selig bis zum Morgen schlafen.«

Schweigend wartete Rose, bis Robina in einem dunklen Gang verschwunden war, der zur Küche führte. Als sie ihr jedoch folgen wollte, legte sich plötzlich eine große Hand auf ihre Schulter. Sie sah sich um und blickte in Gunns wütendes Gesicht. Vergeblich versuchte sie, sich aus Gunns Umklammerung zu winden, musste dann aber einsehen, dass er sie gefangen hatte. Wenigstens Robina war entkommen.

»Verdammt, Weib!«, donnerte Gunn. »Wer hat dich aus deinem Gemach gelassen?«

»Lass mich los!«

»Ich habe dich etwas gefragt. Wer hat dich befreit, und wo willst du hin?«

»Nach Hause«, schleuderte Rose ihm entgegen. »Niemand hat mich befreit. Ich bin einfach durch die verschlossene Tür geschwebt. Weißt du nicht mehr, Gunn, dass du mich selbst eine Hexe nanntest?«

Gunn musterte sie misstrauisch und schien ein wenig Angst zu bekommen. Dennoch ließ er Rose nicht los.

»Treib keine Späße mit mir, Rose. Wenn du eine Hexe bist, dann muss ich wohl ein Zauberer sein. Nichts als eine Furie bist du. Mein Schädel dröhnt noch immer von dem verfluchten Wasserkrug.«

Er zerrte sie hinter sich her, und Rose warf einen Blick über die Schulter. Glücklicherweise war Robina nicht zurückgekehrt, um ihr zu helfen.

»Wir werden schon sehen, ob du noch entwischen kannst, wenn erst ein Posten vor deiner Tür steht.«

Gunn ging auf einen der Wächter zu, der an der Wand kauerte, und stieß ihn mit der Stiefelspitze an. Als der Mann nicht erwachte, schüttelte Gunn ihn heftig. Der Wächter blinzelte schläfrig, versuchte, sich zu erheben, und sank dann wieder zu Boden.

»Was geht hier vor?« Gunn betrachtete den schlummernden Mann und fluchte. »Dem hat doch jemand ein Schlafmittel verabreicht!«

Gunn zerrte Rose mit sich zur Kemenate und hämmerte mit der Faust an die Tür, bis ihm Murdoc gähnend und nur halb bekleidet öffnete. »Bei allen Teufeln, Gunn, wie soll ich ein Auge zutun, wenn du mitten in der Nacht meine Tür einschlägst? Was ist denn? Stehen Feinde vor dem Tor?« Dann entdeckte er Rose und wurde schlagartig wach. »Was hast du mit meiner Nichte vor?«

»Sie wollte flüchten. Ich weiß nicht, wie sie sich aus ihrem Gemach befreien konnte, und sie gibt keine Antwort. Außerdem geht etwas Eigenartiges vor sich, Murdoc. Ich wollte einen der Wächter aufwecken, doch er rührte sich kaum. Jemand muss ihm ein Mittel verabreicht haben.«

»Warte hier«, sagte Murdoc schroff. Er verschwand in der Kemenate und kehrte gleich darauf mit dem Schlüssel zu Rose' Gemach zurück. »Der Schlüssel ist noch da, also wie konntest du dich befreien, Mädchen?«

Trotzig schob Rose das Kinn vor. »Ich bin durch die geschlossene Tür gegangen.«

»Du besitzt ein freches Mundwerk!« Murdoc händigte Gunn den Schlüssel aus. »Sperr sie wieder ein, Gunn. Ich gehe der Sache auf den Grund, und wenn ich den Schuldigen gefunden habe, dann gnade ihm Gott!«

Stumm flehte Rose: *Lieber Gott, gib, dass er Robina nicht mehr einholt.*

Unsanft brachte Gunn sie zu ihrem Gemach zurück und schloss sie ein. Die Sonne ging auf und stieg immer höher. Rose merkte auf, als sich im Burghof ein Tumult erhob. Sie blickte aus dem Fenster und sah, dass sich etliche bewaffnete Ritter im Hof versammelten. Wenig später flog die Tür ihres Gemachs mit einem lauten Knall auf. Rose presste sich ängstlich an die Fensterbank, als ihr Onkel bebend vor Zorn auf sie zukam.

»Robina war es! Sie hat dich befreit!«

»Nein, ich sagte dir doch …«

»Schweig! Robina ist fort. Und auch deine Diener sind entwischt. Gunn hat dich davon abgehalten, zu ihnen zu stoßen, nicht wahr? Aber sie werden nicht weit kommen, das schwöre ich. Wie konnte Robina mich so hintergehen? Du solltest darum beten, dass ich sie nicht erwische.«

Murdoc drehte sich um, stürmte aus dem Gemach und verschloss abermals die Tür. Rose stand wie angewurzelt da und bebte vor Angst.

17

Rosen sind die Juwelen der Natur, mit denen sie das schöne Antlitz der Erde schmückt.

Croly

Rose verabscheute es, nichts tun zu können, während sich Menschen, die ihr nahestanden, in Gefahr befanden. Doch wie hätte sie Murdoc davon abhalten sollen, Robina, Piers und Vella abzufangen, bevor sie Dragonwyck erreichten? Obwohl sie ihren Oheim nicht als einen grausamen, mordlüsternen Mann kannte, wäre es allein ihre Schuld, falls sich das ändern sollte. Wenn die drei sich nicht bereit erklärt hätten, ihr zu helfen, wären sie jetzt nicht in Lebensgefahr.

Plötzlich hörte Rose die Türklinke quietschen, und hastig fuhr sie herum. Sie schaute sich um nach einer Waffe, mit der sie sich verteidigen konnte. Wenn es ihr überhaupt gelingen sollte, zu entkommen, war jetzt die Gelegenheit. Der Wasserkrug, den sie gegen Gunn eingesetzt hatte, war durch einen neuen ersetzt worden, also umklammerte Rose den Henkel und hob den Krug hoch über den Kopf, während sich die Tür langsam öffnete.

»Thelma, was willst du denn hier?«

Als eine grauhaarige Frau das Gemach betrat, die Rose als Murdocs Köchin erkannte, ließ sie den Wasserkrug sinken und stellte ihn wieder auf den Waschtisch.

»Ich habe Euch etwas zu essen gebracht, Rose. Murdoc gab mir den Schlüssel und trug mir auf, Euch mit Mahlzeiten zu versorgen. Ich weiß nicht, was in Murdoc gefahren ist«, sagte Thelma kopfschüttelnd. »Es ist nicht recht, dass er Euch hier gefangen hält. Und nun hat er auch noch Robina davongejagt. Robina ist eine gute Frau, Murdoc wird keine andere finden, die ist wie sie. Er muss den Verstand verloren haben.«

Thelma stellte das Tablett ab und schnalzte missbilligend mit der Zunge. »Murdoc will unbedingt einen Erben zeugen, und Gunn hat nur noch Macht und Reichtum im Sinn. Ich glaube, dass es Murdocs Schuld ist, wenn Robina ihm keine Kinder schenken kann.«

»Wenn du mit den Taten meines Onkels nicht einverstanden bist, wirst du mir dann helfen, von hier zu entkommen?«

»Ich weiß nicht.« Thelma blickte nachdenklich drein, lächelte dann jedoch. »Ja, es ist vielleicht möglich. Murdoc hat einige Männer zurückgelassen, um die Burg zu verteidigen. Zwei von ihnen sind meine Söhne.«

Ein Hoffnungsschimmer spiegelte sich in Rose' Zügen wider. »Glaubst du, sie würden mir helfen? Murdoc darf sein Vorhaben nicht in die Tat umsetzen. Er muss verrückt sein, wenn er glaubt, ich würde Gunn heiraten. Ich bin Lord Dragons Gemahlin, und niemand kann etwas daran ändern.« Plötzlich kam ihr ein Gedanke. »Ist Pater Baen noch hier?«

»Ja. Er betet in der Kapelle.«

»Kannst du ihn zu mir bringen?«

Thelma verstand. »Ja, Rose, ich werde den Priester holen.« Sie deutete auf das Tablett. »Esst etwas, während Ihr wartet.«

Die Köchin eilte davon, und Rose setzte sich an den Tisch. Sie war halb verhungert und aß alles bis zum letzten Bissen auf. In letzter Zeit schien ihr Körper ständig nach Essen zu verlangen, doch sie hatte im Augenblick keine Muße, sich mit den Gründen für ihren gesteigerten Appetit zu befassen, und schob ihre Vermutungen beiseite.

Kurze Zeit später kehrte Thelma mit dem Priester zurück. Pater Baen, ein großer, hagerer Mann, betrat nach der Köchin das Gemach und lächelte Rose wohlwollend an.

»Was kann ich für Euch tun, mein Kind? Habt Ihr eine Erklärung für Murdocs plötzliches Verschwinden? Er weiß doch, dass ich nicht lange bleiben kann. Ich hatte gehofft, noch heute Euren Bund mit Gunn zu segnen.«

»Pater, ich kann Gunn weder heute noch an einem anderen Tag heiraten, denn ich bin bereits die Gemahlin eines anderen. Hat Euch Murdoc nichts davon erzählt?«

Verwirrt warf der Priester Thelma einen fragenden Blick zu, und als die Köchin nickte, runzelte er die Stirn. »Murdoc behauptete, Eure Vermählung mit dem Engländer sei nicht rechtskräftig, weil Ihr bereits Gunn versprochen wart.«

»Murdoc lügt. Weder mein Vater noch mein Oheim haben je ein Heiratsabkommen unterzeichnet. Papa hätte mir ein solches Dokument nicht verschwiegen.«

»Aber der Gerichtshof ...«

»Ein *schottischer* Gerichtshof, Pater. Ich bin eine Untertanin des Königs von England und habe mit den schottischen Gesetzen nichts zu schaffen. Onkel Murdoc hat den Fall dem Gericht in Stirling vorgetragen, und es würde mich nicht wundern, wenn er auch einige Beamte bestochen hätte, um eine Entscheidung in seinem Sinne zu erwirken.«

»Seid Ihr Euch ganz sicher, mein Kind?«

»Ja. Ich würde einen Priester niemals belügen, Pater. Ich darf Gunn nicht heiraten. Außerdem hält mich Murdoc gegen meinen Willen fest.«

»Möchtet Ihr zu Eurem englischen Ehemann zurückkehren?«

Rose lächelte wehmütig. »Ja, er ist mein Leben. Ich liebe und vermisse ihn. Könnt Ihr mir helfen, Pater? Ich möchte endlich nach Hause.«

Pater Baens Miene verfinsterte sich vor rechtschaffener Entrüstung. »Wenn Ihr die Wahrheit sprecht, mein Kind, werden wir die Burg gemeinsam verlassen. Wenn es keine Hochzeit gibt, brauche ich auch nicht länger hier zu verweilen. Und ich kann keine Trauung vollziehen, wenn nicht sowohl Braut als auch Bräutigam einwilligen. Wann könnt Ihr reisefertig sein?«

»Jetzt gleich«, jubelte Rose. »Je eher, desto besser.«

»Wartet hier. Ich hole Euch ab, sobald ich meine Sachen gepackt und ein Gebet für unsere Heimkehr gesprochen habe.«

»Wie kann ich Euch nur dafür danken, Pater?«

»Betet für mich, mein Kind. Mehr verlange ich nicht.«

»Ich werde ein wenig Reiseproviant vorbereiten«, sagte Thelma und eilte ebenfalls davon.

Wie er es versprochen hatte, kehrte Pater Baen schon wenig später zurück. »Seid Ihr bereit, Rose?«

Rose legte sich den Umhang um die Schultern und verließ eilig ihr Gemach. Thelma wartete schon im Korridor mit ihren beiden Söhnen.

»Es ist alles in Ordnung«, erklärte sie. »Hugh und Douglas verstehen Eure Lage und werden Euch nicht aufhalten.«

»Und was ist mit den anderen?«, fragte Rose.

»Überlasst sie nur mir, mein Kind«, beschwichtigte Pater Baen. »Ich bin ein Mann Gottes, und Ihr steht unter meinem Schutz. Jeder, der Euch anrührt, müsste mit ewiger Verdammnis rechnen.«

Der Priester behielt recht. In Begleitung von Hugh und Douglas gelangten er und Rose unbehelligt in den Burghof, wo Ladybird und Pater Baens Pferd schon gesattelt bereitstanden. Hugh hob Rose in den Sattel, und Thelma reichte ihr einen Korb mit Proviant.

»Onkel Murdoc wird dir und deinen Söhnen zürnen, weil ihr mir geholfen habt«, sagte Rose betrübt.

»Sorgt Euch nicht um uns, Rose«, erwiderte Thelma. »Nicht einmal Euer Onkel würde Hand an einen Mann Gottes legen. Nun kehrt zu Eurem Gemahl zurück und schenkt ihm viele Kinder.«

Pater Baen lenkte sein Pferd durch das Burgtor, und Rose folgte ihm. Sie vermochte kaum zu glauben, wie mühelos ihnen die Flucht geglückt war. Gott musste wohl doch ein wachsames Auge auf sie haben.

* * *

Dominic führte seine Ritter in vollem Galopp zur schottischen Grenze. Seine Verletzung verursachte ihm hin und wieder leichte Schmerzen, und er spürte, dass er schneller ermüdete als gewöhnlich, doch es würde schon größerer Unannehmlichkeiten bedürfen, ihn aufzuhalten. Rose brauchte ihn, das spürte er tief in seinem Herzen. Ein grimmiger Ausdruck lag auf Dominics Zügen, und in seinen dunklen Augen war keine Spur von Nachsicht oder Mitleid zu sehen. Als er von Dragonwyck aufgebrochen war, war er wieder einmal zu dem furchtlosen Krieger geworden, dem seine Feinde mit Schrecken entgegensahen und dem die Barden in ihren Balladen Unsterblichkeit verliehen.

Als er gerade die Grenze zu Schottland überquert hatte, entdeckte er drei Reiter, die von Norden auf ihn zukamen. Er hob die Hand, um seine Männer anzuhalten, und wartete auf das Herannahen der drei Gestalten. Sir Eric schloss zu ihm auf.

»Ist es Lady Rose?«

Dominic blinzelte in die Sonne hinein, bemüht, die Reiter genauer auszumachen. Tief enttäuscht stellte er fest, dass es sich zwar um zwei Frauen handelte, die mit einem Mann ritten, jedoch keine der beiden Rose war.

»Es sind Piers und Vella«, bemerkte Sir Eric wenig später.

»Und wenn ich mich nicht irre, werden sie von Murdocs Gemahlin begleitet. Ich kenne Lady Robina, sie hat Murdoc früher oft bei seinen Besuchen auf Ayrdale begleitet.«

Dominic gab seinem Pferd die Sporen und ritt auf die drei Reisenden zu, um zu erfahren, warum Rose nicht bei ihnen war.

»Lord Dragon!«, rief Piers. »Gelobt sei der Herr. Wir befürchteten schon, MacTavish würde uns einholen, ehe wir Dragonwyck erreichen. Woher wusstet Ihr, dass wir uns in Schottland aufhalten?«

»Es war nur eine Vermutung. Schnell, Mann, wo ist Rose? Warum habt ihr sie nicht mitgebracht?«

»Ich will versuchen, es Euch zu erklären, wenn ich darf«, sagte Robina. »Ich bin Robina MacTavish, Murdocs Frau. Murdoc griff Rose und ihre Diener auf, als er sich auf einem seiner Raubzüge in England befand, und brachte sie mit Gewalt auf seine Burg. Ich war mit seinen Taten nicht einverstanden und fand einen Weg, mit Rose allein zu sprechen. Sie erklärte mir, dass Murdoc drohte, Piers und Vella etwas anzutun, falls sie nicht in eine Ehe mit Gunn einwilligte.«

»Murdoc muss den Verstand verloren haben«, sagte Dominic abfällig, »denn Rose ist bereits vermählt. Weiß er nicht, dass sie keinen zweiten Mann heiraten kann?«

»Murdoc ist sehr starrköpfig. Er behauptete, Rose sei Gunn versprochen und ließ ihre Ehe mit Euch am Gerichtshof von Stirling für ungültig erklären. Doch mochte auch das Gericht seiner Meinung sein, Rose war es nicht, also drohte er ihr. Sie bat mich, Piers und Vella zu befreien, damit sie Euch benachrichtigten und nach Schottland holten.«

»Aber warum ist Rose denn nicht bei euch?«, fragte Dominic schroff.

»Ich holte sie aus ihrem Gemach«, erklärte Robina, »und glaubte, sie wäre dicht hinter mir. Als ich mich jedoch in der Küche umdrehte, entdeckte ich sie nicht mehr. Also lief ich zurück, um sie zu suchen, doch es war zu spät.« Sie rang verzweifelt die Hände. »Gunn hatte Rose im Korridor aufgespürt, und ich sah, wie er sie mit sich zerrte. Er dagegen entdeckte mich nicht, also eilte ich zu Piers und Vella. Wir beschlossen, ohne Rose aufzubrechen, um Euch zu Hilfe zu holen. Ihr seid der Einzige, der Rose jetzt noch retten kann.«

Robina schwieg kurz, um Atem zu schöpfen. »Ich konnte nicht bei Murdoc bleiben, nachdem ich ihn verraten hatte. Rose sagte, Ihr würdet mich unter Euren Schutz stellen und dafür sorgen, dass ich zur Burg meines Vaters in der Nähe von Stirling gebracht werde.«

»Ja, ich werde Euch beschützen, Lady Robina«, versprach Dominic. »Piers, kannst du die beiden Frauen sicher nach Dragonwyck bringen?«

»Ja, Mylord.«

»Wenn ihr dort seid, richte Lady Emily aus, dass sie Gemächer für Lady Robina herrichten möge.«

»Lasst Vorsicht walten«, sagte Robina. »Murdoc kann nicht mehr weit sein. Ohne Piers und Vella hat er nichts mehr gegen Rose in der Hand, um sie zu einer Ehe mit Gunn zu zwingen.« Sie schluchzte leise. »Er wird sehr zornig auf mich sein.«

»Ihr habt recht gehandelt, Lady Robina«, tröstete sie Dominic. »Geht mit ...«

Dominic verstummte und horchte angestrengt in den Wald hinein, als er in weiter Ferne Hufschläge vernahm. »Hört doch!«

»Das ist Murdoc«, flüsterte Robina entsetzt.

»Ins Dickicht, Männer! Verteilt euch!«, befahl Dominic und geleitete dann Piers, Vella und Robina in den Wald hinein.

»Wartet hier«, sagte er knapp.

Dann zog Dominic das Schwert und wartete darauf, dass MacTavish ihm in die Falle ging. Wenig später erschienen die ersten Reiter auf dem Waldweg. Obwohl die Schotten schwer bewaffnet waren und ihre Schilde mit sich führten, trug keiner von ihnen eine Rüstung. Dominic stieß einen Kampfschrei aus und stob aus dem Dickicht hervor. Verblüfft sah Murdoc sich und seine Mannen von einer Schar Ritter umzingelt, die das Wappen Lord Dragons auf ihren Waffenröcken trugen.

Dennoch zögerte der Schotte nicht lange, zog das Schwert und hieb auf den erstbesten Ritter ein. Augenblicklich tobte eine erbitterte Schlacht. Ohne schützende Kettenhemden befanden sich die Schotten jedoch schon bald im Nachteil und wurden von Dragons Rittern zurückgetrieben. Dominic sah, dass Gunn zu Boden fiel, und sprang von seinem Streitross. Er wich den klirrenden Schwertern und verwundeten Recken aus, erreichte den Schotten, ehe dieser sich wieder aufrappeln konnte, und presste ihm die Schwertspitze an die Kehle.

Dominic raste vor Zorn bei dem Gedanken, dass Gunn Hand an Rose gelegt hatte, und war im Begriff, den Schurken aufzuspießen, als ein verzweifelter Ruf an sein Ohr drang.

»Nein! Lasst ab! Tötet ihn nicht!«

»Lasst Eure Männer die Waffen niederlegen, Murdoc, dann verschone ich Euren Erben vielleicht!«, rief Dominic grimmig.

»Waffen nieder, Freunde!«, befahl Murdoc. Zögernd legten die Schotten ihre Schwerter auf den Boden und wichen zurück. Sogleich wurden sie von den englischen Rittern umzingelt.

»Gesagt, getan«, verkündete Murdoc. »Haltet Ihr Euer Wort, Dragon?«

Dominic gab Gunn frei und senkte das Schwert. Gunn taumelte auf die Beine. »Im Gegensatz zu Euch, Murdoc«, sagte Dominic, »bedeutet mir meine Ehre etwas.«

»Ich bin ein ehrenhafter Mann!«, protestierte der Schotte.

»Das solltet Ihr Eurer Gemahlin sagen.«

Verblüfft merkte Murdoc auf. »Was wisst Ihr über meine Frau? Habt Ihr sie gesehen?«

Dominic deutete auf die Dame, die aus dem Dickicht ritt. »Wenn ich mich nicht irre, ist das Lady Robina.«

Murdoc stand vor Staunen der Mund offen, als er seiner Gemahlin ansichtig wurde.

Robina zügelte ihr Pferd neben Dominic und saß ab. »Was werdet Ihr mit ihm tun, Lord Dragon?«

»Wir begleiten ihn zu seiner Burg und befreien Rose. Wünscht Ihr noch immer Geleit zur Burg Eures Vaters?«

»Nein, das wünscht sie nicht!«, mischte sich Murdoc ärgerlich ein. »Du kommst mit mir nach Hause, Robina.«

»Nein, Murdoc. Ich will nichts mehr von dir wissen. Du bist nicht mehr der Mann, den ich vor zehn Jahren heiratete.«

»Du tust, was ich sage!«, donnerte Murdoc.

»Ihr vergesst wohl«, warf Dominic ein, »dass ich jetzt die Oberhand habe, Murdoc. Lady Robina bat um meinen Schutz, und ich gewährte ihn ihr.«

»Dazu habt Ihr kein Recht. Meine Frau hat mich verraten.«

»Nein, Murdoc«, schluchzte Robina, »ich tat nur, was recht und billig war.«

»Was gibst du noch auf ihr Geschwätz, Murdoc?«, fragte Gunn abfällig. »Lass sie doch ziehen.«

»Nun, Gunn, fürchtest du etwa, ich könnte deinem Stiefvater noch einen Erben schenken?«, spottete Robina.

Gunn lachte. »Ich habe nichts zu befürchten von einer vertrockneten alten Vettel. Du bist unfruchtbar, Robina, Murdoc braucht dich nicht mehr.«

»Genug jetzt!«, herrschte Dominic den Schotten an. »Murdoc, meine Männer und ich werden Euch zu Eurem Besitz begleiten, und wenn Ihr Rose auch nur ein Haar gekrümmt habt, dann gnade Euch Gott.«

»Ich würde meiner Nichte nichts zuleide tun«, erwiderte Murdoc beleidigt. »Schließlich wollte ich doch nur das Beste für das Mädchen.«

»Ich entscheide, was das Beste für Rose ist, und glaubt mir, Gunn ist es nicht. Sitzt auf, wir reiten gen Norden.«

»Es tut mir leid, Murdoc«, sagte Robina. »Ich hoffe, du kannst mich eines Tages verstehen.« Sie wendete ihr Pferd, saß auf und ritt mit Piers und Vella gen Süden nach Dragonwyck.

»Du bist eine Närrin!«, zischte ihr Murdoc nach.

Dominics Ritter und ihre Gefangenen ritten nach Norden. Als die Zinnen von Murdocs Burg in der Ferne auftauchten, mahnte Dominic seine Männer zu äußerster Wachsamkeit. Plötzlich sah er zwei Gestalten auf Pferden am Burgtor. Einer der Reiter trug die dunkle Robe eines Priesters, bei dem anderen handelte es sich um eine Frau, deren goldenes Haar wie ein Banner im Wind wehte, als sie ihr Pferd jäh antrieb und auf ihn zupreschte. Dominic gab seinem Ross die Sporen und ließ die anderen Männer in einer Staubwolke zurück.

Er sah, dass Rose ihm etwas zurief, und nach und nach trug der Wind ihre Worte zu ihm. Immer wieder rief sie seinen Namen, und sein Herz klopfte vor Freude zum Zerspringen. Rose, seine wunderschöne, tapfere Rose war wohlauf.

Dominic zügelte sein Pferd, das sich aufbäumte und dann dort zum Stehen kam, wo Rose auf ihn wartete. Er sprang aus dem Sattel und half ihr beim Absitzen. Strahlend vor Glück sank Rose ihm in die Arme, und er presste sie fest an sich.

»Du bist gekommen. Ich wusste es, hatte dich aber nicht so schnell erwartet. Robina ist erst bei Tagesanbruch mit Piers und Vella aufgebrochen. Sind sie dir begegnet? Onkel Murdoc zog aus, um sie abzufangen.«

»Eins nach dem anderen, Liebste«, sagte Dominic und brachte Rose mit einem zärtlichen Kuss zum Schweigen. Es kümmerte ihn nicht, dass seine Männer zusahen. Mochte doch jedermann wissen, dass er überglücklich war, seine Gemahlin unversehrt in den Armen zu halten.

»Ich liebe dich so sehr, Dominic«, flüsterte Rose.

Dominic horchte auf. »Was hast du gesagt?«

Rose lachte freudig auf, und die Laute ließen Dominics Herz vor Zärtlichkeit schier überfließen.

»Wusstest du das nicht?«

»Ich … nein, aber ich hoffte. Unerwiderte Liebe ist kein erfreulicher Zustand.«

Verblüfft blickte Rose ihn an. »Unerwidert? Soll das bedeuten …«

Sie schwieg betreten, als die anderen Ritter Dominic eingeholt hatten.

»Was ist denn, Liebste?«

Rose betrachtete die Männer über Dominics Schulter hinweg. »Onkel Murdoc und Gunn sind ja bei Euch. Was ist geschehen?«

»Zuerst trafen wir Piers, Vella und Robina. Während sie uns noch von den Vorfällen berichteten, nahten Murdoc und seine Männer. Wir versteckten uns im Wald und lockten sie in einen Hinterhalt. Es gab zwar einige Verwundete, doch glücklicherweise wurde niemand getötet.«

»Es muss ein harter Kampf gewesen sein. Onkel Murdoc gibt nicht so leicht auf.«

»MacTavish ergab sich erst, als ich Gunn überwältigt hatte. Er wollte seinen Stiefsohn nicht sterben sehen. Zwar gab ich

Gunn frei, doch ich hätte ihn umgebracht, wenn dir ein Leid geschehen wäre.«

»Habe ich Euch nicht gesagt, dass es meiner Nichte gut geht?«, rief Murdoc. »Sprich, Mädchen! Bestätige deinem Gemahl, dass ich dir kein Haar gekrümmt habe!«

»Das Weib ist gefährlich«, sagte Gunn grimmig. »Die Verletzung an meinem Kopf ist Beweis genug.«

Dominic hob die Brauen. »Was soll das bedeuten?«

Rose schenkte ihm ein keckes Lächeln. »Gunn legte Hand an mich, und ich setzte mich zur Wehr. Die Wasserkrüge in der Burg geben hervorragende Waffen ab.«

Er lachte schallend. »Ich hätte wissen sollen, dass sich meine beherzte Frau in jeder Lage zu helfen weiß.«

»Was wird nun aus uns, Dragon?«, fragte Murdoc. »Ihr habt Euer Ziel erreicht. Außerdem befindet sich meine Frau in Eurer Gewalt. Schickt sie zu mir zurück, dann schließen wir Waffenstillstand.«

»Lady Robina steht unter meinem Schutz, Murdoc. Falls sie zu ihrem Vater zurückkehren möchte, werde ich sie nicht aufhalten.«

»Ihr könnt doch einem Mann nicht das Eheweib stehlen!«

»Warum nicht, das habe ich schließlich von Euch gelernt. Eure schottischen Gesetze gelten nicht für die Untertanen König Johns. Aber wenn Ihr Eure Gemahlin zurückgewinnen wollt, schlage ich eine Versöhnung vor.«

»Ich dachte, dir liegt nichts an Robina, Onkel?«, bemerkte Rose.

»Das war ein Irrtum«, sagte Murdoc kaum hörbar.

»Dann solltest du es ihr mitteilen.« Sie legte Dominic die Hand auf den Arm. »Es ist nicht nötig, meinen Onkel zu bestrafen. Schließlich ist mir nichts geschehen. Zwar haben sie mich eingesperrt, aber es fehlte mir an nichts außer meiner Freiheit. Ich glaube, dass Robina Onkel Murdoc verlassen hat, ist ihm Strafe genug.«

»Du bist viel zu nachsichtig, Rose.«

»Bitte, Dominic, verschone ihn mir zuliebe. Dieser Vorfall wird ihm eine Lehre sein. Er weiß jetzt, dass er Dragonwyck niemals besitzen wird, und seine Gier hat ihn neben Robinas vermutlich auch Mamas Zuneigung gekostet.«

Dominic bedachte Murdoc mit einem finsteren Blick. »Was meint Ihr, MacTavish? Glaubt Ihr, dass Ihr Rose' Vergebung verdient?«

»Ich liebe meine Nichte«, raunte Murdoc.

»Ihr behauptet, ein Ehrenmann zu sein. Stellt es unter Beweis, indem Ihr schwört, mich und die Meinen nie wieder zu behelligen. Dann dürft Ihr in Frieden weiterziehen.«

Murdoc hob stolz den Kopf. »Niemand hat je an der Ehre eines MacTavish gezweifelt.«

»Dann beweist es.«

»Willst du dich etwa von einem Engländer herumstoßen lassen, Murdoc?«, fragte Gunn aufgebracht.

»Es ist vorbei, Gunn«, antwortete Murdoc. »Es war ein törichter Plan, ein Stück englischen Bodens besitzen zu wollen. Ich werde dir eine andere Erbin suchen. Mein Weib habe ich schon verloren, ich will nicht auch noch die Liebe meiner Schwester und Nichten einbüßen. Ihr habt gewonnen, Dragon. Der Clan MacTavish stellt keine Bedrohung mehr für Euch dar.«

»Ich nehme Euch beim Wort, MacTavish«, sagte Dominic. »Ihr könnt gehen, sobald Ihr Euch bei Rose in aller Form entschuldigt habt.«

Starrköpfig presste Murdoc die Lippen zusammen, doch Dominic kannte keine Gnade mit dem Schotten. Er rang eine Weile mit sich und sagte dann: »Vergib mir, Mädchen. Ich war von Gier geblendet. Du hast nichts mehr von mir zu befürchten.«

»Ich verzeihe dir, Onkel Murdoc«, antwortete Rose. »Vielleicht wird auch Dominic dir eines Tages vergeben, sodass du uns wieder auf Dragonwyck besuchen kannst.«

»Wohl kaum«, raunte Dominic leise. »Gebt den Schotten die Waffen zurück und lasst sie gehen«, wies er seine Ritter an.

»Es ist schon spät. Wollt Ihr heute Nacht von meiner Gastfreundschaft Gebrauch machen?«, fragte Murdoc.

»Nein, ich will Rose und unsere Verwundeten so schnell wie möglich nach Dragonwyck zurückbringen.« So sehr vertraute Dominic Murdoc MacTavish dann doch nicht.

Murdoc nickte verstehend und ritt mit seinem Gefolge davon.

»Danke«, sagte Rose lächelnd. »Onkel Murdoc ist kein schlechter Mensch, nur irregeleitet.«

Dominic war nicht überzeugt. »Wenn du es sagst, Liebste. Lass uns aufbrechen.« Er umarmte sie noch einmal, ehe er ihr in den Sattel half. »Ich kann es kaum erwarten, wieder zu Hause zu sein. Ich habe dich vermisst, Rose.«

Sie beugte sich vor und strich ihm zärtlich übers Gesicht. »Ich liebe dich, Dominic.« Dann trieb sie ihre Stute an und galoppierte davon. Über die Schulter warf sie ihm ein schelmisches Lächeln zu.

Dieses Lächeln stahl sich in Dominics Herz und erfüllte es mit Liebe. Er lachte vor Freude laut auf, bestieg sein Pferd und folgte Rose. Sie sprachen wenig, als sie nebeneinander her trabten, doch ihre Gefühle bedurften keiner Worte.

Während Rose' Abwesenheit hatte die Angst um sie Dominic verändert. Ohne sie, so musste er erkennen, war er nichts als ein Schatten seiner selbst, eine leere Hülle, aus der Zärtlichkeit, Mitgefühl und Liebe gewichen waren. Jetzt, da er Rose wieder bei sich hatte, fühlte er sich wie neugeboren, gutmütiger, eher bereit zu verzeihen. Er runzelte die Stirn. Die Liebe brachte einen Mann dazu, die seltsamsten Dinge zu empfinden, an die er sonst nie einen Gedanken verschwendet hätte.

Rose war glücklicher als je zuvor. Zwar hatte Dominic nicht ausdrücklich gesagt, dass er sie liebte, doch all seine Worte und Taten sprachen dafür.

Heimlich legte sie sich die Hand auf den Bauch und lächelte versonnen. Wenn sich ihr Verdacht bestätigte, trug sie bereits sein Kind unter dem Herzen. Die monatliche Blutung war ausgeblieben, ein erstes Anzeichen dafür, dass sie schwanger war. Allerdings wagte sie es nicht, Dominic davon zu erzählen, da sie fürchtete, er würde sie nicht nach Westminster zu Starla reisen lassen.

»Was heckst du aus, Rose?«, fragte Dominic mit einem prüfenden Blick. »Ich kenne diesen Gesichtsausdruck nur allzu gut.«

Sie sah ihn arglos an.

»Es ist nichts, Dominic. Ich fragte mich nur gerade, wann wir nach Westminster reisen können.«

Grimmig zog er die Brauen zusammen.

»Ich sollte dir eine Tracht Prügel versetzen, weil du Dragonwyck ohne meine Erlaubnis verlassen hast. Was hast du dir nur dabei gedacht? Du und deine Diener schwebten in Lebensgefahr.«

»Ich musste es einfach versuchen, Dominic. Es war falsch, dich zu hintergehen, aber ich hoffe, du verstehst meine Beweggründe.«

Seine Züge entspannten sich. »Nun, vielleicht ist eine Tracht Prügel doch eine zu harte Strafe. Ich werde mir etwas anderes einfallen lassen. Aber unternimm bitte keine weiteren Torheiten. Wir werden in ein oder zwei Tagen nach Westminster aufbrechen.«

»Ich danke dir, Dominic.«

Der Sonnenuntergang färbte den Himmel bereits in einem tiefen Purpur, als sie auf Dragonwyck eintrafen. Die Wachen sichteten sie schon von Weitem und ließen die Zugbrücke hinunter. Dann öffnete sich das Burgtor. Dominic, Rose und ihr Gefolge ritten in den Burghof und zügelten vor dem Portal ihre Pferde.

Rose freute sich, endlich zu Hause zu sein, auch wenn sie die Burg bald wieder verlassen musste. Als Dominic sie von Ladybird herunterhob, rief eine jubelnde Stimme ihren Namen. Emily stand freudestrahlend am Portal, winkte Rose zu und rannte dann mit wehenden Röcken die Treppe hinunter. Blythe folgte ihr, und beide Frauen versuchten gleichzeitig, Rose in die Arme zu schließen. Robina begrüßte sie nicht weniger erfreut.

Als Dominic sich in den Trubel einmischte, war Rose ihm dankbar, obgleich ihr sogleich die Schamesröte ins Gesicht stieg, als er sie kurzerhand auf die Arme hob und die Treppe hinauftrug.

»Rose ist erschöpft, Ladys«, erklärte er. »Wir werden uns in die Kemenate zurückziehen. Erwartet uns nicht vor morgen früh.«

»Aber ihr müsst doch ganz ausgehungert sein«, sagte Emily, die sich beeilte, Dominic einzuholen. »Wie wäre es mit einer warmen Mahlzeit?«

»Ich habe tatsächlich Hunger«, antwortete Rose, »und würde außerdem gern ein Bad nehmen.«

In Dominics leisem Seufzer schwang Enttäuschung mit. »Nun gut, ein Bad und eine Mahlzeit.«

»Ich kümmere mich gleich darum«, sagte Emily und eilte in die Küche.

Rose schloss die Augen und lehnte sich an Dominics Schulter.

»Schläfst du schon, Liebste?«, fragte er sanft.

»Nein, ich genieße es nur, in deinen Armen zu liegen. Vor Kurzem befürchtete ich noch, Bigamie begehen zu müssen, um Piers und Vella zu retten. Doch dann kam Robina mir zu Hilfe, und ich konnte neue Hoffnung schöpfen.«

Dominic trug Rose in die Kemenate und setzte sie im Kaminzimmer sanft auf eine Bank. »Lass mich das Feuer anzünden, ehe du dich erkältest.«

»Aber die Nacht ist doch angenehm mild, Dominic.«

»Trotzdem.«

Rose protestierte nicht länger, sondern sah Dominic zu, der sich vor den Kamin kniete und an den Holzscheiten zu schaffen machte.

Sie liebte ihn so sehr. Ob er ihre Gefühle erwiderte? Zwar sprachen seine Taten Bände, doch eine Frau sehnte sich eben auch nach den Worten, an die sie sich erinnern und die sie in ihrem Herzen behalten konnte.

Er erhob sich und klopfte sich die Beinkleider ab. »Dominic, liebst du mich?«, platzte Rose heraus.

»Hast du es denn noch nicht erraten?«

»Ich habe Ratespiele nie besonders gemocht. Kannst du denn die Worte nicht aussprechen? Du weißt, was ich für dich empfinde. Bitte sage mir jetzt, was ich so gern hören würde.«

Dominic nahm ihre Hände in die seinen und zog Rose sanft an sich. »Nie zuvor habe ich dies zu einer anderen Frau gesagt, Rose. Ich liebe dich so sehr, dass ich manchmal glaube, mein Herz müsste vor Liebe zerspringen. Du gleichst keiner Frau, die ich je kannte, dornig von außen, daunenzart von innen. Ich kann dich nicht ansehen, ohne mir zu wünschen, dich in den Armen zu halten.«

Rose lächelte ihn keck an. »Bist du sicher, dass du Veronica nicht mehr begehrst?«

»Welche Veronica? Es gibt nur dich, Liebste. Wenn du nicht baden und dich stärken wolltest, würde ich dir auf der Stelle beweisen, wie sehr ich dich liebe und begehre.«

Er strich ihr sanft über das Gesicht und küsste sie dann. Rose seufzte leise und erwiderte den Kuss voller Hingabe.

Seine Lippen entfachten in ihr ein Feuer der Leidenschaft, das jede Faser ihres Körpers erfasste. Immer fordernder erkundete Dominic ihren Mund, während sie ihm voller Verlangen durch das dunkle Haar strich.

Gerade als die Sehnsucht nach einander sie zu überwältigen drohte, klopfte es an der Tür.

»Verschwindet!«, rief Dominic barsch.

»Verzeiht, Herr, ich bin es, Raj. Henry of Ashford steht vor dem Tor und begehrt Einlass. Er sagt, er müsse Euch dringend sprechen.«

»Mitten in der Nacht?«

»Ja, Herr. Er behauptet, die Angelegenheit könne nicht warten.«

Dominic fluchte leise. »Führe ihn in den Rittersaal, Raj, und richte ihm aus, dass ich gleich komme.«

»Was will er nur?«, fragte Rose.

»Ich ahne, dass sein Anliegen mit dem König und den Artikeln der Barone zu tun hat. Nimm dein Bad und iss etwas, Liebste. Ich kehre zurück, sobald ich kann. Wärme das Bett für mich.«

Abermals küsste Dominic sie voller Verlangen und verließ dann eilig die Kemenate.

18

Eine Rose besitzt viele liebenswerte Eigenschaften.

Anonym

Henry of Ashford erwartete Dominic im Rittersaal, doch dieser geleitete ihn in einen angrenzenden Raum, in dem sie vor Lauschern sicher waren. Dominic bot Ashford Wein an, und der Anführer der Barone tat einen tiefen Zug aus dem Kelch, ehe er sich mit dem Handrücken über die Lippen fuhr und sich räusperte.

»Verzeiht mir die Störung mitten in der Nacht, Lord Dragon, aber meine Mission duldet keinen Aufschub.«

»Ich vermute, es geht um die Artikel.«

Ashford verzog das Gesicht. »Ja. Der König hat sich nach wochenlangen Verhandlungen schließlich geweigert, das Dokument zu unterzeichnen. Beide Seiten wendeten sich bereits an den Papst, doch auch dieser konnte nicht vermitteln. John will nicht einsehen, dass seine Weigerung, endlich Vernunft anzunehmen, England in einen Bürgerkrieg stürzen wird. Aber die anderen Barone und ihre Vasallen bereiten sich schon auf den Marsch gegen London vor. Wir brauchen Euch, Dragon. Im Kampf gegen die Ungerechtigkeiten des Königs zählt jeder Mann.«

»Noch vor einigen Monaten hätte ich gezögert«, sagte Dominic, »doch es hat sich vieles verändert. König John verdient meine Treue nicht. Er hat Rose als Geisel genommen, während ich in Wales kämpfte, weil er mich verdächtigte, mit den Aufrührern gemeinsame Sache zu machen.«

»Rose ist die Geisel des Königs? Dann habt Ihr wirklich allen

Grund, uns beizustehen. Wenn wir nach London gehen, wird die Freilassung Eurer Gemahlin eine unserer Forderungen sein.«

»Im Augenblick hat Lady Starla den Platz ihrer Schwester eingenommen.« In wenigen Worten erklärte Dominic, was sich zugetragen hatte.

»Ich hörte von Eurer Verwundung, ahnte jedoch nicht, dass sie so schwer war«, bemerkte Ashford erschüttert.

»Ohne Rose wäre ich jetzt nicht mehr am Leben«, sagte Dominic. »Nun will sie so schnell wie möglich nach Westminster zurückkehren, um ihre Schwester zu befreien.«

»Ich hoffe, die arme Lady Starla musste nicht zu sehr unter dem ausschweifenden Leben bei Hofe leiden.«

»Ihre Mutter weilt in Westminster, um ihr beizustehen. Doch nun bin ich so weit genesen, dass ich Rose alsbald nach London begleiten kann.«

Ashford rieb sich nachdenklich das Kinn. »Eure Anwesenheit im Palast könnte uns zum Vorteil gereichen. Vielleicht gelingt es Euch, den König zur Vernunft zu bringen. Ihr seid einer von uns, Dragon. Werdet Ihr Euch für unsere Sache einsetzen?«

Dominic antwortete ohne Zögern. »Ja. Richtet den anderen Baronen aus, dass sie auf mich zählen können. Wann wollt Ihr marschieren?«

»Es wird zwei Wochen dauern, unsere Männer zu sammeln und zu bewaffnen. Wir wollen uns aus allen Teilen Englands zusammenfinden und dann gemeinsam nach London ziehen. Vielleicht wird der König angesichts unserer Streitmächte einlenken und sein Siegel unter die Artikel setzen.«

»Ich verlasse Dragonwyck in wenigen Tagen, doch ich sende meine Ritter, Euch zu unterstützen.«

Ashford schien überrascht. »Wollt Ihr denn ohne Eure Männer nach Westminster reisen?«

»Ja, ich brauche nur Raj an meiner Seite. Wenn sich die Dinge glücklich fügen, ist der König gewillt zu unterzeichnen, ehe Eure Armee London erreicht.«

»Das ist alles, was ich hören wollte, Dragon. Euer Beistand

bedeutet uns sehr viel. Darf ich Euch nun auch noch um ein Lager für die Nacht bitten?«

»Gern, ich werde gleich meinen Burgvogt rufen.«

Die beiden Barone gingen in den Rittersaal zurück, und Dominic suchte nach Sir Branden.

»Sir Branden wird für Eure Bequemlichkeit sorgen, Ashford. Mich müsst Ihr nun entschuldigen, denn Rose erwartet mich.«

Dominic verließ den Saal, und als er die Treppe zur Kemenate erklomm, hatte er Sir Branden schon fast vergessen. Eilig betrat er das Kaminzimmer, hielt jedoch staunend inne, als er Rose erblickte, die auf dem Boden vor dem Kamin saß, nur in ein großes Leintuch gehüllt. In ihrem Schoß balancierte sie ein Tablett mit Speisen.

»Du kommst gerade recht«, begrüßte sie ihn, »ich habe dir etwas zu essen aufgehoben.«

Dominic warf einen flüchtigen Blick auf das Tablett, doch die Speisen konnten seine Aufmerksamkeit nicht lange von Rose ablenken. Sie sah von ihrem Bad noch aufs Lieblichste zerzaust und rosig aus. Allein ihre Zehen, die unter dem Tuch hervorlugten, erschienen Dominic appetitlicher als die Mahlzeit, die für ihn bereitstand.

»Mein Hunger ist aber nicht mit Speisen zu stillen«, sagte er rau.

Rose deutete mit ihrem Löffel auf den Zuber. »Das Wasser ist noch warm.«

Zwar hatte Dominic jetzt andere Dinge im Sinn, als ausgerechnet ein Bad zu nehmen, jedoch schätzte auch er einen sauberen, erfrischten Leib. Schnell entledigte er sich seines Kettenhemdes und der übrigen Kleidung und stieg in den Badezuber.

»Soll ich dir den Rücken waschen?«, fragte Rose und erhob sich. Sie stellte sich hinter Dominic, rieb Seife auf einen Waschlappen und begann ihn sanft abzuschrubben. »Was wollte Ashford denn von dir?«

»König John weigert sich noch immer, die Forderungen der

Barone zu erfüllen, und nun wollen sie sich gegen Westminster erheben. Sie bitten mich um Unterstützung.«

Der Waschlappen glitt Rose aus den Fingern. »Nein, das darfst du nicht tun! Papa musste für die Artikel sein Leben lassen, und ich will nicht auch noch dich verlieren. Außerdem hast du versprochen, mich nach London zu bringen.«

»Ich sende ihnen meine Ritter, schließe mich selbst jedoch nicht der Armee an. Rose, ich weiß, wie wichtig es ist, dass du an den Hof zurückkehrst, also halte ich selbstverständlich mein Versprechen. Raj und ich werden dich begleiten. Zwar kenne ich die Einzelheiten seines Planes noch nicht, doch Raj schwört, dass er dich unbemerkt gegen Starla eintauschen und sie aus dem Palast bringen kann. Kurz darauf werde ich den König um Audienz bitten und deine Freilassung verlangen. Ich wäre beinahe für England gefallen, also hat John keinen Grund, mich abzuweisen.«

Dominic schwieg kurz. »Ashford glaubt, dass ich den Baronen bei Hofe nützlich sein könnte«, fuhr er dann fort. »Er bat mich, mit dem König zu reden und ihn davon zu überzeugen, die Artikel der Barone zu unterzeichnen. John kann sich im Augenblick keinen Bürgerkrieg leisten.«

Rose nahm den Waschlappen wieder zur Hand und seifte Dominics Rücken ein. Dann ging sie um den Zuber herum und ließ das weiche Tuch sanft über seine Brust gleiten. Mit einem mutwilligen Blitzen in den Augen frischte sie den Seifenschaum auf und tauchte ihre Hand dann unter die Wasseroberfläche, um …

»Rose!« Dominic hielt ihre Hand fest. »Du freche Hexe. Wenn du mich dort berührst, wirst du noch mit mir im Wasser landen.«

»Aber es gefällt mir, dich zu liebkosen. Du bist …«

»… nahe daran, vor Verlangen umzukommen«, beendete Dominic den Satz.

Rose befreite ihre Hand aus seinem Griff und streichelte ihn zärtlich. »Was können wir dagegen unternehmen?«

Schwungvoll stieg Dominic aus der Wanne und zog Rose in eine feuchtwarme Umarmung. »Nun, ich beabsichtige, dieses Übel zu bekämpfen, indem ich dich leidenschaftlich liebe.«

Atemlos hielt Rose seinem sinnlichen Blick stand. »Ich kann es kaum erwarten.«

Plötzlich schien sie ins Schlafgemach zu schweben. Allein Dominics Arme hielten sie noch in der Wirklichkeit fest, während er sie zum Bett trug und sich mit ihr niederlegte. Sacht streifte er mit den Lippen über ihren Mund und ließ sie dann langsam über ihre Wangen und ihren Hals gleiten. Rose überlief ein lustvoller Schauer. Sie spürte den sanften Druck seiner Handfläche auf ihrer Brust und hielt den Atem an. Die Wärme und erregende Schwere seines Körpers schienen sie bereits jetzt einzuhüllen, doch es genügte Rose nicht. Sie wollte Dominic ganz spüren.

Er stütze sich auf dem Ellenbogen ab und strich Rose zärtlich über den flachen Bauch, ehe seine Fingerspitzen das Nest weicher Locken zwischen ihren Schenkel fanden. Er liebkoste den Mittelpunkt ihrer Weiblichkeit, sodass sie aufstöhnte und sich hilflos an ihn klammerte. Immer weiter steigerte er ihr Verlangen, bis Rose ihn schließlich anflehte, ihr endlich die Erlösung zu bringen.

»Noch nicht, Liebste.«

Dominic setzte sich auf und drehte sie um, sodass sie auf dem Bauch lag. Rose warf ihm über die Schulter einen fragenden Blick zu.

»Noch ehe die ersten Sonnenstrahlen durch das Fenster fallen, werde ich dich auf jede nur erdenkliche Weise lieben.« Zärtlich liebkoste er ihre Hüften. »Knie dich hin.«

Darauf vertrauend, dass Dominic wusste, was er tat, ließ sich Rose von ihm auf die Knie helfen. Dann drückte er sanft ihre Schenkel auseinander und kniete sich hinter sie. Rose hielt den Atem an, als er sie abermals sinnlich streichelte. In ihren Gliedern schien ein Feuer zu schwelen, das allmählich immer heftiger aufzuflackern begann. Nie zuvor hatte sie sich so wagemutig und verletzlich zugleich gefühlt. Dominic beugte sich vor, strich ihr das Haar aus dem Nacken und küsste ihren Hals. Vor erwartungsvoller Spannung klopfte Rose das Herz bis zum Hals.

Mit den Händen strich er über ihre Hüften, streichelte und massierte sie. Doch dann schienen Dominics Finger plötzlich überall zugleich ihren Angriff auf Rose' Sinne auszuführen, an ihren rosigen Brustspitzen, auf ihrem Bauch und zwischen ihren Schenkeln.

Dominic erkundete sanft ihre intimsten Stellen, während Rose vor Lust erbebte und leise aufschrie. Dann ließ er seine aufgerichtete Männlichkeit zwischen ihre Schenkel gleiten und drang mit einer langsamen Bewegung seiner Lenden in sie ein. Rose war, als stünde ihr Blut in Flammen, während sie von überwältigenden Lustschauern geschüttelt wurde. Immer wieder streckte sie sich Dominics heftigen Stößen entgegen. Sie wollte alles, was er ihr geben konnte, und noch viel mehr.

Halt suchend klammerte Rose sich an die Matratze, während Dominic sie unaufhaltsam zum Gipfel der Lust führte.

Immer schneller bewegte er sich in ihr, immer leidenschaftlicher, drängender. Sein heißer Atem strich über ihre Wange, während er ihr zärtliche Worte ins Ohr flüsterte.

Der Höhepunkt traf Rose wie eine Flutwelle und überspülte sie mit heißer, unbezähmbarer Lust. In ihrer Verzückung nahm sie kaum noch wahr, dass Dominic noch einige Male stürmisch in sie eindrang, ehe auch er mit einem Aufschrei den Gipfel der Ekstase erreichte.

Erschöpft sank Rose in die Kissen, und Dominic folgte ihr. Er rang nach Atem, während er sie in seine Arme zog und ihr zärtliche Liebesworte zuflüsterte.

Schließlich drehte sich Rose auf die Seite und lächelte selig. »Ich hatte ja keine Ahnung.«

»Es gibt noch viele Dinge, die du nicht kennst, Liebste. Doch uns bleibt ein Leben lang Zeit, um gemeinsam alle Spielarten der Leidenschaft zu entdecken.«

Sie streichelte seine Brust. »Müssen wir denn wirklich ein Leben lang warten?«

Dominic lachte leise. »Gönne mir eine kurze Ruhepause, Liebste.«

Rose errröte. »Ich meinte nicht … jetzt.«

Er ließ sich auf die Seite rollen und streckte die Hand aus, um ihre Brüste zu liebkosen, während ein spitzbübisches Funkeln in seine Augen trat. »Vielleicht brauche ich doch keine Ruhepause. Möchtest du meine Ausdauer jetzt gleich auf die Probe stellen?«

In dieser Nacht meisterte Dominic die Herausforderung seiner Ausdauer nicht nur einmal, sondern gleich zweimal.

Erschöpft, aber glücklich betraten Rose und Dominic am darauffolgenden Morgen den Rittersaal. Sie nahmen ihr Morgenmahl später als gewöhnlich ein, und Rose aß mit so gesundem Appetit, dass es Dominic auffiel. »Du scheinst heute ganz besonders der Stärkung zu bedürfen, Liebste. Sollte das etwa an den Anstrengungen der vergangenen Nacht liegen?«

»Vielleicht«, antwortete Rose leichthin.

Lächelnd dachte sie an das Geheimnis, das sie unter ihrem Herzen barg, und hoffte, Dominic würde sich ebenso über ein Kind freuen wie sie. Zwar litt sie nicht unter den üblichen Unannehmlichkeiten einer Schwangerschaft, sodass sie manchmal an ihrem Zustand zweifelte, doch vielleicht gehörte sie auch nur zu den wenigen glücklichen Frauen, die von der berüchtigten Morgenübelkeit verschont blieben. Sie erfreute sich bester Gesundheit und fühlte sich großartig. Immerhin blieb anhand ihrer Berechnungen die Blutung schon bald zwei Monate aus. Rose beschloss, mit ihrer Mutter zu sprechen, sobald sie bei Hofe angekommen war.

»Bedeutet dein Lächeln, dass du wieder etwas im Schilde führst?«, fragte Dominic.

Rose dachte ernsthaft daran, ihm schon jetzt ihr Geheimnis zu offenbaren, beschloss dann jedoch, lieber damit zu warten, bis sie London erreichten. Möglicherweise würde Dominic ihr die Reise verbieten, dabei hatte sie Starla fest versprochen, sobald wie möglich ihren Platz im Palast wieder einzunehmen.

»Brechen wir bald nach London auf, Dominic?«

»Ich dachte daran, morgen früh abzureisen. Ist es dir recht?«

»Ja. Du weißt, wie gern ich Starla wieder in Sicherheit wissen möchte.«

»Du machst dir zu viele Sorgen, Liebste. Deine Mutter steht Starla bei. Sie würde nicht zulassen, dass ihr ein Leid geschieht.«

Rose konnte nur hoffen, dass Dominic recht behielt.

Während Dominics Ritter sich am nächsten Morgen aufmachten, um die Armee der Barone zu verstärken, machten sich Dominic, Rose und Raj auf den Weg nach London. Der Tag war sonnig, und alle Zeichen deuteten auf eine angenehme Reise hin.

Als sie London erreichten, fühlte sich Rose von den vielen Tagen im Sattel wie zerschlagen, beklagte sich jedoch nicht. Raj schlug vor, die Dunkelheit abzuwarten, ehe er Rose in den Palast brachte, und Dominic mietete eine Kammer in einem Gasthof, in der Rose baden und sich von den Anstrengungen erholen konnte.

»Wann wirst du mit dem König sprechen?«, fragte Rose, als sie nach dem Bad und einem reichlichen Mittagsmahl auf dem Bett ruhte.

»Morgen«, antwortete Dominic, »sobald die Stadttore geöffnet werden.«

»Starla wird sehr erleichtert sein, mich zu sehen, und ich weiß, dass auch Mama es sicher kaum erwarten kann, ins Kloster zurückzukehren. Du weißt ja, welche Gefühle sie dem Mann entgegenbringt, der meinen Vater hinrichten ließ.«

»Liebste, ich halte es für besser, wenn deine Mutter noch im Palast bleibt. Ihr überstürzter Aufbruch würde zu viele Fragen aufwerfen. Sie kann mit uns zusammen die Rückreise antreten.«

»Es wird Mama wohl nicht gefallen, aber ich glaube, dass sie einwilligt«, sagte Rose. Sie hob neckend eine Braue und klopfte neben sich auf die Matratze. »Komm zu mir.«

Dominic schien hin- und hergerissen zu sein. Nach langem Zögern sagte er: »Liebend gern, aber ich kann nicht. Du siehst so erschöpft und angegriffen aus, Liebste. Wir müssen ein wenig warten.«

Rose wusste, dass er recht hatte, konnte jedoch ihre Enttäuschung nicht verhehlen. Während der gesamten Reise hatte sich keine Gelegenheit zur Liebe ergeben, und Rose sehnte sich sehr danach. Seufzend schloss sie die Augen und schlief alsbald ein.

Dominic weckte sie bei Sonnenuntergang.

»Es wird Zeit, Liebste. Die Tore schließen bald.«

»Kommst du mit uns?«, fragte Rose gähnend.

»Nein, das wäre zu auffällig. Raj wird gut auf dich achtgeben.«

»Ich weiß.« Rose kleidete sich mit Dominics Hilfe an, und er gab ihr einen zärtlichen Kuss.

»Das muss genügen, bis wir uns bei Hofe wiedersehen. Komm, Raj wartet draußen mit den Pferden.«

Das Mondlicht warf bereits tiefe Schatten auf die Straße nach Westminster, als Rose und Raj Ludgate passierten. Am Palast angelangt, lenkte Raj sein Pferd dicht an der Mauer entlang zu dem kleinen Gartentor. Rose folgte ihm, und es gelang ihnen, der Aufmerksamkeit der Wachen zu entgehen.

Raj bedeutete Rose abzusteigen. »Ich werde nachsehen, ob der Weg frei ist. Dann komme ich Euch holen, Mylady.«

Die Pforte schwang unter Rajs sanftem Druck leise quietschend auf. »Seit ich zuletzt hier war, ist das Unkraut schon wieder in die Höhe geschossen«, bemerkte er, als er durch das Tor schlüpfte.

Rose blieb im Schatten der Palastmauer und befestigte die Zügel der Pferde an einem Busch. Kurze Zeit später öffnete sich das Gartentor, und eine große, dunkle Hand winkte sie heran. Rose betrat den Küchengarten und nahm sogleich den vertrauten Duft der Kräuter wahr.

»In der Küche geht es noch zu wie in einem Bienenstock,

aber ich glaube nicht, dass Euch die Diener Fragen stellen werden«, sagte Raj. »Geht zu Eurer Schwester. Ich warte am Tor.«

Rose ging durch den Garten und blieb an der Küchentür stehen. Sie nahm allen Mut zusammen, holte tief Atem und betrat dann ruhig und gelassen die Küche. Raj hatte recht gehabt. Überall herrschte geschäftiges Treiben, und die Diener und Küchenmägde gingen ihren Arbeiten nach, ohne sich um Rose zu kümmern.

Allein die Köchin schenkte ihr Aufmerksamkeit. »Mylady, ich wusste nicht, dass Ihr zu dieser Stunde noch im Garten wart. Eine der Mägde wähnte Euch beim Bankett.«

»Ich brauchte ein wenig frische Luft, und der stille Garten schien mir so verlockend«, erklärte Rose. »Offenbar wart Ihr so beschäftigt, dass ihr mich nicht habt hinausgehen sehen.«

Die Köchin nickte. »Ja, das mag wohl sein. Die Arbeit will heute überhaupt kein Ende nehmen.«

Rose nickte mitfühlend und machte sich auf den Weg zur Dienstbotentreppe. Sie erreichte ihre Gemächer ohne Zwischenfälle, öffnete die Tür und trat ein.

Starla verabscheute das Treiben bei Hofe und war der Völlerei und Trinkgelage, die sie allabendlich mit ansehen musste, mehr als überdrüssig. Auch an diesem Abend kannten die Höflinge und ihre Damen kein Maß, wenn es darum ging, zu essen, zu trinken und dann wie die Tiere übereinander herzufallen. In den vergangenen Wochen hatte Starla mehr über den König und seinen Hofstaat erfahren, als ihr lieb war.

Sie hatte alles versucht, um König John aus dem Weg zu gehen, war dabei jedoch nicht immer erfolgreich gewesen. Er hatte darauf bestanden, dass sie an allen Festen teilnahm, und es war ihr nicht gelungen, eine glaubwürdige Ausrede zu finden. Wenn ihre Mutter nicht gewesen wäre, hätte Starla die Zeit bei Hofe wohl kaum überleben können, ohne den Verstand zu verlieren. Außerdem ängstigte es sie, dass der König sie bei jeder Gelegenheit aufs Seltsamste musterte.

Hatte er etwa Verdacht geschöpft, dass sie nur vorgab, Rose of Dragonwyck zu sein?

Lady Nelda hatte den Festsaal gleich verlassen, als die Tafel aufgehoben wurde, und Starla beabsichtigte, ihr zu folgen, sobald sie sich unauffällig davonmachen konnte. Da alle Augen auf die Schausteller in der Mitte des Saales gerichtet waren, ging Starla langsam auf die Tür zu, in der Gewissheit, dass man sie nicht vermissen würde. Doch plötzlich stellte sich ihr eine Frau in den Weg.

»Lady Rose, wo ist denn Euer hünenhafter Beschützer?«

Starla unterdrückte ein gequältes Stöhnen. Ausgerechnet Lady Veronica musste sie über den Weg laufen. Die Dame hatte sich in den vergangenen Wochen zu Starlas persönlicher Rachegöttin entwickelt, und sie fragte sich einmal mehr, was Rose an ihrer Stelle getan hätte. Würde sie Lady Veronica schlichtweg nicht beachten? Oder ihr mit gespielter Höflichkeit begegnen? Nein, Starla kam zu dem Schluss, dass sich ihre mutige Zwillingsschwester um keinen Preis von Veronica einschüchtern ließe.

»Raj ist nach Dragonwyck zurückgekehrt«, sagte Starla.

»Wie geht es Eurem Gemahl? Hat er sich von seiner Verletzung erholt?«

»Ja, ich erwarte ihn schon sehr bald.«

Ein katzenhaftes Lächeln spielte um Veronicas Lippen. »Ich freue mich schon darauf, meinen liebsten Dominic wiederzusehen. Einen so wunderbaren Liebhaber wie ihn vergisst wohl keine Frau so schnell.«

Starla errötete und wusste nichts zu sagen. Lady Veronica besaß eine schier unglaubliche Dreistigkeit. Kannte sie denn keinerlei Scham?

»Falls Ihr Dominic sehen solltet, bevor ich Gelegenheit dazu habe«, fuhr Veronica fort, »richtet ihm bitte aus, dass ich ihn sehr vermisse. Falls er mir einen Besuch abstatten möchte, weiß er ja, wo er mich finden kann.« Sie bedachte Starla mit einem abfälligen Blick. »Die Ehe mit Euch muss für einen so leidenschaftlichen Mann doch die Hölle auf Erden sein.«

Starla hatte genug gehört. Zwar verfügte sie nicht über das hitzige Temperament ihrer Schwester, doch sie würde Lady Veronicas Beleidigungen um Rose' willen nicht länger dulden.

»Mein Gemahl hegt keineswegs die Absicht, sein Verhältnis mit Euch wieder aufleben zu lassen, Lady Veronica«, erwiderte Starla in der Hoffnung, dass sie tatsächlich die Wahrheit sagte. »Falls Ihr versuchen solltet, Euch abermals bei ihm anzubiedern, werdet Ihr es bereuen.« Starla rümpfte die Nase. »Nun müsst Ihr mich entschuldigen. Irgendetwas riecht hier verdorben, ich kann den Gestank wirklich nicht länger ertragen.«

Mit diesen Worten rauschte Starla würdevoll davon. Sie konnte kaum fassen, was sie Lady Veronica soeben entgegengeschleudert hatte, war jedoch stolz darauf, ihre Schwester verteidigt zu haben. Sie konnte es kaum erwarten, Rose von der Begegnung zu berichten.

Rose betrat das Gemach und blickte sich um. Starla war nirgends zu sehen, doch Mama saß am Kamin und bestickte ein Seidentuch.

Als die Tür leise ächzend ins Schloss fiel, blickte Lady Nelda auf. Sobald sie Rose erkannte, weiteten sich ihre Augen vor Erstaunen, und sie sprang freudig auf. »Rose! Du bist zurückgekommen.«

Rose umarmte ihre Mutter innig. »Ja, Mama. Ich fragte mich schon, wie lange es dauern würde, bis du mich erkennst. Glücklicherweise hat niemand sonst etwas bemerkt.« Sie zögerte. »Oder etwa doch?«

»Keine Menschenseele, mein Kind. Wie geht es Lord Dragon? Hat er dich begleitet?«

»Es geht ihm ausgezeichnet, und er übernachtet in London, um gleich morgen den König aufzusuchen. O Mama, es ist so viel geschehen, dass ich kaum weiß, wo ich beginnen soll.«

Lady Nelda musterte ihre Tochter prüfend. »Was hast du auf dem Herzen, Rose?«

»Ich widersetzte mich Dominic und verursachte damit eine

Reihe von Vorfällen, deren Folgen vielleicht noch nicht abzusehen sind.«

»Das klingt ausgesprochen unheilvoll. Erzähle, Kind.«

Rose holte tief Atem und begann die Geschichte über ihre Flucht von Dragonwyck und der Entführung durch Murdoc MacTavish. »Onkel Murdoc verlor mehr, als ihm lieb war, als Robina ihn verließ«, beendete Rose ihre Erzählung.

»Murdoc war schon immer starrköpfig, doch ich hätte nie gedacht, dass er so tief sinken würde, seine eigene Nichte zu entführen. Gottlob haben dir Robina und Thelma geholfen. Ich hoffe, dass Murdoc wieder zu Sinnen kommt, ehe es zu spät für ihn ist, um Robina zurückzugewinnen.«

»Ja, Robina ist eine herzensgute Frau und scheint Murdoc sehr zu lieben, doch als er mich dazu zwingen wollte, Gunn zu heiraten, ging er zu weit. Diese Schandtat vermochte Robina nicht zu dulden.«

»Es war sehr freundlich von Lord Dragon, meinen Bruder zu verschonen«, sagte Lady Nelda. »Ich glaube, wir alle haben uns in deinem Gemahl getäuscht.«

»Ja, Mama, Dominic ist ein sehr ehrenwerter Mann. Außerdem …«, Rose lächelte schüchtern, »… liebt er mich, und ich liebe ihn.«

»Ich bin froh, dass sich für euch alles zum Guten gefügt hat. Starla kann es kaum erwarten, wieder ins Kloster zurückzukehren. Wird es bald so weit sein?«

»Raj wartet schon am Gartentor. Er wird Starla sicher zum Kloster geleiten. Allerdings glaubt Dominic, dass es besser wäre, wenn du noch eine Weile in Westminster bliebest, um kein Aufsehen zu erregen. Du könntest uns begleiten, wenn wir London verlassen. Außerdem würde ich dich gern davon überzeugen, nach Dragonwyck zurückzukehren. Denn«, gestand Rose, »ich glaube, dass ich ein Kind erwarte, und du sagtest, dass du nach Hause kommen würdest, wenn ich dich zur Großmutter mache.« Sanft berührte sie ihren flachen Bauch. »Dominic weiß noch nichts davon.«

Freudestrahlend klatschte Lady Nelda in die Hände. »Welch wundervolle Neuigkeit. Auch Starla wird sich so sehr für dich freuen. Natürlich kehre ich nach Dragonwyck zurück, wenn ich dir nützlich sein kann.«

»Ich brauche dich, Mama.«

»Dann ist es abgemacht. Ach, ich wünschte, Starla würde sich beeilen.«

Kaum hatte Lady Nelda den Satz beendet, als sich die Tür öffnete und Starla zornig hereinstürmte.

»Diese Frau!«, rief sie außer sich vor Wut. »Ich schwöre dir, Mama, sie ist eine Natter in Menschengestalt. Ich begreife nicht, wie Rose nur ihre giftigen Seitenhiebe aushalten konnte. Aber diesmal habe ich es ihr gezeigt. Rose wäre stolz auf mich gewesen.«

»Aber ich *bin* doch stolz auf dich«, sagte Rose und trat hinter dem Rücken ihrer Mutter hervor.

»Rose!«, jubelte Starla und warf sich in die Arme ihrer Zwillingsschwester. Nach einer innigen Umarmung betrachtete Starla Rose mit gespieltem Zorn. »Es wurde aber auch Zeit! Mama und ich kamen schier um vor Sorge. Was hat dich aufgehalten?«

»Das ist eine lange Geschichte, und leider haben wir nicht mehr viel Zeit. Raj wartet schon auf dich. Er wird dir sicher auf dem Weg ins Kloster alles ausführlich erzählen.«

»Was ist mit Mama? Wird sie uns nicht begleiten?«

»Nein, Starla«, sagte Lady Nelda. »Rose hat mich gebeten, nach Dragonwyck zurückzukehren. Sie braucht mich jetzt, denn sie trägt ein Kind unter dem Herzen.«

Starlas Freude war gedämpft. »Wünschst du dir denn Lord Dragons Kind, Rose?«

»Sei ganz beruhigt, Schwester, ich freue mich schon sehr darauf.« Schüchtern senkte sie die Stimme. »Dominic und ich lieben einander.«

Starla lächelte glücklich. »Das wollte ich hören. Ich möchte, dass meine Zwillingsschwester ebenso glücklich ist wie ich.

Außerdem wird es Zeit, dass Mama auf die Burg zurückkehrt. Sie wird dir sicher eine große Hilfe sein, und wir werden einander oft besuchen.«

»So oft es nur geht«, stimmte Rose zu.

Tränen schimmerten in Starlas Augen. »Ich mache mich wohl besser auf den Weg.« Sie umarmte zuerst ihre Mutter und dann Rose. »Ich liebe euch beide.«

»Geh mit Gott, mein Kind«, sagte Lady Nelda und wischte sich eine Träne ab.

Als Starla gegangen war, bedachte Lady Nelda Rose mit einem fragenden Blick. »Was verschweigst du mir, Rose? Es herrscht eine gespannte Stimmung bei Hofe, und jedermann weiß, dass sich der König um irgendetwas sorgt. Hat Lord Dragon damit zu tun?«

»Der König sollte sich große Sorgen machen, Mama. Er hat sich geweigert, die Artikel der Barone zu unterzeichnen, und England steht kurz vor einem Bürgerkrieg.«

»Dein Vater hat wegen dieser Artikel sein Leben verloren, Rose. Ich könnte es nicht ertragen, noch einen Menschen zu verlieren, den ich liebe. Bitte sage mir, dass dir keine Gefahr droht.«

Rose beeilte sich, Lady Nelda zu beruhigen. »Dragon glaubt, dass der König einlenken wird. John wird einen Bürgerkrieg unter allen Umständen vermeiden wollen, und im Augenblick bereiten die Barone ihren Marsch auf London vor.«

»Also das ist es, worüber jedermann so aufgeregt flüstert. Es geht das Gerücht, der König habe den Papst um Beistand angerufen. Ich vermutete, dass dieser Schritt etwas mit den Artikeln zu tun haben könnte, war mir jedoch nicht sicher.«

»Es stimmt, Mama. Die Verhandlungen begannen schon, als Papa noch lebte.«

»Dennoch bin ich verwirrt«, sagte Lady Nelda. »Ich dachte, Lord Dragon sei des Königs Vasall. Was hat ihn dazu bewogen, sich auf die Seite der Barone zu schlagen?«

»Nun, Dominic hat den König immer für einen grausamen

und gierigen Mann gehalten, doch er stellt seine Ehre über alles und hat sich bemüht, ihm treu zu dienen. Als John aber seine Treue infrage stellte und mich als Geisel nahm, verlor Dominic jegliches Vertrauen.«

»Das erklärt so manches«, sagte Lady Nelda.

Rose unterdrückte ein Gähnen, und Lady Nelda tätschelte ihr den Arm. »Du musst todmüde sein, Rose, und solltest dich ohnehin oft ausruhen, da du jetzt ein Kind erwartest. Soll ich dir beim Auskleiden helfen?«

»Nein, Mama, ich komme schon zurecht. Wir sehen uns morgen. Es gibt einige Dinge, die ich gern über die Schwangerschaft und die Geburt wissen möchte, doch das hat Zeit.«

»Wann wird Lord Dragon hier eintreffen?«

»Morgen früh.«

Lady Nelda gab Rose einen Gutenachtkuss und ging. Rose entkleidete und wusch sich eilig und legte sich dann ins Bett. Gerade, als sie die Augen geschlossen hatte, hörte sie ein leises Kratzen an der Tür. Vermutlich war ihre Mutter noch einmal zurückgekommen. Schnell stand Rose auf, legte sich ein Tuch um die Schultern und öffnete die Tür. Lady Veronica rauschte an Rose vorbei wie eine Fregatte mit Wind in allen Segeln.

»Vergebt mir, dass ich Euch noch so spät aufsuche, Lady Rose, doch Ihr habt das Fest verlassen, ehe wir unsere kleine Unterhaltung beenden konnten.«

»Ich dachte, es sei alles gesagt«, antwortete Rose ohne einen blassen Schimmer, wovon Veronica sprach. Sie hätte Starla gründlicher nach ihrem Zusammentreffen mit Dragons ehemaliger Mätresse ausfragen sollen.

»Dann könnt Ihr ja zuhören, während ich rede. Wenn Dragon nach London zurückkehrt, rechne ich damit, dass er mich wieder zu seiner Geliebten macht. Ich warne Euch, mischt Euch nicht ein, denn damit würdet Ihr nur Dominics Zorn auf Euch lenken.« Sie lächelte selbstzufrieden. »Ihr werdet mich sicher oft als Gast auf Dragonwyck begrüßen.«

»Darf ich dabei auch ein Wörtchen mitreden, Veronica?«

Beide Ladys blickten erstaunt zur Tür und sahen Dominic, der gelassen am Türrahmen lehnte. Vor Freude klopfte Rose' Herz schneller.

»Dominic, ich hatte dich noch nicht so schnell erwartet. Ich dachte …«

Er bedachte Rose mit einem vielsagenden Blick. »Der Gedanke an ein kaltes, leeres Bett behagte mir nicht.« Er breitete die Arme aus.

Veronica stieß Rose unsanft beiseite und stürzte sich auf ihn. »Dragon, ich habe dich ja so sehr vermisst. Gottlob hast du dich von deiner Verwundung erholt. Ich weiß nicht, was ich getan hätte, wenn du gestorben wärst.«

Verwirrt und verletzt sah Rose mit an, wie Dominic seine frühere Geliebte auf die Arme hob und mit ihr das Gemach verließ. Wie konnte er ihr das nur antun? Hatte er plötzlich erkannt, dass es doch Veronica war, die er liebte?

Sie wandte sich kummervoll ab, doch ein dumpfer Fall und ein darauf folgender gellender Schrei rissen sie aus ihren trübsinnigen Gedanken. Wenig später betrat Dominic lächelnd das Gemach. Abermals breitete er die Arme aus, und Rose lief überglücklich auf ihn zu.

»Was hast du getan?«

»Sei beruhigt. Veronica wird uns nie wieder stören. Und falls sich noch ein ungebetener Gast deiner Tür nähert, wird er sie verschlossen finden.«

19

Liebe ist die einzige Rose ohne Dornen.

Fräulein von Scuderi

Rose war noch immer ein wenig verwirrt. Eben noch hatte sie geglaubt, Dominic habe sich plötzlich von ihr abgewandt, doch er war hier bei ihr, hielt sie in den Armen und schien darüber sehr glücklich zu sein.

»Was tust du hier?«, fragte sie unvermittelt. »Ich dachte, du wolltest erst morgen zum Palast kommen.«

»Deine Begrüßungen lassen viel zu wünschen übrig, Liebste«, sagte Dominic neckend. »Außerdem bin ich doch wohl gerade im rechten Augenblick gekommen. Es ist mir unbegreiflich, dass ich Veronica tatsächlich einmal zur Frau nehmen wollte. Ich muss dem König ewig dankbar sein, dass er mich zu dir führte.«

»Obwohl es schwerfällt, einem Mann wie ihm dankbar zu sein«, raunte Rose missmutig. »Warum hast du deinen Plan geändert?«

»Nachdem du mit Raj aufgebrochen warst, konnte ich den Gedanken nicht ertragen, dich ohne Schutz im Palast zu wissen, also verließ ich die Stadt nicht lange nach dir. Ich war der Letzte, der Ludgate passierte, bevor sich die Tore schlossen. Allerdings konnte ich nicht gleich zu dir kommen, als ich in Westminster eintraf, ich hielt es für klüger, zuerst den König zu begrüßen.«

»Hast du mit ihm über die Artikel gesprochen?«

»Nein, aber er gewährt mir morgen früh eine Audienz.« Dominic zog Rose fester an sich. »Und nun vergiss den König,

Liebste. Die Nacht gehört allein uns. Weißt du eigentlich, dass wir uns nicht mehr geliebt haben, seit wir Dragonwyck verließen? Ich brauche dich, Rose.«

»Zuerst musst du mir erklären, was du mit Veronica gemacht hast«, verlangte sie beharrlich.

»Vergiss auch Veronica. Ich habe sie einfach draußen im Korridor fallen gelassen und ihr geraten, sich einen anderen Mann zu suchen, dem sie ihre Zuneigung schenken kann. Ich bin nämlich bereits vergeben.« Er gab Rose einen Kuss auf die Nasenspitze. »Wo waren wir stehen geblieben?«

»Hier«, sagte Rose, stellte sich auf die Zehenspitzen und küsste Dominic zärtlich.

Er erwiderte den Kuss voller Leidenschaft, und Rose genoss die Liebkosungen seiner Zunge. Flüssiges Feuer schien sich in ihren Adern auszubreiten, und sie vermochte weder zu atmen noch an etwas anderes zu denken als an die Freude, die sie in Dominics Armen empfand.

Er presste sie fest an sich und vertiefte den Kuss, der Rose wie ein inniges Versprechen erschien. Wie konnte sie daran zweifeln, dass er sie liebte, wenn seine Lippen es ihr in jedem Augenblick aufs Neue verrieten?

Dominic kostete Rose' Wärme und ungezügelte Leidenschaft. Sie schmiegte sich an ihn und schien seinen Atem und seinen Duft tief in sich aufnehmen zu wollen.

»Genug«, flüsterte Dominic und zog ihr das Nachthemd über den Kopf. »Ich will dich im Bett sehen, nackt, sehnsüchtig und mit offenen Armen.« Mit diesen Worten hob er sie auf und trug sie zum Bett.

Als er Rose sanft in die Kissen bettete, betrachtete er sie eine Weile versonnen, ehe er sich hastig entkleidete und zu ihr kam. Abermals küsste er sie so innig und liebevoll, dass sich nicht allein ihre Lippen, sondern auch ihre Herzen und Seelen zu vereinen schienen.

Dann ließ Dominic die Hand mit sanftem Druck über ihren flachen Bauch gleiten. Rose hielt den Atem an. Ob er wohl das

Kind schon spürte, das sie unter dem Herzen trug? Offenbar bemerkte er jedoch nichts, denn er setzte seinen Weg der Verführung fort, bis er das Tal zwischen ihren Schenkeln erreicht hatte und Rose dort liebkoste, wo es ihr die größte Lust bereitete.

Dann ließ Dominic seine Lippen dem Pfad seiner Hände folgen und zog eine Spur brennend heißer Küsse über ihre Brüste, ihren Bauch und in das Nest seidiger Locken hinein. Schließlich erkundete er den Mittelpunkt ihrer Weiblichkeit mit der Zunge, fand die winzige Knospe ihrer Lust und liebkoste sie, bis Rose einen Schrei nicht mehr zu unterdrücken vermochte.

Jede Faser ihres Körpers wurde von einer sengenden Hitze erfasst, wahrend Dominic sie immer näher an den Gipfel heranführte. Als Rose die Erfüllung schließlich erreichte, rief sie seinen Namen und versank in einem Wirbel aus Feuer und Lust, der sie alles um sich her vergessen ließ.

Kaum hatte sie die Fassung wiedererlangt, als sie spürte, wie Dominic seinen Körper über den ihren gleiten ließ. Als sie die Augen öffnete, blickte sie in sein lächelndes Gesicht. Rose versuchte, etwas zu sagen, verstummte jedoch, als Dominic sanft ihre Hand ergriff und sie zu seiner Männlichkeit führte.

Dominic betrachtete Rose' Gesicht, als sie die Erfüllung fand. Er war sich sicher, nie etwas Schöneres erblickt zu haben als den Ausdruck vollkommenen Entzückens auf dem bezaubernden Antlitz seiner Gemahlin. Niemals würde er dieses Anblicks müde werden. Er wollte das Bild für immer in seinem Herzen tragen.

Dann blickte er auf Rose' Hand, die seine Männlichkeit umklammert hielt, und gab alle Zurückhaltung auf. »Nimm mich in dich auf«, sagte er rau und musste alle Willenskraft aufbieten, um nicht bereits den Gipfel zu erreichen, als sie ihn sanft zwischen ihre Schenkel gleiten ließ und ihm die Hüften entgegenstreckte.

Tief drang Dominic in sie ein und beglückte sie mit leidenschaftlichen Stößen, während ihre Hingabe eine ungekannte

Wildheit in ihm entfesselte. Er stöhnte auf, als er wieder und wieder in die feuchte Hitze ihres Körpers eintauchte, die ihn und Rose gleichzeitig zu versengen schien.

»Gleich ist es so weit, Liebste«, flüsterte er.

Rose atmete heftig und bäumte sich lustvoll auf, während Dominic sie unaufhaltsam dem Gipfel entgegentrieb und ihr dann mit einem Aufschrei in das selige Vergessen folgte.

Dominic zog sich aus ihr zurück und legte sich erschöpft und schläfrig neben sie. Als Rose ihn sanft anstieß, öffnete er die Augen und sah, dass sie ihn versonnen lächelnd anblickte. Neugierig stützte sich Dominic auf den Ellenbogen und hob eine Braue. »Verrätst du mir, warum du lächelst, oder soll ich es erraten?«

»Rate«, neckte sie.

»Liebste, ich bin zu müde, um Rätsel zu lösen. Kann es bis morgen warten?«

»Natürlich.«

Dominic glaubte, Rose leise seufzen zu hören, doch ihm fielen bereits die Augen zu. Der Tag war lang und anstrengend gewesen. Im Halbschlaf spürte er Rose' Atem über seine Wange streichen, als sie flüsterte: »Ich bekomme ein Kind.«

Dominic zuckte zusammen und war plötzlich hellwach. »Was hast du gesagt?«

»Ich trage dein Kind unter dem Herzen.«

Aufgeregt umfasste er ihre Schultern. »Bist du sicher?«

»So sicher, wie ich mir im Augenblick sein kann. Unser Kind wird wohl in ungefähr sieben Monaten das Licht der Welt erblicken. Freust du dich?«

Dominic musterte sie misstrauisch. »Seit wann weißt du es schon?«

»Nun, ich ahnte etwas, bevor wir Dragonwyck verließen.«

»Und du hast mir nichts gesagt?«

Rose machte ein schuldbewusstes Gesicht. »Ich fürchtete, du würdest mich nicht mit nach London nehmen, wenn du es wüsstest. Bist du jetzt wütend?«

»Ja, zum Teufel! Jetzt wundert es mich nicht mehr, dass dich die Reise so ermüdet hat. Wenn ich es gewusst hätte, säßest du jetzt auf Dragonwyck sicher und geborgen in der Kemenate.«

»Eben deshalb habe ich geschwiegen. Du siehst doch, dass alles gut gegangen ist, Dominic. Ich habe mich nie besser gefühlt.«

Dominic betrachtete ihr strahlendes Gesicht und glaubte ihr. Seine Erleichterung mischte sich mit überschwänglicher Freude. Rose erwartete sein Kind, einen Erben für Dragonwyck und den Beginn einer neuen Familie. Er war der glücklichste Mensch der Welt. Doch das allein würde Rose auch nichts nützen. Wann würde sie endlich lernen, ihm zu gehorchen? Der Gedanke brachte ihn zum Lächeln. Dazu würde es wohl nie kommen, schließlich besaßen selbst die lieblichsten Rosen spitze Dornen, und diesen zu entgehen würde wahrscheinlich seine Lebensaufgabe werden.

»Bist du noch böse?«, fragte Rose in die Stille hinein.

»Würde es mir etwas nützen?«

»Nein, aber ich würde mich besser fühlen, wenn ich wüsste, dass dein Zorn besänftigt ist.«

»Das ist er, aber ich muss mich erst noch an den Gedanken gewöhnen, bald Vater zu werden. Glaubst du, dass ich ein guter Vater sein werde?«

»Der beste! Bedeutet das, du freust dich auf unser Kind?«

Dominic zog sie an sich und küsste ihre Wange. »Ich bin sehr glücklich, Liebste. Aber von nun an verbiete ich dir alle gefährlichen Abenteuer.«

»Ja, Mylord«, sagte sie keck. »Und jetzt schlaf!«

Dominic schmiegte sich an Rose' Rücken und schlief alsbald ein. In seinen Träumen tummelten sich viele kleine Ebenbilder von Rose, und er lächelte im Schlaf.

Rose schlief noch fest, als Dominic bei Tagesanbruch erwachte, also bemühte er sich, beim Waschen und Ankleiden keinen Lärm zu machen. Als er das Schlafgemach verließ, um das Morgenmahl einzunehmen, traf er im Korridor auf Lillian.

Sie knickste. »Lord Dragon, ich wusste nicht, dass Ihr zurückgekehrt seid. Wir alle waren überglücklich, als sich die Nachricht von Eurer Genesung verbreitete. Natürlich freute sich Lady Rose ganz besonders. Ach, vergebt mir mein Geschwätz, Mylord«, sagte sie dann errötend, »ich bin Lillian, die Zofe Eurer Gemahlin.«

»Guten Morgen, Lillian. Rose schläft noch, also solltest du etwas später nach ihr sehen.«

»Lady Rose liegt noch im Bett?«, fragte Lillian entsetzt. »Ist sie etwa krank? Sonst versäumt sie doch nie die Morgenmesse.«

»Sie … wir … haben uns gestern noch bis spät in die Nacht … unterhalten«, erklärte Dominic betreten.

Brennende Röte schoss Lillian in die Wangen. Sie knickste abermals und eilte davon.

Lächelnd ging Dominic in den Rittersaal hinunter. Er teilte das Morgenmahl mit den anderen Gästen des Königs. John hatte ihm zur neunten Stunde eine Audienz zugesichert, also ging Dominic hinaus zum Kampfplatz und beobachtete einige junge Recken bei ihren Übungen. Als die Glocke der Kapelle neun schlug, kehrte Dominic in den Palast zurück und wartete vor dem Turmsaal, bis er zum König gerufen wurde.

»Es ist schön, Euch so wohlauf zu sehen, Dragon«, begrüßte ihn der König. »Ich muss Euch zu dieser erstaunlichen Genesung beglückwünschen. Wir hörten, dass es angeblich keine Rettung mehr für Euch gab.«

»Mein Schutzengel wachte über mich«, sagte Dominic. Es stimmte. Rose' Anwesenheit an seinem Krankenlager hatte ein Wunder bewirkt.

»Ich vermute, Ihr wollt mich um Erlaubnis bitten, mit Eurer Gemahlin nach Dragonwyck zurückkehren zu dürfen«, sagte der König schroff.

»Darf ich offen sprechen, Sire?«

»So ist es doch Eure Gewohnheit.«

»Ich hörte, dass Ihr Euch weigert, die Artikel der Barone anzuerkennen.«

John merkte auf. »Das ist kein Geheimnis. Dieses vermaledeite Dokument ist eine Beleidigung für die Krone. Kein König sollte sich solchen Beschränkungen unterwerfen müssen.«

»Die Barone denken anders darüber. Die Gefahr eines Bürgerkrieges ist sehr groß, Sire. Es wäre klug von Euch, die Unterzeichnung der Artikel ernsthaft in Erwägung zu ziehen, wenn Ihr einen Krieg vermeiden wollt.«

»Ich habe mich bereits mit dem Thronrat besprochen. Man schlug mir vor, ich solle den Erzbischof und den Earl of Pembroke aussenden, um mit den Baronen zu verhandeln. Ich möchte einen Krieg verhindern, werde jedoch keinesfalls mein Siegel unter dieses schmachvolle Schriftstück setzen, ehe man nicht einen Kompromiss gefunden hat, der von Vorteil für die Krone ist.«

Dominic wollte den König nicht zu sehr gegen sich aufbringen, um Rose' Freilassung nicht zu gefährden. Sie musste nach Dragonwyck gebracht werden, wo sie bis zur Geburt des Kindes in Sicherheit war.

»Vergebt mir, Sire, ich würde nicht so offen sprechen, wenn es nicht zwingend notwendig wäre. Wir wissen beide, dass ein Bürgerkrieg das Land spalten würde. Das dürft Ihr nicht zulassen.«

»Ich allein entscheide, was England zum Wohle gereicht!«, zischte der König. »Ihr dürft Euch entfernen.«

Dominic nahm allen Mut zusammen und sprach weiter, obwohl er sich damit in Gefahr brachte. »Wenn die Verhandlungen scheitern und die Armee der Barone London erreicht, werden sich auch die Bürger der Stadt ihrer Sache anschließen. Ihr müsst den Artikeln Beachtung schenken, Sire. Wenn Ihr es nicht tut, stehen Menschenleben auf dem Spiel. Vielleicht auch das Eure.«

John sprang wütend auf. »Soll das eine Drohung sein, Dragon?«

Dominic hielt dem Zorn des Königs mutig stand. »Nein, Sire, ich möchte nur einen Krieg verhindern.«

»Geht jetzt, ehe ich die Geduld verliere und Euch in den Kerker werfen lasse.«

Dominic hatte für die Barone getan, was in seiner Macht stand. Er verneigte sich und verließ den Thronsaal. Vielleicht musste John tatsächlich erst der Armee vor den Toren Londons angesichtig werden, ehe er einlenkte.

Als er in Rose' Gemächer zurückkehrte, stand sie wehmütig lächelnd am Fenster, drehte sich jedoch gleich zu ihm um.

»Hat dich der König empfangen?«

»Ja, aber er weigert sich, Vernunft anzunehmen. Ich weiß nicht, ob ich noch etwas tun kann. Uns steht ein Bürgerkrieg bevor, der England zerreißen wird.«

Sie ging auf ihn zu und umarmte ihn. »Du hast getan, was in deiner Macht stand. Ich glaube kaum, dass die Barone Wunder von dir erwarten. Schließlich geht es um König John, von dem jedermann weiß, dass er böse, gierig und unberechenbar ist. Er wird sein Siegel niemals unter ein Schriftstück setzen, das seine Macht beschneidet.«

»Ich fürchte, du hast recht, Liebste.«

»Wir sollten schnell nach Dragonwyck zurückkehren. Ich möchte nach Hause, Dominic.«

»Ja, den Wunsch erfülle ich dir. Ich möchte nicht, dass meine Frau und mein ungeborenes Kind in diesen Bürgerkrieg verwickelt werden.«

Rose strahlte vor Freude. »Wann?«

Entschlossenheit spiegelte sich in Dominics Zügen wider. »Jetzt gleich, sobald du und Lady Nelda reisefertig seid.«

»Wir brauchen nicht länger als eine Stunde.«

»Gut. Ich hole die Pferde, während du deine Mutter benachrichtigst. Wird dir die anstrengende Reise auch nicht schaden?«, fragte er besorgt. »Kann das Reiten unser Kind gefährden?«

»Nein, Dominic, ich bin noch nicht weit genug, als dass ich schon auf das Reiten verzichten müsste.«

Dominic küsste Rose und ging dann zur Tür. Als er sie jedoch öffnete, traf er auf einen der Palastwächter.

»Ich bringe eine Nachricht von Seiner Majestät, Lord Dragon«, verkündete der Wächter. »Der König wünscht, dass Ihr in Westminster bleibt.«

Dominic sah den Mann verständnislos an. »Hat Seine Majestät einen Grund genannt?«

»Nein, Mylord. Ich soll Euch nur ausrichten, dass der König bald noch einmal mit Euch über die Angelegenheit sprechen möchte, die in der heutigen Audienz so heftig debattiert wurde.«

»Ich verstehe«, sagte Dominic, und der Wächter ging davon. Fluchend schloss Dominic die Tür. Er mochte sich kaum zu Rose umdrehen, da er wusste, wie enttäuscht sie sein würde.

»Ich kann es kaum fassen«, sagte sie zornig. »Der König ist ein Ungeheuer.«

»Ich stimme dir zu, Liebste, aber er ist dennoch der König.«

»Und was soll jetzt werden?«

»Wenn John willens ist, noch einmal über die Artikel zu sprechen, könnte das ein gutes Zeichen sein. Vielleicht überlegt er es sich noch einmal.«

»Ja, aber möglicherweise denkt er auch nur darüber nach, ob er dich als Hochverräter hinrichten lassen soll oder nicht. Wir müssen sogleich aufbrechen, ehe die Barone London erreichen. Wir können durch das kleine Gartentor entwischen, ohne dass uns jemand bemerkt.«

»Du weißt doch, dass ich das nicht tun kann. Wenn es auch nur die geringste Hoffnung gibt, dass der König einlenken könnte, muss ich im Palast bleiben und die Barone unterstützen. Ohne seine Barone verfügt John nicht über die Mittel und Soldaten, um in den Kampf zu ziehen. Schließlich verlässt er sich für gewöhnlich auf die Edelleute, die seine Kriege für ihn führen. Er liebt es zu sehr, König zu sein, als dass er den Thron aufs Spiel setzen würde.«

»Und wenn er nun nicht einlenkt? Können die Barone sich auf dem Schlachtfeld durchsetzen?«

»Ja, sie sind in der Überzahl und zum Äußersten entschlossen.«

Rose seufzte. »Wenn es so wichtig ist, müssen wir selbstverständlich hierbleiben.«

Es verging eine Woche, ehe Dominic abermals zum König gerufen wurde. In den Tagen des Wartens bemühte er sich, seine Anspannung und Sorge von Rose fernzuhalten, doch sie kannte ihn nur zu genau und spürte, was ihn bewegte. Schließlich war Dominic für ihre Unterstützung dankbar. Immer wieder wurde ihm deutlich, wie froh er darüber sein konnte, Rose an seiner Seite zu haben. Sie zu seiner Frau zu machen, war wohl die gütigste Tat, die der König je vollbracht hatte, da er sonst nicht eben zur Menschenfreundlichkeit neigte.

Als Dominic dann endlich den Ruf zu einer Audienz erhielt, wusste er, dass etwas Bedeutendes vor sich ging. Rose war bei ihm, als der Bote kam, und Dominic bemühte sich, ihr die Sorge zu nehmen, die sich in ihren schönen blauen Augen widerspiegelte. »Keine Angst, Liebste. Ich glaube fest daran, dass der König endlich eingesehen hat, dass die Barone nicht aufgeben werden.«

»Ich wünschte, wir wären zu Hause«, sagte Rose seufzend. »Glaubst du, der König wird uns gehen lassen, wenn alles vorbei ist?«

»Da bin ich mir sicher. Wir sind weder seine Gefangenen noch seine Geiseln. John will, dass ich ihm bei den Verhandlungen helfe. Wünsche mir Glück, Liebste.«

Dominic zog Rose fest an sich und gab ihr einen Kuss, der ihn sogleich an all die Nächte erinnerte, die sie in leidenschaftlicher Umarmung verbracht hatten, ehe sie dann zusammen eingeschlafen waren. Er konnte es kaum erwarten, Rose endlich nach Pendragon zu bringen und sie seiner Familie vorzustellen.

Obwohl er den Landsitz seines Vaters früh verlassen hatte, fühlte sich Dominic seiner Familie doch sehr verbunden und hatte sie nie ganz aus den Augen verloren.

Vor dem Thronsaal standen ungewöhnlich viele, aufgeregt tuschelnde Höflinge. Etwas Wichtiges bahnte sich an. Dominic ahnte, dass der König nun endlich nachgeben würde.

Er wurde sogleich in den Thronsaal geführt, in dem John ihn erwartete. Bei ihm standen der Erzbischof und der mächtige William Marshal, Earl of Pembroke. Sie schienen miteinander gestritten zu haben, schwiegen jedoch, als Dominic eintrat.

»Lord Dragon«, sagte der König, »ich glaube nicht, dass Ihr unseren guten Erzbischof und Pembroke bereits kennt.« Dominic begrüßte die Herren höflich und wartete dann darauf, dass die Unterhaltung fortgesetzt wurde.

Als sich der König erhob und unruhig auf und ab ging, wusste Dominic, dass eine wichtige Entscheidung bevorstand, kannte jedoch noch nicht die Rolle, die er dabei spielen sollte. Unvermittelt baute sich John vor Dominic auf und blickte ihn streitlustig an.

»Die Armee der Barone liegt bei Runnymede, zwischen Windsor und Staines. Sie drohen, London zu stürmen, wenn ich nicht mit ihnen verhandle. Der Erzbischof und Pembroke haben in meinem Namen mit den Baronen gesprochen.«

»Ein weiser Entschluss, Sire.«

»Für Euch vielleicht«, erwiderte John säuerlich.

»Es gibt einige Barone, die an der ursprünglichen Form der Artikel festhalten und sich nicht auf Verhandlungen einlassen wollen«, erklärte Pembroke. »Sie wollen kämpfen, und die, die gemäßigtere Ansichten vertreten, vermögen sie nicht davon abzubringen.«

»Ich will ihnen ja die meisten Forderungen zugestehen, aber diese Kriegstreiber sind mit meinen Zugeständnissen nicht einverstanden«, jammerte der König.

»Die Verhandlungen kamen zum Erliegen«, sagte Pembroke. »Lord Ashford fragte nach Euch, Dragon. Er glaubt, Ihr könntet in dieser verfahrenen Lage helfen. Die Barone respektieren Euch, und Ashford glaubt, dass auch die Uneinsichtigen unter ihnen auf Euch hören würden.«

»Großartig«, höhnte John. »Mein treuer Ritter ist nun plötzlich der Mann, dem meine Feinde vertrauen.«

»Die Barone sind nicht Eure Feinde, Sire«, erwiderte Dominic. »Sie möchten nur gerecht behandelt werden, und das habt Ihr bislang versäumt.«

»Ich bin der König, ich muss nicht gerecht sein!«, rief John erbost.

»Doch, wenn Ihr England vor einem Bürgerkrieg bewahren wollt, Sire«, wandte der Erzbischof ein.

»Offenbar bin ich überstimmt. Nun denn, kehrt nach Runnymede zurück und nehmt Lord Dragon mit Euch. Vielleicht kann er sich dort nützlich machen.«

Dominic blieb nur wenig Zeit, Rose zu erklären, warum er sie verlassen musste. Er fand sie auf einer Bank in dem kleinen Küchengarten, den sie so sehr liebte. Ängstlich sah sie ihm entgegen, als er sich zu ihr setzte.

»Was wollte John von dir? Lässt er uns endlich nach Dragonwyck zurückkehren?«

»Noch nicht. Er entsendet mich zusammen mit dem Erzbischof von Canterbury und dem Earl of Pembroke.«

»Wohin denn?«

»Die Armee der Barone lagert bei Runnymede, in der Nähe von Windsor. Die Verhandlungen kamen zum Stillstand, und Lord Ashford bat darum, dass ich mich mit den Baronen treffe und versuche, die Uneinsichtigen unter ihnen zu überzeugen, die Verhandlungen wieder aufzunehmen.«

Rose umklammerte seinen Arm. »Ich will nicht, dass du gehst.«

»Mir bleibt keine Wahl. Ich muss alles tun, um einen Bürgerkrieg zu verhindern. Dann können wir abreisen.«

»Ich komme mit dir.«

Dominic starrte sie entgeistert an. »Was? Unmöglich! Du bist eine Frau.«

Rose schnaubte verächtlich. »Ich weiß um mein Geschlecht,

Mylord, doch es macht mich keinen Deut weniger tüchtig als einen Mann.« Rose' Augen blitzten erwartungsvoll auf, als sie sich für den Gedanken erwärmte. »Raj ist nicht mehr hier, also wirst du einen Knappen brauchen.«

Fassungslos sprang Dominic auf. »Du bekommst ein Kind! Diese Unterhaltung ist einfach lächerlich. Ich will, dass du hier auf mich wartest, Rose, verstanden?«

Mit Mühe verbiss sich Rose eine hitzige Entgegnung. Dominic zu verärgern würde ihr nichts nützen. Wenn er auch nur im Mindesten ahnte, was sie im Schilde führte, würde er sie in ihrem Gemach einsperren und den Schlüssel in den Palastgraben werfen.

»Verstanden«, antwortete sie. Ja, sie verstand ihn wohl, nur war sie nicht seiner Meinung.

Wenig später brachen Dominic, der Erzbischof und Pembroke nach Runnymede auf. Unter ihrem Gefolge befand sich auch ein neuer Knappe, ein Junge mit rosigen, bartlosen Wangen und schlanken Beinen, um die ihn jede Frau beneidet hätte.

Rose verspürte keine Gewissensbisse, weil sie Dragon nicht gehorchte. Schließlich hatte sie ihm nichts versprochen. Außerdem war sie es leid, eine Geisel des Königs zu sein. Rose sehnte sich danach, wieder auf die Falkenjagd zu gehen, auszureiten, kommen und gehen zu können, wie es ihr beliebte. Allein ihre Mutter hatte sie in ihren Plan eingeweiht, Dominic nach Runnymede zu folgen, da sich Lady Nelda die größten Sorgen gemacht hätte, wenn Rose ohne Erklärung verschwunden wäre.

Rose trug Lillian auf, ihr Kleider zu bringen, wie sie ein Schildknappe tragen würde. Die Zofe zögerte zunächst, doch Rose beruhigte sie, indem sie ihr verriet, Lord Dragon überraschen zu wollen, indem sie mit ihm nach Runnymede ritt. Lillian hielt die Sache für einen großen Spaß und half Rose bereitwillig. Die Kleider, die sie auftrieb, passten recht gut, und als Dominic den Palast verließ, mischte sich Rose unter das Gefolge.

Es fiel ihr nicht schwer, unerkannt zu bleiben. Außer den

Knappen der Gesandten des Königs zogen auch noch einige Ritter und deren Knappen nach Runnymede, um Dominic und die anderen zu beschützen. Als sie die weiten Wiesen von Runnymede erreichten, auf denen die Armee der Barone ihr Lager aufgeschlagen hatte, war Rose nichts weiter als einer von vielen in der Menge.

Dominic begrüßte Ashford und folgte ihm zu dem Platz in der Mitte des Lagers, an dem die Verhandlungen abgehalten wurden. Nachdem er sich die Ansichten einiger der Barone angehört hatte, kam Dominic zu dem Schluss, dass Pembroke recht hatte. Einige der Barone weigerten sich standhaft, die Zugeständnisse des Königs anzunehmen. Sie wollten unbedingt einen Krieg heraufbeschwören. Als die Verhandlungen abermals zum Stillstand kamen, forderte Ashford Dominic auf, zu den Baronen zu sprechen.

Dominic ließ seinen Blick über die vielen erwartungsvollen Gesichter schweifen. Er wusste nicht, was er sagen sollte. Hinter den Baronen standen die Diener und Knappen in kleinen Gruppen beieinander und schienen ebenfalls gespannt auf seine Rede zu warten. Dominic ließ seinen Blick über die Menge schweifen, richtete seine Aufmerksamkeit dann jedoch auf einige Knappen, die zu seiner Rechten unter einem Baum standen. Er runzelte die Stirn, dann weiteten sich seine Augen in fassungslosem Erstaunen. Ihr Gesicht hätte er überall erkannt.

Einmal mehr hatte Rose sich ihm widersetzt und nach ihrem Willen gehandelt, ohne an die Folgen für sich zu denken. Dominic sah plötzlich sein ganzes Leben mit der widerspenstigen Rose vor sich. Er fragte sich in stillem Entsetzen, ob er dem wohl gewachsen sein würde. Zu langweilen brauchte er sich jedenfalls nicht.

Schließlich holte Dominic tief Atem und wandte sich an die Barone. Er war kein Mann großer Reden, doch seine Worte waren aufrichtig. Er sagte, dass ein Bürgerkrieg das Land entzweien und viele Menschenleben kosten würde. Dass der König inzwischen zu Zugeständnissen bereit sei, sollte den Baronen als gutes Zeichen gelten, zumal die Artikel der Barone sicherlich einst eine der Säulen der englischen Gesetzgebung sein würden.

»Der König hat euch vertrauenswürdige Männer geschickt, die mit euch verhandeln wollen, also sollten wir dafür alle Anstrengungen unternehmen, um einen Kompromiss zu finden.« Er verstummte einen Augenblick und sagte dann: »Denkt an meine Worte, wenn ihr mit Lord Pembroke verhandelt. Die englischen Barone haben viel erreicht, ohne auch nur einen einzigen Tropfen Blut zu vergießen. Und wenn König John sein Siegel unter die Artikel der Barone setzt, könnt ihr mit Stolz behaupten, den König von England friedlich in die Knie gezwungen zu haben.«

Rose hätte am liebsten laut gejubelt. Dragons Rede war nicht nur begeisternd, sondern auch sehr klug gewesen, und sie sah es den Baronen an den Gesichtern an, dass sie seine Worte beherzigen würden. Dominic, ihr Gemahl, hatte es geschafft, einen schrecklichen Bürgerkrieg zu verhindern, und es war ihr vergönnt, die Worte anzuhören, die das Wunder vollbringen sollten.

Pembroke und der Erzbischof nahmen Dominics Platz ein, und die Verhandlungen gingen weiter. Rose wandte sich ab. Sie beabsichtigte, ein wenig unter einem Baum zu ruhen, während die Männer nach einem Kompromiss suchten. Doch kaum hatte sie sich zwei Schritte entfernt, als sie plötzlich hinterrücks festgehalten wurde. Ohne zu zögern zog Rose ein Messer aus ihrem Gürtel, bereit, sich zu verteidigen.

Doch der Angreifer wand ihr die Waffe mühelos aus der Hand und presste Rose mit stählernem Griff an seine Brust.

»Ruhig, Rose, ich will dich nicht verletzen.«

Erleichtert ließ sie sich gegen ihn sinken. »Dominic! Woher wusstest du es?«

Bitter lachte Dominic auf. »Glaubst du, ich sei mit Blindheit geschlagen?« Er zog Rose hinter eine hohe Hecke, die ihnen

Schutz vor neugierigen Blicken bot. »Was soll ich nur mit dir tun? Du scheinst fest entschlossen zu sein, dich mir fortwährend zu widersetzen.«

Trotzig schob Rose das Kinn vor. »Ich habe meinen eigenen Willen, Dominic. Bitte erwarte nicht von mir, dass ich mich dir in allen Dingen unterordne. Nicht einmal dir kann ich eine unterwürfige Gemahlin sein.«

»Aber du trägst unser Kind unter dem Herzen.«

Sie lächelte. »Ja, aber ich war nicht in Gefahr, Dominic. Der Weg nach Runnymede ist nicht weit, und ich befand mich unter Freunden und in deiner Nähe. Außerdem wollte ich keinesfalls diesen denkwürdigen Augenblick verpassen. Was heute hier in Runnymede beschlossen wird, könnte in die Geschichte eingehen, und ich musste einfach dabei sein.«

Dominic seufzte. »Ich liebe dich von ganzem Herzen, Rose, aber manchmal fällt es mir sehr schwer, dich nicht übers Knie zu legen.«

»Nun, Dominic, du liebst doch große Herausforderungen.«

»Aber nicht so sehr wie dich.« Dominic umarmte Rose und küsste sie feurig. »Wir sollten lieber zu den anderen zurückkehren, bevor mich jemand dabei ertappt, dass ich meinen Knappen küsse. Wenn wir Glück haben, können wir bald nach Hause zurückkehren.«

Rose setzte sich ins Gras und beobachtete die Verhandlungen. Ärgerliche Stimmen erhoben sich, und es wurden viele Fragen gestellt, doch es schien, als seien die Barone bereit, einen Kompromiss zu akzeptieren. Nach einer Weile schlummerte sie ein, wurde jedoch von einem vielstimmigen Aufschrei geweckt. Erschrocken fuhr Rose hoch und sah, dass Dominic auf sie zueilte.

»Was ist geschehen? Gibt es Krieg?«

»Nein, die Männer jubeln, weil man zu einer Einigung gelangt ist. Eine neue Fassung der Artikel der Barone wird noch in diesem Monat hier in Runnymede aufgesetzt. Bist du sehr erschöpft? Ich weiß, es ist schon spät, aber Westminster ist nicht weit entfernt.«

Dominic half ihr auf, und Rose reckte sich verschlafen. »Ich bin überhaupt nicht erschöpft. Schließlich konnte ich mich während der Verhandlungen ausruhen.«

»Hol unsere Pferde. Ich möchte noch mit Ashford sprechen, ehe wir aufbrechen.«

Rose führte die Pferde zu einem Baum in der Nähe und wartete auf Dominic, der wenig später zu ihr kam.

»Nun, Liebste, die Gefahr ist gebannt. Ashford sagte, dass die Barone mit den Zugeständnissen des Königs zufrieden sind. Alle glauben, dass dieser fünfzehnte Tag im Juni in die Geschichte eingehen wird als der Tag, an dem der König die Artikel der Barone anerkannte.«

Mondlicht schimmerte durch die Wolken, als sie den Palast erreichten. Rose begab sich gleich in ihre Gemächer, während Dominic, Pembroke und der Erzbischof König John Bericht erstatteten.

Als Dominic endlich das Schlafgemach betrat, streckte der Sonnenaufgang bereits seine leuchtenden Finger am Horizont aus. Rose schlief fest, und Dominic bemühte sich, sie nicht aufzuwecken, als er sich rasch entkleidete und neben ihr ins Bett schlüpfte.

Sie regte sich und flüsterte seinen Namen.

»Schlaf weiter, Liebste. Wir unterhalten uns morgen.«

Zärtlich schmiegte er sich an ihren Rücken, doch Rose drehte sich in seinen Armen um. »Nein, wir unterhalten uns jetzt. Wann können wir abreisen? Ich möchte diese Schlangengrube endlich verlassen und nie wieder den Namen des Königs erwähnen müssen.«

»Ich bin und bleibe Johns Vasall, daran wird sich nichts ändern. Außerdem hat er mir dich zur Frau gegeben, dafür bin ich ihm dankbar.«

»Nicht er, sondern das Schicksal hat uns zusammengeführt«, erwiderte Rose schläfrig, »und so soll es auch bleiben. Ich liebe dich, Dominic.«

»Und ich liebe dich, meine Rose. Wenn wir einen Sohn bekommen, hoffe ich, dass er deinen Mut besitzt, aber wenn es ein Mädchen wird, geben wir ihr den Namen einer Blume ohne Dornen.«

»Eine Blume ohne Dornen bietet aber keine Herausforderung«, entgegnete Rose. »Ich dachte, darauf käme es in erster Linie an.«

Dominic seufzte schwer. »Seit dem Tag unserer Vermählung bist du für mich die größte Herausforderung und die süßeste Freude meines Lebens. Gute Nacht, meine Rose.«

Epilog

Mehr als alles andere muss ich immer,
immer Rosen haben.
Claude Monet

März 1216

An einem kühlen Märztag, der den nahenden Frühling verhieß, saßen Lord und Lady Dragon am Kamin in Dragonwycks Rittersaal und besprachen die Taufe ihres zwei Monate alten Sohnes. Lady Nelda saß neben ihnen, wiegte das jüngste Familienmitglied in den Armen und raunte ihm zärtliche Worte ins Ohr. »Ich glaube, der kleine Lord William ist hungrig«, bemerkte sie schließlich.

»Er hat immer Hunger«, sagte Rose seufzend.

»Mein Sohn will schließlich groß und stark werden«, sagte Dominic voller Vaterstolz.

»Ja, und dazu ist ihm jedes Mittel recht«, fügte Rose hinzu. »Ich habe ihn erst vor einer Stunde gefüttert.«

»Ich freue mich schon auf Wills Taufe«, sagte Lady Nelda. »Glaubt ihr, dass alle Gäste kommen werden?«

»Ja, falls sich das Wetter hält«, antwortete Dominic.

Rose streckte die Arme aus. »Ich kann den kleinen Will nehmen, wenn er dir zu schwer wird, Mama.«

»Nun, ich glaube kaum, dass mich dieses kleine Bündel überanstrengt, aber wenn du …«

Sie verstummte, als Raj den Rittersaal betrat. Dominic sah seinem Diener an, dass etwas Ungewöhnliches vorgefallen war.

»Was gibt es, Raj?«

»Murdoc MacTavish und seine Frau sind am Burgtor, Herr. Sie begehren Einlass.«

Rose sprang auf. »Onkel Murdoc ist hier? Mit Robina? Bitte lass sie eintreten, Dominic, ich möchte Robina so gern wiedersehen. Kaum zu glauben, dass es Onkel Murdoc gelungen ist, sie zurückzugewinnen.«

»Ja, lasst sie herein«, drängte Lady Nelda. »Ich möchte meinen Bruder gern zur Rede stellen bezüglich dessen, was er Rose angetan hat. Es war abscheulich von ihm.«

»Wie viele Männer begleiten ihn?«, fragte Dominic knapp. Er hatte schon einmal den Fehler begangen, den Clan MacTavish unter seinem Dach zu beherbergen. Ein zweites Mal würde ihm dieser Fehler nicht unterlaufen.

»MacTavish ist allein bis auf den Mann, der den Karren lenkt, auf dem seine Gemahlin reist.«

»Nun gut, dann öffnet das Tor«, befahl Dominic.

Als Rose Raj nach draußen folgen wollte, hielt Dominic sie zurück.

»Nein, Rose, sie sollen zu uns kommen. Ich hatte geschworen, dass MacTavish nie wieder einen Fuß in die Burg setzen würde, doch ich will mich deinen Wünschen beugen. Dennoch vertraue ich dem Burschen nicht.«

Wenig später betraten Murdoc und Robina den Saal. Rose umarmte zwar Robina herzlich, verhielt sich ihrem Oheim gegenüber jedoch kühl.

»Was führt dich nach Dragonwyck, Murdoc?«, fragte Lady Nelda. »Man sollte meinen, du würdest dich vor Reue über deine Schandtaten nicht mehr hier blicken lassen. Nie hätte ich es für möglich gehalten, dass mein eigener Bruder so mit seiner Familie verfährt.«

»Ich bat Murdoc, mich zu Euch zu bringen«, erklärte Robina mit ruhiger Stimme.

»Ich hatte Dragon mein Wort gegeben, ihn nie wieder zu behelligen«, sagte Murdoc, »doch Robina ließ sich nicht von ihrem Vorhaben abbringen. Ich wusste, dass sie euch willkommen sein würde, auch wenn ich auf Dragonwyck unerwünscht bin.«

»Du bist also tatsächlich zu Onkel Murdoc zurückgekehrt«, sagte Rose und führte Robina ans Kaminfeuer. »Du musst mir alles erzählen.«

»Ich habe einen Fehler gemacht, Nichte«, sagte Murdoc, als Robina nicht antwortete. »Erst als Robina mich verließ, bemerkte ich, wie sehr ich sie vermisste. Sie ist der größte Segen in meinem Leben, also ritt ich nach Stirling, um sie zu bitten, wieder zu mir zu kommen.«

»Ich hatte nicht damit gerechnet, dass Murdoc tatsächlich zur Burg meines Vaters reiten würde«, nahm Robina die Erzählung auf, »oder gar damit, dass er zugab, mich zu lieben und zu vermissen. Er weigerte sich standhaft, Stirling ohne mich zu verlassen.« Sie warf Murdoc einen liebevollen Blick zu. »Er ist ein anderer geworden und nimmt es mir auch nicht mehr übel, dass ich dich und deine Diener befreite, Rose. Er hat seine Fehler eingesehen und bereut sie aufrichtig.«

»Das liegt nun alles hinter uns«, sagte Murdoc beschämt. »Ich bin froh, dass Robina darauf bestand, Dragonwyck zu besuchen, da ich mich nun endlich auch bei Nelda entschuldigen kann. Rose hat mir verziehen, Schwester. Wirst du es ihr gleichtun? Ich war wie von Sinnen vor Gier nach etwas, das mir nie gehören konnte. Anders kann ich mir die Vorfälle nicht erklären.«

»Ich werde es mir überlegen«, sagte Lady Nelda kühl.

»Dafür danke ich dir, Schwester.« Murdocs Blick fiel auf das Bündel in Neldas Armen. »Ist das etwa derjenige, für den ich ihn halte?«

Dominic stellte sich schützend neben seinen Sohn. »Ja, dies ist mein Erbe William.«

»So, der kleine Willie. Ein passender Name für einen kräftigen Jungen.« Murdoc schenkte Robina ein zärtliches Lächeln. »Willst du es ihnen sagen?«

Rose hob die Brauen. »Was denn, Onkel?«

Robina lächelte schüchtern und legte ihren Umhang ab, sodass alle ihren schwellenden Bauch sehen konnten. »Ich trage Murdocs Erben unter dem Herzen. Es ist kaum zu glauben, nach all diesen Jahren wächst endlich ein Kind in mir heran.«

»Ja«, sagte Murdoc stolz, »dieses Kind ist mein Erbe, ob es nun ein Mädchen oder ein Junge wird.«

»Und was wird aus Gunn?«, fragte Dominic. »Wie ich sehe, hat er Euch nicht begleitet.«

»Ich habe eine Erbin aus den Highlands für Gunn gefunden. Offenbar ist er mit seiner Gemahlin und ihrem Vermögen sehr zufrieden.«

»Hoffentlich war es nicht ungehörig von mir, euch einfach zu besuchen«, sagte Robina besorgt, »aber ich wünschte mir so sehr, dir von dem Kind zu erzählen, Rose, und davon, wie die bevorstehende Vaterschaft Murdoc verändert hat. Ich wünsche mir, dass du und Nelda ihm verzeiht, doch wenn ihr möchtet, dass wir Dragonwyck wieder verlassen, verstehe ich das gut.«

Rose sah Dominic flehend an. »Dürfen sie bleiben? Es wäre schön, wenn Robina unser Gast bei Wills Taufe wäre.«

»Das würde Robina freuen«, sagte Murdoc, »doch ich will nicht für mich bitten, denn ich verdiene eure Freundlichkeit nicht.«

Obwohl Dominic zögerte, dem Schotten seine Gastfreundschaft anzubieten, konnte er Rose den Wunsch doch nicht abschlagen. »Ja, Murdoc und Robina sind unsere Gäste, wenn sie es möchten.«

Der kleine William begann zu weinen, und Rose streckte die Arme aus. »Es wird Zeit für Wills Mahlzeit.«

»Ich werde ihn für Euch tragen, Herrin«, sagte Raj und hob das Kind vorsichtig aus Lady Neldas Armen.

Dominic unterdrückte ein Lächeln. Raj ließ keine Gelegenheit aus, den Kleinen im Arm zu halten, und Dominic zweifelte nicht daran, dass der sanfte Riese Will mit seinem Leben verteidigen würde, falls es je erforderlich sein sollte. Dann blickte er Rose nach, die Raj zur Kemenate folgte, und betrachtete verlangend ihre sanft gerundeten Hüften. Er hatte Rose seit Wills

Geburt nicht mehr geliebt und sehnte sich beinahe schmerzhaft nach ihr.

»Bitte sorgt für unsere Gäste, Lady Nelda«, rief er über die Schulter, »Rose und ich kommen dann zum Abendmahl wieder zu euch!« Ohne eine Antwort abzuwarten, eilte Dominic die Treppe hinauf. Auf der Galerie begegnete er Raj, der Will soeben in Rose' Arme gelegt hatte. Zwar wusste er nicht, was Raj von seiner ungebührlichen Hast hielt, doch er hörte noch das leise Lachen des Dieners, als dieser die Treppe wieder hinunterging. Dominic schüttelte den Kopf. Wusste denn jedermann in der Burg, wie hoffnungslos vernarrt er in seine Gemahlin war?

Er betrat die Kemenate und hielt schon an der Tür inne. Der Anblick von Rose, die seinen Sohn stillte, rührte ihn jedes Mal aufs Neue.

»Komm näher und schließ die Tür, Dominic«, sagte Rose.

Dominic tat es und setzte sich dann neben seine Gemahlin auf die gepolsterte Bank am Kamin.

»Ich danke dir, dass du Murdoc und Robina gestattet hast, bei uns zu bleiben, mein Liebster. Das war sehr großzügig von dir.«

»Ich würde alles für dich tun, Rose, und ich glaube, dass Murdoc seine Taten aufrichtig bereut. Es ist seltsam, wie die Liebe einer Frau doch manchmal einen Mann verändert.«

»Die Liebe ist wunderbar, nicht wahr?«, fragte Rose.

»Ja«, stimmte Dominic zu. »Sobald unser Sohn sein Mahl beendet hat, werde ich dir zeigen, wie wunderbar die Liebe sein kann.«

»Aber unsere Gäste …«

»… kommen allein zurecht. Wills Geburt liegt nun schon zwei Monate zurück, und ich vergehe vor Sehnsucht nach dir. Ist es jetzt wieder sicher, dich zu lieben, Rose?«

Will schloss zufrieden die Augen. Rose lächelte sanft und legte ihren Sohn in seine kleine Wiege. Dann fiel sie voller Sehnsucht in Dominics ausgebreitete Arme.

Anmerkung der Autorin

König John unterzeichnete die Artikel der Barone, die heute als die »Magna Carta« bekannt sind, am 15. Juni 1215. Das Bemerkenswerte daran war nicht, dass es in den darauffolgenden Monaten doch noch zu einem Krieg zwischen dem König und seinen Baronen kam, sondern dass es gelang, König John überhaupt dazu zu bewegen, sich mit einem solchen Dokument einverstanden zu erklären.

Weltbild Buchverlag – Originalausgaben –
Genehmigte Lizenzausgabe 2009 für
Verlagsgruppe Weltbild GmbH,
Steinerne Furt, 86167 Augsburg

Projektleitung: Bettina Spangler
Umschlag: zeichenpool, München
Umschlagabbildung: Doreen Minuto via Agentur Schlück GmbH, Garbsen
Satz: Uhl und Massopust GmbH, Aalen
Gesetzt aus der AGaramond 11/15 pt
Druck und Bindung: GGP Media GmbH, Pößneck
Gedruckt auf chlorfrei gebleichtem Papier

Printed in the EU

ISBN 978-3-86800-146-4